157

新知
文库

XINZHI

CODE GIRLS
The UNTOLD STORY of the
AMERICAN WOMEN CODE
BREAKERS of WORLD WAR II

Copyright © 2017 by Liza Mundy

Published by arrangement with Zachary Shuster Harmsworth LLC,

through The Grayhawk Agency Ltd.

密码女孩

未被讲述的二战往事

[美]莉莎·芒迪 著　杨可 译

生活·讀書·新知 三联书店

Simplified Chinese Copyright © 2023 by SDX Joint Publishing Company.
All Rights Reserved.

本作品简体中文版权由生活·读书·新知三联书店所有。
未经许可，不得翻印。

图书在版编目（CIP）数据

密码女孩：未被讲述的二战往事 /（美）莉莎·芒迪著；
杨可译. —北京：生活·读书·新知三联书店，2023.2
（新知文库）
ISBN 978-7-108-07464-5

Ⅰ.①密…　Ⅱ.①莉…②杨…　Ⅲ.①纪实文学 - 美国 - 现代
Ⅳ.① I712.55

中国版本图书馆 CIP 数据核字（2022）第 156966 号

责任编辑　崔　萌
装帧设计　陆智昌　薛　宇
责任印制　张雅丽

出版发行　生活·讀書·新知 三联书店
　　　　　（北京市东城区美术馆东街 22 号 100010）
网　　址　www.sdxjpc.com
图　　字　01-2020-6322
经　　销　新华书店
印　　刷　北京隆昌伟业印刷有限公司
版　　次　2023 年 2 月北京第 1 版
　　　　　2023 年 2 月北京第 1 次印刷
开　　本　635 毫米 × 965 毫米　1/16　印张 28
字　　数　332 千字　图 36 幅
印　　数　0,001-5,000 册
定　　价　59.00 元
（印装查询：01064002715；邮购查询：01084010542）

道格拉斯·麦克阿瑟将军并不知道,他的秘密武器,或者说他的秘密武器之一,就是这个温柔可亲的二十三岁女孩……安·卡拉克里斯蒂智力超群,每天值班 12 个小时,唯一一次缺勤就是出水痘的时候

伊丽莎白·弗里德曼这位身材苗条、睡眼惺忪、喜欢冒险又充满干劲的女子成了政府的秘密武器。……伊丽莎白接受了司法部、财政部、税务局、海岸警卫队和其他多个机构的聘请,最终破译了犯罪集团的电报

岛际密码JN-20对于山本五十六之后的行程"有更多的细节",所以雷文的女组员们也忙着补充事实和分析。"密码女孩"们共同复原了山本五十六的精确行程表。美国人确切地知道敌人最有价值、不可替代的海军司令会何时出现在何地。这是一个非同寻常的时刻

弗吉尼亚州科隆尼尔比奇的日光浴场。尽管到这里要花很长时间,但女孩们还是去了。她们设法在仅有的一点时间里把自己晒黑

新知文库

出版说明

在今天三联书店的前身——生活书店、读书出版社和新知书店的出版史上，介绍新知识和新观念的图书曾占有很大比重。熟悉三联的读者也都会记得，20世纪80年代后期，我们曾以"新知文库"的名义，出版过一批译介西方现代人文社会科学知识的图书。今年是生活·读书·新知三联书店恢复独立建制20周年，我们再次推出"新知文库"，正是为了接续这一传统。

近半个世纪以来，无论在自然科学方面，还是在人文社会科学方面，知识都在以前所未有的速度更新。涉及自然环境、社会文化等领域的新发现、新探索和新成果层出不穷，并以同样前所未有的深度和广度影响人类的社会和生活。了解这种知识成果的内容，思考其与我们生活的关系，固然是明了社会变迁趋势的必需，但更为重要的，乃是通过知识演进的背景和过程，领悟和体会隐藏其中的理性精神和科学规律。

"新知文库"拟选编一些介绍人文社会科学和自然科学新知识及其如何被发现和传播的图书，陆续出版。希望读者能在愉悦的阅读中获取新知，开阔视野，启迪思维，激发好奇心和想象力。

生活·讀書·新知 三联书店
2006年3月

献给所有这些女性，献给玛格丽特·塔尔博特

我在干一件绝密的事。在华盛顿特区一个地方。我要是说出去半句肯定会被吊死。我觉得已经签了生死状了,但我不在乎。

——珍妮·玛格达琳·科兹,1945年致母亲的信

目　录

作者的话　　　　　　　　　　　　　　　　　　1

密　信　　　　　　　　　　　　　　　　　　　3

引　子　姑娘们，你的国家需要你　　　　　　　13

第一部曲　"总体战的情势之下，需要动员妇女"

第一章　女生的 28 英亩　　　　　　　　　　　39

第二章　"这是个男人的活儿，不过看来我也行"　　62

第三章　最难的问题　　　　　　　　　　　　　91

第四章　"一个地方这么多女孩"　　　　　　　117

第二部曲　"日本是这片辽阔水域的霸主"

第五章　"真是让人心碎"　　　　　　　　　　139

第六章　"代表通信的 Q"　　　　　　　　　　169

第七章　孤零零的鞋子　　　　　　　　　　　217

1

第八章 "地狱半英亩" 221
第九章 "抱怨不过是人之常情" 247
第十章 办公室里的娘子军击沉了日本船 260

第三部曲　形势好转

第十一章 枫糖厂 277
第十二章 "给你我所有的爱，吉姆" 310
第十三章 "在塞纳河口登陆的敌人" 319
第十四章 提迪 337
第十五章 投降的消息 345
第十六章 跟克罗道别 354
尾　声　手套 361

致　谢 381
注　释 387
参考文献 424

作者的话

在为这本书调研和写作的几年中，我参考了三个大型的档案文献库，包括美国陆军和海军在战时和战后的密码破译机构的种种文书。其中大多数文献此前保密了好几十年，现在都可以在马里兰大学帕克分校的国家档案馆找到了。这些文件装满了几百个箱子，包括好几千份简报、内部史料、报告、会议记录和人员花名册，引用的内容有沉没的商船名单、对某种代码（code）和密码（cipher）破译过程的说明、新来的密码破译员的名字、地址和缴获的代码本。我向国家安全局提出了强制解密审查的要求，因而最近又有更多的材料获得解密，包括国家安全局的工作人员这些年来对女子密码破译员所做的15份口述历史访谈资料，以及战时阿灵顿学堂（Arlington Hall）多个部门历史档案中的数卷（令人有点吃惊的是，这个历史档案其他的部分还是保密的）。我在国会图书馆和其他档案馆找到了40多份口述史资料，还有剪贴簿和花名册。我也参考了有关密码破译和战争的学术文章和大量专著。

我通过各种办法找到并采访了20多位健在的密码破译员。其中有些人曾联系过国家安全局，要么就是她们的家人联系过。我在互联网上发布了启事。通过我得到的花名册，我在数据库中寻找她们的联系方式。有时候亲朋好友也会给我提供一些人名，但通常是一位女士带我找到下一位。我也获得了军队文职人员和军人的人事档案材料，现在密苏里州圣路易斯国家图书馆的人事档案记录都已公开。作为补充的资料还有高中和大学的纪念册、剪贴簿、招生简章、报纸、个人信件以及许多大学保存完善的校友录。当然，我必须相信这些女性的记忆，但令人称奇的是，她们的许多回忆都可以和档案记录相互印证。尽管如此，在个别情况下档案文献还是显得不够。比方说，我希望本书能纳入有关阿灵顿学堂非洲裔美国人部门的更多信息，但是似乎有关这一部门的记录非常之少。

纳入本书的对话要么是跟我相关，要么是引用当时在场的人的口述历史资料。除了尾声、致谢和注释，本书所提到的女子人名均采用婚前姓氏，其他术语也沿循旧称。

密　信

1941 年 12 月 7 日

　　那些飞机起初看起来就像远处的小黑点，直到它们开始丢炸弹那一刻，看见这些飞机的人都还没当回事。一名在瓦胡岛北端的雷达站受训的美国陆军二等兵发现他的屏幕上有一个小光点，这表明有一个大规模的飞机编队正在向夏威夷飞来，但是当他向教导员指出并同教导员一起向上级电话汇报之后，得到的答复却是别担心。他们的长官以为这个光点不过是一群美军的轰炸机——B17 空中堡垒，刚从加利福尼亚返航归来。一位海军中校从他的办公室窗户望出去，正看到有一架飞机俯冲下来，他认为这肯定是一个鲁莽的美军飞行员。"记下那个家伙的号码，"他告诉下级军官，"我要举报他。"这位军官紧接着就看到一个黑影从飞机里掉了出来，呼啸而下。

　　此刻才早上 8 点不到，所有这些飞机突然之间全都能看清了。它们像一大片迅速移动的乌云一样划破了平静的天空：总共有接近二百架战斗机和轰炸机，飞行员都是日本最好的。机翼下方闪闪发光的是代表初升旭日的红色圆形标记。望着飞机的人们终于明白了是怎么回事。

这些飞机的下面是珍珠港战舰编队，一列美军战舰系泊在夏威夷码头蓝色的海面上，宁静安详，没有设防——没有防空气球，也没有防鱼雷网。夏威夷港停泊的舰船加在一起大约有一百艘，也就是说整个美军太平洋舰队一半以上的身家都在这里。附近的机场上也挤挤挨挨密布着美军的飞机，机翼连着机翼，真是诱人的靶子。

第一波飞机出现后一小时，第二波敌机又带着尖利的呼啸袭来，除了炸弹，还丢下了专为攻击珍珠港浅水里的军舰而改装的鱼雷。一枚炸弹击中了美国海军亚利桑那号战列舰。当时战舰的乐队正列队在甲板上，准备举行早晨的升旗仪式。这枚炸弹击穿了战舰的前甲板，引爆了火药库，产生了巨大的火球。多次被击中的亚利桑那号被炸离水面，舰体撕裂，最后逐渐沉没。其他的炸弹和鱼雷炸中了加利福尼亚号、俄克拉荷马号、西弗吉尼亚号、田纳西号、内华达号、马里兰号，还有太平洋舰队的旗舰宾夕法尼亚号。日军的飞机俯冲、拉起，一遍又一遍地回来，进攻驱逐舰、巡洋舰和各种建筑。珍珠港一役，美军共有三艘战列舰被击沉，另有一艘倾覆，死亡两千余人，其中很多人还在睡梦之中。大约有一半的死者都在亚利桑那号上，里面包括二十三对同胞兄弟。

附近各机场上的美军飞机几乎被一锅端了。

美国大陆上的电话交换机亮了起来。接线员以最快的速度接通电话。这是东海岸的清晨，珍珠港遇袭的消息在广播、报纸号外上飞速传播，人们奔走相告，失声痛哭。广播节目和音乐会突然中断，星期日的宁静被击得粉碎。国会在次日对日本宣战。日本的盟友德国也在三天以后对美国宣战。此后数周之内，许多人涌进征兵站。这一悲剧让美国突然卷入到这场全球性的、跨越两个大洋的战争之中，每个美国人都感受到了它的影响。

战争在一年多之前就找上了美国。即便如此，当它降临时，其总体战的事实和触发战争的各种事件还是令人感到震惊，无法接受。最不可思议的就是日本竟然会无缘无故地发起进攻，也没有任何警告。它寻求的是以决定性的一击摧毁美国的舰队，在太平洋战争开始之前就画上句号。但是同样令人无法想象的是美国自己的战略家也如此地没有防备。尽管日本对中国和环太平洋地区的进犯已经引起了日美之间数年的紧张，富兰克林·罗斯福总统已经冻结了日本在美国的资产，海军中许多人都意识到太平洋上什么地方将会发生点什么事情，但美国的领导人还是没有预见到珍珠港事件会发生。

这次攻击掀动了一场旷日持久的争议。美国怎么会被偷袭？随后举行的国会听证会上认定的替罪羊一时为千夫所指。四处流传着阴谋论。有人职业生涯就此断送，声名狼藉。战时编制急速扩张，剧烈动荡使得到处都是一片混乱。——这在今天被称为战争升级。

美国不能再对敌人的意图听而不闻、视而不见了。珍珠港这种规模的失败一定不能再发生。这个国家的对手已经准备了数年之久，如果不是好几十年的话。情报比以往任何时候都来得重要，但是情报非常难获得。美国刚刚经历了长达二十年之久的裁军和孤立主义，海军很排外，其情报机构缺乏组织；陆军规模很小；没有独立的空军。而且，几乎没有海外的间谍，尽管这在当前这个间谍机构兴旺发达、叠床架屋的年代令人难以置信。在海外布置间谍网是需要时间的。

当前以及今后可以预见的一段时期需要开展一流的密码破译行动，破解敌人的信息系统。国外外交人员、政治领袖、德国潜水艇的艇长、太平洋岛屿的观察哨、天气预报员、运米船队的队长、在空中激战的飞行员，甚至包括公司和银行——世界上任何角落任何人说的任何事，美国都想要知道。

于是这些密信就陆续寄出了。

密　信

＊　＊　＊

有些信此前就寄出来了。在珍珠港遇袭之前好几个月，美国海军就开始意识到需要采取前所未有的行动来解决国家在情报上的短板。于是，早在1941年11月，有几封密信就突然出现在了某些大学的邮箱里。一个秋天的下午，马萨诸塞州威尔斯利学院的大四学生安·怀特刚听完一位流亡诗人关于西班牙浪漫主义的讲座，回到宿舍就收到了给她的密信。

她回宿舍吃午饭的时候发现有一封信。她拆开信封，惊讶地发现发信人是威尔斯利学院天文学系的教授海伦·多德森。多德森小姐邀请她去天文台单独见面。主修德语的安有一种不祥的预感，感到可能会被要求上一门天文学的课才能够毕业。几天之后，安沿着草地小径走进了远离校园中心的天文台，这座建筑穹顶低矮，在小山上清静独立。她发现海伦·多德森只有两个问题要问她。

她问安·怀特喜不喜欢做填字游戏，另外，是不是订了婚快要结婚了？

威尔斯利学院数学系学生伊丽莎白·科尔比也收到了同样的令人意外的邀请。学植物学的南·威斯克、学心理学的伊迪丝·乌厄、学意大利语的格洛丽亚·博塞蒂、学西班牙语的布兰奇·德普伊、学历史的比娅·诺顿，以及安·怀特的好友、学英语的露易丝·王尔德都收到了密信。总共有20多名威尔斯利学院的大四学生收到了秘密的邀请，而她们都给出了同样的回答：是的，她们喜欢填字游戏；没有，她们没有马上结婚的打算。

史密斯学院的安妮·巴鲁斯在大四那年秋天也收到了给她的密信。她主修历史，是国际关系俱乐部的主席，已经被招进华盛顿特区一个非常有名的实习项目。这对于女性，事实上对于任何人来说都是非常难得的机会，她也盼望借此机会接触各种政府工作。但当她发现自己和一群摸不着头脑的同学一起受邀参加史密斯学院科学楼里的秘密聚会时，很快就把自己个人的计划放在了一边。

从1941年秋天到1942年初那个可怕的冬天，布林莫尔学院、曼荷莲学院、巴纳德学院、拉德克利夫学院都发出了这样的密信。当时的大学生们已开始卷绷带、缝制遮光窗帘、接受急救培训、学习如何观察敌机并给英国寄送包裹。肉类食物变得非常稀罕，宿舍也变得很冷，因为缺少采暖的燃料。这些学校是七姐妹女子学院的成员，均建立于19世纪。当时许多顶尖的大学——哈佛、耶鲁、普林斯顿、达特茅斯——不愿意接收女生，而这些女子学院就专为女子教育而设。许多女子学院的校园里都能感到战争的威胁近在咫尺。在北大西洋冰冷的海水中，海军官兵和商船水手正在拼命躲避德国U型潜艇的夹击——这些敌军的潜水艇总是成群出没，人称"狼群"，追逐着为陷入包围的英国运送食物和补给的船队。在离波士顿20英里的威尔斯利学院，为了不暴露波士顿港的船只，学校晚上不得不熄灯，学生们学会了用手电筒来认路。

在这些学校成立之初，许多人都认为高等教育不太适合女孩，现在这种观点已经改变了。国家需要受教育的女子，迫切需要。

这些学生被叫去参加秘密会议，在会上了解到美国海军邀请她们来搞"密码分析"（cryptanalysis），很快她们就被告知，这个词她们绝对不能向参会者之外的人透露。她们要接受一个密码破译的课程培训，通过的话毕业之后就可以去华盛顿特区，以文职人员的身份为海军服务。她们宣誓保密，不能告诉任何人她们在做什么工作：不能告诉朋友、父母、家人和室友。她们不能把自己接受培训的消息透露给学校的校刊，不能在信件中走漏风声，即使是给已经参军的兄弟或男朋友写信也不能提。如果被人追问，她们可以说她们学的是通信：发送普通的海军电文。

在介绍会上，这些入选的女生都得到了一个马尼拉纸信封，里面装着一份有关密码的神秘历史的简要介绍、编好号的习题集，还有印有字母表各个字母的纸条。她们每周都要完成习题并上交。她们可以互相帮助，可以两三个人一组进行工作。海军挑选的教授，例如海伦·多德森每周都会带着学生们过一遍材料。她们的答案要送到华盛顿去评分。每周的碰头会就像有人监考的函授课程一样。速度至关重要，教授们学习材料的进度也不比这些学生快多少，常常也就是提前一章而已。

这些年轻女孩就这样完成了奇怪的新功课。她们知道了英语里出现频率最高的字母是什么；哪些字母常常两两一起出现，比如 s 和 t；哪些字母会三个一组，比如 est、ing、ive；哪些字母以四个字母组合的形式出现，比如 tion。她们也学到了诸如"路径换位"（route transposition）、"密码字母表"（cipher alphabets）以及"多表替换密码"（polyalphabetic substitution cipher）这样的术语。她们掌握了维吉尼亚方阵（Vigenère square），这是一种可追溯到文艺复兴时期的运用列表法给字母加密的方式。她们也听说了普莱费尔与惠斯通密码（Playfair and Wheatstone cipher）这些东西。她们将印有字母的纸条从有孔的硬纸板上拉过去。如果宿舍的同屋没有受邀参加秘密培训课程，她们就把几条被子扎在宿舍中间，以免同屋看到她们在忙什么。她们还把作业藏在桌面吸墨纸的下面。除了在每周的碰头会上，她们一般不会用"破译密码"这个字眼，即使跟上同一门课的朋友也不会提及。

召集学生的范围不再限于东北部了。古彻学院是马里兰州巴尔的摩的一个四年制女子学院，以理科好著称。古彻学院的院长多萝西·史汀生是一位著名的哥白尼研究专家，刚好也是战争部长亨利·史汀生的堂妹。珍珠港事件后，战争部长悄悄找史汀生院长打了个招呼，要几个最好的大四女生。古彻学院被选中教授秘密课程的是英语系的教授奥拉·温斯洛，她为美国神学家乔纳森·爱德华兹所写的传记曾荣获普利策奖。这门课一周一次，由温斯洛教授和一位海军军官一起在古彻学堂顶层的一间密室里授课。

古彻学院坐落在巴尔的摩市中心。美国海军学院就在32英里之外的安纳波利斯，当时这些人称"古彻女生"的姑娘经常去那里约会和跳舞。

古彻学院1942届最讨人喜欢的学生之一是弗兰西斯·施特恩，她主修生物，祖父是一位海船船长，在美国和他的出生国挪威之间运输粮食。现在挪威已经被纳粹占领，国王不得不在炮火之下离开祖国。弗兰[1]的父亲在巴尔的摩的码头管理粮仓。她的哥哥埃吉尔毕业于海军学院，当弗兰收到密信时，哥哥埃吉尔正在北大西洋执行护航任务。施特恩一家可以说是倾巢而出了，全都在为战事出力。弗兰的母亲从熏肉上省下油脂，把厨房里的坛坛罐罐都捐出来制造坦克和机枪。

现在，施特恩家要保护儿子的安全，似乎还可以献上点别的：弗兰。

战火已席卷全国，征召信源源不断地寄了出去。尽管珍珠港事件引起的震惊已逐渐平息，1942年、1943年和1944年，密信还是不断寄出，因为破译密码打击敌人、拯救生命的重要作用已经得到了明证。在坐落于纽约州波基普西市山坡上的瓦萨学院，伊迪丝·雷诺兹收到一封信，邀请她周六上午9点半前去图书馆的某个房间。伊迪丝还不到二十岁，她上小学的时候跳了两级，十六岁就进了瓦萨学院。

按信上的要求，伊迪丝来到了学院图书馆的一个房间，她站在

---

[1] 弗兰：弗兰西斯的昵称。——译者注；以下若无特殊说明，均为译者注。

那里，看到走进来一位身形高大的海军上校，全身都披戴着华丽至极的金色穗带，不禁感到目眩。上校对伊迪丝和其他被选中的同学说："姑娘们，你的国家需要你。"

伊迪丝被征召的时候，大西洋海岸沿线从北到南都有船只遭到德国U型潜艇的攻击。在伊迪丝和家人夏天常去的新泽西的海滩上，常常可以见到遇袭船只的残骸。她们也能听到枪声隆隆。日本进攻美国本土似乎也并非毫无可能——阿拉斯加甚至加利福尼亚，或者美国都可能会落入法西斯分子之手。

与此同时，美国陆军也需要自己的密码破译力量，开始招募能干的年轻女子。最初美国陆军也接触了海军找的那些学院，惹得海军要员十分光火，在简报里留下了又急又气的记录，称陆军在"插队"，试图抢走他们的女生。和海军一样，陆军也想招募受过大学教育的女性——受过严格的博雅教育，包括外语和科学、数学训练的最为理想。但在20世纪40年代的美国，教育背景这么好的女性一直以来能找到的工作只有一种：教师。

因此，当戴着白色手套的古板的海军军官瞄准东北部沿海地区的精英女子学院时，美国陆军也派人前去南部和中西部普通得多的教学型高校招募人员。在宾夕法尼亚州印第安纳郡的印第安纳州立师范学院，多萝西·拉玛莱正在修高等数学，希望成为一名数学老师。多萝西生长在宾夕法尼亚乡下一个被称作科克伦的米尔斯的小地方，如果有人听说过的话，这也是娜丽·布莱[1]出生的地方。多萝西家里是三姐妹，她是中间那个。她曾经坐在家里儿童游戏室的门廊上，想象更广阔的世界。多萝西的梦想是去看一看地球上每一个大洲。孩提时代，她和广阔世界唯一的接触来自一些吉光片羽般

---

[1] 娜丽·布莱：美国传奇女记者。

这是多萝西·拉玛莱在1943年大学纪念册上的照片。多萝西在宾夕法尼亚州的一个农场长大，希望成为一名数学老师。但印第安纳州立师范学院的女院长把她叫来，告诉她美国陆军对她有另外的打算。
宾夕法尼亚大学特藏馆供图

的偶然经历，例如阿梅莉亚·埃尔哈特[1]曾飞过来，向一位埋在当地教堂墓园的亲戚致意。当这位传奇女飞行家驾驶飞机从天空掠过的时候，多萝西也就是和学校里的其他同学一起向她挥挥手而已。

多萝西的父亲在"大萧条"时代曾以务农和维护教堂墓园为生。人们有时会问起他是否为没有儿子当帮手而感到遗憾，他就立刻反驳说，他的三个女儿和所有男孩一样棒。多萝西帮父亲堆干草，还做其他的户外劳动，有时候还会爬进刚挖好的墓穴去拿父亲需要的工具。多萝西上大学之后经常是三角函数课上唯一的女生。当时数学并不是鼓励女性学习的科目，美国有些地方根本没有女数学老师。多萝西知道机会渺茫，但数学就是她的热情所在。

在多萝西大四那年的2月，有一天她睡得很晚，出门刚好看见男同学们被塞进一辆巴士，送到匹兹堡去服兵役。她泪眼婆娑，都看不清他们的样子。他们走后的校园让人感觉非常孤单难过。女子教务处主任请多萝西私下来谈了谈，她马上就同意按教务处主任的建议去做。

---

[1] 阿梅莉亚·埃尔哈特：美国著名女飞行员、女权活动家。

但这还是不够。

陆军需要更多的密码破译员，多多益善。所以陆军不但在大学校园里找，还找有兴趣换个行当的女教师。这样的女性并不难找。教师的工资是出了名的低，班级又常常大得不得了。陆军向各个小镇、偏远的城市和乡村社区派出了英俊的军官，在邮局、酒店和其他的公共建筑里设置接待站。宣传海报和报纸广告也在传播他们前来的消息，寻找愿意搬到华盛顿为赢得战争出力的女士，而这些女士得做到"守口如瓶"。

* * *

弗吉尼亚州林奇堡的弗吉尼亚酒店是当地住宿最好的地方，也是整个州最豪华的酒店之一。1943年9月的一个星期六，一位名叫多特·布雷登的年轻教师走向了设在酒店高敞气派的大堂里的招募台。招募台有两位陆军的征召人员，一位是陆军军官，另一位是身着文职人员服装的女士。多特当年二十三岁，黑头发，身材瘦小，喜欢冒险，对自己的能力非常自信。她1942年毕业于伦道夫－梅康女子学院（Randolph-Macon Woman's College），学过法语、拉丁语、物理和其他科目。她已经在一所公立高中教了一年书，不想再继续教了。她是家里四个孩子中的老大，有两个弟弟在陆军服役。她需要挣钱养活自己，也得帮妈妈一把。

多特·布雷登填完了战争部的工作申请表，却还不知道她申请的是什么——招募人员没有具体描述她的工作是什么。几周之后她就踏上了北上的火车，从弗吉尼亚州南部种植烟草的乡村奔向了180英里外的华盛顿特区。她满怀兴奋，囊中空空，完全不知道被招来做什么。

引　子
姑娘们，你的国家需要你

美国军方决意起用这些"高素质"的年轻姑娘，而且这些姑娘愿意接受招募，这是美国在加入"二战"之后几乎一夕之间就能开展有效的密码破译的主要原因。几百万女性卷起袖子，穿上男式裤子、工作服，进入工厂为战争服务——参与建造轰炸机、坦克和航空母舰的铆工萝西（Rosie the Riveter）的形象非常著名。但不那么为人所知的是，还有1万多名女性曾踏上征程来到华盛顿特区，凭借她们的聪明才智和千辛万苦获得的教育为战事服务。这些美国女性被招募——以及她们为战时几个最重大的密码破译成就立下汗马功劳的事实——是战争中保守得最好的秘密之一。她们的工作在军事和战略上都极为重要。

二战期间，密码破译作为已有情报机构最富成效的一种形式迅速发展起来。监听敌方谈话并加以逐字逐句实时分析，可以了解敌人在想什么做什么，讨论什么内容，为什么感到忧虑，又有什么计划。它提供的情报从战略、部队调动、航运路线、政治联盟、战场伤亡到即将发生的进攻和供给需求无所不包。二战的密码破译员提出了现在我们所说的信号情报（signals intelligence）——收听和解读敌方（有时也包括盟友）的电码传输。当今蓬勃发展的网络安全领域，也即保护个人的数据、网络和通信免于敌人攻击也正是以他们的工作为基础的。他们还是现代计算机产业的开拓者。战后美国陆军和海军的密码破译机构进行了合并，成为现在的国家安全局。女性协助开辟了窃听这个领域——当时远没有今天这么大规模，也没有这么多争议——很多时候也是女性形塑了国家安全局早期的文化。

女性在缩短战争进程上也起到了核心作用。密码破译对盟军战胜日本至为关键，无论是在海上还是在太平洋诸岛血腥的两栖登陆战中都是如此。这些敌人非常恐怖，愿意战斗至死，他们在岛上挖洞穴，一直坚持到战争最后一刻，还搞了神风特攻队以及其他各种自杀式攻击。在极为重要的大西洋战场上，纳粹的恩尼格码（Enigma）密码，也即德国海军统帅卡尔·邓尼茨（Karl Dönitz）用于指挥其 U 型潜艇指挥官们的密码被美国和英国破译，这为扫清纳粹潜水艇的威胁立下了功劳。

这些女性最终得以招募，经历了一系列的事件，其中一个重要时点是 1941 年 9 月，美国海军少将雷·诺伊斯给有着女子版哈佛大学之称的拉德克利夫学院的校长艾达·康姆斯托克写了一封信。海军向精英大学和学院征召男性情报人员已经有一年多了，现在开始着手用女子做同样的实验。诺伊斯问康姆斯托克校长是否可以找一群拉德克利夫学院的学生来接受密码分析的训练，他向她透露，海军要找一群"聪明、嘴巴紧的本土学生"——也就是说，要找成绩好、有意识也有能力保守秘密的女生，她们得出生在美国，和其他国家没有什么密切联系。

诺伊斯说，"有证据表明具有语言天赋或是数学天才的学生会有优势"，还加了一条，"如果有很多社会学的奇思怪想肯定不合乎

这些年轻姑娘不知道的是，美国陆军和海军正在为她们这批人才展开激烈的争夺。自从海军要求拉德克利夫学院的校长艾达·康姆斯托克推荐本科生接受海军密码分析训练，竞争就开始了。珍珠港遭遇偷袭暴露了美国在情报方面的短板，由此也对受过教育的女性产生了新的需求。哈佛大学拉德克利夫学院施莱辛格图书馆供图

要求"。诺伊斯将军没有说明那些"奇思怪想"到底是什么，他建议找一群最有希望的大四学生加入海军开发的训练课程。

"万一发生总体战，"诺伊斯告诉她，"就需要女性来做这项工作，她们可能比男人做得更好。"

艾达·康姆斯托克很高兴地答应了。"我非常感兴趣，只要能帮上忙，无论何事都很乐意效劳。"她立即致信给友人唐纳德·门泽尔，这位哈佛的天文学教授是海军一个范围更广的招募项目的联系人。天文学是一门与数学和航海有关的科学——千百年来航海都是利用太阳和星星的位置来导航的——后来许多教授这门秘密课程的老师都来自天文学这个领域。

康姆斯托克校长还收到了另一封信，寄信人劳伦斯·萨福德（Laurance Stafford）是美国海军屈指可数的几位有经验的密码破译

员之一。他的当务之急是负责筹建一个规模比现在大得多的密码破译机构。萨福德在信中通过详细解释海军不想要什么样的年轻姑娘来说明了他们的录用要求。

"我们这里不能有第五纵队，也不能招那些说不准会效忠于莫斯科的人。"萨福德写道，"和平主义者不合适。那些来自受迫害的国家或者种族的人也同样不太合适——捷克斯洛伐克人、波兰人、犹太人，他们可能在内心深处有一种让美国参战的冲动。"艾达·康姆斯托克拟妥了一份名单，包括40名拉德克利夫学院的大四学生和年轻的研究生，她估计其中大约有20名学生符合要求。海军来信中不加掩饰的反犹主义她也不予理睬，还在名单中列上了两位犹太女生的名字。

在海军的要求下，康姆斯托克还联系了另外两家女子学院。这两家学院的教务长和校长都致力于女子教育事业，渴望保护思想自由免受法西斯主义和极权主义的侵害。他们也盼望为自己的学生发展就业机会。这两家学院的领导非常精明地洞察到战争可能会开启新的领域——还能给研究生院增添新的招生名额——当时研究生院还没有向女性开放。实际上，在康姆斯托克收到海军的信之前，这些学院的许多领导就已经在筹划如何提供巴纳德学院的教务长弗吉尼亚·吉尔德斯利夫所说的"训练有素的人才"，以满足基于科学和数学发展的战争对人才的需求。

1941年10月31日～11月1日，各女子学院的领导齐聚曼荷莲学院，巴纳德学院、布林莫尔学院、瓦萨学院、威尔斯利学院、拉德克利夫学院、史密斯学院、曼荷莲学院七家女子学院的代表出席会议。康姆斯托克说明了海军的要求，并表示拉德克利夫学院会参与其中。她分发了海军提供的《教师指南》以及《致学生的说明》等材料。海军的想法是让入选的学生在大四剩下的时间里学习一门课程，之后就以文职人员的身份去华盛顿为海军工作。《教师指南》向他们保证，这项工作不需要任何以往的经验，教师会得到一把"凿子"，也就是问题的答案。海军会发给教师一些文字材料用于启动自学，包括《论密码术》（Treaties on Cryptography）和《通信安全说明》（Notes on Communication Security）两本著作，以及一本题为《密码机构对世界大战的贡献》（The Contributions of the Cryptographic Bureaus in the World War）的小册子——这里的"世界大战"说的是第一次世界大战这个所谓的"终结所有战争的战争"。

这次会议的成果就是当年秋天涌入各个女子学院信箱里一封封密信，邀请这些吃惊的姑娘前去参加秘密会议。大部分收信人从成绩、性格、忠诚度和意志力来说都是班上排名前10%的学生（拉德克利夫学院一位管理人员的简报注明了为什么有个年轻姑娘没有被选上，因为她缺乏"进取心"，"可能从小不缺钱，娇生惯养，被喜欢管事的妈妈宠坏了"，看起来不太可能"对工作真正感兴趣并为之坚持不懈"）。被选中的女性被告诫不仅不能在教室外提到"密码分析"这个词，也不能跟学习小组之外的任何人提起"情报"或"安全"这些字眼，以免有人走漏消息给敌方。附属于布朗大学的彭布罗克女子学院很快就发现自己陷入了水深火热之中。一份海军的简报愤怒地写道，有个布朗大学的教授"脱了缰"，开始向人夸耀这门课程。结果，1942年2月，布朗大学和彭布罗克女子学院都被这个项目列入了黑名单。

当时对于这门课程是否应该给学分的问题仍有争议。海军最初持反对意见，因为它想要寻找的是有上进心和独立的姑娘，但海军通信部门的高级官员约翰·雷德曼对这个项目很有热情，他意识到给学生学分是个好主意。计入学业成绩可以让学生们更努力，也可以把这些即将毕业的女生繁重的课业负担略微减轻一点，许多大学的这门课程都给学分，只是不把它列在课程目录里。为了保密起见，在这些女生的成绩单上这门课写成了数学课。

1942年3月，这些女孩都已经准备就绪，有些人已经把习题集交了回来。海军少校拉尔夫·S.海耶斯给门泽尔写信说这些学生表现非常棒，海军希望各女子学院明年可以找更多的学生来，而且应从包括惠顿学院和康涅狄格学院等更多院校中招募学生。他还补充道，基于海军的观察，"看起来这项工作对高素质女士的需求还会持续一段时间"。

1942年4月中旬，唐纳德·门泽尔报告称这些拉德克利夫学院的女生越来越能干了。他之所以了解，是因为他就在教拉德克利夫小组的学生，并且为学生们的表现感到非常骄傲。"麦考密克小姐是我的明星学生，顺便说一句，她是唯一一上过哈佛日本语课程的女生，她在一个人数超级多的班上胜过了所有的男生。"5月中旬，25位拉德克利夫学院的女生已经通过了文官事务委员会（Civil Service Commission）的认证，获准作为文职人员为海军服务，即将在6月开始执行任务。

海军是非常在意社会地位的。它希望这些女性社会关系良好，而且似乎对她们长得怎么样也很感兴趣。申请表要求女生们提交证件照，有些照片还引发了评论。哈佛的唐纳德·门泽尔很兴奋，"我得指出一点，对上这门课的许多学生来说，只是提交证件照可不太公平"，他说这些姑娘"容貌出众，她们的大幅照片挂在哪个海军办公室都很体面"。

与此同时，另一场会议正在举行。20个女子学院都派出代表前往华盛顿特区古雅的五月花宾馆，美国陆军正在这里召开会议，尝试推动陆军与各女子教育机构的合作。事态已经非常清楚，需要受教育的女子为扩大的战事提供服务。劳工部特别指出，由于战争导致男性工人不足，此时美国正面临严重的劳动力短缺，而当前成年公民人数无法维持战时经济对劳动力的需求。需要学生加入，从女生开始着手是很合理的。因此美国陆军在海军联系女子学院之前就开始搭建自己的女子学院关系网了。实际上，海军原本计划在康涅狄格学院设置培训课程，但在了解到陆军已捷足先登之后就停掉了在该校的项目。

尽管这些响应海军或陆军征召的女孩背景各不相同，但有许多共同点。她们聪明、机智，曾为多读些书竭尽所能，而在当时的环境下这样做也得不到什么掌声和报酬。她们擅长数学、科学或外语，通常三门功课都很好。她们恪尽职守、忠于国家，勇于且乐于冒险。她们也没有奢望自己从事的秘密工作会赢得任何公众的赞誉。

最后这件事可能是最重要的。1942年晚春时节，海军招募的第一批女生上完了秘密课程，交上了她们的习题集。在最初的招募者中，能够坚持上课而且做对的习题数目达标的不到一半。她们各自到岗，开始在位于华盛顿特区市中心的海军大楼工作，很快就把海军大楼填得满满当当，甚至有人不得不坐在倒扣过来的废纸篓上。

这些姑娘被告知，假如她们向他人透露她们在做什么，身为女性并不意味着就不会被枪毙。她们不能假定战争期间的叛国罪凭借自己的性别就能得到宽恕。如果在公共场合被问到她们做的是什么，她们会说就是倒垃圾和削铅笔。有的姑娘也会即兴发挥，信口答道不过就是坐在长官的大腿上。人们很容易相信她们的话。对一个年轻的美国姑娘来说，让爱打听的陌生人相信她做的工作微不足道或者她只是男上司的玩物简直太容易了。

多年之后，她们中的一员告诉我们："几乎每个人都以为我们不过是秘书。"

这是人类有史以来最为暴力的全球性冲突,一场比以前任何战争所消耗的财富更巨大、造成的财产损失更惨重、吞噬的生命更多的战争。在此期间,这些女性成了史上最成功的情报骨干,她们的工作始于珍珠港遇袭之前,一直持续到第二次世界大战结束。她们去华盛顿之前都收到过一个马尼拉纸信封,在打开信封的一刻她们得知,在被选中之前,从事密码分析工作的都是男性。"到底女子能不能成功地接手",海军的信告诉她们,"还需要证明"。

这封信还加上了一句,"我们相信你们能做到"。

* * *

这些新来的女孩进入了一个男性自我意识极强、相互争斗的环境。美国陆军和海军之间的暗战如果不是发生在战争期间,甚至还有点喜剧色彩。这两个部门斗了几十年,各自建立了独立的小型密码破译机构,它们彼此间的竞争有时候激烈到看不清真正的敌人是谁。海军的密码破译员普莱斯考特·柯利尔说,"谁也不跟陆军合作,违者处死"。这话有点言过其实,但也并非毫无根据。这一冲突跟钱有关,两个部门都在扩张,要为争取政府拨款展开竞争。这一冲突也关乎荣耀和嫉妒,还跟军工复合体(military-industrial complex)如火如荼的发展有关。许多机构都是二战期间建立和发展起来的,都要争夺权力和资源。联邦通信委员会(Federal Communications Commission)、联邦调查局(Federal Bureau of Investigation)以及新成立的战略服务局(The Office of Strategic Services,OSS)——也即中央情报局(CIA)的前身——都在为开展密码破译行动相互竞争。

在密码破译上采取集中行动的英国人对此感到很震惊。一位英国的联络官形容战争初期的美国人"只是很多小孩在'办公室'胡闹"。

如同这个评价所暗示的那样，美国人还不得不和英国自己的密码破译项目布莱切利园展开竞争和合作。英国这个坐落在楼房里的秘密机构聘请了一帮"最强大脑"——牛津和剑桥智慧超群的数学家和语言学家，其中大部分是男性，但也有一些女性。在伦敦郊外60英里的地方有一个颜色单调难看的庄园，他们就在这个庄园阴冷昏暗的"小破屋"里辛勤工作。布莱切利园里面及其周边也有数以千计的女性，许多都是来自上层家庭，她们在此使用的是破译恩尼格码的"炸弹机"（"bombe" machines）。采用恩尼格码的不只是德国海军，还有德国陆军、空军和各安全部门。美国1941年真正参战时，英国的密码破译阵容比它的美国佬盟友历史更久，经验也老到得多。

但美国的密码破译很快就赶了上来，而且随着战事的发展变得越来越重要，规模上也比布莱切利园更大。在这一联合行动启动时，盟国决定由英国领导欧洲战区的密码破译工作。美国则在各个盟国的帮助下牵头负责广阔的太平洋战区的密码破译。随着战争的发展，美国的密码破译行动也成了影响欧洲战事的关键。当男人们不断被派到炎热干燥的北非沙漠、意大利的高山深谷和白雪覆盖的欧洲森林，前往太平洋舰队航空母舰和硫磺岛海滩时，密码破译队伍的女性比例也在逐步增加。

在这种竞争激烈的文化中，女性的贡献很容易被忽略。这些女性非常看重保守秘密的誓约，而且她们那一代人不期待也不可能因在公共事业上有所作为而获得赞誉。她们并非顶级精英，也没有在事后写下历史故事或是第一人称的回忆录。但女性的确在各个阶段都发挥了重要作用。她们要操作被改装成密码破译机的复杂的办公机器。她们建立的图书情报中心成了"附属物"（collateral）的重要来源，"附属物"这个术语指的是诸如公开演讲、货运清单、航船的名字、敌军司令官姓名等有助于破译电文、说明其内容的辅助材料。她们还担任了翻译工作。她们发展了一些新的领域，比如"通信量分析"（traffic analysis），即通过加密电文的外部特征，比如电报从哪个站点发出来，发到哪里去，无线电通信量突如其来的波动、不祥的静默，或是突然出现的新站点等来了解敌方军队的活动。女性被派去负责一些"次要的"系统——比方说气象代码——结果，当各主要系统出现故障导致电文无法解读时，发挥关键作用的正是它们。

许多主要由女性组成的团队攻击和破译了重要的密码系统。某种密码一旦得到破译就必须进行漏洞利用，通常还会被再度破译，女孩们相互协作，组成了一条神奇的流水线。

这些女孩还要检测美国自己的密码，确保其安全可靠。她们作为无线电截听员分布在全球各个监听站。美国海军不允许女性在海外服役，尽管有很多人想去，也仅有少数女性被派去了夏威夷。而陆军准许自己的密码破译娘子军进入战区。有些为陆军工作的女性被派往了澳大利亚或者新几内亚等太平洋岛屿。道格拉斯·麦克阿瑟将军战后占领东京时，也有部分女性随陆军一起调往东京。有些女孩参与发明了"填充流量"（dummy traffic），用假的无线电信号诱使德国人相信盟国的西欧登陆点不在诺曼底的海滩，而是在挪威或者法国的加莱（Calais）。

那个年代就是我们今天所说的"信息安全"的形成时期，科技发展提供了各种加密和隐藏信息的新方法，各国争相发展安全通信。和航空工程等其他新生领域的情况一样，女性之所以能闯进密码破译的领域，很大程度上是因为这一领域此前几乎不存在。这个领域还不够有声望，并不引人注目。这里还没有设置好有关规范和认证的复杂系统——包括专业协会、研究生学位、执照、俱乐部、学术团体、资格认证这些在法律和医学等其他领域运用已久的种种障碍，因而无法把女性排除在外。

将女性纳入劳动大军的目标是腾出男子去从军服役，由此女性也被置于一个尴尬的境地。当时有一句俗语是"放男人去打仗"。有了女人承担劳动，原来坐办公室的男人就可以被送往血腥的战场。这让女性变得受欢迎起来，但同时也让她们招人怨恨。这种怨恨和20世纪六七十年代进入劳动力市场的女性遭遇的怨恨截然不同。

这是一种在心理意义上影响深远的处境。女性被纳入劳动大军是为了腾出男人去前线，可能就是去送死。但是她们所做的工作正是要保障出征的男人活下去。她们拼尽全力保护的这些男人也正是因为她们的到来才身涉险境。招募这些女孩的时候心理测验还不是那么普及，难以判断谁能够妥善应付这种事，谁应付不来，而且创伤后应激综合征（post-traumatic stress）还并非一种公认的病症。所有这些女孩都有兄弟、恋人、未婚夫和朋友在战场上，许多人都破译了预言自己兄弟所在舰船或部队命运的电文。做这个工作要付出代价。有些女孩一直都没有缓过来。露易丝·皮尔索原本是为恩尼格码破译项目工作的数学家，后来精神崩溃了。她的兄弟威廉说，"她完全废了"。

女性被认为更适合密码破译工作——海军少将诺伊斯的信中就有这个说法——并不是一种恭维。事实完全相反。这意味着女人被认为更适合从事那些枯燥的、需要特别关注细节而无须发挥天才的工作。这是20世纪40年代的一种流行观点。在天文学界，女性长期以来被当作"计算器"使用，被指派去做较低水平的计算。人们认为适合女人的是事情初始阶段那些细致的、重复性的工作，这样男人们就可以在事情变得有趣和困难之后来接手。人们认为男性比女性更聪明，但更缺乏耐心，更不稳定。安·卡拉克里斯蒂回忆，"人们普遍认为女人更适合做单调乏味的工作——而我早就发现，密码分析的初期工作真的很乏味"。安作为密码破译员的第一份工作就是对截获下来的大量电报进行分拣。

实际上，这种对女性的偏见直到今天还存在。即便如今，对女性来说最难顺利进入的学科，例如数学、实验科学和计算机科学都被视为需要与生俱来的天赋，而这一特质长期以来都被错误地与男性联系在一起。有关密码破译的文学作品也迎合了这个神话。有关密码破译的丰功伟绩的故事通常聚焦在少数几位巨人般的天才身上，他们灵光一闪就破译了密码，从而解读出了一连串重要的情报。像这样的故事支持了一种观念——天赋孤立地见于独立个体的大脑之中，而这些独立个体必定是男性。而在有关密码破译的公共历史中被奉若神明的传奇的名字正是如下这些杰出的男性：布莱切利园的艾伦·图灵、以破译密码协助美国赢得中途岛海战胜利的美国海军军官约瑟夫·罗什福特[1]，又或者是美国情报分析员梅雷迪思·加德纳，正是他在美国代号为"维诺那"（Venona）的计划中破译了苏联方面的电文，从而使多名苏联间谍暴露。通常他们都有点为其名声增光添彩的怪癖。在作家的笔下，约瑟夫·罗什福特身穿便服、趿拉着拖鞋，在瓦胡岛的地下室里踱来踱去。要么就结局悲惨，例如图灵因同性恋身份而受到迫害，最终自杀身亡。其实从头到尾才女们的贡献也一样重要。只不过女性得到的关注要少得多，她们通常不被放在最顶尖的位置，因而也没有太大的声望。

---

[1] 约瑟夫·罗什福特：原文为 Joe Rochefort，Joe 是昵称。

但事实上这些天才的故事言过其实，密码破译绝对不是一项单打独斗的工作，而且在许多方面都是天才的反面。或者应该这样说：天才本身就是一个集体的现象。密码破译的成功需要灵光闪现，没错，但是它也有赖于资料的仔细维护，这样刚刚得到的加密电文才能够拿来和六个月之前得到的类似电文进行比较。二战期间的密码破译是规模庞大的团队通力合作的结果。正如著名的海军密码破译员弗兰克·雷文所说的那样，战时密码分析上的成就是"集体工作"（crew job）。弗兰克来自耶鲁，曾担任女子密码破译员的督导。这些机构就像一个个巨大的大脑，在其间工作的人们就是活生生的、会呼吸的、共享的存储器。破译密码的不是孤立的个人，而是通过人们不断交换其获知、留意和收集到的点点滴滴，那些储存在他们脑海中的闪闪发光的片段数据和其他有用的项目，那些他们在别人背后偶然瞥见并记住的东西，最终指出破解密码的关键模式。

良好的记忆力是破译密码最好的工具之一，而能够超过博闻强记的个人的便是许多博闻强记的人。这个过程的每一步——将敌方的通信分为各个独立的系统，关注散乱的偶然事件，建立索引和文献，管理海量的电报，从噪声中选择信号的能力——使伟大的直觉飞跃成为可能。在战争期间的先导工作大多数是由女性完成的，大多数这些直觉的飞跃也是由女性实现的。

正是因为她们没有期望借此获得赞誉或晋升，她们倾向于平等协作。这跟海军里的男性官兵，尤其是那些汲汲营营求取功名的野心家形成了鲜明的对比。"在我们这儿干活的女性工作非常努力。我们当中没人认为必须要成功或者必须比别人干得更好，除了在一些小事上较真。"多年之后，安·卡拉克里斯蒂回忆说："我的意思是，面对具体的问题时，你想成为最先想出解决方案的人，或者是破译秘密电文的第一人。但你要知道，钱这种东西在这儿几乎没有人争,因为每个人都真的认为战争结束之后我们就要走了……大多数人都认为不过是暂时在这儿待一待。"

* * *

这群女孩属于非常独特但未被关注的一代人。她们中许多人都生于1920年,这是美国妇女获得选举权的历史时点。可以说她们早年都生活在一种机会不断增多的氛围当中。女性在某些职业上取得了斐然的成绩。摩登女郎时代(the flapper era)让女性得以摆脱行为规范的束缚,女性的潜力也逐渐得到认可,阿梅莉亚·埃尔哈特以及其他女飞行员的杰出成就,例如"自由港的空中潮女郎"埃莉诺·史密斯十七岁就驾机穿越了纽约伊斯特河上四座大桥,以及像娜丽·布莱这样行事高调、喜欢博取关注的女记者们的活动都指向了新的自由。

但是,当这些生于1920年前后的女性还是孩子的时候,"大萧条"时代来临了。她们身边不再有机会,曾经取得进步的方面也出现了倒退。许多女性被解雇,以便把工作留给男性。家庭也不再稳固,尤其是许多女孩的父亲都因为在"一战"中身心受到重创,日子过得很艰难。女儿们要帮忙做家事,这意味着女孩们对家人情绪的混乱也非常敏感。受到冲击的并不只是贫困家庭。令人吃惊的是,在海军招募密码破译队伍的精英女子学校中,有非常多的女生依靠奖学金生活,童年时代受过创伤的比例也非常高。威尔斯利学院1943届的毕业生珍妮·哈蒙德是一名商人的女儿,她在"大萧条"时代几乎失去了一切。哈蒙德永远难以忘记那个夜晚,她正在厨房的饭桌上吃晚餐,她父亲在见过经纪人之后回到家里,垂头丧气地告诉他们钱都没了。父亲说:"别担心,你们还是会有足够的面包和牛奶。"哈蒙德当时是个小孩,她觉得以后一辈子都只能吃面包喝牛奶了。她靠奖学金上了威尔斯利学院,总是为自己的成绩感到焦虑,担心哪天成绩不够好就会拿不到奖学金。她拒绝了寄给她的密信,因为服从军事纪律令人恐惧,这样的环境太像她那个要求严苛又愁云密布的原生家庭,让她难以承受。

成千上万的女性同意了密信的要求。对她们来说,这个去华盛顿的机会让她们得以从家务事中暂时解脱出来,可以自己单独住,也可以和朋友一起上班一起住。她们由此真正踏入了社会。这段时间让她们在做女儿和当太太的各种要求和责任中间有了一个喘息的机会。在20世纪三四十年代,美国很多地区都还是乡村。这些女孩通常来自农场或者小镇,在那儿看不到未来有什么变化。二战结束之后,许多人再也没回去过。她们的生活已经被工作不可逆转地改变了。

可以自由行动是美国密码破译员与英国同行间的一个区别。去布莱切利园及其周边机构工作的女孩必须待在那里,除了伦敦之外哪里也去不了,她们体验到的是一种紧迫感,但一定程度上也是禁闭。而这些美国女孩可以爬上火车或者巴士去旅行。她们生活在快速发展的国家的首都,自己租房子,互相争抢住处,分享床铺——两个上不同班次的女孩睡同一张床,这被称为"热被窝",她们在任何可以找到房子的地方安顿下来。整个首都遍布着许多零零散散的寄宿小公寓。有些卧室只是在门前有个帘子。有些房东会给来自北方的房客准备她们从来没吃过的羽衣甘蓝和豇豆。她们可以请上48小时或者72小时的假,在华盛顿跳上火车,去纽约甚至芝加哥过个周末。

来自瓦萨学院的伊迪丝·雷诺兹租住在乔治城大学的一座褐色

砂石建筑里,她的房间与街面齐平。她第一天早上醒来后穿着红色的睡衣坐在床上,才意识到窗户上没有帘子。一位人行道上路过的男士看到了房间里的她,还摘下帽子向她致意。战争期间的生活就是那样。

在华盛顿,这些女子密码破译员经常坐巴士和电车。她们去酒吧,还参加劳军联合组织(USO)的各种舞会。她们也会照顾彼此。有一群姑娘就曾约定了一个暗号,当她们一起去酒吧时,如果有人点了一杯伏特加柯林斯酒,就表明有陌生人对她们的工作过于好奇,她们就纷纷去上卫生间然后溜走。她们也去看音乐剧《俄克拉荷马!》,这部1943年3月首演的音乐剧充满悲情,还涉及死亡,为当时的音乐娱乐提供了一种新视角。

这些女孩子长了许多见识,而有些长见识的方式也让她们始料未及。来自威尔斯利学院的密码破译员苏珊娜·哈波尔在市中心非常体面的公寓里租了一个房间,她休了一个短假,回来后却发现这个房间在自己离开期间被"租"给了一位军官和他的情妇。她回来得稍微早了一点,不得不在门廊上等这对地下鸳鸯把房间腾出来。

* * *

1942年,只有大约4%的美国女性完成了四年的大学教育。一部分原因是很多地方都不让女性入学,即使男女混校的学院也会控制招收女生的数量,还经常会设置一种叫作"女生学监"(dean of women)的职位,仿佛女生是全体学生中一个特别的子群体,而不是正式的成员。家庭也更有可能为儿子而不是女儿承担学费。对女性来说,大学教育能带来的经济报酬非常有限,大学学位给男性提供的未来收入的前景不是她们可以企及的,许多家庭都认为送女儿上大学不划算。女孩不大可能成为建筑师或者工程师，或者说没有多少女孩能做到。专业的研究院所几乎没有位置留给女生，有时候根本不招女生。

那些上了大学的女孩都非常有上进心。她们中有的人来自本身就很重视教育的家庭。还有一些家庭把女儿上大学看成通过舞会接触隔壁男校学生和社交达人的机会，以此谋得前程似锦的良婿。女性通过教育获得的收益都取决于配偶的成就。有的大学女生来自德国、法国、意大利移民家庭，让女儿上大学是一种让家庭尽快美国化的办法。在第一代移民的大家庭中，有个受过高等教育的女儿是他们在社会阶层逐渐提升的过程中与同辈兄弟姐妹攀比的一种方式。这是一种地位的象征。有的家里是女儿求知若渴，实在无法阻止她上大学。在20世纪40年代，做一个聪明的女孩并不容易。人们会认为你很招人烦。

四年制的女子大学是真正的智力探究、阶层地位攀升和直白的婚配野心的大杂烩。各校学生所受的教育也有不同的宗旨。七姐妹女子学院的校方领导，还有一些南方的学校，包括弗吉尼亚州的斯威特布莱尔学院的领导梅塔·格拉斯都致力于女子教育。许多女子学院都设置了各种严格的课程，从动物学到古典文献无所不包。为学科毕生奉献的女教师们推动着学生在希腊语、物理学、莎士比亚研究上精益求精。学校鼓励追求完美。

许多学生也都志向远大，接受高标准严要求。威尔斯利学院的拉丁语校训"助人而非受助于人"（*Non Ministrari sed Ministrare*）提倡服务精神、施行善举。有些本科生更喜欢一个原型女权主义（proto-feminist）的战斗口号："不当长官的太太，去当长官。"

但结婚的压力还是很大。威尔斯利学院的同学录用一整页列出了所有订婚者的名字（梅布尔·J. 贝尔彻与雷蒙德·J. 布莱尔订婚；阿蕾丝娜·P. 史密斯与弗雷德里克·C. 卡斯滕订婚），还列出了最近结婚的女子的姓名（安·S. 汉密尔顿嫁给亚瑟·H. 詹姆斯中尉）。1940 年，威尔斯利学院还给学生开设了一系列有关婚姻的讲座，讲座主题包括"以婚姻为事业""婚姻的生物学问题""助产术""幼儿照护"等等。学校里流传着一个传说，在大四年级穿着学位服、戴着学位帽滚铁环的欢乐比赛中，获胜的女孩会成为"班上第一个新娘"，还会得到一束捧花作为奖赏。

这一代的女孩有意思的地方在于，她们确实明白，在某种情况下她们可能不得不靠工作养活自己。她们是被"大萧条"塑造的一代，知道不管自己嫁得多么"好"或者"不好"，可能都必须要自力更生，甚至要靠教师的工资养活自己。她们中有些人被送去念大学的初衷是借此与好男人结缘，但她们获得的学位让她们得以"撤回来"做教书先生。有些女孩上大学是因为真的很有抱负，立志要在法学院、医学院向女生开放的少数空间里争得一席之地。

突然之间，这些女孩就有人需要了，而且是由于有头脑而被人需要。"立刻就来吧，我们在华盛顿用得着你。"高中乐队指挥杰伊尔·班尼斯特收到了这样一条留言。她之前曾经在位于南卡罗来纳州洛克希尔的温斯特普学院接受过陆军的密码分析课程培训。

20 世纪 40 年代，美国的劳动力市场还有严格的性别区隔。报纸上的招工启事会写明"招男性"或者"招女性"。对于受过教育的女性来说，工作机会很少，而且酬劳通常比男人的工作要少。但没想到的是，推给女性干的那些工作通常都是最适合破译密码的工作。在中小学教书以及教书必须具备的知识是其中最主要的组成部分。熟悉拉丁语和希腊语，精心研读过文学和古代文本，有外语能力，可以通过仔细研读和思考从大量的数据中分析出字里行间的意思，这些技能都非常完美。

事实证明，还有些其他的女性常干的工作也有用武之地。图书馆员也被招了过来，尝试从乱成一团的废弃加密电文中理出个头绪。"什么都没有归档，全是一团糟。"珍妮·科兹是为海军搞密码破译的诸多图书馆员中的一位，她说："他们把我们从全国各地抽调出来。"秘书们非常善于给文件归档、保存档案和进行速记，而速记本身就是一种真正的密码。管理办公室的机器，比如制表机、打孔机也是女性的工作，当前能够进行多数位代码组比较和叠加的IBM的机器需要成千上万的人来照管。主修音乐的大学生也用得着，音乐天赋也包括寻找模式的能力，这也是具有密码破译超能力的一个指标，于是女孩子们当年练钢琴的辛苦都有了回报。电话接线员从来不怕最复杂的机器，实际上，通信行业从出现之初就被认为适合女性。男孩发送电报，女孩来当电话接线员，很大程度上是因为人们认为女性对打电话的人更有礼貌。

性格也很重要。在这一点上，女子学院也非常理想。所有的学校都有行为规范——宵禁、宿管、监护女伴，以及有关不能在宿舍房间里吸烟、不能私下跟男性会面、不能发生性行为、不能在公开场合穿裤子或者短裤的规定等等。所有这些都有助于女生们顺利通过军队的背景调查。教会学校就更好，它们的毕业生大多不喝酒。

的确，对女性不利的一点就是她们被认为不像男性那样善于保守秘密——每个人都知道，女人喜欢闲聊、讲八卦、传播小道消息。话又说回来，说到性行为，人们认为女性比男性的安全风险要小。在美国参战之前，当美国陆军开始招募士兵接受无线电截听员培训时，一份内部的简报曾经对把绝密工作交托给年轻小伙子可能引起的后果表示忧虑。这份简报提出，青年时期是"拈花惹草的时候，那些不受干扰的情况下做梦都想不到会说的话，在女人和酒精的影响之下给说出去的可太多了"。而女性则被认为没有那么大的问题，至少在喝酒和吹牛这两件事上是如此。

这在美国历史上是个难得一遇的时刻，史无前例。受过教育的女性不仅被需要，而且是被抢着要。在此之前，许多大学的领导都曾犹豫要不要鼓励女生学习数学和科学，因为能给女性干的工作非常少。不过，珍珠港事件发生后不久，像赫尔克里士火药公司（Hercules Powder）这样的公司就开始在威尔斯利学院等学校招聘化学家。美国战略服务局和联邦调查局也在积极招募女性。女子学院毕业生的工作前景实际上在1941～1942年间就有了变化。男人都走了，但军事工业非常复杂，还得继续搞下去，必须配备足够的人员。弹道行业需要数学家来计算武器运行的轨迹。利华兄弟公司（Lever Brothers）和阿姆斯特朗软木公司（Armstrong Cork）也需要化学家。格鲁门航空航天公司（Grumman Aircraft Engineering Corporation）需要"技术士"（specifications men）——对女性它也用同样的称呼——就是能看懂工程图纸的人。雷声公司（Raytheon）需要工程师。伯利恒钢铁公司（Bethlehem Steel）需要装甲板材的设计师。麻省理工学院需要女毕业生来运行它的模拟计算机。军事部门不得不跟私营部门争夺人才，不同的军事部门之间也有竞争。的确，当时这只是被视为一种暂时现象，而且性别歧视依然存在：教育家们担心鼓励女性学数学和科学反而会让她们陷入困境。有个电力公司打算从古彻学院招20个女工程师，但有一个附加要求，"选漂亮的，我们可不想战后还把她们留在手里"。

* * *

轴心国对女性的动员从来没有达到同盟国这种程度。日本和德国的文化都非常传统，女性没有像这样被招来为战事服务，女性既没有加入密码破译，也没有做其他什么高级工作。当然，盟军取得二战胜利的原因有很多——美国的工业实力、军事指挥官和政治家的领导力、英国人在经年累月的轰炸和丧乱之下的坚忍不拔、法国和挪威地下组织的英勇抵抗、间谍的足智多谋、救助和收留犹太邻居的公民义举，以及海员、飞行员和士兵的英勇牺牲，其中苏联的军事人员伤亡最为惨重，死伤官兵数百万人。

但聘用女性也构成了制胜因素之一。女人并不只是让男人得以抽身奔赴战场，让艾森豪威尔在诺曼底的登陆艇里装上更多的男人，或者是让尼米兹将军的太平洋舰队能配备更多的人员。女人可不只是填补男人的工作岗位。女性也是积极参与战争的主体。通过她们的智力劳动，这些女性在战争的进程中发挥了作用。这是一个重要的事实，一个经常被忽略的真相。

珍珠港事件发生当晚，在美国陆军位于华盛顿市中心的绝密的次要密码破译办公室里干活的有181人。到1945年，美国本土有将近8000人加入了陆军庞大的密码破译行动，工作场地也大为扩展，搬到了弗吉尼亚州郊区的阿灵顿学堂，此外，还有大约2500人在战场上投入工作。在整个队伍中，大约有7000人是女性。这意味着美国陆军的密码破译队伍不少于10500人，大约70%是女性。同样，战争开始时美国海军只有几百名密码破译员，大部分都驻扎在华盛顿，夏威夷和菲律宾也有一部分人。到1945年，驻扎在华盛顿的海军密码破译员大约有5000人，驻扎在海外的人数也与此相当。海军在美国国内的密码破译员里至少有80%，也就是大约4000人都是女性。这样算下来，二战时期整个美国大约20000名密码破译员中约有11000人是女性。

战争结束后，这个计划取得的重大成就浮出了水面，公众才得以对那些秘密完成的功业献上赞美。1945年底，《纽约时报》

第二次世界大战结束后,道格拉斯·麦克阿瑟将军的参谋官史蒂芬·张伯伦宣称,密码破译员们缩短了战争,帮助拯救了成千上万的生命。而战后的表彰并没有提到有上万名美国密码破译员是女性。美国陆军情报与安全司令部供图

刊登了一封马歇尔将军 1944 年写给托马斯·杜威的信。当时杜威正与罗斯福竞争总统。马歇尔将军在信中陈明,好几次胜利都应该归功于密码分析队伍,他请求杜威保守这个秘密。战争一结束,这封信就被公之于众了。马歇尔将军在信中指出,多亏美国有了密码分析队伍,对于日军的战略部署"我们掌握了丰富的情报"。他披露了一些著名的海战胜利背后的原因,指出"(美军)在太平洋战争中的行动基本上都是以我们获取的日军兵力部署的情报为指导的"。

同样,战后调查偷袭珍珠港的联合委员会也注意到,陆军、海军的通信情报是"我们历史上最杰出的情报","对战胜敌人做出了巨大贡献,极大地缩短了战争,拯救了成千上万的生命"。曾参加过太平洋战争的史蒂芬·张伯伦少将宣称,仅在太平洋战区,军事情报就"让数以千计的人幸免于难,让战争的时间至少缩短了两年"。而军事情报绝大多数都源于密码破译。

国会议员们也马上对密码破译队伍大加褒奖,纽约的议员代表

克拉伦斯·汉考克1945年10月25日在众议院发表演讲:"他们的工作拯救了成千上万人的性命。"

　　他们有资格享有荣耀和全国的感激,但他们永远也得不到。日本的密码几乎是在战争刚开始就被我们破译了,直到战争结束,都在我们的掌握之中。正因为了解他们的密码,我们才能够拦截和摧毁几乎所有试图驶向菲律宾或者其他太平洋岛屿的补给舰和船队。比方说,我们知道在麦克阿瑟登上莱特岛之后不久,就有一个载着四万名日本兵的大型船队被派去增援那里。他们在海上遭到了我们的舰队和空中力量的拦截,并被全部歼灭。

　　他慷慨陈词:"在跟日本交战过程中,我相信我们的密码破译员……跟任何其他组织的人一样,为胜利的提前到来做出了贡献。"他没有提到的是,这些密码破译员有一半以上都是女性。

第一部曲 ——「总体战的情势之下，需要动员妇女」

第一章
女生的 28 英亩

1942 年 9 月

查塔姆是弗吉尼亚州南部一条大路中的高地：这是一个只有1000多人的风景如画的小镇，有很多整饬优雅的维多利亚式的房子，市中心漂亮的希腊复古式法院远近闻名。以前这里是周边数英里从事烟草生产的农夫们商业交易的中心，作为匹兹尔维尼亚郡的首府，为纪念第一代查塔姆公爵而得名。查塔姆公爵是一位同情美洲殖民地居民、反对不公平税收政策的英国议员。尽管这些事有点久远，这个小镇还是一直保持着高尚雅致的品味。1942年，查塔姆引以为荣的是一所漂亮的女子寄宿学校和一所私立男子军事院校，为来自弗吉尼亚州和北卡罗来纳州的上流家庭培养未来的淑女绅士。

不幸的是，这两个豪华的学术机构都不是多特·布雷登以前教书的地方。多特以前的工作是在查塔姆的普通公立中学教书（或者说尽力去教书）。这个学校位于一幢离主干道几个街区远的朴素的砖混结构建筑里，1942年时已经问题丛生、度日维艰，最令人头疼的就是人员流动率太高，教师队伍一片混乱。在这一点上，查塔姆中学倒也不是那么特别：美国参战已经将近一年了，所有处在兵役年龄的身体健全的男性几乎都报名参战了，全国的学校都面临长期师资不足的问题。男教师从来就不多，现在差不多全消失了。女教师流失得也差不多了：战争在全国的教堂里掀起了结婚热潮，许多学校的女教师辞去教职，匆匆赶在男友出征之前出嫁。这些动荡和人事变动的后果，就是1942年刚一开学，查塔姆中学几乎所有的教学任务都落在了二十二岁的多特身上，起码多特的感觉就是如此。

多特·布雷登刚走出大学校门，在来查塔姆中学之前从未教过书。在来的第一周，她发现自己要负责十一和十二年级的英语、一年级和二年级的法语，以及整个学校的古代历史、公民教育、卫生教育、健美操，还被派去推行一个鼓励年轻人健身的项目。这个项目要求高中女生吃完午饭之后不停地操练行军。操练中每次女生们叫她"布雷登将军"时，多特都差点儿笑出来，但是这个蓝眼睛、棕头发、五尺四寸高的女孩有魄力有决心，所有要求她都做到了。物理老师走了之后，学校又陷入了新的恐慌和混乱。在一次教职工会议中，多特不太明智地提到了她的毕业证也是教授物理课的资格证明，结果，不用说，她又成了教高等物理的老师。每周五天、每天八小时，多特不得不从这个教室跑到那个教室，不停地教课、批改作业、操练。她付出这些辛劳，每年工资是900美元，也就是大约5美元一天。

多特习惯了辛勤工作，但假如有人问她——当然并没有人问过——她会说，当美国正在参战的时候，用这种方式教任何人任何东西都是不可能的。这个学校十年级的学生（之后两年这个班的学生少了一半，因为也有青少年全职为战事服务）后来曾经在毕业纪念册《闲聊》(The Chat) 上提到，1942～1943年是他们整个教育经历当中"最困惑"的时候。多特后来回忆道："非常可怕，我得告诉你,他们把所有的事都扔给了我。"

压垮骆驼的最后一根稻草是圣诞节。多特和另一位女老师与警长夫妇住在一起,半年之后,多特的同屋也要结婚了——就是放弃不干了——于是多特又接过了她的英语作文课。与此同时,多特平时吃饭的餐厅也关门了,因为店里人手不足,而且人们最想吃的肉、黄油、奶酪和糖,还有最想喝的咖啡,都只能限量供给,不敷使用。警长家里的管家开始给多特准备晚饭,多特每天晚上都在自己的房间里吃饭,感到疲惫不堪。

为什么还不辞职?多特还真不知道怎么解释。她天生性格坚韧,无论遇到什么困难都要把工作做好。她尽了最大的努力:在一个命题作文比赛中,多特指导的班级击败了寄宿学校查塔姆学堂,这可是前所未闻的事。多特的物理课上有位女生的母亲也来向她表示感谢,这个女生计划去大学学物理。不过,当学年结束的钟声响起时,多特·布雷登收拾了她的裙子、毛衣套装和马鞍鞋,回到了50英里之外弗吉尼亚州林奇堡的家里。

她告诉母亲:"我再也不去那个学校了。我不去了。这会把我整死的。教书我可是受够了。"

这两个女人总是站在一起,相互扶持。多特妈妈租的房子在林奇堡联邦大街511号,这是一幢朴素的维多利亚时代的木屋,坐落在离市中心不远的一个陡峭山顶上的居民区里。多特的妈妈弗吉尼亚——他们都叫她外婆(Meemaw)——曾经独力抚养了四个小孩,多特也会用自己的收入接济母亲。现在找不到什么其他的好工作,即使像多特这样受过良好教育又肯卖力工作的年轻女性也找不到工作。在当地报纸的分类广告里,女性劳动力可以应聘的多半是接线员、服务员、保姆,还有一直缺人的学校老师。但弗吉尼亚·布雷登不愿意让大女儿去做她讨厌的工作,所以她们一致认为多特可以去找点别的活来干。

在这番对话之后不久，多特的母亲回到家告诉她，有些政府的招募人员在弗吉尼亚酒店设了个点。弗吉尼亚酒店是一座富丽堂皇的黄砖修砌的复古建筑，位于小镇中心教堂和第八街的交叉路口，离他们家半英里左右。据传这些招募人员要找学校的老师。多特的母亲其实并不知道这份工作究竟是什么。她把这件事情讲得有点神秘，听起来有点儿像间谍。这个工作在华盛顿特区，跟打仗有那么点关系。

华盛顿特区！多特从来没有去过华盛顿，尽管这个国家的首都从她家往北只有三个多小时的车程。就像多特认识的大多数人一样，她几乎没有出过自己生长的弗吉尼亚州。她没休过假，除了拜访亲戚也很少出去旅行。她记忆中唯一一次离开弗吉尼亚州，就是和朋友一起去纽约的西点军校参加舞会。除了那次之外，她生活里的大部分时间都花在两个地方：一个是她现在居住的林奇堡，还有一个是整个州里最西边的城市，小小的煤矿社区诺顿。多特一家在她还是小孩的时候搬到了诺顿，她父亲在那里找到了一份铁路邮差的工作，但是多特的父母婚姻不睦，于是多特的母亲带着孩子们又一起搬回了林奇堡，她有亲戚在这里。当多特还是个小女孩时，她在学校的课堂上读到过一本有插图的书，图上画着幸福的一家人围坐在餐桌旁，当老师从她背后走过看到这幅图的时候她觉得很尴尬，好像整个人都僵住了。尽管"大萧条"使很多家庭分崩离析、备尝艰辛，但婚姻不和这种事情不会有人提及。

林奇堡不是一个大城市，但比诺顿大一点，常住人口约有4万人，诺福克及西部铁路、切萨皮克及俄亥俄铁路、南方铁路等几条铁路线在这里交会。作为一个山城，林奇堡曾经是南部最大的卷烟市场。它坐落在詹姆斯河旁，早年间，奴隶们撑着船，把成桶的烟草运到里士满去。随着运河铁路的修建，这里兴起了更多工业：鞋厂、铸造厂、造纸厂、面粉厂、木材作坊一个个兴建起来。多特的妈妈曾在一个制服厂当秘书，挣钱很不容易。在某些方面多特几乎对"大萧条"没感觉，因为这和普通日子里的艰难也没什么两样。她生于1920年，在她九岁的时候股市崩盘了。

作为家里四个孩子中最大的一个，多特有责任帮妈妈一把。她和家里的老二——小名叫布巴的弟弟，常常联起手来对更小的两个孩子实施铁腕管理，并负责干完家务。多特的兄弟姐妹叫她迪西——因为他们中最小的那个当时实在太小了，没法发出"多萝西"这个音。对她最小的弟弟提迪来说，多特是个令人敬畏的风云人物，她总是为学校内外的活动忙个不停。

对提迪来说，他的大姐头脑清晰，善于分析，又富有文学的感受力。布雷登家里书并不多，但凡家里有的书，多特总是读了又读，比方说多特曾经在某个圣诞节得到了《太阳溪农场的丽贝卡》(Rebecca of Sunnybrook Farm) 这本书，她读了大概有25遍。他们家还有一本皮质封面的济慈的诗集和埃德加·爱伦·坡的作品集，爱伦·坡是多特最喜欢的作家。多特上学的时候，每次要做演讲就喜欢讲爱伦·坡写的诗或者故事——"乌鸦说，'永不复还'"——用来吓唬同学。她有一种演员的特质，喜欢在日常谈话中抛出诸如"顿时""使徒书"这种词。多特和弟弟妹妹也非常喜欢去公共图书馆借阅成年人看的侦探小说。妈妈回家时经常发现他们还窝在家里看书，于是就大喊道："我必须得把你们这些孩子弄出去晒太阳！"

多特和妈妈关系很好，她的妈妈是一个充满活力、永不服输的人。弗吉尼亚·布雷登小时候经济并不宽裕，她决心要为孩子们创造更好的机会。弗吉尼亚早就想好了，要让多特去上伦道夫－梅康

"大萧条"时期的美国仍然是一个农业国。1940年时仅有约4%的女性完成了四年的大学教育,部分原因是许多大学不愿录取女生。图中和保姆、兄弟们在一起的小女孩是多特·布雷登。在充满活力、意志坚定的母亲的引导下,多特·布雷登进入了伦道夫-梅康女子学院。多萝西·布雷登·布鲁斯供图

女子学院。这是位于林奇堡市中心的一个四年制的女子学院,离他们家两英里半,整洁的校园占地100英亩,还有18幢红砖建筑俯瞰詹姆斯河。伦道夫-梅康女子学院建于19世纪,是为解决弗吉尼亚州女子教育问题而成立的一系列私立学院之一,而弗吉尼亚州的公立大学直到1918年才完全向女生开放。在弗吉尼亚州有许多名声在外的私立女子学院——包括斯威特布莱尔、霍林斯、西安普敦和玛丽波德因等等,而伦道夫-梅康女子学院据说是最严格、要求最高的。

多特很愿意听从妈妈的命令。不过,钱从哪里来仍然是个问题。当地一家商人俱乐部给她的奖学金足以支付学费,但还需要买

书的钱，而她家掏不出来。多特把自己关在房间里大哭起来。一位慷慨的叔父伸出了援手：他愿意借钱给多特买书，只要多特不告诉他太太。多特上大学期间都在花店打工，还帮物理老师批改论文赚外快，她那些家境富裕的同学空闲时间出入舞会、参加橄榄球比赛，而多特却乘着电车在打工地点和大学课堂之间来回穿梭。多特在伦道夫－梅康学院发现了自己的语言天赋。她从七年级就开始学习拉丁语和法语，大学里仍在继续。对多特而言，说法语是一个挑战——与她有些同学不同，她从来没去欧洲旅游过——但阅读和写作法语就和睡觉一样自然。

* * *

于是，在1943年9月4日那个星期六，多特来到了弗吉尼亚酒店。战争的阴影已经完全笼罩了她所在的小城：整个1943年夏天，林奇堡的日报和晚报——《新闻报》和《进步日报》满篇报道的都是罗马和西西里等地的战况、盟军的轰炸行动、德国铁路系统状况与希特勒的欧洲帝国、"美国飞行员小伙儿"英勇无畏笑对生死、日本远在南太平洋的据点拉包尔最近的重要地位，等等，也有些新闻离家稍近一点，比如报道当地黑市和市场限价、黄油供应情况、煤矿的状况、棉纺织品短缺、因孩子们的脚不停长大给孩子分发额外的鞋子配给券，还有从诺福克运来的第一批牡蛎（"这些从不爽约的秋天使者"）到港但缺少人手来剥牡蛎的消息，等等。各种图片广告鼓励市民去买战争券，食品专栏教大家怎么在仪式从简和白糖定量配给的情况下做婚礼蛋糕，有个名叫米尔纳斯的商店登报宣传"完美适用于您的公共生活的裙子——让您在委员会会议、慈善活动和其他爱国活动中展现最美风采"。

在这样的环境里,酒店大堂中出现征兵人员一点儿也不奇怪。多特进了门廊,看到一男一女两位招募人员站在大厅的一张桌子后面,他们头顶上方是闪闪发光的吊灯和30英尺高的筒形穹顶。两位招募者似乎对多特的语言能力非常感兴趣,请她在申请表里填上姓名、地址、教育程度和工作经历。他们告诉多特要提供品行证明,还要声明是否有家庭成员曾在军队服役。多特的两位兄弟现在都在服兵役。布巴——他的真名是小博伊德——驻扎在伊利诺伊州的科特菲尔德,陆军航空队在那里培训无线电报务员和机修工。提迪——也就是约翰——在得克萨斯州一个巨大的新陆军训练营范宁营(Camp Fannin)。申请表中还有一行要求列出所参加的俱乐部,于是多特就写上了"美国国家高中荣誉生会"[1](National Honor Society)以及"羽毛笔和卷轴"[2](Quill and Scroll)。

征召人员告诉多特,他们之后会跟她联系。多特来到大街上,心里满怀期望。到华盛顿去尽自己的一份力量,这个主意她越想越喜欢。和其他美国家庭一样,布雷登一家为支持战事倾力投入——提迪甚至要求多特写信申请让他们的小狗波奇也参加志愿服务,他们收到了军犬接待训练中心的回信,婉拒了让小狗服役的请求。对多特来说,在首都工作可以让她从家人好心为她规划好的生活中解脱出来,那份未知令人兴奋。

几周之后,多特的愿望成真了。有封信寄到了联邦大街511号,信中告诉多特,隶属于美国陆军通信兵团的美国陆军情报处邀

---

[1] "美国国家高中荣誉生会":美国一个全国性的高中社团,意在表彰表现突出的11~12年级学生。
[2] 羽毛笔和卷轴:知名全球性学生记者社团。

请她作为文职人员为其服务。她得自己支付路费前往华盛顿，但每年的报酬是1620美元，比当老师的收入几乎翻了一倍。

1943年10月11日是个凉爽的周一，清晨的空气里有一些秋天的味道。弗吉尼亚·布雷登来到林奇堡火车站送别女儿，多特的一位姨妈也来了，两位年长的女性都在哭。多特太紧张了，哭不出来。她带着雨衣、雨伞，还有两个小小的塞着她所有衣服的行李箱。火车上很挤。由于汽油和轮胎都是定量配给，大多数人都放弃了开长途车。火车上的座位是军人优先，所以文职人员通常只能站着，或者在过道坐在行李箱上。这天多特很走运，刚好在一个中学时认识的男生旁边找到了一个座位。他准备去接受军事训练，又问多特要去哪里。多特骄傲地回答："我去华盛顿给政府干活。"当那个小伙子问她这个工作要干什么，多特不得不承认她也不知道。申请表上是有一些有关"密码术"（cryptography）的内容，但是她也不知道这个词儿是什么意思。

* * *

多特的火车离开弗吉尼亚的绍斯赛德，穿过连绵起伏的皮德蒙特山麓，城镇和树木在窗外飞驰而过。火车越接近首都，眼前的土地就越平坦。几个小时之后，火车开进了华盛顿的联合车站，这里每个角落都彰显着世界大战这个无法回避的事实，以及这个国家赢得战争的决心。当多特走出火车时，能感到这里比家乡节奏更快，甚至更坚定。如果说这场大战在林奇堡是有所反映，在华盛顿就是无所不在，尤其是在这个城市的联合车站，这里每天出入的旅客有十万人之多。旅客肤色有黑有白，有男有女：身着西装的男人在全国各个城市跑来跑去；军人身穿制服，女军人也不例外；平民女子戴着帽子、身着短外套或是有着精致收腰的裙装。

女人们开始涌向华盛顿特区的联合车站,现在这里设有一个军人食堂、一个为刚入职的政府工作人员服务的问讯处,还有各种表明国家获胜决心的海报和旗帜。这张照片的拍摄者是当时的政府官方摄影师戈登·帕克斯。美国国会图书馆供图

经过检票口进入大厅之后,多特发现自己在这个空间里显得很矮小,传说这里大到能装下整个平放的华盛顿纪念碑。联合车站有着拱形的门廊、大理石和白色花岗岩地面、放在高处的古代战士雕像——从女性的视角来看,给雕像加上盾牌是为了表示谦抑,不过分突出肌肉发达的腿——联合车站是多特去过的最有气势的公共空间。为了接待战时增加的客流,这里增设了临时售票窗口,月台也加长了。这里还有一个巨大的候车厅,红木椅子上常常坐满了人,现在也是。那些车站常见的设施——报摊、投币储物柜、杂货店、冷饮柜等——升级成了一个军人餐厅。多特头顶上方悬挂着的巨幅海报宣告"美国人永远为自由而战"。不过,在这种军事氛围下还有一个女性角色:女播音员的声音不断传来,公布到站列车的信息。

多特抓紧自己的行李,穿过拥挤的人群向前走。按照高处写着"出租车"牌子的指示,她来到了位于车站一侧的出租车停车

处，有生以来第一次招呼了一辆出租车。告诉司机报到地址后，多特终于在后排坐定，心里有一种敬畏的感觉，还有点紧张和兴奋。出租车带她经过了华盛顿纪念碑核心区，这都是学校教科书上熟悉的场景，但多特从来没有真正见过。透过出租车的玻璃，多特可以看到国会大厦的穹顶和刺破天空的华盛顿纪念碑。很快出租车就绕过了国家广场的西侧，她可以看到林肯纪念堂，还有面前宽阔的阿灵顿纪念大桥。这座桥在物理意义和象征意义上都是一种纽带，把亚伯拉罕·林肯的雕像及其所代表的一切——解放、团结——和弗吉尼亚山上优雅庄严的阿灵顿宫连接了起来。阿灵顿宫曾经是罗伯特·李将军的故居，象征着被打败的南方。当出租车带着她经过波托马克河，沿着阿灵顿国家公墓外围的高速路前行时，她看到了阿灵顿公墓绿色的山丘和对比鲜明的一个个白色墓碑，美国的历史就在这里，新旧交叠，在出租车的四面八方层层展开。现在波托马克河在她身后了，他们驶入了更遥远的弗吉尼亚郊区。他们到底要去哪里？出租车还在继续往前，继续往前。多特开始担心，等他们到了不知道在哪儿的目的地之后她是否能够付得起车费。

出租车终于停了下来，这是多特所见过的最奇怪的地方之一。她的目的地是一个封闭的院子，就像一座小型城市。这里离大路有些距离，几乎看不见行人。树丛掩映着一座很大的校舍，但看起来也不像多特熟悉的私立学院：这幢四层楼的学堂由奶黄色的砖砌成，整体呈L形，中间有一条宽敞的主通道，六根爱奥尼亚式立柱支撑着高高的门廊。它旁边散布着一些新式建筑。两道钢网栅栏包围着这个院子，而且每栋楼都有自己的围栏。多特终生难忘的主要印象就是各种线：许许多多绷紧的可怕的电线。高级军官靠这些电线成就功名，而这位全部家当只有一件雨衣、一把雨伞、两个箱子的二十三岁的前中学教师，也期望通过这些电线开创自己的人生。

多特·布雷登在阿灵顿学堂工作，二战之前阿灵顿学堂是一座带有茶室和荷花池的女子精修学校。它已被改造成一个规模巨大的密码破译设施，有7000多名工作人员在此负责破译日本和许多其他国家的密码，其中大部分是女性。美国国家安全局供图

多特给司机付完钱就几乎身无分文了。她走到门前，紧张地说："有人让我来这儿。"她把名字告诉了卫兵，看着他拿起了电话。接下来有人把她领到了那幢学校主楼，她打开门看到有人在等她，这才松了一口气。她所在的地方叫阿灵顿学堂。二战之前阿灵顿学堂是一座女子精修学校：这个两年制的"专科学校"有荷花池、室内马场，宽敞的中央车道两旁装点着鲜花盛开的樱桃树。现在它被美国战争部征用了，变成了一个政府机构，其目的还不太清楚。但这么多军官出现在这里让多特印象很深，她的新工作肯定比她之前想的更为重要和严肃。这个想法让人有点不安。从前女子学校的法式对开门和精致的石膏线还完好地留在主楼里，中央楼梯也没动，但家具都是简洁实用的桌椅。在多特看来，一位自信的女文

职人员似乎是整个地方的负责人，她也很年轻，可能比多特还小。

其他姑娘也陆陆续续地来了，大家都集中在门廊，看上去和多特一样风尘仆仆、满腹狐疑。来的人慢慢多起来，她们被带到了一个有点像会客室的房间，那位自信的年轻女人开始给她们分发打印出来的效忠誓词。多特也在上面签了名字，宣誓她要"支持和保卫美国宪法不受一切国内外敌人的侵犯"，而且她是"自愿承担这一责任，毫无保留，绝不推脱"。她还签了一份保密誓词，发誓除了执行公务她不会和任何人讨论她所从事的工作——现在不会，永远也不会，而如果她这样做了，就会依据《反间谍法》被起诉。所有的这些操作都让人害怕，她现在真的脱不了干系了。那位自信的年轻姑娘告诉多特，今天就这些事儿，她可以走了，明天再来。

"这儿有巴士，可以送你去住的地方。"她说。

多特看起来还是一脸茫然，"我住的地方？"

"你没有住处吗？"那姑娘追问道。

"没有，我没有住处。"多特有点窘，结结巴巴。她本来以为——或者说有人让她以为——美国政府会为她的战时服务提供住处。她想错了。她没人可以投靠，在华盛顿城里包括郊区她一个熟人也没有。

那个姑娘露出了轻蔑的神情，但还是告诉多特附近有个地方，她可以去租个房间。多特把东西收拾好，登上了巴士。大约十五到二十分钟之后，巴士开到了另一个校园。不过，这里的建筑并不老旧，也没有又高又宽大的屋顶。这些临时建筑刚刚修好，样子丑陋，一排又一排连接着刚刚铺好的人行道。巨大的林荫树散布在临时建筑中间，但是这效果——枝繁叶茂的拱形老树和方头方脑的粗笨新建筑——并不协调，不太让人喜欢。多特跟着一起乘坐巴士的人移动的方向往前走，她的同伴都是女性，这个建筑是应第一夫人埃莉诺·罗斯福的要求修建的，专门用于接待像多特这样的涌进华盛顿为战争出力的年轻姑娘。过去那些战争——包括南北战争、第一次世界大战——也曾让女工流向国家的首都，但是这一次的浪潮空前巨大，跟以前不是一个量级。每天都有成百上千的女子来到联合车站，在整个首都及其周边地区形成了尖锐的住房短缺问题。

像阿灵顿学堂一样，这些专门接待女性的宿舍楼都设在弗吉尼亚州的阿灵顿郡，这是一个空间紧凑的郊区，与华盛顿市中心隔河相望。和华盛顿一样，阿灵顿的人口转眼也翻了一番，随着五角大楼在其南部区域逐渐建成，这里已成为一个真正的军事重镇。这片女生宿舍楼就建在河岸边的一块空地上，计划专供战争期间使用，这些房子修得像纸糊的一样，建筑者肯定认为战争并不会持续很久。有位报纸记者写道，这些建筑"颜色灰暗，看起来完全是临时性的"。

这些宿舍楼在多特来之前几个月刚刚完工，建筑用地以前曾属于罗伯特·李将军夫人——玛丽·安娜·卡斯蒂斯·李的家族祖产，她是第一夫人玛莎·华盛顿的后代。南北战争之后，这片土地绝大部分归属于联邦政府，不久前美国农业部还在这里保有一片"实验田"，对农作物和种植方式开展园艺研究。因此这里也得名为阿灵顿农场。

但是这一大片新建的女生宿舍还有其他非正式的称呼。在华盛顿，阿灵顿农场很快就得名"女生小镇"（Girl Town）。

也有一些当地人称之为"女生的28英亩"。

多特并不知道这个称呼，但全国性媒体已经注意到了华盛顿发生的变化——年轻姑娘正在涌进华盛顿。自从文官事务委员会开始为国防建设招募人手，单是1940年这一年就有24000多人进入政府部门工作，此后来到这里的人更是数以万计。华盛顿的人口暴增

许多人在阿灵顿农场租了小房间。阿灵顿农场是弗吉尼亚州的一个宿舍区，在战争期间为7000名政府雇用的女员工（所谓政府的女孩，g-girls）提供住所，被当地人戏称为"女生的28英亩"。政府官方摄影师埃斯特·布布里记录了她们的生活。美国国会图书馆供图

了20多万，为新增人口提供膳宿的公寓多得数不清。但是没有什么地方能比阿灵顿农场更能代表这个城市人口的变化，这个"女子战时居所"的修建目标就是为7000名从事战时服务的女性提供住处。对此处居民的评论常常带着居高临下的口气，她们多半被写成从内陆地区来的天真的"土包子"。"波托马克河岸有了一支新的军队，"《家政》（*Good Housekeeping*）杂志浮夸地写道，"眼睛明亮、面带稚气的美国年轻人从遥远的牧场、沉睡的小镇和混乱的城市涌入了华盛顿，在国家危难之际来为政府效力。"

这些姑娘搬进去的时候，阿灵顿农场的草甚至都还没长起来。这些姑娘中有人为国会工作，有人为联邦政府机构工作，有人为五角大楼工作，战争部指挥中心刚设在这里。像多特一样，许多人是在阿灵顿学堂被雇用的。她们被称为"政府的女孩"（government girls），或简称为"g-girls"。这个建筑群的设计目标就是要让她们的生活尽可能简单舒适，这样她们就可以把全部精力用来助力国家

赢得战争。在阿灵顿农场，姑娘们可以在食堂吃饭，衣服也可以送出去请人代洗或干洗。女服务员每周都会帮她们打扫房间。这儿也有钢琴、小吃店，还有一些像杂货店的情侣卡座那样的小隔间。每栋宿舍楼都以美国的一个州来命名，前台的一位职员告诉多特，爱达荷学堂有一个空房间，但是她必须预付一个月的租金，一共24.5美元。多特吓得目瞪口呆。她的钱绝对不够，而且在拿到第一份薪水之前也根本不会有钱。尴尬的多特给妈妈打了个长途电话，告诉弗吉尼亚·布雷登，"我必须提前付房租"。

电话那头是妈妈熟悉的声音："哎呀，我一辈子都没听说过这种事。"

"唉，妈妈，他们就是这么说的。"多特说。她感到很内疚。她接受这份工作是为了减轻母亲经济上的困难，但现在却使母亲的担子更重了。

妈妈告诉她："好吧，我会搞到钱寄给你。"仅此而已。

爱达荷学堂是一栋两层的建筑，由一些看似预制好的正方形和长方形格子间组成，有单人间也有双人间，沿着长长的走廊一一排开。这里一共有10栋宿舍楼，每栋里面住着大约700个姑娘。爱达荷学堂有一个大厅，还有几个休息室，可以在那里打桥牌、跳舞、喝茶，或者和常来做客的士兵和海员们在一起闲坐。("我不是在管理老姑娘之家"，这个地方的管理者威廉·J. 比塞尔为这里颇为宽松的交友氛围如此辩护。) 这里有一个活动室，还有一个商店，售卖化妆品和各类杂货。到处都是女人——有的很年轻，就像多特一样的年纪，有些年纪长一点，可能三四十岁。多特的房间在I-106，她打开门，发现这是一个很小的单人间，有一张床、一张桌子、一面镜子、一个烟灰缸、两个枕头、一把椅子、一个废纸篓和一扇窗户。走廊的尽头是公用卫生间和淋浴间，也有供她们洗衣服和洗头的面盆。女孩们可以穿着睡衣或内衣内裤闲逛。洗好的衣物必须挂在室内，不能挂在室外，这样阿灵顿农场就不会看起来像个廉租公寓。每层楼都有熨衣板和小厨房。公共事业振兴署（Works Progress Administration）的艺术家们创作的壁画装点着墙面，以提振姑娘们的精神，美化这个事实上的军营。多特沿着走廊往前走，看到有些租户挂起了窗帘。她注意到其中不少是印花棉布窗帘。

当天晚上，多特第一次跟一群陌生人睡在一起。第二天早上，她走去巴士站，和她一起等车的其他年轻姑娘手里拿着女士钱包，戴着帽子，身着衬衫式连衣裙。驶向阿灵顿学堂的车没有任何标志，也没有目的地站牌。回到那个全是栅栏围起来的院子之后，多特发现自己身边又是一大群姑娘，其中有些她昨天见过。谁也不知道今天她们来这里有什么事。所有人都很困惑，无聊地转来转去，等着下一步的指示。多特和一个名叫莉兹的姑娘聊了起来。莉兹来自北卡罗来纳州的达拉谟，看起来有点显老。

"我得跟着你，"莉兹说，"看起来你知道自己要做什么。"

多特听见这话没法不笑。她到华盛顿24小时了，仍然和刚来的时候一样困惑。多特举着写着"多萝西·V.布雷登"和数字7521的牌子照了正面照和侧面照。这张照片被贴在了一个证件上，她可以凭这个证件出入这所院子里的某些地方。在几天的入职培训中，她接受了严格的教育，要她对接下来的工作绝对保密。她参观了一些房间和工作场所，这些活动让她对"密码术"所需要的事物有了初步了解——"密码术"所需要的相当多。她每天晚上回到自己的单人间，越来越明确地意识到，尽管这事儿听起来匪夷所思，似乎不太可能，但是，她，多萝西·布雷登，这个曾经的中学教师，伦道夫-梅康女子学院的毕业生，的确被雇来破译敌军密码了。

* * *

此后，多特大部分时间都要在 B 楼度过，这是一幢建在主楼后面的斜坡上的低矮的两层楼。新工作地点也是和宿舍差不多的实用性的设计风格，也许可以称之为"战时华盛顿临时风"。从天空俯瞰，B 楼和附近的 A 楼一样就像一把巨大的梳子。后面的一条横向通道构成了楼的主体，十几座细长的翼楼就像梳齿一样垂直于主楼向外伸出。在楼里，每个翼楼中间都有一个通道，两边都排满了房间。

这些房间里挤满了人——几乎都是女人——她们用坐标纸、卡片、铅笔和几张纸来干活。有些人坐在办公桌前，但大多数人都围坐在普通桌子边工作。多特从没见过这么多女人一个挨着一个，即便是临近考试的时候，在伦道夫－梅康的图书馆里也没有这种景象。这里看起来并没有主管，但坐在桌边的姑娘们似乎知道自己在做什么，聚精会神，心无旁骛。有些桌子上堆满了卡片和文件。另一些人则把细细的纸条挂在绳子上，就像晾意大利面一样。墙边排满了箱子和文件柜。柜子是木质的，金属的都已经作为战争物资捐献了。走廊会合的地方安装着六英尺的大风扇。风扇噪声很大，把纸张吹得到处都是，人们总是在争论风扇到底应该往哪个方向吹。这儿不像图书馆那么安静，但也不像餐厅那么吵，而是有一种持续的低语声。

多特花了几天时间才熟悉周围环境。起初，这个楼群大部分地方看起来都差不多，但她很快就发现，这里的工作是有区别的。在有些房间里，姑娘们要操作机器——制表机、打孔机，还有各种奇怪的打字机。这儿有小机器也有巨型机器，有噪声大的机器，还有用大卷的线缆和其他机器连在一起的机器。多特当时并不知道，她已经进入了世界上最大的秘密信息中心。

各个房间的姑娘都在专注地处理敌方电文，这些电文通过航空信、电报和电传打字机源源不断地涌来。它们来自纳粹德国、日本、意大利、法国维希政府、沙特阿拉伯、阿根廷，甚至包括瑞士等中立国，是各位政治首脑和军事指挥官之间传递的情报。盟军监听站将其秘密截获，美国的报务员再进一步用自己的编码机进行加密。电文传到阿灵顿学堂之后，必须先去掉美方的加密设置，才能进一步解除深藏其中的敌方加密。

整件事情复杂得让人抓狂。

严格说来，阿灵顿学堂是个军事基地，也被称为阿灵顿学堂站。多特看到成千上万的人在这儿工作，这套操作就像流水线一样。这里的人员包括一小部分陆军军官和士兵，也有一些男性文职人员，比如年长的教授和残障的年轻男子，其中有些人患有严重的疾病，例如使其丧失服役资格的癫痫。不过到目前为止，多数还是像多特这样的女文职人员，绝大部分也跟多特一样，以前是学校的老师。

事实证明，教师非常适合密码破译工作，除了教育水平高，还有很多原因。大概就在多特被雇用的时候，阿灵顿学堂一位忙碌的员工正在写一份简报，详细说明一个好的密码破译员应该具备的特质。这些特质令人迷惑，一个人的背景与其密码破译能力之间往往没有相关性。有的博士也指望不上，但有些辍学的中学生却天生擅长此道。一位舞台剧女演员干得非常好，还有一位几乎没有受过正规教育的女性曾是美国密码协会（American Cryptogram Association）的明星会员。该协会是谜题和密码爱好者的会员组织。破解代码需要读写能力、计算能力、细心、创造力、对细节的高度关注、良好的记忆力，还得愿意大胆猜测。它需要能忍耐苦差，需要精力充沛、永远乐观。那时候可靠的能力倾向测试还没有开发出来。

迄今为止，阿灵顿学堂的长官们已经发现，考察"推理"和"词义"的题目可以让人了解谁能干得不错，但只是说测试分数低的人可能会"难以执行简单的指令和理解较为简单的技巧"。那些在算术测试中得分高的人通常表现都很好。

爱好，尤其是艺术爱好，常常是一个好的标志。简报总结说，"比起那些兴趣在电影或是类似娱乐活动的人，那些有创造性的业余兴趣或爱好的人常常干得更好"。

性情很重要，这也是中小学教师的优势所在。长官们发现，最好的密码破译员是"成熟可靠""头脑清晰聪明"的人——但要"足够年轻机敏、适应力强、能迅速做出调整、愿意接受监督"，而且"能忍受华盛顿这些不便之处"。从这段描述来看，许多中小学教师，包括多特·布雷登在内都是完美的人选。

也有一些有关女性的实话。简报评论道，已婚女子有点问题，这不是她们自身的问题，而是她们倾向于追随丈夫搬来搬去。这也是像多特这样的中小学教师构成完美人选的另一原因：她们几乎都没有结婚。在20世纪40年代的美国，按照当时"妻子应该待在家里"的流行观念，有四分之三的地方学校委员会（和电话公司以及其他雇用女性职员的雇主一样）制定了"结婚关限"（marriage bar）政策，要求不得雇用已婚女性，而教师要结婚的话就必须辞职。于是，从定义上讲，许多女教师都是单身。

中小学教师很聪明，受过良好教育，习惯了辛勤工作，也没有拿惯高薪，她们既年轻又成熟，通常也不会受孩子和丈夫的拖累。简言之，她们是完美的员工。

简报特别提到，"俗称'老姑娘'的老师们难以适应从'当家做主'完全变成'芸芸众生'，不过，我们很多最优秀的员工都来自这一行"。

* * *

在多特来之前，美国的战争部已经向查塔姆和林奇堡派出了调查人员。调查人员联系了她的推荐人，查看了警方记录和她的出生记录，以确定她是否出生在国外，是否有诸如情绪不稳定、行为怪诞、工作习惯不良等等不受欢迎的品性。林奇堡的高级警官报告说，他认识多特已经十五年了，多特"聪明过人，可以委以重任"。伦道夫－梅康学院的院长克莱蒙特·弗伦奇说多特是一位"非常认真、勤奋的女孩，她自食其力完成了大学学业，表现出真正的毅力"。林奇堡地区学校的主管说多特是一个"不向困难，尤其是经济困难低头的好姑娘，而且做得很好"。

所有人都就如下陈述达成了一致意见：多特从来没有被解雇过，她不喝烈酒，也从来没有跟人发生过法律纠纷。伦道夫－梅康学院的英语系主任科恩博士在报告中写道："多特代表着大学生活的美好一面。"

基于这些调查，调查员提交了一份有关多特·布雷登的忠诚度和性格报告。报告指出，她的大学成绩很好，"是盎格鲁－撒克逊人，相貌中等"。她本人和她父母都"出生在美国本土"。调查员留意到多特的父母分居了——她爸爸住在林奇堡基督教青年会——但他们是中产阶级的忠诚公民。报告的结论是，多特"可靠、诚实、滴酒不沾"，她"单身，和母亲住在林奇堡的一个理想地段"，没有理由怀疑她的忠诚。

* * *

多特等着分给她一项长期的密码破译任务。在阿灵顿学堂没有什么工作是不重要的，但是有些任务更艰难。这儿有打字员和打孔员，也有独自处理密码的人，她们的头衔包括"启动者"（starter）、"交叉复制员"（overlapper）和"译读员"（reader）。

多特被派去分拣电报，第一项任务常常是干这个。多特花了几天时间对截听到的电文进行分析，结果证明她能够识别电文开头的几位数字，这些数字代表着发送该电报的站点及其所属的系统。现在多特面前有一连串的四位数字，并被告知要识别出她可以看出的任何模式，她在高中和大学参加过很多考试，成绩一直很好，处理数字时比较自信。多特和一群新来的人一起坐在一张大桌子前，旁边的一个女孩哭了起来。多特觉得工作并不简单，这就像一个复杂的谜题，但她肯定做得很好，因为不久她就被告知要进入下一个阶段了。

要是说多特"训练有素"就有点夸大了。在接下来的几个星期里，她听了几个介绍密码破译和密码编写基础知识的讲座，对日本陆军使用的密码有了一点了解。当时日本陆军霸占了太平洋上的岛屿和其他区域，已经控制了太平洋大部分地区。她掌握了日本陆军的组织原则以及军事通信中的日语基础知识。她后来说："足够了，我们可以开始了。"她参加了日语考试，因为已经学过这么多语言，考日语她也不怕。她看了弗兰克·卡普拉（Frank Capra）导演的电影《我们为何而战》（*Why We Fight*），这部片子就是要激发爱国主义精神，提振士气。最重要的是，她听的许多课都在强调安全保密和保持沉默多么重要，这让她总是害怕自己会不小心把纸带回家或者说漏嘴。她进入了一种持续监控自身行为的状态，即便不在阿灵顿学堂工作时也保持着高度警惕。

多特还被叫去接受了一对一的面试。面试官是位女士，她问多特会什么语言，上过什么科学和数学课程，高中毕业和大学毕业分别是什么时候。多特还被问及,她是否曾有无线电相关工作的经验,是否喜欢大学里的物理课。面试官想知道她有哪些爱好,多特答道:"看书和打桥牌。"面试官在评语里写道,"她很有魅力,穿着得体",而且"聪明""友好"。

以此为基础,她的任务也分配了下来,就只有一个词:密码。

具体来说,多特被分去了阿灵顿学堂 B-II 区的 K 部门。如果这些词语看起来意义不明确,那是他们用意如此——对她所从事的情报工作保密。到目前为止,和大多数美国人一样,多特方方面面的生活都已经被战争及其造成的变化搞得捉襟见肘、暗无天日。现在她可以影响战争的结果了。她当时并没有意识到这一点,但她被派去执行阿灵顿学堂最紧急的任务:破译在遥远的太平洋群岛用于指挥商船航行的密码。这些船只当时在给日本陆军部队运送重要补给。后来多特把那些控制和预测其行动的电文破译了出来。敌人的食物、燃料和其他关键物资的生命线被切断,使得麦克阿瑟将军和尼米兹上将最终能够在太平洋水域击败日本,克敌制胜。太平洋战争关系着成千上万美国人的性命,而战局仍然悬而未决。

多特·布雷登会把这些船弄沉的。

第二章
"这是个男人的活儿，不过看来我也行"

1916年6月

  美国海军1941年秋天致信七姐妹女子学院的新人，称她们要开展的战时工作以前都是由男人来做的，这并非事实，而且和事实出入太大了。

  美国在二战之前有破译密码的能力，这在很大程度上要归功于一小群聪颖的女性。她们充满好奇、足智多谋，寻求能够让自己智力满足和精神满足的工作。她们常常是不满足于现状的中小学教师，渴望找到能施展自身才智和能力的一席之地。她们大多是有幸遇到了能支持其追求、尊重其想法的男性作为人生导师，或是成为了他们的终身伴侣。在科学领域中，有一种"头奖效应"（jackpot effect），就是当某位男科学家在某个领域发展早期雇请女性为其实验室工作，而这位女性又雇请其他才女加入实验室时，最终会使得这个领域女性的比例异常地高。密码分析领域就是如此。最初有几位重要的女性证明了自己的才华，而几位关键的男性愿意雇用和鼓励她们，这些早期的成功又吸引了更多的女性加入这个行列。

让女性得以参与其中的另一个因素是密码破译在战时得到了正式使用。和医药一样，密码破译也常常在暴力冲突的时代取得进展，此时生死攸关的情势成为发明之母，技术推动创新，政府也会投入大量资金。军事上的密码分析肯定在二战以前就存在，但这在美国只是偶尔为之，仅在独立战争和南北战争时使用过，后来相关机构就逐渐解散了。而且，在那些通信缓慢的年代里，不紧不慢的军事密码分析也无法及时影响战局。第一次世界大战时密码分析重新发展起来，军方开始用无线电指挥军队、船只——不久之后也用于指挥飞机。尽管密码分析的重要性与日俱增，但这通常不是职业军人想干的工作，至少不会一开始就想干这个。军官们明白，对他们的军旅生涯来说，最好是在战场上经历战争，挨枪子也好，发号施令也好，都比安安全全地坐在桌子后面要强。所以，战争时期正是最需要密码破译的时候，也正是女性受邀当替补的时候。

另一个有利因素是密码分析此时还在形成阶段，这是一个没有名气和威望的职业，还是一个没有得到公众认可，甚至不为人所知的研究领域。尽管欧洲的密码分析已经有几百年历史了，秘密机构一直在暗中监控外交函件，但在相当长的一段时间里，尤其是在美国，密码分析一般被看作一种难以捉摸甚至有点古怪的职业，更像是一种业余爱好。它既没名声也没规则，还没有被确立为一个男性的领域，甚至都不成其为一个领域，这个事实制造了一个很大的缝隙，让女性得以跻身其间。要进入这个领域，得对秘密和无章可循保持高度忍耐，别为偷看写给他人的文字感到不安，还得愿意拥抱未知事物。有点不顾一切也不是坏事。

* * *

伊丽莎白·史密斯就具有上述所有品质。1916年,伊丽莎白还是一个不安分的中西部女孩,渴望走出自己已知的小小天地,但她还没有找到令自己满意的领域。她生长于印第安纳州,是家里九个孩子中最小的一个。年轻时,伊丽莎白曾希望身为贵格会教徒的父亲把她弄进某个贵格会的名校,比如斯沃斯莫尔学院去上大学。然而,按伊丽莎白后来的说法,父亲"对我上大学不感兴趣",所以,"通过自己的努力",她获得了俄亥俄州伍斯特学院的录取通知书,学费是向父亲借的,年利6%。两年之后,她转到了密歇根的希尔斯代尔学院主修英语,同时辅修拉丁语、希腊语和德语。伊丽莎白的母亲为了不让女儿的名字被叫成"伊丽莎",给她的名字选了一个不同寻常的拼法。伊丽莎白毕业后在一所乡下的小学校教书并担任校长,一年之后,她决定去寻找更"适合自己的谋生方式"。1916年夏天,她来到了芝加哥,住在南区的朋友家里。她刚与"一位年轻帅气的诗人和音乐家"解除婚约,心情沮丧,不知道自己想做什么事,只知道不应该"平平无奇"。

伊丽莎白去了一趟芝加哥的职业介绍所,但也没什么结果。不过这个职业介绍所建议她去纽伯利图书馆看看,说那儿好像有个工作跟一本1623年版的莎士比亚戏剧作品有点关系。听说莎士比亚作品竟然还有原版的对开本传世,伊丽莎白大吃一惊,她决定不管有没有工作机会都要去看看。她乘坐芝加哥"L"线地铁来到纽伯利图书馆,她后来写道,当第一眼看到莎士比亚剧作原版对开本时,心里一阵激动,就好像考古学家无意之间发现法老陵墓一样。她被吸引住了,于是便和一位友好的图书管理员攀谈起来,想了解这儿是否有什么职位能让她接触这样伟大的文献原件。

碰巧真的有这么一个职位，但是不在纽伯利图书馆，而是在一个名叫乔治·法布扬的富翁的庄园里，他正在找人开展一个有关弗朗西斯·培根爵士的文学项目。他特别想找一位"年轻漂亮、富有魅力、能说会道"的女士。图书管理员当场给法布扬打了电话。他在城里有一间办公室，不一会儿，一辆豪华轿车停在了伊丽莎白面前。"这个大高个男人突然闯了进来，他吼叫的声音整个图书馆都听得见。"伊丽莎白后来回忆道。她未来的老板是一位纺织业大亨，他的家族在棉织品行业赚得盆满钵满。他是一位狂热的科学爱好者，但又没有受过科学教育。好在法布扬有钱，他依靠财力满足了自己许多好奇心。他在伊利诺伊州的日内瓦镇建了一个叫作"河岸实验室"的郊区"智库"，在此孵化许多所谓的研究项目。

在图书馆，乔治·法布扬问史密斯是否愿意去河岸实验室过夜，她表示反对，说自己没有换洗衣服，但他说可以借衣服给她。她一答应，他就把她推进豪华轿车，驱车来到芝加哥和西北铁路的火车站。还没等伊丽莎白反应过来，她就坐在了通勤火车上，一路在想：我在哪儿？我是谁？我要去哪儿？

法布扬身材高大，留着胡子，显得不太整洁，史密斯对他既感兴趣，又有点反感。尽管史密斯在大学里以"健谈"闻名，但她担心法布扬一定认为她是个"沉默寡言的小人物"，于是决心纠正这种印象。她意识到自己身边是一位大富豪，决心要谈吐得体，而她对谈吐得体的观念似乎来自一本哥特式浪漫小说。法布扬问她："你懂哪些东西？"她把头靠在火车的窗子上，眼帘半垂，"嘲弄般地"望着他，给出了一个极为简·爱式的回答："先生，这还有待你去发现。"法布扬哈哈大笑，似乎认为这是一个理想的答案。抵达目的地以后，另一辆车已在等候他们，不一会儿，史密斯就被安排住进了河岸实验室的一间客房，房间里还有满满一盘水果和一套男式睡衣。她下楼去参加了一个正式的晚宴，出席晚宴的人包括她的新上司伊丽莎白·威尔斯·盖洛普，她以前也是一名教师，现在住在河岸庄园，是天底下最怪的人。

盖洛普属于一个由有着类似想法的怪人组成的国际小集团，他们认为弗朗西斯·培根爵士才是莎士比亚戏剧和十四行诗真正的作者。英国政治家和哲学家培根做过许多职业，也曾经营过英王伊丽莎白一世的印刷厂，是众多了解密写的文艺复兴思想家之一。培根在 16 世纪发明了一种可称为"双字母"（biliteral）的密码，用他的话来说，使用这套密码，任何东西都可以指代任何东西。培根已经证明，你所需要的不过是两个字母或两个符号，比如 A 和 B，就能构成字母表中任意一个字母，拼出任何一个单词。例如，AAAAA 可以代表 A，AAAAB 代表 B，AAABA 代表 C，AAABB 代表 D，以此类推。仅使用两个符号来交流各种各样的事实和思想是缓慢而笨拙的，但可以做得到。你也可以用图像来做同样的事——太阳和月亮、苹果和橘子、男人和女人——或者，如果你碰巧经营着女王的印刷厂，也可以采用笔画粗细不一的两种印刷体。许多更为现代的系统采用的也是同样的二进制原理：摩尔斯电码的点和线、数字计算机的 0 和 1 采用的也都是二进制。

盖洛普比较年长，像贵族般温文尔雅，但又很狂热——她相信培根在印刷莎士比亚第一对开本的时候使用了双字母密码来传递信息，借此暗示自己才是对开本真正的作者。盖洛普和法布扬是通过一个共同的熟人而结识的，她的论文惊天动地的重要意义立刻打动了法布扬。盖洛普喜欢用放大镜来仔细查看对开本中的字体，她的目标是召集一群年轻女性来当学徒，掌握她的方法——当然，资助者是法布扬。而她的资助者法布扬则喜欢邀请著名学者来河岸实验室参加晚会，还喜欢举办灯展，也就是 PPT 演示的雏形，以期给客人留下深刻印象，说服他们相信莎士比亚的剧作实为培根作品。伊丽莎白·史密斯担任公共关系负责人，她的工作就是为宣传这种主张搞好公众形象，协助研究并发表演讲。法布扬相信，如果能揭开莎士比亚作品作者身份的真相，这会是20世纪最卓越的学术成就，可以让他名垂青史。

伊丽莎白接受了这份工作，但她雇主的阴暗面很快就显现出来了。法布扬坚持规定她每天穿什么衣服，强迫她去马歇尔·菲尔德百货公司买帽子和衣服。马歇尔·菲尔德百货是芝加哥的高档百货公司，那里的东西对她来说太贵了。河岸庄园风景如画，也像疯帽匠一样古怪：法布扬和太太娜丽在伊利诺伊州买了300亩地，请弗兰克·劳埃德·赖特重新装修了别墅，其他房子——包括伊丽莎白·威尔斯·盖洛普和她妹妹凯特·威尔斯居住的"乡间小屋"也整修了一番。在这片空地上，法布扬安了一个荷兰的风车，他是从荷兰一片一片把它买过来的。这儿还有仍在使用的灯塔、用泉水灌注的罗马式游泳池、日式花园、用于休闲攀爬的巨型绳网以及他所谓的"垃圾神庙"，他把自己喜欢买的那些无人认领的包裹里的东西随意放在里面：鞋子、瓶子以及人体摄影的玻璃底片。按伊丽莎白的描述，他酷爱"摇来荡去的家具"。法布扬的婚床用链条吊着，他的别墅客厅里的长沙发和椅子也是如此。室外有几张吊床，壁炉旁有一把吊着的藤椅。壁炉一直燃着，夏天也不例外，因为法布扬要用它来驱蚊。他喜欢坐在那把藤椅上一根接一根地抽烟，手里拨弄着炉火，身边宾客环绕。如果有人说了一些他不同意的话，他会站起来，用他的话说，给他们点颜色看看。法布扬是个很容易大声飙脏话的人，他把这把椅子称作他的"地狱椅"。

娜丽·法布扬有自己的爱好，包括畜牧。河岸庄园里养了一群得奖的牛，总是被送去比赛，其中有一头从苏格兰进口的公牛据说价值3万美元。这儿还是一个露天动物园，有一只宠物名叫帕齐，是一只雄性黑猩猩。庄园被一条大道分隔开来，大道的一边是生活区，另一边是研究区。一条名为福克斯的河流从中穿过。

用伊丽莎白的话来说，法布扬没受过什么正规教育，由此产生的不安全感似乎在促使他"打倒学术界"，试图证明主流学者在许多方面都是错误的。他有一种自夸的病态倾向，喜欢叫自己上校，尽管他并不是上校，这只是伊利诺伊州州长授予他的荣誉称号。他喜欢在庄园里穿上皮靴和阿尔伯特亲王式的燕尾骑马服，但实际上他并不骑马。尽管他在其他方面都不修边幅，但坐在往返于芝加哥办公室和庄园的通勤火车上时，他会点燃火柴，烧掉磨损的袖口上的线头。

法布扬创建河岸实验室的抱负就是探求自然的秘密，而且并不限于文学手稿，还包括声学和农学。为了达到这个目标，法布扬还雇了不少年轻人，威廉·弗里德曼就是其中之一，他是刚从康奈尔大学基因学专业毕业的研究生，现在正忙着在河岸实验室的田野和花园里按照法布扬读到的一种月暗期种植燕麦的研究计划做实验。弗里德曼的父母是来自俄罗斯的犹太移民，他选择农学是因为这是有奖学金的，但他的研究兴趣也很广泛。他住在风车磨坊的二楼，在这儿有一个工作室，用果蝇来开展实验，以检验孟德尔的遗传定律。这个聪明博学的年轻人爱好摄影，不久他就被盖洛普和史密斯请来制作对开本的放大照片。

在这个古怪与开放探究氛围并存的奇特环境下，威廉·弗里德曼和伊丽莎白·史密斯很快就意识到了培根理论的荒谬之处。用伊丽莎白的话来说，他们意识到盖洛普只跟那些同意她假设的人交流，而且似乎没有其他人能识别出那些她断言存在的排版模式，实际上这些排版模式只是印刷工人修理和重新使用旧字模的结果而已。不过，他们也从此迷上了密码的世界。法布扬收集了许多有关密写方法的珍贵书籍，这些书是几个世纪以来醉心于进行旁人难解的秘密通信的人写就的。如果说培根理论是死路一条，那么密码分析领域本身倒是完全站得住脚的，而且会越来越重要，而这在很大程度上要归功于伊丽莎白和威廉。

密码的历史和文明一样古老，甚至出现得还要更早一点。事实上，当人类发展出读写能力之后，在某时某地有人感到有必要跟另外某个人说点别人明白不了的话，这时密码就出现了。加密电文的重点就是与另一方进行秘密的，往往也是紧急的通信，同时不让别人读到和听到。这是一个旨在实现通信同时又防止发生通信的系统。

两个方面都很重要。一个好的密码必须足够简单，以便有权使用的人容易使用，但又必须足够难，以防被无权使用的人轻易破解。恺撒大帝发明了一种密码，每个字母都被位于其后三个位置的字母所取代（A变成D，B变成E，以此类推），这种密码符合易用性的要求，但不符合安全性的标准。苏格兰女王玛丽在争夺英国王位时使用加密信件与支持者沟通，但不幸的是，这些密信被她的表姐伊丽莎白破解了，玛丽女王也因此丢了性命。在宫廷权谋运作频繁、政局变幻无常的中世纪欧洲，信函加密已经成了人们习以为常的惯例，而背后偷拆外交邮袋阅读信函的事也常常发生。密码的使用者包括僧侣、查理曼大帝、马耳他的审判官、罗马教廷（非常热衷于此）、伊斯兰世界的学者以及地下情人们，不一而足。埃及的统治者和阿拉伯的哲学家也使用密码。欧洲的复兴带来了印刷和文学的繁荣，与此同时也促进了数学和语言学知识的发展，于是许多新的密码系统应运而生。有些安乐椅上的哲学家以打造"完美密码"为乐，他们借助设计精巧的表格来对信息中的字母进行替换或重新分布其位置，这样便可以发出一条乱码似的信息，再在接收信息的一端把它们重新组合起来。有一些高明的维吉尼亚方阵几百年都没人能破解，如何尽力将其破解成了全球的福尔摩斯与莫里亚蒂的终极对决。

许多文艺复兴时期的密码学家都认为（就像此前中东的密码学家所设想的一样）字母表本身具有潜在的数学特征：6 个元音，20 个辅音，其中某些元音和辅音使用的频率高得多。通常创建密码系统时需要将两行或更多行字母表上下并列或进行相对滑动。这样，第一行字母表里的 B 就和另一行字母表中的某个字母，比方说 L 对齐了，C 跟 M 对齐，D 跟 N 对齐，以此类推。发明于 16 世纪的维吉尼亚方阵就属于这种密码系统，它是以法国外交官布莱斯·德·维吉尼亚的名字来命名的。维吉尼亚发明了一个 26 行 26 列的字母方阵，将 26 行字母表一行一行叠起来，每一行字母表用不同的字母开头，再用一个密钥单词（keyword）来决定选哪一行字母表来进行字母替换。美国伟大的发明家托马斯·杰斐逊也爱好研究密码系统。在他去世一百多年以后，人们才在他的私人文件中发现他发明了一种密码转轮，可以把一个个字母转换成新的字母。

在美国独立战争期间，不仅外交官和政治家使用密码系统，间谍和叛徒也在使用密码系统。当然，有时候外交官和政治家就是间谍和叛徒。杰斐逊和本·富兰克林有时使用加密语言，本尼迪克特·阿诺德也是如此。在美国南北战争期间，军方也开始试用代码和密码。北方联邦军指挥官让士兵操作小型手持密码盘，以此实现来往信息加密。密码盘把每个字母都换成新的字母，而新字母组成的信息则由一名士兵向信息的接收者方向挥舞大旗来传递，这种信号密码称为旗语（wigwag）。而南方邦联军使用的密码太过复杂，把自己人都弄糊涂了。有时他们还会拦截一些自己联邦军的信息，把它们发表在报纸上，向读者征集答案。

伊丽莎白·史密斯和威廉·弗里德曼被这段历史迷住了，也被对方迷住了。他们骑着自行车长途旅行，在罗马式的游泳池里游泳，开着一辆斯图兹熊猫车到乡下去兜风。他们的婚姻就是社会学家今天所说的同类婚，也就是门当户对的婚姻。伊丽莎白觉得威廉时髦优雅、见多识广，威廉觉得伊丽莎白聪明活泼、充满活力。他们相识不到一年就结婚了，伊丽莎白也搬到了磨坊里。

尽管这对新婚夫妇对盖洛普抱有怀疑，但晚会还照例举行，只是晚会讨论的主题已经从培根延伸到了密码及其破解方法。法布扬喜欢时不时把芝加哥大学英国文学教授、业余密码分析师约翰·曼利叫来，让他与伊丽莎白·弗里德曼对垒。当时密码分析是种室内休闲游戏。这种做法获得了一定的社会声望，有时候电影明星也会来参观河岸实验室。弗里德曼夫妇发展了真正的专业技能，还在报刊上开辟了专栏。当时印度教分离主义者和德国特工密谋在印度煽动针对英国的革命，弗里德曼夫妇破译了他们之间一系列来往信件，拆穿了这个阴谋，由此获得广泛赞誉。让伊丽莎白失望的是，在审讯中出庭做证的只能是威廉，尽管他们俩是作为一个团队完成了这项工作，但伊丽莎白必须留守在家，用她的话来说，因为"必须有人给河岸实验室的机器上油"。

然而，战争逐渐改变了这些活动的目标。尽管看起来不像那么回事儿，但法布扬的庄园的确孵化了美军第一批真正的密码分析项目。1916年，法布扬开始意识到美国即将卷入世界大战了。在高调的自我推销过程中，法布扬投入了大量精力来培养与华盛顿头面人物的关系，还经常带着威廉·弗里德曼一起出行。法布扬是个盛气凌人的大个子，他跟另一个大个子约瑟夫·莫博涅有交情。莫博涅是一名陆军军官，也是无线电爱好者，在一趟长达六个月的乘船旅行中，他破解了臭名昭著的普莱费尔密码——其原理是通过字母

前中学教师伊丽莎白·史密斯·弗里德曼1916年在伊利诺伊州一个名叫"河岸"的古怪庄园找了份工作,在此参与建立了美国政府第一个密码破译机构。后来她在禁酒时期破译了私酒贩子的密码。弗吉尼亚州列克星敦的乔治·C. 马歇尔基金会供图

方阵将每组字母对进行替换,这也是英国军队主要的密码系统。当前,在莫博涅的影响之下,美国陆军对密码的创制和破解也产生了更大的兴趣。

其他机构也是如此,随着通过电报和无线电传输的信息日益增多,许多政府机构都意识到有必要探听和破解某些通信内容,同时也需要保护自己的通信系统。法布扬决定让河岸实验室为美国政府提供密码分析外包服务。威廉和伊丽莎白两人也暗自惊讶,他们刚刚自学成才,年纪才二十多岁,就得自己经营这个生意。他们着手建立了一个密码部,员工多达30人,其中包括科学家、语言专业的大学生、翻译和速记员。根据伊丽莎白的讲法,这个团队开始承担"华盛顿政府所有的密码工作",他们从陆军、海军、国务院、司法部、邮政系统和其他渠道获得了各种截获的情报。团队的工作

人员研究了所有的通信方式，有一条伊丽莎白绞尽脑汁破解出来的电文竟然是一封捷克斯洛伐克人的情书。此外，他们也出版了一系列名为"河岸出版物"的图书。

与此同时，英法等国在维护真正的密码分析机构方面遥遥领先，这些机构起源于欧洲文艺复兴鼎盛时期为政府秘密进行密码破译的"黑室"（black chambers）。事实上，让美国卷入一战的正是英国破解的一条电文——齐玛曼电报，以及德国宣布进行无限制潜艇战。德国外交部长亚图·齐玛曼给德国驻墨西哥的大使发了一条加密的内部电报，指示他转告墨西哥总统：如果墨西哥愿意跟德国结盟并入侵北边的邻居，德国便会把得克萨斯州、亚利桑那州和新墨西哥州送给墨西哥。1917年1月，英国破译了这一电报，美国震惊不已。不出法布扬所料，美国宣布参战了。

* * *

法布扬本人并没有上战场，但是他确实喜欢军队生活的排场。他曾在河岸庄园挖了一些战壕，而且，当美国向法国的血腥战场派遣远征军的时候，他也想方设法要发挥点作用。如今美国军方打算从古怪的恩人手里独立出来，当军事情报部门的官员要求法布扬把他的密码分析小组搬到华盛顿特区时，他拒绝了，于是战争部开始悄悄地组建自己的次要密码破译部门，引进的不是别人，正是曾与伊丽莎白对垒的芝加哥大学教授约翰·曼利，还有一位是曾效力于国务院的电报译电员赫伯特·O. 雅德利（Herbert O. Yardley）。为了保持自己的影响力，法布扬提出自掏腰包在河岸庄园建立一所培训学校，军官等可以在此参加密码技术速成班。在动身前往欧洲之前，受训的71名学员，加上威廉、伊丽莎白、法布扬和其他几个人在学员所住的欧若拉酒店前排队拍了一张大合影。合影里每个人都被要求看向一边或直视前方。他们想要用双字母代换密码拼出"知识就是力量"（Knowledge is power），这是弗朗西斯·培根最喜欢的一句话。遗憾的是他们的人数不够，所以只能拼出"Knowledge is powe."。而且还有一个"笔误"，因为有个人的目视方向不对。

这段时期到访河岸实验室的人中还有一位女专家珍妮芙·扬·希特，她的丈夫是一名陆军军官，名叫帕克·希特。帕克完成过一项开创性的密码分析工作——在美国和墨西哥边境两边活动的美国无线电监听车截获了墨西哥军方和政府间的无线电通信，帕克破译了这些通信情报，之后就来到了俄克拉荷马州希尔堡工作。和威廉·弗里德曼一样，帕克·希特娶了一位和他有共同兴趣的受过良好教育的女性。珍妮芙出身医生家庭，曾在得克萨斯州的圣玛丽学院学习英语、植物学、化学和天文学。校长评价她具有"淑女气质和基督徒性格"。她的淑女气质并没有妨碍她协助丈夫开展破译窃听。珍妮芙还为帕克编写的一本培训手册的习题提供了标准答案，这本手册是美国军方最早的密码分析培训手册之一。她还学会了使用帕克的"条带密码"（strip cipher）机，这是一种排列字母的方法，她到访河岸实验室时演示了如何使用这一设备。

帕克·希特去欧洲期间，珍妮芙·希特接管了得克萨斯州萨姆·休斯顿堡的密码室。她的工作包括对情报急件进行编码和解码、维护代码本，还要破译截获的电文。和伊丽莎白·弗里德曼一样，她发现军事上的脑力劳动与她从小习惯的闲散、花哨的生活截然不同，令人耳目一新。当她被派到华盛顿去取秘密材料时，坐火车往返花了她八天的时间。她写信给她的婆婆说："有时真是让人好笑。这些都与我所受的教育，与我的家庭对于女性在这个世界上的位置的传统观念格格不入，但现在这些似乎都没有让家人感到震惊。我想都是因为战争。就算是战争结束，我们又都回到家里了，恐怕我也永远不会满足于无所事事地坐着。"

她语气里带着点自得："嗯，我得到了我所追求的，而且还不止于此——我禁不住感到有点骄傲。"她继续反思道："这是个男人的活儿，不过看来我也行，我要把它干到底。"

帕克·希特听说了她工作的情况，写信来祝贺她："我很盼望在我回来的时候看到你在指挥萨姆·休斯顿堡。干得好，老妹儿！"

和威廉·弗里德曼一样，帕克·希特支持女性，相信女性的智力和坚强毅力。帕克·希特在欧洲负责监督陆军通信兵团的战场通信。美国、英国和法国在欧洲各地铺设了电话线，需要电话接线员来连接不同的线路。电话总机是女性的工作，男兵不愿意做。法国接线员不像美国接线员那样熟练，所以通信兵团招募了会说英语和法语的美国接线员，然后送他们乘船前往欧洲。被美军派往危险地带的第一批女性不是护士，而是这些被称作"你好女孩"（Hello Girls）的姑娘。让她们接线的军官在电话接通时的开场白常常是："谢天谢地你来了！"帕克·希特尽力争取让这些"你好女孩"证明自己的能力和勇气。她们做到了，在巴黎被轰炸期间，即使接到了疏散命令，她们也仍然坚守岗位，并且前往前线，在炮火中继续担任电话接线的工作。

伊丽莎白·弗里德曼也想要为祖国尽忠。1917年她写信给海军，请求去情报部门工作。但是法布扬在弗里德曼夫妇不知情的情况下拆开了他们的信件，审查了可能会削弱他对这支明星密码破译团队的控制的每一封信。在很长一段时间里，他还成功地阻止了陆军与威廉取得联系，尽管最终美国陆军还是设法将威廉任命为中尉。1918年5月威廉也被派往法国，在那里他做出了宝贵的贡献，开发了供前线使用的密码。他还研究了德国的密码，自此就沉浸在欧洲的密码术（cryptography）传统中。密码术是指称制作密码的术语，而密码分析（cryptanalysis）是他创造的用于指称破解密码的术语［而"密码学"（cryptology）这个词则包含这两者］。

　　一战停战后，威廉·弗里德曼成了美国少数几个懂得如何对军事通信进行伪装的人之一。美国知道自己在这方面还很不足。美国陆军试图雇用弗里德曼夫妇，给威廉开出了3000美元的薪水，给伊丽莎白的薪水是他的一半，1520美元。弗里德曼夫妇急于摆脱法布扬，伊丽莎白认为他是个"卑鄙的家伙"。他们签了半年的合同，于1921年初愉快地搬到了华盛顿，在那里他们每周去看几次戏，在他们喜欢的郊区找到了一所房子，享受着大西洋中部温和的天气——这是离开伊利诺伊州之后一个可喜的变化——并致力于加强陆军的通信系统。威廉·弗里德曼得到了全职聘用，在陆军通信兵团工作了三十多年。

　　然而，两次世界大战之间的那段时期并不是美国破译密码的有利时机，而其他国家的黑室还在继续运行。第一次世界大战期间，英国皇家海军有一个名为"40号房间"的秘密部门，后来又与陆军情报部合并为政府密码学校；而美国军事情报部门仍然只有一个由战争部和国务院共同资助的小小的"密码局"。这个机构由赫伯特·O. 雅德利负责，他自学了密码分析，1919年三十岁时在纽约开始营业。他称其为密码编译公司，就设在东三十七街141号的一栋房子里。雅德利的员工大多是女性，多半是从纽约市公立学校系统中挑选出来的。她们经常在紧张的父母的护送下去参加工作面试，父母们可想不明白女儿到底会在市中心一栋不起眼的褐色砂石建筑里做什么。

　　雅德利和蔼可亲有魅力，但生活习惯不规律，经常喝酒，睡得很晚，穿着内衣工作，还和一名雇员发生了婚外情，后来这位雇员成了他的妻子。但他很有效率。他破译了一种外交密码，使美国得以在1921年末至1922年初的华盛顿海军会议上知悉日本的谈判底牌，雅德利也迎来了人生的高光时刻。在两次世界大战之间这段不稳定的时期，几个大国正在协商给哪个国家多少海军吨位。雅德利确信日本人可以接受的吨数比他们公开声称的吨数底线要少，美国和英国利用这个重大的情报给了日本致命一击。但是，当赫伯特·胡佛1928年当选美国总统时，胡佛的新任国务卿亨利·斯廷森才吃惊地发现雅德利的密码局也对其他国家的私人外交信件下了手。斯廷森1929年关闭了这个机构，切断了国务院的资金，并一本正经地解释说绅士们不偷看彼此的邮件——当然，欧洲绅士们一直在这样做，而且已经这样做了好几百年。

雅德利被激怒了。失去工作的他在1931年出版了一本题为《美国黑室》(The American Black Chamber)的书揭露黑幕，此书一举成为美国和日本的畅销书。美国陆军对此事保持沉默，把小小的密码机构转移到华盛顿勉力维持，让威廉·弗里德曼负责。弗里德曼已经参与了为陆军编制密码的工作，现在也要负责破解密码，领导一个名为信号情报处（Signal Intelligence Service）的部门。他不仅接管了雅德利的文件，而且对他的前任充满了强烈的鄙夷，他在正式的简报或历史材料中从不放过贬损雅德利的机会，还嘲笑他的密码破译能力。

伊丽莎白·弗里德曼已经生下了老大，她以为现在可以待在家里安安静静地为孩子们写一本关于字母表起源的书。但是她能做的事情可堪任用的人太少，而需要她的技能的机构又太多，所以这个字母表起源的写作计划没能继续下去。1924年，《华盛顿邮报》的发行人爱德华·比尔·麦克莱恩请弗里德曼夫妇为自己开发一套密码。他们接受了这样的想法,即威廉担任指导,而伊丽莎白就像那个时代典型的主妇一样,承担大部分的日常工作。这看起来是一个舒适的项目,晚上可以在壁炉旁共同工作;但当麦克莱恩不愿意付钱时,又出问题了。他们放弃了这个项目,拿伊丽莎白的话来说,"厌烦了那些有钱人,厌烦和他们谈生意。"

* * *

伊丽莎白看似被置于次要地位,但很快她就开辟了一个比丈夫更引人注目的位置。第一次世界大战结束了,但新的战争正在打响,这就是抵制私酒、打击向嗜酒的公众出售酒精饮料的犯罪活动的战争。1919 年,在反酒馆联盟(Anti-Saloon League of America)的推动下,第十八条宪法修正案顺利通过。"禁酒令"将酒精饮料的制造、运输和销售定为非法,但重要的是,并没有将酒类消费定为非法。这意味着美国公民只要能设法搞到酒精饮料,就可以喝酒。这个漏洞制造了一个诱人的犯罪机会,外国酒商与美国黑帮合作,将走私酒运到美国海岸。精心设计的海上行动也逐渐发展起来,载有大量酒类货品的船只会停靠在美国执法部门无法管辖的国际水域,并使用加密的无线电电报与小船联系,小船便会关上灯,火速赶去收取货物。这被称为贩私酒(rum-running),是件非常有利可图的事,其利润堪比现代贩毒集团。顺便一提,犯罪集团也是非常喜欢使用密码的群体。

为了对抗这些犯罪集团,伊丽莎白·弗里德曼这个身材苗条、睡眼惺忪、喜欢冒险又充满干劲的女子成了政府的秘密武器。伊丽莎白的执法生涯始于 1927 年,当时海岸警卫队想请威廉·弗里德曼来破解私酒贩子的密码,但威廉在陆军里已经忙得不可开交,于是他们就找上了伊丽莎白。这几乎成了一种模式，伊丽莎白语带挖苦，"如果我们请不到威廉·弗里德曼，我们就通过他太太来用他的脑子"。司法部聘她当"特别代表"，这是一个灵活的头衔，让她得以在家工作，现在弗里德曼夫妇已经有两个孩子了。后来工作量增加，伊丽莎白觉得必须得去办公室上班了，于是便请了一位管家、一名护士。伊丽莎白接受了司法部、财政部、税务局、海岸警卫队和其他好些机构的聘请——执行"禁酒令"的职责在多个政府部门之间转来转去——最终破译了私酒贩子的电报，后来她在法庭上还作为专家证人出庭做证，推动了对私酒贩子的成功检控。"禁酒令"废止之后，她还参与过其他有关走私和有组织犯罪的案子，指证那些危险的罪犯，以至于有时候需要政府出面保护。有一次她回家晚了，威廉跟孩子开玩笑说，妈妈可能被人"带出去兜了个风"。她还在海岸警卫队开展培训，建立了一支反走私密码队伍。

不用说，叱咤执法部门的女子密码破译员可是新闻媒体难以拒绝的材料。20世纪30年代，伊丽莎白·弗里德曼是好几篇新闻报道的主角，报道的题目包括《财政部特派员中的关键女子》《为财政部破解神秘电报的家庭主妇》《所有在美间谍都害怕的女人》等等。伊丽莎白觉得这些报道都有点"耸人听闻"，让人生厌。她留意到有一篇文章说她是一位"漂亮的中年妇女"，而另一篇文章把她写成穿粉色百褶裙的"漂亮的年轻姑娘"，两篇文章都让她不快。她也知道，在雅德利的《美国黑室》爆出并引起社会震荡之后，一旦密码分析的成就被披露，恶果可能会随之而来。她的知名度让同僚嫉妒，并在已经对公众关切很防备的情报界小圈子引起了不安。

她也遭遇了男性至上主义者的傲慢。有时候她会把从前海岸警卫队截获的情报给丈夫，让他用于训练陆军的密码分析员。让她难过的是，她丈夫的学员中有人怀疑威廉在偷偷帮她干活。威廉的一位学员所罗门·库尔贝克后来承认："我们的印象是——我现在认为当时搞错了——她的成功大部分都要归功于弗里德曼先生。""我们以为……这些问题当中有许多是弗里德曼先生和她一起解决的。"报纸上倒是喜欢反过来，说是伊丽莎白培训了威廉。但实际上，尽管这夫妇俩一起出现在华盛顿的高级密码团队里很引人注目，尽管他们喜欢寄给别人写着密码的圣诞卡片，在家里举办晚宴的时候也喜欢让客人破解一个密码再上一道菜，他们俩却并不能常常和对方讨论自己真正在做什么，因为他们要破解的秘密材料来自正在发展的联邦科层组织的不同部门，各个机构都疑心重重，相互间争执不休。

* * *

与此同时，美国海军也在发展他们自己的"女子秘密武器"，这是整个密码破译机构的组成部分，但非常符合历史真实情况的是，海军谨慎地让自己的密码破译部门保持独立，不与陆军或任何其他存在竞争的机构合在一起。美国自从加入一战之后，就致力于迅速扩张原本不起眼的海军，并创建了海军后备队，让平民男子在战时能以数学家、科学家等专家的身份为战事服务。不过即便有这些增援力量，人手也还是不足。海军部长约瑟夫·丹尼尔斯想知道究竟是否有法律"规定文书军士必须是男性"。有意思的是，并没有这样的法律。《1916年海军后备队法案》没有任何一个地方说海军的文书军士必须是男性。

托这个漏洞的福，一战期间美国女性可以应征加入海军后备队，"文书女军士"［Yeoman（F）］这个称呼也被制造了出来。对公众而言，这个变化是有争议的，甚至是令人震惊的，但是许多女性蜂拥而至，争相报名应征，其人数之多，远超海军的预期。但这些女性失望地发现，除了属于不同序列的护士之外，海军不允许她们在船上服役。她们大多数都是作为办事员和速记员来帮忙处理海军的科层系统生产的堆积如山的文书——就是原来文书军士的工作。在20世纪初第一次全球性的冲突中，有11000名美国女性作为文书女军士参与战事，她们也被称作文书小姐（yeomanettes）。

阿格尼丝·梅耶就是她们中的一员。她是一位才华横溢的年轻教师，后来成为史上最伟大的密码分析专家之一。梅耶1889年生于伊利诺伊州，先后就读于奥特本学院和俄亥俄州立大学，修习了数学、音乐、物理和外语。值得一提的是，她极为漂亮，一头长发梳成发髻，还有一张棱角分明的脸。1917年美国对德国宣战时，她正在得克萨斯州阿马里洛高中的数学组担任负责人。她二十八岁时入伍，是第一批入伍的妇女之一，很快成为一名军士长（Chief Yeoman），这是妇女可以得到的最高军衔。她最初是一名速记员，但很快被分配到海军的邮政和审查办公室，负责审查美国的电报和信件，以确保没有安全漏洞。海军将她调到密码和通信部门，当时该部门的目标是保护海军通信，对美国自己的信息进行加密。与威廉·弗里德曼一样，阿格尼丝·梅耶也是从编制密码开始干起的，这是学习如何破解密码的最佳训练方式。

第一次世界大战结束后，阿格尼丝·梅耶便和其他预备役人员一起退伍了。（国会忘恩负义地修改了预备役军人法，以确保其中使用"男性"一词。）但她的能力太强，所以海军迅速将她以文职人员的身份聘请回来。她的职责还包括对"疯子"（nut jobs）进行测试的特殊任务。所谓"疯子"，就是由各种发明家推出的提供所谓的傻瓜式加密系统的机器。

*　*　*

从技术上讲，有两种秘密信息系统。一种是代码，其中整个单词或短语被另一个单词、另一串字母或数字所取代，这就是所谓的"代码组"（code group）。代码可用于保密，也可能是出于简洁或压缩长度的考虑。速记正是这种代码，现代的短信也常常如此。常见的短语，甚至只是比较长的短语都可以压缩成短代码组，使信息传递更快捷，而且在20世纪早期大量信息要靠电报传送的时候，这样成本也更低。省钱对政府来说一直很重要，所以压缩优势意义重大。电报公司通常按字数收费，所以诸如"你上个月的请求已被批准"这样的短语可以压缩为一个代码组，就像地名、人名或单位名称一样，这意味着政府在发送电报时可以节省大量的资金。例如，在战争部1925年采用的"通用地址及署名"代码中，"骑兵"是"HUNUG"，"追击中队"是"LYLIV"，"轰炸中队"是"BEBAX"，"货车公司"是"DIGUF"，"美国海军学院"是"HOFOW"，"第四师航空勤务队"是"BABAZ"。（发短信使用OMG和IMO这类代码的原因也大致相同——为了简洁，有时也更具隐蔽性。）最好的代码是随机分配的代码组，没有任何敌人可以识破的逻辑性。经过编辑的代码保存在代码本中。代码本和字典差不多，编码者可以在其中查找单词、短语以及代表它们的相应的代码组。但即使是随机代码也有一个明显的弱点：假如在电文中不断重复使用相同的代码组，密码破译员便能从上下文或位置中梳理出其含义。

另一类秘密信息系统称为密码，其中某个字母或数字被另一个字母或数字替换。密码可以通过打乱字母来编制，这被称为"换位"。例如，把单词"brain"变成"nirab"。或者也可以用别的单元代替单个单元，这种方法叫作"代换"：例如，用X代替b，用T代替r，用V代替a，用O代替i，用P代替n，这样"brain"就变成了"XTVOP"。几个世纪以来，密码都是人工编制的，通常是由那些文艺复兴时期的聪明人创制的，他们将字母表一行一行地排在一起，还发明了便于用一个字母替代另一个字母的盒子和表格。但当无线电和电报出现后，信息传送的速度比挥舞旗子快多了，因此就需要能够快速加密的机器，而且，由于发送和拦截的电文简单的加密模式更容易被看出来，就需要更复杂的密码。人们可以做出复杂的密码，但人们也会犯错。机器犯错的可能性没么大。这些机器创造了一种后来被称为加密术（encryption）的早期形式，也就是说，破解它们的人可能就是最早的黑客。

这就是阿格尼丝·梅耶做的事。她黑进了一些"疯子"，破解了发明家们兜售给美国海军的敌人的设备和机器，发现了它们的缺陷和弱点。这些卖给美军的发明包括爱德华·赫伯恩发明的一种号称无懈可击的机器。赫伯恩是个不靠谱的人，曾因偷马而入狱。阿格尼丝轻而易举就破解了赫伯恩在广告中所宣传的"无法破译"的信息。赫伯恩很欣赏阿格尼丝，诱骗阿格尼丝帮他开发一个更好的机器。她可能已经接受了这份工作，因为她作为一名在以男性为主的军事机关工作的女性文职人员，升迁机会非常渺茫，这让她感到沮丧。碰巧的是，阿格尼丝不在的时候，伊丽莎白·弗里德曼被海军临时调来代替她，这样两个女人之间就形成了一种竞争关系。伊丽莎白（她倾向于夸赞丈夫的才能，对自己的才能轻描淡写）对阿格尼丝的目中无人和缺乏公心很不屑。她认为阿格尼丝是"一个只想往上爬的人"，笑话她"上了赫伯恩的当"。（伊丽莎白非常直白地说，她认为梅耶在海军的上司劳伦斯·萨福德也是个"疯子"。）1924年，赫伯恩将他改进后的机器重新推销给海军，但这次又被海军召来测试的威廉·弗里德曼给破解了。

这事又加深了他们之间的恩怨。阿格尼丝很快就离开了赫伯恩，回到了她在海军的文职岗位上，阿格尼丝从那时起就很看不起威廉·弗里德曼。她的怨恨一部分来源于靠智力谋生的人之间的竞争本能（密码破译者之间的竞争与许多大学院系里的竞争并无不同），一部分源于这样一个事实：威廉·弗里德曼在陆军的待遇比她在海军的待遇要好。

海军上校托马斯·戴尔说："弗里德曼的工资总是比她高两到三个等级，她觉得这是性别歧视，我认为可能真是这样。"戴尔是由阿格尼丝培训的海军的密码专家。在他看来，阿格尼丝聪明过人，他打赌她完全可以和弗里德曼相媲美。

这群懂密码的人彼此共生又互相嫉妒，组成了一个小小的封闭的宇宙。大家都认识彼此，对其他人能（或不能）做什么都有自己的看法。跟许多人一样，阿格尼丝·梅耶也曾在河岸实验室待过一段时间，乔治·法布扬1920年给海军写过一封表扬信，说："我们对这位年轻女士的印象非常好。"他还说，如果海军愿意放她走，他很乐意雇用她。她还在赫伯特·雅德利那里待过一阵。几乎所有人们熟知的二战期间立下功勋的男性海军密码破译员都是阿格尼丝在文职人员的岗位上培训出来的。情报官埃德温·莱顿写道："她不仅训练了二战时期大多数顶尖的海军密码分析人员，而且他们都认为，她的天才成就无人能及。"尽管她没有收获任何公众的赞誉，但她为他们的功业奠定了大部分基础。她还参与设计了海军的第一台密码机，她和她的合作设计师后来因此获得了国会1.5万美元的奖励。她嫁给了华盛顿的律师迈克尔·德里斯科尔。和弗里德曼夫妇一样，德里斯科尔夫妇也是一对双薪夫妇，而双薪家庭成为潮流还是半个世纪之后的事。

到 20 世纪 20 年代，美国海军感到日本会成为未来的对手，开始考虑建立自己的密码破译团队。日本在 1905 年击败了俄罗斯，它显然是想建立一支太平洋舰队，与美国抗衡或超越美国，而且，由于缺乏成为一个主导世界的大国所需要的石油、铁和橡胶等自然资源，它似乎注定会在太平洋地区的其他地方寻找这些资源，这样就会威胁到包括关岛和菲律宾在内的美国属地。因此，美国海军舰船开始截听日本的电报，建立了更多的太平洋截听站。1923 年，海军情报官摸进了日本总领事在纽约市的办公室，翻找到一个扁行李箱，从中找到了一本 1918 年的海军代码本。他们偷走了代码本，给每一页都拍好照后又放回原处，然后把这些照片发给了华盛顿。这些最终都集中到了能干的阿格尼丝·梅耶·德里斯科尔手中。

那时候海军总部的 1645 室已经设立了一个"研究部"。海军总部位于现在的宪法大道旁一幢低矮的木质大楼里。密码分析办公室的名字总是意义含糊，为的就是掩人耳目。这个研究部人不多，有文职人员，也有海军军官，但军官们的问题是，翻代码本虽然对大局是有帮助的，但对他们的职业生涯却不利。这种情况在海军中比在其他军种中更为明显。密码分析是岸上工作，是一份坐办公室的工作。在美国海军里，如果你是一名有抱负的职业海军军官，你肯定不想在岸上工作。你想要的是海上任务，以及像"前线军官"、海军中校这样的岗位。成为任何类型的专家都不是一条可行的职业道路。所以军官们来了又走，学个几年又去了海上，这是他们职业生涯的需要。

始终坐镇研究部的是阿格尼丝·梅耶·德里斯科尔。她是文职人员，也是女性，因此被判永远在岸上执行任务。她破译了日本在 20 世纪二三十年代研发的海军舰队密码。舰队密码是基地、舰船和各个组织之间用于讨论战略、战术、后勤、情报、士气、舰船

曾在得克萨斯州担任高中数学老师的阿格尼丝·梅耶·德里斯科尔（右一）成为了史上最伟大的密码分析专家之一，20世纪二三十年代破译了许多日本海军舰队的密码。美国国家安全局供图

运态、战局报告，甚至天气等问题的主要系统，简言之，指挥官认为任何重要的事情都用密码来讨论。阿格尼丝·德里斯科尔日复一日、年复一年地研究那本盗取来的代码本。她的一个学员乔·罗什福特后来还记得她用橡皮头把代码本翻来翻去的样子。她骂起人来就像，嗯，像个水手一样。人们认为她是个冷漠的人，对于所有带有施舍意味的态度都很敏感。埃德温·莱顿认为，这一特点是因为她作为一名女性，在军人堆里有一种寡不敌众的不安感觉。她喜欢说："任何男人制造的密码都能被女人破译。"她和丈夫的社交活动不多，这在注重社会声望的海军中有点吃亏。在海军里，男性的职业生涯往往需要妻子的帮衬，她们会招待海军上将，举办各种晚宴。

尽管如此，这些男人都很崇拜她的天才。阿格尼丝·德里斯科尔从未见过太平洋，也没有见过一艘日本舰船，仅靠钻研代码本，她就对日本舰船的名称和密码编制习惯了如指掌，这可太重要了。

她还弄明白了日本人是如何伪装舰队密码的：他们使用了一种叫作"超级加密"（superencipherment）的方法，同时包含一个代码和一个密码。主舰队密码有一个很大的代码本，包含数千个三字符代码组，分别代表日语的单词、音节、短语，甚至标点符号。当译电员用代码写下一条编好码的电文之后，他会再用密码对每个字母进行加密，这样代码组就会以完全不同的字母组合发送出去。由于有这本盗来的代码本，"研究部"知道代码组代表什么含义，但这对他们没有任何用处。当他们截听到一条真实的电报时，他们看到的代码组已经用密码加密了（enciphered）。除非他们能想出如何除去这一层加密，将每个代码组恢复到原来的形式，否则就无法理解电文。

这个小小的海军团队——德里斯科尔、一两个军官、几个译电员加打字员、一个翻译——为实现这一目标努力了多年。乔·罗什福特说，这个过程真的让他感到恶心。一天又一天地坐在那儿"盯着看的过程"毁了他的食欲，让他瘦了 20 磅。他总是叼着点什么东西，不是雪茄、香烟，就是烟斗。下班后，他得躺上几个小时才能吃饭。他把这个团队的成功都归功于阿吉小姐——他们这么称呼阿格尼丝·德里斯科尔。她发现了密码加密是以调换字母位置的方式来完成的。

归根结底，成功的密码破译是在做诊断，需要看到整体而不仅仅是局部，辨别敌人设计出来掩盖其通信的底层系统的能力。阿格尼丝判定日本人正在对他们的电报进行代码编码，然后使用一种叫作纵行换位（columnar transposition）的方法，用一种部分空间被涂黑的网格将代码组横向一行一行地写下来，但按其纵向的排列顺序来发送，而且这个网格的设计经常改变。该部门的技术负责人、海军军官罗什福特说："德里斯科尔夫人负责给出初始解，大部分新密码和'换位形式'也都是她破解的。"他们收集到的情报让美方对日本的燃料供应、船只事故、航空进展、海军演习以及至关重要的对美作战行动战略有了深入的了解。情报表明日本人对美国的海战计划了如指掌，这实在令人担忧。

熟练掌握舰队密码是一项永无止境的工作，对日本人和阿格尼丝·梅耶·德里斯科尔来说都是如此。为了保证安全，日本海军会定期更换代码本，烧毁旧的，印刷新的并分发给各个船只、办公室和岛屿。此时每个词都有一个新指定的代码组，而美国的密码破译人员将不得不从头开始。有时甚至会有更大的变化：1931年，当时还是练习生的托马斯·戴尔正在为一条刚截听到的情报一筹莫展，德里斯科尔走到他身后，拿起他的工作表看了看，对他说："你之所以没有任何进展，是因为这是一个新代码。"

她是对的。日本人以前就改过密码系统，建立了更长的、组织方式更严密复杂的代码组。那个新系统是史上最复杂的系统之一，推敲如何破解就花了三年时间，而在破解过程中又是德里斯科尔完成了大部分工作。罗什福特说："和往常一样，德里斯科尔夫人第一个有了突破。"劳伦斯·萨福德后来写道，她的成功"是迄今为止完成过的最困难的密码分析任务"。当埃德温·莱顿轮调进这个团队时，他逐渐体会到阿格尼丝的贡献之"巨大"，甚至可以用"叹为观止"来形容。

她的壮举对现实世界产生了巨大的影响。1936年，德里斯科尔通过不懈工作发现日本人已经改装了一艘战列舰，其航行速度可以超过26节。美国没有那么快的战列舰，所以海军升级了一种新的战列舰，以确保超过这个速度。这是一条重要的情报，它证明设立研究部所花的费用都是合理的。海军密码破译办公室逐渐扩大，但在1937年，只有阿格尼丝·德里斯科尔这一个什么都懂的全才。一份官方历史档案指出："在常备部队中，任何问题都有能力解决的只有一个受过充分训练的人。"

后来日本的密码系统又变了，而且变化更大了。1939年6月1日，日本舰队开始使用被盟军称为JN-25的密码。日本人已经开始使用数字而非字母，他们现在采用了一个巨大的代码本，包含大约30000个五位数代码组，还发明了一种新的加密方法。在代码发送之前，每个代码组都通过数学方式进行"加法"加密。

这种加法加密法是这样工作的：当日本的密码编码员开始给一条电文编码时，他会在代码本中找到代表他想要的词（或音节、短语、标点符号）的五位数组。他会重复这个过程，直到电文的结尾。然后他会拿出另一本附加码手册，翻到随机选择的一页，选择一个五位数，并把它加到第一个代码组中。下一个五位数的附加码又加到第二个代码组上，以此类推。日本的密码编制者使用了一种特殊的数学方法，叫作非携带或"假"加法。无须数字进位，所以8加7等于5，而不是15。举例来说，如果"maru"的代码组是13563，而附加码是24968，那么结果组将是37421（1＋2＝3；3＋4＝7；5＋9＝4；6＋6＝2；3＋8＝1）。要破解电文，美方必须搞清楚附加码是什么，再减掉它来得到代码组。然后他们还必须弄清楚代码组代表什么含义。

这次又是阿格尼丝·德里斯科尔对这种新系统做出了诊断。她和美国海军里其他人都没有见过加法密码——在此之前，所有的密码都是换位密码或转换密码——但她弄明白了。她用了不到一年的时间就取得了进展。3月1日，"GYP-1"团队的动态报告称，对于"5号系统"（JN-25旧称），"德里斯科尔夫人取得首次突破。破解进展顺利"。她又工作了几个月，直到1940年底被调去对付德国系统——从某种意义上说，这是一次升迁，因为大西洋逐渐成为热点。研究小组继续使用她的方法研究JN-25。

剥离附加码和复原代码组含义的过程十分耗时费力，令人痛苦。二战结束多年后，在夏威夷和澳大利亚工作的美国密码破译人员仍在与华盛顿特区的同行争论某些代码组代表什么。就像战时培训飞行员如何飞行的女教官以及海岸警卫队的伊丽莎白·弗里德曼一样，阿格尼丝·德里斯科尔也在培训战场上的男人干这行。曾为二战期间太平洋地区海军总司令尼米兹上将负责海军情报工作的埃德温·莱顿写道："她是海军里无人能敌的密码分析专家。"1940年12月，日本的代码和密码都改了，盟军将这一新系统称为JN-25B，海军的研究团队剥离了附加码，建立了部分代码库。后来，在1941年12月初，也就是珍珠港事件发生的前几天，附加码手册改了，而代码本没有改。在珍珠港遇袭并陷入混乱之前，美国海军设法复原了一部分新系统，但恢复得还不够。

"如果日本海军在1941年12月1日改了代码本和密钥，那真的很难预料太平洋战争会发展到什么地步，"劳伦斯·萨福德说，"尽管珍珠港事件损失惨重，但美国参加第二次世界大战时并不是看上去那样盲目。这在很大程度上要归功于德里斯科尔几十年来的侦察工作以及伊丽莎白·弗里德曼这样的女性楷模。"

第三章
最难的问题

1940 年 9 月

波兰被占领一年了。捷克斯洛伐克遭到分裂,也没有进行什么抵抗。纳粹的战争机器已经击倒了挪威和丹麦,打败了比利时和许多其他国家,继续向巴黎挺进。纳粹军官们在香榭丽舍大街上最好的餐厅里开着香槟,喝着法式咖啡。英国在德国空袭的打击之下,还在勉力坚持,准备从法国被占领的海滩上发起海上反攻。日本则在中国和整个太平洋上四处横行,试图建立所谓的"新秩序",把亚洲国家从西方的统治下解脱出来,以日本的统治取而代之。而在这里,在华盛顿闹市区拥挤的美国陆军办公室里,一位年轻的女文职人员耐心地站着,等着一群男人说完话留意到她。她有急事要告诉他们,但她不好意思,又不愿插嘴,只好等着他们停下来。

这个办公室没什么值得夸耀的——只是藏在华盛顿一座名为"军需大楼"(Munitions Building)的难看建筑里的几个房间中。这座大楼建于 1918 年,是一战期间美国战争部的司令部。军需大楼紧挨着美国海军总部,巧的是两者都是建于一战时期的"临时"战时建筑，尽管世界大战早就结束了，还一直使用到现在。这两座建筑占据了华府的雾谷（Foggy bottom）和国家广场之间的区域。两座建筑都是混凝土外墙，窄长的翼楼垂直于外墙向后延伸。在那里工作就好像在多层仓库里上班一样。

在一楼，建筑物各个翼楼都有狭长的走廊，供自行车出入的门洞也很窄，经常堵塞，所以人们不得不小心翼翼，以免被那些提着大包骑自行车的小伙子撞到。楼上的开放式工作室里摆放着木桌，大窗户让华盛顿的空气畅通无阻，这是好是坏取决于季节和湿度。严格来讲，整个建筑被称为海军及军需大楼（Main Navy and Munitions Building）。当时华盛顿特区的战时扩建还没有实现，五角大楼还不存在，阿灵顿学堂也还没有被征用，1940年时，这两座低矮丑陋的建筑实际上是美国整个军事智囊团的驻地。

在军需大楼一个翼楼的后部，有几个楼上的房间被分配给了美国陆军密码破译部门。该部门在过去的一年里有了很大的发展，但可以容纳在这么小的空间里，足见其规模还是不太大。其中一个房间里摆放着一排办公机器，用于完成分类拣选和校对任务，其他房间里则放着上锁的文件柜，里面是截获的情报。在其他大多数地方，人们安静地坐在桌边埋头工作，用铅笔在画线纸或者交叉阴影纸上写写画画。除了机器，这个办公室还有政府发的旧桌子、旧柜子和拨盘电话。美国海军密码破译部门碰巧就在旁边的翼楼。尽管这两个密码破译机构有合作的能力，但它们将彼此视为对手，互相之间的争斗、怀疑和个人冲突几乎都摆在了桌面上。与海军的密码破译人员不同，陆军的破译人员大部分是文职人员，是一支由数学家、中小学教师、语言学家和办公室职员组成的队伍。海军主要负责破解日本海军的密码，与此同时，陆军的密码破译人员则试图攻破意大利、德国、日本和墨西哥的军官和外交官员使用的密码系统。

显然，这场正在形成的第二次世界大战，美国迟早都会正式参加。这个星期五的下午，在夏末的热浪里，房间的空气显得更加紧张凝重。

陆军密码破译部门的核心人物是威廉·弗里德曼。可以说，弗里德曼比世界上任何人都更精通代码破译，最初陆军雇用他来开发比旗语更复杂和安全的代码。他又雇用了这个办公室里大多数人。在桌子前面苦干的人都非常尊敬他。弗里德曼的上级有时候叫他"比尔"，但为他工作的人总是叫他"弗里德曼先生"，有时他们私下也叫他"威利叔叔"，但没有人敢当着他的面这么叫。他很敏感，动不动就发火。他做事一丝不苟，善于把重要的工作交给有能力的人，但不会轻易夸奖人。他网球打得很棒，还是个交际舞高手。他留着稀疏的胡子，喜欢打领结，穿双色鞋，而且非常讲究精确，他讨厌人们把"repeat"当作名词来用，坚持让他们用"repetition"。

此时弗里德曼不到五十岁，已经是全球范围内密码编制与破译小圈子里的传奇人物。离开河岸实验室以后，他筹建了一个很少有人知晓的密码主题的文库，其中收藏的文献包括法国将军马塞尔·吉费奇的《密码术》、意大利路易基·萨科将军的《施里托尼亚手册》，还有法国上尉罗杰·博杜安在巴黎沦陷前偷偷带出来的《密码术原理》。其中最重要的论文是弗里德曼自己写的，包括绝密专著《密码分析原理》《二级字母表间接位置对称原则及其在多表替代密码破解中的应用》，以及他的杰作《巧合指数及其在密码分析中的应用》。他写的培训手册也在密码分析的圈子里被奉为圭臬。

在十年的时间里，弗里德曼逐渐组建起了一个小小的团队。1930年，就在赫伯特·雅德利的办公室关闭后不久，弗里德曼的老板给了他一笔经费，让他雇用三位年轻的数学家：在弗吉尼亚州的洛基山教书的南方人弗兰克·罗莱特，他以生产私酒而闻名；还有亚伯拉罕·辛科夫和所罗门·库尔巴克，他们是一起上中学、一起考进纽约城市大学的朋友。弗里德曼希望员工年轻一点，因为他知道要花好些年才能掌握这门学科。此外，还有一位懂日语，能把破译的日语电文翻译成英语的弗吉尼亚人约翰·赫特。这三位数学家和约翰·赫特一起，花了将近十年时间来学习弗里德曼"攻击"代码和密码的方法。研究经费总是不够，在"大萧条"最严重的时期，他们有时不得不自己买铅笔，还得用家里的便条纸。

随着队伍的扩大，弗里德曼做了点别的事情：他开始雇请女性了。他愿意这么做有几个原因。第一点就是女性劳动力的可用性（availability）。20世纪30年代，远在二战爆发之前，罗斯福"新政"就开了招女性到华盛顿工作的先河。事实证明，华盛顿不断扩张的联邦政府比私营部门更能提供平等的就业机会。诚然，政府招聘中也存在歧视，但对女性来说，申请联邦职位的好处在于可以参加标准的公务员考试。女性和男性参加一模一样的考试，而联邦机构会根据考试分数来分配工作机会。1920年的人口普查发现，华盛顿40%的就业人口是女性。

同样重要的是，威廉·弗里德曼喜欢与聪明女人共事，他自己与伊丽莎白的婚姻就是明证。伊丽莎白现在供职于海岸警卫队，既是一名密码破译员，也是今天人们所说的通信安全顾问。当时海岸警卫队的任务是保持"中立"，这意味着伊丽莎白所在的部门被大西洋上各种船只来来往往的电报淹没了。伊丽莎白对其他机构来说也是一个很有价值的多面手，她为国家新的间谍机构情报协调局（the Coordinator of Information）设计了编码部门。此后不久，情报协调局改名为战略情报局（the Office of Strategic Services）。

可能威廉·弗里德曼都没有充分意识到伊丽莎白的榜样作用对自己来说是多么宝贵。1939年10月，欧洲爆发战争之后，美国陆军给了弗里德曼不少经费，让他得以进一步扩大密码分析队伍。这些早期的雇员中有一位叫威尔玛·贝里曼的女性，她是慕伊丽莎白之名到这个领域来的。贝里曼来自西弗吉尼亚州的比奇博特姆，毕业于贝瑟尼学院，获得了数学学位。尽管她受过教中学数学的训练，但在"大萧条"时期，她能找到的唯一工作就是教一年级，而且一个班有45个孩子。当时贝里曼的丈夫在华盛顿找了一份工作，贝里曼也去伍德沃德洛斯罗普百货公司出纳部找了份工作——离统计不算远——然后又去了人口调查局（the Census Bureau）等其他若干机构。但当她在《华盛顿晚报》上读到有关伊丽莎白·弗里德曼的成就时（这篇文章也提到了威廉，但打动她的却是这位妻子），她的内心被唤醒了。她开始想象另一种未来。

威尔玛·贝里曼到处打听，发现美国海军已经开设了一门函授课程来训练军官，但业余爱好者和其他感兴趣的文职工作申请者也可以在家自学如何破译密码。这个课程的目标与其说是教授知识，不如说是寻找有能力的人，把没能力的淘汰掉。威尔玛·贝里曼花了几年时间来学习这门课程，写信索取课程材料，在业余时间完成练习，然后再寄回去。练习中有两次密码破译实操，贝里曼找到了下手的地方，她的答案也送到了威廉·弗里德曼那里。弗里德曼会仔细查看公务员名单和任何他能接触到的其他来源，评估考试分数，寻找人才。威尔玛·贝里曼刚受聘就被安排在意大利语部门，也就是说，她得到了一本意大利语入门教材，然后就不管愿不愿意都得投入到破解意大利法西斯政府秘密通信的工作中去。有个同事每天早上都喜欢走到贝里曼的桌前问她："本尼托[1]今天早上过得怎么样？"

弗里德曼的部门是这样开展工作的：这基本上是个自学的地

---

[1] 本尼托：指本尼托·墨索里尼。

方。新来的人会花一上午的时间研究培训手册，搞清楚如何回答诸如此类的问题："希特上尉认为密码分析成功的四个要领是什么？"（毅力、谨慎的分析方法、直觉和运气），"在每条电文中，哪两个地方比其他地方更容易通过词语假设成功破解？"（开头和结尾）。他们整个下午都在破解真正的代码。

威尔玛·贝里曼喜欢干这个。

迪莉娅·安·泰勒也喜欢，她来自美国中西部，身材高大、头脑聪慧，毕业于弗吉尼亚州的斯威特布莱尔学院，并在史密斯学院获得了硕士学位。和她并肩工作的还有玛丽·露易丝·普拉瑟，她出身上流社会家庭，只是在艰难时世中有点家道中落。普拉瑟的工作是操作办公室里的分类机、复制机、制表机、打孔机等各种机器。弗里德曼善于让小气的政府官僚机构掏腰包，这些机器都是他说服老板们为他购买的。虽然普拉瑟的工作看起来无足轻重——操作办公机器被认为是女性的工作——但这些机器不是传统的机器，而是对敌方电文进行分类拣选的改良版机器。

普拉瑟还要给截听到的电报归档，这些文件本身就是一种违禁物品。严格说来，由于美国并未处于战争状态，收集外国外交官的无线电通信和电报往来是不合法的。根据一份简报的记录，1934年的《通信法案》（Communications Act of 1934）规定，对"拦截外交通信行为处以严厉惩罚"，但密码破译人员决定置之不理。弗里德曼在陆军的上司，现在的少将约瑟夫·莫博涅认为可以不用考虑法律。即便如此，也很难获得截听的电文。陆军自己的秘密无线电截听站还不是很多，所以他们从海军手里拿到了一些电文，一些关系不错的电报公司也会私下提供一些电文给陆军。普拉瑟在日志里详细记录了每一条电文。

还有二十七岁的珍妮芙·玛丽·格罗扬。她在1939年10月被

珍妮芙·格罗扬渴望成为一名数学教授，但找不到愿意雇用女性的大学。1940年9月，在担任陆军文职密码破译员不到一年时，她取得的一项关键突破让盟军得以在整个二战期间窃听到日本的外交通信。美国国家安全局供图

聘为"初级密码分析员"，年薪2000美元。她站在军需大楼里，等着有人注意到她。格罗扬是土生土长的纽约州布法罗人，在布法罗的贝内特高中学习期间是一名才华横溢的全优生。她曾经用正宗的拉丁语在高中的毕业典礼上代表毕业生致辞，还获得了董事会奖学金，进入布法罗大学学习数学，并加入了国际关系俱乐部。1938年她以最优等的成绩毕业，她获得了数学上的奖项，得到了一边读研究生一边做助教的机会，并立志做一名大学数学老师。然而，就像她那个时代的许多女性一样，格罗扬找不到愿意雇用她的大学。于是她来到了华盛顿，在一个名叫铁路职工退休管理委员会（Railroad Retirement Board）的无名机构里当统计员。在那里计算养老金是她的乐事，她很喜欢这份工作。当她参加数学考试以确保获得定期加薪时，她的成绩引起了弗里德曼的注意。她接到了信号情报局（Signal Intelligence Service）的电话，问她是否愿意在"密码部门"工作。格罗扬不知道这是什么意思，但她答应了。

许多密码破译员都是社交高手，但格罗扬不是。害羞、内向的她喜欢无框眼镜，穿高领上衣，留朴实的发型，前额上的金发做成了卷曲的发夹卷。她在华盛顿西北部的欧几里得街1439号租了一间寄宿公寓。

然而，在工作不到一年的时间里，格罗扬逐渐成为团队中最有前途的密码破译员之一。她以做事一丝不苟、善于观察和注重细节而闻名。她谦逊、沉默，拥有为数字而生的纯洁灵魂，对办公室政治和竞争毫不在意。鉴于她展现出的过人才能，她被派去处理弗里德曼办公室处理过的最紧迫的问题——破解日本外交官在世界各地使用的密码系统。这个系统与日本军方所用的系统完全不同。虽然日本帝国海军经常使用涉及大量加法和计算的烦琐的纸笔系统，但日本外交官喜欢使用较新的机器生成密码。格罗扬所属的这个小团队正试图做一件几乎可以肯定从来没有做过的事情：复制一个无论是整体还是局部都没人见过的陌生的机器，连蓝图和图纸都没有。他们坐在桌子旁，看着一串看似随机的字母，试图通过仔细检视这些窃取来的输出数据来了解机器的内部工作原理。

这个任务包含许多挑战，其中最主要的是日本机器是在他们无法进入的环境中生产的。在那个年代，政府和企业都在使用密码机来保护信息不被中间方（从摩尔斯码报务员到真正的间谍）窃取，而发明者则通过不停设计新机器来实现这一点。弗里德曼的办公室有自己的"疯子档案"，记录了业余爱好者们试图出售给他们的各种古怪系统。一般来说，发明者不是想要一份工作，就是想要100万美元，他们还会威胁说，如果美国政府不接受，就把产品卖给俄罗斯或德国。弗里德曼和他在海军的对手阿格尼丝·德里斯科尔一样擅长发现这些机器的弱点，他的助手们常常几小时就能破解一个"疯子"系统。

德国军队使用他们自己的密码机——便携式恩尼格码机。美国国家安全局供图

但西方市场上有些机器是非常好的，最好的之一叫作恩尼格码机。恩尼格码机于20世纪20年代由德国工程师发明，继而由德国公司推向市场。它原来的设计意图是充作银行家的工具，但后来纳粹将其用于军事用途。但1933年希特勒命令恩尼格码机退出商业市场，以确保恩尼格码机为他的军队所专用。以恩尼格码机为代表的许多军用机器都体积小、重量轻、坚固耐用，比打字机大不了多少。恩尼格码机还特别便携，有电池供电，可以在战斗中随身携带使用，也可以焊接在潜艇的指挥中心。它有且只有一个任务：把电文中的每个字母转换成不同的字母。

这种新的日本机器的任务同样是转换字母，但没人知道它是如何工作的。没有一个西方人见过它，甚至连仿制机或原型机都没见过。这种机器不像恩尼格码机那样可移动，而是根本不可移动的。与恩尼格码机不同的是，它需要通电，要有一个可以插入的插座。

只有在华盛顿、柏林、伦敦、巴黎、莫斯科、罗马、日内瓦、布鲁塞尔、北京和其他几个大城市最重要的日本大使馆才允许使用。

机器密码系统对外交官很有用。20世纪30年代，电话通话成本很高，而且很容易被窃听。东京的外交部经常需要把相同的电报发送给远在四方的大使，比起拿起电话把同样的内容重复好多遍，更便利的做法是把电报内容写下来，交给译电员写成罗马字，即一种用罗马字母拼出音节的日语语音版本，例如商船就用"maru"来表示，译电员会在机器里输入"maru"，机器产生一串新的字母，比如"biyo"，然后用电报发送出去。加密机制可以设置在不同的位置，可以用密钥，也可以用某种加密设置。这台机器既可以用于加密，也可以用于解密，因此外交官们可以用自己的机器来恢复电文的原始含义。他们也可以用它来给东京回信。

当然，日本的外交官正在讨论他们国家的战争计划。他们还会见了希特勒、墨索里尼和其他重要的轴心国领导人。如果美国人能揭示这个机器的工作原理，他们就能得到价值无法估量的洞见、八卦新闻和战略情报，不仅可由此了解日本人的意图，还可以一窥欧洲每个暴君的企图。

但事实证明，要破解这种日本机器是很难的。当珍妮芙·格罗扬被分配到这个项目时，美国人已经苦干好几个月了。第一条截听到的用这种新型机器加密的电报是1939年3月从日本驻华沙大使馆发出的。当时密码破译员知道有新机器了，因为他们破解了日本人20世纪30年代大部分时间都在使用的一种较为简单的机器密码。日本人给第一种机器起了个平淡无奇的名字，叫作A型密码机，所以这种新机器就叫B型密码机。美国人把第一种机器叫作红码机，第二种就叫紫码机。紫码机和红码机的工作原理不一样。它要复杂得多，这就是密码破译员感到困难重重的原因所在。

少数知道紫码机存在的西方人认为，威廉·弗里德曼的日本密码部门中的美国人是在浪费时间。英国人曾试图破解这个紫码机，德国人也曾尝试过，但他们都放弃了这项工作，认为这件事成不了。美国海军在隔壁的翼楼研究了四个月紫码机，但决定集中精力对付 JN-25。威廉·弗里德曼的文职人员小组是唯一拒绝放弃或者说根本无法放弃的群体。

弗里德曼在 1930 年雇用的那些人得益于多年的培训。现在，战争在欧洲和亚洲肆虐，美国的介入迫在眉睫。自从法国陷落以来，这已是不可避免的了。像珍妮芙·格罗扬这样的新雇员也被直接投入到工作中去。南方人弗兰克·罗莱特负责监督有关紫码机的工作进展。他是个大个子，亲切友好，善于用乡下小伙的形象来掩饰他的战略智慧和竞争本能，比如，"我只是一个乡下小伙，但是……"格罗扬觉得他很和蔼，在他手下工作很轻松。

在组建团队的过程中，弗里德曼仔细筛选了公务员名册。他想要的人很难定义。他要的不仅是智慧，还有毅力。虽然对填字游戏的爱好有时被视为具有密码破译天赋的标志，但弗里德曼对密码破译就像解决报纸上的填字游戏这种想法嗤之以鼻。填字游戏很简单，一旦有了线索，你就会受到鼓舞，感到兴奋。其中嵌入了许多小小的胜利和激励机制。填字游戏的设计目的是让人解决问题，而代码和密码的设计目的是防止被破解。面对密码，你必须准备好干上几个月甚至几年，然后失败。

1940 年 9 月，他们似乎正在面临失败。在经历了一年多的挫折后，密码破译员们唯一确定的事情是：日本紫码机有一个弱点源于日本政府太急于省钱。20 世纪 30 年代，日本密码学家在设计早期的红码机时，电文通常是以四五个字母为一组来发送的。可以发音的代码组发送起来更便宜。（弗里德曼参加过不同国家的电报公司为制定这类规则而召开的会议，他们需要在会上协调成本、结构和频率分配等事宜。）要想发音，一个由五个字母组成的字母组必须包含至少两个元音。因此，红码机将元音转换成元音，辅音转换成辅音，以确保"marus"最终是"biyav"之类的词，而不是"xbvwq"。以这样的方式转换，电文仍然是可发音的。

弗里德曼的团队已经发现，旧的红码机使用了两种机制来实现这一点，一种转换六个元音，另一种转换二十个辅音。他们将这些机制称为"六组"和"二十组"。弗里德曼团队用西方的零件成功仿造了一台红码机仿制机。这台仿制机非常好用，弗里德曼的密码破译员经常能够破译红码机加密的电文，并且在日本译电员将同样的电文呈交给自己的上级之前就将其内容交给了美国军事情报部门。从1939年开始，红码机逐渐退出使用，美国军官们发现他们已经习惯享受的成果被剥夺了，这让他们感到十分沮丧。

到紫码机出现的时候，电报公司已经放宽了代码组必须可发音的规定，所以就不再需要"六组"和"二十组"了。尽管如此，新系统也往往包含了旧系统的元素，这被称为"密码编制连续性"。基于此，密码破译员们猜测紫码机也使用了两种机制，一种可以转换六个字母——任何字母，不只是元音字母，另一种可以转换二十个字母。果然，当紫码开始出现时，弗里德曼的密码破译员发现有六个字母比其他字母出现得更频繁。但"二十组"是拦路虎，无论假定日方使用何种密码系统，美方都无法弄清剩下的二十个字母是如何加密的。

每个破译员都有自己应对挫折的方法。弗兰克·罗莱特喜欢早早上床睡觉，然后在半夜醒来，看看是否有灵感涌上心头。威廉·弗里德曼经常一边刮胡子一边思考解决方案，他非常相信潜意识解决问题的力量。珍妮芙·格罗扬是最有耐心的团队成员之一，她会一坐就是几个小时，注视着一串串字母，做笔记，做图表。

威廉·弗里德曼曾告诉他的学生，如果你穷尽各种可能的角度长时间地仔细研究一个密码，一定会发现某种模式。所有密码编制者的目标都是构造出一个随机的、牢不可破的系统。但这很难做到。大多数机器使用交换器或转子——根据密钥或设置，每天或每隔几天设置新指令——将一个字母转换成另一个字母，通常是多次转换，这样 A 可能变成 D，然后变成 P，最后变成 X。下一次，同样的字母的转换方式完全不同。但转轮和转子最终会工作一个完整的周期，在某个时点回到开头，以同样的方式加密同一个字母。A 会变成 D，然后是 P，然后是 X。机制越复杂——转轮越多，设置越复杂——迎来重复的时间间隔就越长。但在某个时点，某个地方，某些东西的重复一定会发生。

弗里德曼知道有数学方法可以检测语言和单个字母潜在的使用模式，设法教会了他的团队。在英语中，E 是使用频率最高的字母。如果你在编制密码时把电文中的每个 E 都变成 Z，那么 Z 的出现模式就会和 E 完全一样，它就会成为使用频率最高的字母。密码分析员要做的第一件事就是对加密电文中的所有字母进行"频次统计"（frequency count）。如果 Z 出现得最频繁，这可能意味着 Z 代表 E。密码很快就变得越来越复杂，但统计方法总是能派上用场。数学的作用是很惊人的。

在训练过程中，弗里德曼还告诉密码分析员们，你可以在不懂外国语言的情况下破译外国密码，只要你知道这种语言中的字母遵循什么使用模式。某些特定的字母常和另一些特定字母一起出现，比如 S 经常和 T 一起出现。他教他的工作人员计算某些成对出现的复合字母出现的频次，以及 ing、ent、ive 等三合字母或 tion 这样的四合字母出现的频次。他知道 100 个简明英语的字母中平均会出现多少个元音——通常在 33 个到 47 个之间。他知道哪些字母很少连在一起出现。他甚至已经计算出每 100 个字母中有多少个不出现的字母。他已经确定了在普通英语中哪些辅音使用频率最高（D，T，N，R，S），哪些辅音使用频率最低（J，K，Q，X，Z）。他研究了法语字母的使用规律（常见的复合字母有：es，le，de，re，en，on，nt），以及英语在电文中的使用规律。由于"the"在电报中经常被省略，所以在电报中 E 的统计会有轻微的变化。统计学家们赖以立身和孜孜以求的正是随机波动、标准差这样的细微差别。

在几个月的时间里，密码破译员们使出浑身解数，对紫码进行了多次攻击。他们掌握了罗马化日语的规律，如 oo、uu、ai、ei 等元音经常成对出现，而且他们知道 Y 后面几乎总是跟着 O 或 U，往往是两个，如 ryoo、ryuu、kyoo 和 kyuu。考虑到日本人可能会参考西方已有的密码机，他们也考察了所有西方市场上已知的机器的工作原理。其中有种噪声很大的机器叫"克里哈"（Kryha），有一个类似钟表的齿轮装置；还有一种精巧的机器名叫"达姆机"（Damm machine），一眼就看得出来是以其发明者瑞典工程师阿维德·达姆的名字命名的；还有那些由盗马贼赫伯恩发明的机器。所有这些机器都使用了可以将一个字母变成另一个字母的装置。有些机器在逐步改进。有的机器会向前跳过几个字母，或者跳过一次，下次就不跳了。当日本大使馆安装紫码机时，弗里德曼的团队可以跟踪安装者的行程。在简报中，安装者是一位名叫冈本的日本专家，他一个城市一个城市地安装新机器。通过阅读他用旧的红码系统发回东京的新电文，弗里德曼得以掌握他的行踪。他们一直盼望冈本能用红码系统给家里发一份报告，提供一些关于紫码机是什么以及它如何工作的线索。唉，冈本没有这样做。

弗里德曼的团队承受着巨大的压力。紫码机刚启用的时候，他们以为能在几个月内完成破解。但进入 1940 年以来，欧洲的犹太人被围捕，集中营越来越多，"闪电战"也在推进，罗斯福急切地想知道日本是否会正式加入德国和意大利的轴心国联盟，如果会，又会谈些什么条件。军事情报部门的密使每天都来拜访弗里德曼，督促他，问他是否已经竭尽所能这让他充满焦虑。密码破译员也去找执行任务的无线电截听人员谈话，督促他们确保以紫码发报的线路都完全覆盖到了。他们还装备了更多的 IBM 机，这是一种能快速计数和分类排序的制表机，经过改装之后的 IBM 机可以对收到的紫码电文进行分类排序。但他们还是毫无进展。

弗里德曼希望他的团队自己动手抄写每一个字母，这样就能与密码产生一种真实的物理联系。有种方法是把加密电文的文本写出来，然后在上面或下面打印一个他们称之为"对照文"（crib）的东西。建立对照文是密码破译的一个重要组成部分——也许是最重要的组成部分。对照文是对电文内容有根据的猜测，甚至只是一个词或短语可能由什么组成。日本政府一些较小的部门和大使馆仍在使用旧的红码机，有时东京会同时使用红码机和紫码机向所有大使馆发送同一条电文，也就是通函（circular）。通函是对照文主要的信息来源。密码破译员可以破译红码系统发出的电文并将其与紫码进行比对，寻找关联。

他们也知道，日本外交官和世界各地的外交官一样，函件开头都要使用正式的套语，例如"我荣幸地通知阁下"诸如此类的话。有时，他们会在紫码电文下面写下类似这样的话，然后随意摆弄一番，看看是否有用。事实上，由于"六组"已经破解了，这意味着他们有几个基础字母可以确定对照文的位置，就像玩猜字游戏一样。美国国务院正在与日本就贸易条约进行谈判，有时传来的电文也会带有引用的英文，这也有所帮助。弗里德曼说服国务院私下将

第三章 最难的问题 105

原始文件交给密码破译员，这样他们就可以以此作为对照文。

密码破译员们对紫码机形成了一种猜测，但也说不上来有什么理由。他们推测紫码机使用了某种交换器（而不是转轮）来转换字母。他们认为这些设备很可能类似普通电话线路中使用的"步进制交换器"（stepping switch），通过使用一种叫作选择器（wiper）的东西将电脉冲一步一步改变接续位置，从而实现通话。罗莱特后来写道，他们推想紫码机的设计是"1 组 4 个有 25 个位置、6 级的步进制交换器，它们串联起来工作"。他们认为 4 个串联起来的步进器可能不止 1 组，使用级联节奏来控制重复。他们有一个假设，在一串电文文本中如果可以找到完全一致的字母，就可以说明这一点，将密码与对照文排在一起，密码破译员可能会发现某种能证明交换器设备正在工作的模式。如果这是真的，那么在每个周期性的重复之间就会出现很多字母。但重复是存在的，它就在某个地方。你需要一条很长的电文才能找到重复之处，你需要的不只是一条很长的电文，这些电文还必须是同一天发送的，这样才能用同一个密钥进行加密。

他们此前的进展就是先做这样的猜想，再狂热地尝试证实，继而以失望告终。弗兰克·罗莱特和他的紫码团队在这一最新理论的鼓舞下重新燃起了希望。他们急切地想要找到同一天发送的三条比较长的电文。他们把文件柜翻了个遍，终于找到了。现在他们需要一个对照文。玛丽·露易丝·普拉瑟一直一丝不苟地保存着所有的文件，她刚好记得当天有一条电文是用已破解的次要的日语密码系统发送的。这神乎其技的记忆力为他们提供了所需的对照文。

弗兰克·罗莱特把写着同样的电文和对照文的工作表分发给不同的人，看看是否有人能发现什么。他们坐在一间大约 30 英尺长、15 英尺宽的房间里的桌子旁，一边浏览一边研究。"我们一直在寻找这种现象,"他后来说,"但实际上并不特别清楚我们到底在寻找什么。"

那是1940年9月20日下午2点左右。罗莱特是团队中机械思维较强的成员之一。他是个发明家、囤积狂,经常搜罗一些没人要的电话部件,把它们放在地下室的柴堆后面。当时他正在和其他人交谈,他们坐在那里,全神贯注地听罗莱特聊天,罗莱特后来有点不好意思地称之为"尬聊"。他们抬起头来,看见珍妮芙·格罗扬这位未来的数学老师和前铁路职工退休金统计员出现在他们身边。罗莱特后来回忆说,当时她把工作表紧紧地抱在胸前。"打扰一下,"她害羞地对他们说,"我有点东西给你看。"

他们的希望被点燃了,饶有兴趣地看着她。罗莱特看到她"显然很兴奋"。"从她的态度上我们可以看出,她一定发现了什么不寻常的东西。"

格罗扬把工作表放在桌子上,拿起铅笔把两个字母圈在了一起,其中一个字母来自加密电文,另一个来自对照文,一个在上面,一个在下面。然后,她又在第二张工作表上圈出了另一对同时出现的字母,这证实了他们正在寻找的模式。然后,在一长串字母的末尾,她又圈出了第三对、第四对。她后退了一步。就是这个!她发现了重复。她发现了周期性并证实了这个假设。她破解了"二十组"!

格罗扬是一名年轻的数学家,有本科学位,一篇未完成的硕士论文,她接受岗位培训的时间还不足一年。她的许多上级都比她的经验多好几年,好几十年。她学习的教材都是他们写的。没有人清楚她是怎么做到的,无论当时还是以后。格罗扬有一种强大的能力,可以集中精神,在这种专注状态下,她可以用一种不同的方式来看问题。在破译密码的过程中,频次统计、制作图表是其中的一部分。但当你把这些手段都尝试过以后,有时,纯粹的洞察力就在一个极度专注的时刻产生了，你只是看到了你正在寻找的东西。你明白这是对的。

在场的人马上就意识到了他们看到的是什么。格罗扬给他们钉上了第一颗钉子。她静静地站在那里，他们爆发出一阵欢呼。弗兰克·罗莱特开始大叫："就是这个！就是这个！珍妮找到了我们要找的东西！"

其他人都围过来看。威廉·弗里德曼也进来看到底是怎么回事。按罗莱特的描述，格罗扬"显然很激动"，她摘下眼镜，说不出话来。罗莱特开始跟弗里德曼交谈，告诉他发生了什么，还把重复出现的字母指给他看。他们花了好一段时间才让老板相信他们成功了。弗里德曼耷拉着脑袋，把双臂支在桌子上，整个人好像被掏空了。他向格罗扬表示祝贺，他之前几乎没有和她说过话。"我只是在做罗莱特先生叫我做的事。"她回答道。她已经在考虑他们接下来需要采取的步骤，比如想办法破解每天使用的密钥。但大家都知道这就是他们最需要的胜利。人们倒上了可乐，以示庆祝。弗里德曼走进自己的办公室，整理了一下思绪，其他人则围在桌旁，听格罗扬讲述她的发现并解释她是如何做到的。

团队现在可以造一台机器来破译这些电文。弗兰克·罗莱特后来说："当珍妮把工作表拿过来，指出这些重复的字母时，我就知道我们攻破紫码机了，它要被拿下了。"

机器密码有个特点：破解起来比登天还难，但一旦被破解，你就如入无人之境了。1941年的头三个月威廉·弗里德曼是在沃尔特里德总医院里度过的，身心俱疲的他需要一个康复期。那是一种精神崩溃。在此之前，他不能跟办公室以外的任何人提起半个字，甚至跟妻子也不能说，这确实是一番漫长而严酷的煎熬。伊丽莎白会在半夜发现无法入睡的他在厨房里做三明治。甚至在格罗扬取得突破的那天，他回家吃饭时也没说什么。他不能提。伊丽莎白说："我丈夫从不开口谈论任何事情。"被压抑的压力让他崩溃了。他再也不是从前的他了。

三年后，弗里德曼写了一份绝密简报，对珍妮芙·格罗扬、玛丽·露易丝·普拉瑟等团队成员给予了最高的褒奖。他将紫码称为"迄今为止世界上所有信号情报组织成功处理和破译过的最困难的密码分析问题"。

他指出，以前从来没有一个密码分析团队成功地复制过一台除了敌人以外没人见过的机器。

还有一点值得一提，紫码给同盟国带来的可不只是了解日本的想法。正如弗里德曼所指出的那样，在二战进程中，得以读解以紫码机生成的电文为同盟国提供了"最重要的有战略价值的长期情报来源"，包括整个欧洲的法西斯和傀儡政权的想法。

这个团队取得的突破是严格保密的。他们不会得到公众的认可。只有少数人知道紫码机被攻破了，因为如果日本人知道他们成功了——甚至只是得到一点暗示——他们就会停止使用这种密码机。

密码破译员们花了一周时间来测试他们的发现。弗里德曼随后将他们取得成功的好消息分享给了军事情报部门的少数军官和罗斯福核心圈子里有权知道这件事的人。1940年9月27日，在日本签署《三国同盟条约》的当天，他在秘密电文里提示说世界上这几个好战的国家将"联手合作"，追求他们的"新秩序"。

两个星期以后，密码破译员们就造出了一台紫码机的仿制机。日本驻柏林、罗马、华沙的外交官源源不断地发来电报，欧洲主要的传闻都来自这些城市。他们经常向东京汇报与轴心国领导人的对话。这些电文真实生动，主观色彩强烈，信息量很大。它们带有各种细节，常常长达数页。

日本驻纳粹德国的大使大岛浩是阿道夫·希特勒的密友。大岛使用一种被盟军称为"紫码机"的密码机与东京进行通信。格罗扬的破译使美国得以监控这些公函,有些欧洲最好的战时情报就来源于此。盟军将紫码机提供的情报称为"魔法"。美国国家安全局供图

在战争期间,大部分时候日本的紫码机是同盟国最好的信息来源,它提供了欧洲,尤其是德国的想法和说法,让同盟国得以了解他们正在购买、开发和制造什么。这在很大程度上要归功于曾担任日本驻大德意志帝国大使的大岛浩将军。大岛曾是一名军人,是阿道夫·希特勒的密友,喜欢与元首进行议题广泛的会谈。日本大使崇拜纳粹,参观了德国的军事设施,向东京发回了见闻广博、内容精确的长篇报告。大岛对德国在法国沿海布设的防御工事的细致描述对于日后盟军指挥官制订诺曼底登陆计划具有无可估量的重要意义。

所有的信息速报都很坦率,写这些报告的人对整个欧洲都保持着密切的关注。直到战争结束,日本外交官都在用紫码机向法国的傀儡政府传达希特勒说了什么、欧洲街头民众的感受如何,报纸上有什么报道,纳粹德国装备部长艾伯特·施佩尔有关军火的报告说了什么,德国军官试图刺杀希特勒时发生了什么。(大岛的一条电

文称："真正神秘的是，炸弹爆炸时离首相最近的总理除了衣服被炸成碎片和几处烧伤外，并没有受伤。"）

1941年初，弗里德曼团队的几名成员悄悄登上了英国最新的战列舰皇家海军英王乔治五世号，当时这艘战列舰停靠在安纳波利斯，刚把新任英国大使送到美国来。他们把一台珍贵的自制紫码破译机藏在板条箱里放在船上，冒着极大的风险带着它漂洋过海，穿过危机四伏的U型潜艇阵，把它带到了惊讶的英国同行面前。

外交电文中的语言今天读来让人感到新鲜、亲近，一切仿佛历历在目。为了做到尽可能随机，我们来看看1943年日本驻欧洲外交官之间的一系列电文，这些电文是以紫码机和其他一些外交密码写成的，他们以此相互交流，也发给他们在东京的总部。

东京总部给驻马德里的部下的电文里写道："英国和美国口袋里的钱叮当作响。"当时西班牙原本公认的中立地位受到质疑，同盟国试图阻止西班牙加入轴心国。"如果可能的话，我们必须让西班牙立即改变主意。"

赫尔辛基写给东京的信函称："这份伦敦的报告歪曲了事实，大概是为了给人一种芬兰和轴心国之间存在严重分歧的印象。"

日本驻维希法国大使报告称："希特勒说，'当这场战争结束时，我们德国人将着手建一个新的欧洲'。"法国维希政府的一位高级官员皮埃尔·拉瓦尔随后"冷冷地反驳道：'为什么不先建一个新的欧洲？'"

罗马写给东京的电文称："敌人对整个意大利的空袭极为可怖。"

大岛浩在柏林发出了警告："我想说，如果这一次德国没有赢，那一切都完蛋了。"此时，德国正准备攻占列宁格勒，向苏联发起进攻。

"英国和美国的飞机夜复一夜地飞越法国领土，在意大利大肆破坏，没有任何缓和的迹象，"驻维希大使报告说，"法国人民一直热切地希望英国和美国能取得胜利，现在他们沉迷于这样一种信念——这个胜利就像死亡一样必然到来……而且，这种把法国人送到德国去工作的事，对法国人来说是十分恶毒的。"

维也纳提醒东京："既然轴心国军队已经被清出了非洲，那么盎格鲁-撒克逊人入侵欧洲的问题就变得非常现实了。"

像这样的电文每天都会被破译，摘要会被打印在一种特殊的纸上，其顶部和底部都印有"绝密"字样。紫码机的情报后来被称为"魔法"，可能是因为弗里德曼的陆军老板们把这个团队称为他们的魔法师。这些"魔法"摘要被放在一个公文包里，然后由一名信使送给少数几个有权限阅读的人。当情报被归为"高度可靠和可信的信息源"时，这通常意味着它来自"魔法"。在1944年的一份简报中，陆军指出，紫码电文是"欧洲以外最重要、最可靠的信息源"。对于那些与密码破译员密切合作、将电文从罗马字转换成英语的翻译人员来说，这些电文数量如此之多，简直让人应付不过来。翻译部门的一段内部史料写道："由于他们对自己的密码系统抱有一种近乎天真的自信，对其安全性毫无防备，爱唠叨的日本人在不知不觉中让我们参加了他们的许多最严肃的秘密会议。"1943年至1945年间，送到美国军事情报部门手上的紫码电文有一万多条。

在一段时间内，紫码的破译加剧了美国陆军和海军之间的竞争。在弗里德曼的团队破解了这种机器后，美国海军搞懂了日本人是如何改变密钥设置的，也学会了如何预测密钥。这两个部门都急于挣表现，甚至达成了一个荒谬的协议：逢单日由海军负责破译紫码，逢双日由陆军负责破译，这样双方都没有"不公平的优势"。这又引发了关于"双日"究竟是指发送日期还是接收日期的争论。重要的文本两家都会进行破译，比拼谁上交的速度更快。

* * *

1941年4月，在珍妮芙·格罗扬取得历史性突破的七个月后，她获得了300美元的加薪，并被提升为"首席密码文员"。弗里德曼的团队开始迅速扩张。紫码机没能预言对珍珠港的袭击，原因很简单：日本外交官没有从军队那里得到即将发生的事情的线索。美方破译了一条分为14个部分的电文，其中一段措辞准确的（英语）交流表明要结束谈判，但它没有给出海军准备实施攻击行动的具体警告。当时有181名密码破译员在市中心为陆军工作。更多的人开始蜂拥而至。军需大楼早就不只是储藏军需品了，对里面的每个人来说都是如此。战争部准备进驻五角大楼，目前五角大楼正在抓紧修建。弗里德曼的部门也需要重新安置。这个国家军事部门的繁荣和扩张开始了。

那时，陆军正在蓝岭一个名叫文特山农场的地方将谷仓改建成一个秘密的截听站。一群陆军军官在参观完计划的安置点后开车返回时注意到了一个名叫阿灵顿学堂初级学院的地方，那里场地宽敞，建筑典雅。有一年夏天，密码破译员迪莉娅·泰勒和威尔玛·贝里曼曾在这里租过房间，当时这所学校把自己当作"度假酒店"，为保持债务偿付能力而苦苦支撑。这所学制两年的精修学院为品行良好的女孩提供音乐、打字、家政、礼仪和其他课程。它建校不到二十年，经济状况不佳，也没有过人的学术声誉。它在"大萧条"时期就破产了，当前的战争更使就读人数大幅减少。

学院坐落在一个小县城的中心，位于波尔斯顿村和克拉伦登村附近的牧场上。学院附近有一条古老的有轨电车线，连接着华盛顿与秋日教堂，为城市居民躲避夏天的湿热提供了一个宜人的郊野乡居之地。电车线路已被汽车车道所取代。这100英亩的场地包括狩猎场、马场、曲棍球场、高尔夫球场、农舍和茶馆。这个地点离华盛顿很近便，但距离也足以避开敌人的轰炸和特务的注意。有人说要把信号情报局设在几英里之外的五角大楼，但那里是否还有空余地方是个问题，而密码破译员们也觉得最好不要让军方时时刻刻盯着他们。

事情就这么办了。陆军部提交了一份征用声明，并支付了65万美元，这比阿灵顿学堂的受托人开的价要少。学堂的教职工和202名学生被驱离了。

1942年6月14日，一名持点45手枪的陆军少尉带领14名扛着短扫帚的士兵组成小卫队占领了阿灵顿学堂。没有那么多步枪。这次行动非常仓促，措手不及的女学生还在清理她们的房间。车队悄悄驶离了军需大楼，把各种机器和装满了截获情报的文件柜拉了过来。这样做的目的是不让阿灵顿学堂为外人所知，但未曾料到的是，拜政府部门长久以来的习惯所赐，竟然有一份新闻稿意外地发布了出来。这栋殖民风格的主校舍阳光充足，一楼有正式的客厅和会客室，还有小教堂、资料室和礼堂，礼堂里有一架音乐会用的三角钢琴和管风琴。二楼和三楼是宿舍套间，四楼是教室。密码破译员在套间里进行操作，把截获的电文储存在浴缸里。有些宿舍里的床和梳妆台还没有搬走。东方式的大地毯卷了起来，窗帘拆了下来，正如一份简报所说，"精修学校的气氛被一种轻快高效的组织方式打破了"。围墙外立起了栅栏，警卫站也建好了。

紫码机安装在二楼，但如果有不用紫码机的人在隔壁上卫生间，就必须把它用布帘遮起来。那里的人每小时可以上一次卫生间。当他们发现制表机放在楼上太重了，就不得不把它们搬到地下室去，然后再搬到新的建筑里。室内的骑马厅铺上了混凝土，用来储藏物品。

在阿灵顿学堂，珍妮芙·格罗扬和同事玛丽·乔·邓宁会及时了解紫码的修改和变化。这两个女人对日本外交密码的复杂之处了如指掌，它变得像个老朋友一样。随着战争的进行，许多其他密码也需要破解，于是格罗扬被派去解决这些密码制造的挑战。

不久之后阿灵顿学堂就开始处理大约25个国家的各种密码，有敌国的，也有中立国的，包括芬兰、葡萄牙、阿根廷、土耳其、维希法国、自由法国、中国、泰国、比利时、海地、爱尔兰、匈牙利、利比里亚、墨西哥、智利、巴西和许多中东国家的密码。其中有些是代码，有些是密码，有些两者兼有。他们把一种法语密码叫作"水母"，把某种中文密码称作"炸脖龙"，还有一种密码被称作"狮身鹰头怪"。有些密码很重要，有些只是有趣而已。每周的绝密报告都会详细上报所取得的突破，令人吃惊的是，许多突破都出自女性之手。1943年9月的一份报告写道："本周破解任务完成得最出色的是沙特密码，这是在弗洛贝斯·埃宁格夫人'黄金猜测'的基础上完成的。""该系统似乎是一个带有多种变体的两位数代换。埃宁格夫人猜测其中某组重复出现的数字可能指的是'阿拉伯土地'。""这个假设被证明是正确的，在两个小时内，除了四个阿拉伯字母外，所有的阿拉伯字母都被推断出来了。"

整个部门的基调正在发生变化。像辛科夫、罗莱特和库尔巴克这些出色的男性获得了陆军军衔，穿上了军服。一些下属机构由军人负责，通常有一个文职人员"助手"，当然是女性。威廉·弗里德曼慢慢靠边站了：当他恢复健康回来上班时，他在阿灵顿学堂得到了一间办公室，以顾问的身份工作，但不再掌管这个地方了。威尔玛·贝里曼说："他再也没有真正回来过。"陆军密码破译部门延续了一直以来的招聘策略，大多数新来的工作人员仍然是文职。来自旧军需大楼的吃苦耐劳的兄弟姐妹保持着他们非正式的同志情谊，但他们——也包括像威尔玛·贝里曼和迪莉娅·泰勒等女性——很快就发现自己身处的岗位具有巨大的权威。

有时，当珍妮芙·格罗扬乘巴士从她的寄宿公寓前往阿灵顿的新办公室时，她会想起自己顿悟的那一刻，并带着"满足和快乐"回忆起来。不过她并不经常这样。她对自己的贡献过于谦虚，而且也太忙了。

第四章
"一个地方这么多女孩"

1943 年 12 月

多特·布雷登讨厌住在阿灵顿农场。联邦政府为大量涌入的女工提供的住处都是仓促之间建成的，非常简陋，墙壁很薄，有人走过廊道时墙壁都会摇晃。住在这种用所谓的"水泥石棉"修建的临时宿舍让人打不起精神来，就算是有公共事业振兴署（WPA）提供的壁画也于事无补。住宿舍的女人们干什么都得排队——取信、洗澡、去食堂吃饭、打电话、乘巴士，都是如此。阿灵顿郡因为政府雇用的这一大群女生而变了模样。由于阿灵顿学堂的建立和运营，负责密码破译的高级官员不得不挨家挨户地请求当地居民，给这些24小时辛勤从事绝密工作的女孩子提供一间地下室、卧室、储藏室、阁楼，什么都行。居民们敲开了自己的家门，阿灵顿农场也建起来了，但即便如此，住处仍然不够。

嗅到了商机的地产商们开始在阿灵顿学堂附近修建花园洋房，还在当地报纸上做起广告来。有一天，多特来自达勒姆的朋友莉兹让她看了一则报纸上的广告，这个名叫菲尔莫花园的综合楼在沃尔

女孩们喜爱自由。多特·布雷登（右）和她最好的朋友，来自密西西比的密码破译员露丝·"乌鸦"·韦斯顿（左）高兴地离开了拥挤的阿灵顿农场，自己租了一套公寓住。露丝·"乌鸦"·韦斯顿的家人供图

特里德大道附近，莉兹提议她们可以一起搬进去，好好地安个家。她们又找了同事露丝·韦斯顿，问她想不想一起去看看。露丝比多特早来一个星期，准确地说，她10月4日才来，也上了同样的新人培训课，参加过威廉·弗里德曼和其他破译密码的大人物为欢迎新招募的女孩们举办的盛大的圣诞晚会。这两个年轻女孩在上下班的公共汽车上聊天，空闲时也开始一起玩。露丝也住在爱达荷学堂。阿灵顿农场有些地方还没有完工，女孩们要走楼里的小路，通过一条管线综合廊道到多特的房间里碰面。

露丝·韦斯顿同意，如果能够离开拥挤的宿舍是件好事。菲尔莫花园的公寓在这栋楼的二楼，隐藏在黑暗的楼梯井旁边一个不起眼的角落里，没有电梯，有一间单人卧室、一间单人浴室、一间厨房和一间起居室。目前这幢尚未完工的公寓大楼不过是一片田地中央的一座建筑，但与阿灵顿农场相比，这地方显得很宽敞，而且建得很好。姑娘们何时何地做饭、吃饭都可以随心所欲，而且只需要共用浴室就可以了。她们的新家离阿灵顿学堂有一英里半，这样她们就不用等公共汽车，可以步行去上班。莉兹说："我们把钱凑在

一起。"她们填了申请表，得到了批准。

找家具不太容易，到处物资匮乏，她们也囊中羞涩。多特的母亲从林奇堡给她们寄来了一个火车卧铺床架。姑娘们决定让莉兹睡小床，多特和露丝睡大床。问题是大床没有床垫，于是多特和露丝在报纸上找到了一家卖床垫的百货公司。她们打电话确认这家店有现货——这在战时可说不准——于是下班后就乘公共汽车和电车进了城。她们付了床垫的钱，并被告知在后门取床垫。当她们转到店面后门取床垫的时候，才意识到面临一个尴尬的难题：这家店不送货。这两个女孩不可能自己坐公交车把这个床垫一路弄回大约5英里开外的阿灵顿去。现在天色已经晚了，这两个无助的人费力地抬着一张床垫无处可去。于是多特让只有五英尺高的露丝扶着床垫，她回到店里找到了一个销售员，他好像正要下班。

多特告诉这位销售员："我们买了床垫，但没办法把它弄回家。我们住在阿灵顿，但你们不送货。"

这位销售员告诉她："我们是不送货的。"但他后来又有点心软，"好吧，告诉你们，我就住在阿灵顿。我正准备回家。我可以把床垫放在车顶上。如果你们住的地方有点鸡蛋，我有一磅黄油，你们可以用鸡蛋加上黄油做点东西给我吃，这样我就帮你们运床垫"。

姑娘们就这样做了。她们用了一盘炒鸡蛋来交换床垫送货上门服务。销售员把床垫绑在车上，开车把她们送回了家。姑娘们觉得让这位陌生的销售员坐在她们小小的公寓里吃鸡蛋没什么可担心的，毕竟有三个女孩在这里，她们可以照顾自己。

这次床垫历险记是她们第一次在大城市里独立解决问题，也是多特·布雷登和露丝·韦斯顿伟大友谊的开始。

* * *

露丝·韦斯顿的南方口音比多特还要重，这是多特喜欢她的诸多原因之一。露丝来自密西西比三角洲地区，当她们一起乘公共汽车时，露丝打算去"transfuh"[1]，多特就会笑个不停。多特来自弗吉尼亚州南部，她本人讲话的方式也很特别。她把"tomahto"和"auhnt"说成"tomato"和"aunt"，把"mouse"和"house"里的"o"发成长音，好像和"gross"押韵一样，这是那个地区殖民地时代遗留下来的发音。但多特仍然喜欢露丝说"transfuh"时慵懒的腔调，她又重复了一遍，搞得露丝有点恼火，不过一般说来露丝对这些玩笑不太放在心上。多特喜欢露丝·韦斯顿的另一个原因在于，尽管露丝有点安静、矜持，但不管是让陌生男人来送床垫，还是在连续七天八小时工作后拿唯一的休息日去海边旅行，她总是愿意跟多特一起去冒险。尽管外表上看不出来，但露丝·韦斯顿很有冒险精神。

露丝个子不高，黑黑的眼睛，橄榄色的皮肤，脸有点圆。她是在密西西比州波旁市的大十字路口长大的。韦斯顿的父母有七个孩子，按出生顺序分别是儿子、女儿、儿子、女儿、儿子、女儿、儿子。每个女儿上面都有一个哥哥，下面又是弟弟。他们的母亲公开表示她不想要女儿，儿子越多越好。韦斯顿家的女儿基本上都是儿子之间的意外。"对她来说，儿子比女儿更重要，"韦斯顿家最小的女儿凯蒂回忆说，"她没说'我不想要你'这个话，但就是这么回事。"她有时候也会想不要女儿，幸运的是，上帝比她更清楚如何安排。

事实上，波旁市不过是个邮寄地址，四周都是棉花种植园。露丝

---

[1] transfuh：原文如此。"换乘"的英文应为 transfer，此处保留"transfuh"以表示南方人露丝的口音。

的父亲是邮局局长，还有一家日用品商店。他也种地，但种得不是很好。和其他家庭一样，"大萧条"时期韦斯顿一家过得也很艰难。孩子们在店里打杂，如果他们哪天在开门和关门之间卖出了价值5块钱的货，那就是个大日子。他们的父亲1931年6月脑溢血发作，所以韦斯顿家年幼的孩子并不了解父亲，他们眼里的父亲就是一个病人而已。

尽管露丝的母亲对女儿有偏见，但韦斯顿家族对教育是很看重的，即便对女孩也是如此。露丝的外公外婆来自德国，他们认为接受高等教育是家庭快速融入当地的一种方式。露丝的母亲上过大学，她的姐姐，也就是孩子们的姨妈也上过大学，和他们住在一起，是整个大家庭的管家。露丝、露丝的姐姐露易丝和妹妹凯蒂三个女孩都上了大学。她们就读于密西西比州立女子学院，这是一所成立于南北战争后的公立女子学院，原为白人女子工业研究所和教育学院。当时南方需要受过教育的妇女来帮助重建经济，许多女学生主修家政学或"秘书学"，但韦斯顿家的女孩们主修数学。

尽管露丝有天赋，但她还是费了不少力气才找到一份教书的工作。那是在战前，男教师在招聘时更受欢迎。后来她终于找到了一份工作，条件很艰苦，报酬也很低。露丝当教师的第一天是她的兄弟克莱德开着家里的车送她去的，这个学校离他们家大约60英里，在密西西比州北部一个叫欢乐谷的地方。这是克莱德所见过的最乡村的地方，甚至比波旁更乡村。露丝和另一位老师住在一起，她教书的这所学校没有暖气，不通电，也不通自来水。露丝每个月挣71美元，她坚持了一年，然后在密西西比州的韦伯市找到了一份工作，那里的工资也很低，但好歹没那么简陋。

开战以后，韦斯顿家族的德国血统就成了问题。人们会问露丝的兄弟们他们的母亲对战争是怎么看的，她站在哪一边。露丝的妹妹凯蒂后来说，听到这些话"让我妈妈非常伤心"。他们的母亲为自己的德国血统感到自豪，但整个家族都是忠诚的美国人，极为爱国。露丝的父亲每天都挂着美国国旗，把他强烈的公民责任感灌输给所有孩子。即使在他中风之后，该地区的人们仍然把他视为领袖。排行第四的露丝和父亲很亲，她很像他的母亲，也就是她的祖母。当露丝降生时，父亲看到她跟自己的母亲长得这么像，非常高兴。他很喜欢露丝，露丝也很爱父亲。父亲中风让露丝非常痛苦，露丝和他一样具有爱国主义精神，愿意为大家服务。基于上述这些原因，阿灵顿学堂的工作对她来说是完美的。

除了擅长数学，露丝·韦斯顿还有音乐天赋。她演奏钢琴很有天分，从容自若。有一次，她穿着粉红色的露背晚礼服正在演奏，一只六月虫在她的背上爬。在乐曲休止的瞬间，她停止了演奏，把手伸到背后把它弹开，没有错过一个音符。她的小妹妹凯蒂在观众席上羡慕地看着，露丝放松、自在的弹奏让她永生难忘。

但露丝·韦斯顿最了不起的地方在于：你可以告诉她任何事，她都不会告诉别人。她是你能想到的最沉默寡言、嘴巴最紧的人。她的羞怯让教书变得很难。露丝有很多反对教书的理由，主要是因为教书报酬太低——她称之为"体面的饿死之道"——但也因为她不喜欢成为人们关注的焦点。

家里人一直不太清楚露丝是怎么听说阿灵顿学堂这份工作的。露丝家许多兄弟都被送去服兵役了，露丝设法在一片混乱中悄悄溜走，没有像儿子们离开家那样大张旗鼓。她坐了两天的火车，从附近的密西西比州利兰市来到了华盛顿。她走的时候有些衣服妈妈还没有改好，只能留在家里了。当露丝的兄弟克莱德接到调查人员打来调查露丝背景的电话时，他感到很惊讶。特工们打电话给她的母亲，询问她儿时是否患过腮腺炎或麻疹等儿童期疾病，她的母亲告知特工，她的孩子们以前得过所有你能想到的儿童期疾病，都扛了过来。

除了善于保守秘密之外，露丝·韦斯顿的另一个优点是你可以告诉她任何事情，她不会说长道短。对于多特来说，摆脱弗吉尼亚老派人物中盛行的自命不凡是一种解脱，甚至在她自己的家族中也有这种人，因为她自己的家族往往也会密切关注谁比谁过得好。露丝知道多特的父母已经分居，她也知道多特的父母都是好人。露丝很清楚在父亲中风后家里过的日子有多苦。"大萧条"时期对人们来说都很艰难，所有的家庭都很艰难。这两个年轻的女人躺在她们共同的床上，互相倾诉。然而，有些事情她们并没有分享。尽管她们关系亲密，尽管她们有时在阿灵顿学堂的食堂一起吃午饭，而且事实上，她们在同一个日军密码破译机构的不同领域工作，但多特和露丝都没有向对方透露任何与工作相关的信息。她们走到哪里都担心自己说漏嘴。多特说："我们吓得要死。"

* * *

露丝的全名是卡洛琳·露丝·韦斯顿，叫她露丝或者卡洛琳的都有。有一天，送牛奶的人把账单送到阿灵顿的新公寓来，账单上写的是"克罗琳"收，多特觉得这个拼写错误是她见过的最有趣的事情。"把账单拿着，克罗琳！"她笑着恳求道。她开始叫露丝"克罗琳"，随着时间的推移，这个昵称简缩成了"克罗"[1]（Crow）。这个名字就流传下来了。至少多特是这么叫她的，没有别人这么叫露丝。这有点像一个秘密代号。

公寓变得更加拥挤了。她们搬进来六个月后，克罗的姐姐露易丝写信来说她也想来华盛顿为政府做事。克罗听了并不高兴。本来

---

[1] 克罗：意为"乌鸦"。

摆脱露易丝的控制让她很高兴，露易丝对她来说不过是家里的姐姐而已。但是她有什么办法呢？克罗和多特去联合车站接姐姐，用克罗的话说，出这趟门得"transfuh"（换乘）好几次。

她们冒着倾盆大雨赶到火车站，找到了姐姐。她身材高挑，皮肤白皙，一头红发，现在已浑身湿透，站在火车站拱门外的广场喷泉旁，那里有个哥伦布的塑像。她戴着一顶蕾丝边的帽子，看上去真是地地道道的密西西比波旁市的人。她的亚麻布衣服缩水了，衬裙都露出来了。"你瞧瞧。"克罗喃喃地说。她们现在都是城里的姑娘了，而姐姐看起来却土得要命。她们教她怎么坐公共汽车和有轨电车，把她送回菲尔莫花园，她可以睡在客厅的沙发上（莉兹的卧室里有一张小床）。不过，密西西比河汇进来也有好处，女孩们轮流做饭，姐姐会做红豆和米饭。多特从来没有吃过中南部的卡真菜（Cajun food），在寒冷的日子里，在上完了八个小时的班、冒着雨步行一英里半回家后，吃卡真菜是一种享受。

女人们各付各的账单，各做各的饭。这个一居室的公寓里差不多任何时候都住着五六个女人。姐姐留了下来，克罗的妹妹凯蒂·韦斯顿也来过暑假了。多特的母亲经常坐公交车来看望她，家里的朋友和家人们也常来。克罗的兄弟克莱德在海军的驻地就在纽约，他也会来看望她们，还和多特调情，他觉得多特是个"真实可爱的女孩"，"性格外向"，还是克罗的好朋友。让所有这些人都挤在一个小地方似乎也不是多难。他们谁也不是在蜜罐里泡大的——或者拿多特的话来说，不是成天"坐在垫子上做针线"。她们吃姐姐做的红豆、米饭和冻桃子，因为没有糖吃，就把这些东西当甜点吃。她们会笑自己的嘴被冻桃子粘住了，嘴唇都被扯得噘起来了。她们会坐在公寓里，用冻僵的嘴聊天。

莉兹的母亲从北卡罗来纳州来看她们，她用背膘肉做青豆，多特从没听说过这种方法。做完菜之后，莉兹的妈妈把背膘肉从豆子里捞出来，将它包起来再用。"我得留着。"她解释道。对多特和克罗来说，这似乎也很乡村，于是"我得留着"成了一个共同的笑话。"我得留着！"她们会一边这样说，一边笑得前仰后合。

多特和克罗在各方面都相处得很好，她们成了日常生活中的好搭档。克罗早上行动迟缓，所以多特会给她准备早餐，通常只是咖啡和烤面包，要么就是麦片粥。克罗会等着她弄好，然后她们一起出门去上班。

* * *

阿灵顿学堂一下子涌进这么多来自小镇的密码女孩，这对她们的老板来说也是一个挑战。这些姑娘的家乡都很偏僻，在那里，她们对战争的体验主要是忍受配给制、听广播、为男朋友和兄弟的命运担心。尽管地方报纸上不缺战争新闻，但即便如此，高层还是觉得这些姑娘需要教导和激励。于是，密使们来到阿灵顿学堂，给年轻的姑娘们讲授世界地理，让她们深刻领会战争的现实和她们在其中的贡献。这个名为"这是我们的战争"的系列讲座，目的就是让这些来自北卡罗来纳州达勒姆、弗吉尼亚州林奇堡、密西西比州波旁的中小学教师了解她们所置身其中的这场全方位的竞赛，讲座意在勾画出二战宏大的战场以及加密电报在其中扮演的重要角色。

这可是让人上头的东西。第一批为这些年轻女性做演讲的大人物之一就是海军通信系统的负责人、海军少将约瑟夫·R. 雷德曼（他的兄弟约翰也是海军通信官，领导着密码破译小组，这兄弟俩经常被搞混），他很大方地同意越过波托马克河来给其他部门的密码破译员做演讲。1943 年 9 月 7 日，在克罗和多特到来之前，雷德曼发表了题为《海军的攻击》的演讲，他尝试让听众感受太平洋的巨大，它比这些姑娘所见过或想象到的任何东西都要大。他告诉她们，新闻报道给人的印象是作战双方海军的船只总是不知怎么就能找到对方并开始开炮。"我相信你都没法想象那儿到底是多大一片水域，"雷德曼告诉她们，"你乘一艘快船，从旧金山到日本大约需要三个星期。那儿只有茫茫一片海水，几乎没有人。"重点是，定位敌方舰船的任务有点像大海捞针。

雷德曼说道："报纸上的讲法让你觉得碰到一艘潜艇或是一条船很简单，就像你跟它约好了碰头一样。"但这只是因为报纸不理解交战双方的碰面有赖于他们的秘密工作。

确保海战中作战双方能打上照面是很困难的。雷德曼说，幸亏有密码破译员的帮助，才能精确定位敌方的行动。他对姑娘们说："你做的工作可能在你看来很枯燥，但在其他人看来却很令人振奋，你可以给实地作战的情报部门提供的信息对取得胜利意义非凡。当暑热难熬，当你感到困倦、疲乏时，请记住，有些重要情报生死攸关，晚几个小时得到就可能会对正在进行的海上行动产生极大的影响。"

演讲者都是高级军官。陆军参谋长威廉·D. 斯泰尔少将发表了题为《为胜利而战》的演讲，在演讲中，他尽力向这些年轻女孩子阐明"我们正在上演一场伟大的演出"。虽然从定义上讲，陆军是在陆地上作战，但他指出，陆军部队必须渡海前往欧洲和亚洲的战场，他们必须跨越太平洋和大西洋运送补给。他告诉这些年轻姑娘，在之前的战争中，美国陆军只有一条从美国到欧洲的海上航线。现在美国陆军有106个海外港口，122条海上航线，在"亚洲战区"有长达1.2万英里的补给线。他谈到了他到马拉喀什、卡萨布兰卡和阿尔及尔的旅行，还提到了他第一次见到作为美国盟友的中国士兵的情景。"他们的个子比我们的军队小不少，但他们非常结实。因为他们都是精心挑选出来的，所以看起来真是英姿勃勃的一支军队。"

他还分享了自己的观点，他认为世界上许多民族"看起来不太快乐。他们愁眉苦脸的，好像缺乏什么远大志向。当你回来的时候，你会为自己是美国人而感到骄傲，你会愿意做任何你能做的事情来保持水准"。

也许最振奋人心的是联邦调查局副局长休·H. 克莱格所做的演讲，这场演讲题目是《在我们中间的敌人》，透露了联邦调查局的运作内幕。克莱格谈到了联邦调查局内部对罪犯、告密者、绑匪、间谍和第五纵队的打击。他的演讲中有句话半是玩笑半是认真，说明了特工们跟坐在他面前的姑娘们展开的斗争是多么激烈。"我一到那里就受到了威胁，"他说，"他们威胁我说，如果我试图以任何方式招募任何一位年轻可爱的女士到我们的指纹鉴定部门工作，就会多一个回到华盛顿的伤残军人。"

不过，阿灵顿学堂的姑娘们在接受教导和奉承的同时，也察觉到一个微妙的信息：她们在这场战事中的卷入——她们一起租的公寓、一起买的家具、一起做的饭以及她们刚获得的独立——正在造成令人不安的社会变化。查尔斯·塔夫脱题为《战争中的美国》的演讲就是围绕这一点来展开的。塔夫脱是已故总统威廉·霍华德·塔夫脱的儿子，现任社区战时服务办公室（Office of Community War Services）主任，这是一个新成立的机构，旨在应对二战对美国社会结构造成的破坏。

塔夫脱走上讲台，开始了他的演讲："当我从幕后走出来，看到这么多女孩聚在一个地方的时候，我有点吃惊。"在他的演讲中，"问题"这个词反复出现。他解释道，为了应对1939年、1940年英国所遭到的轰炸，美国建立了第一批工厂厂房，自此以后各种问题就一直在发展。按塔夫脱的描述，美国目前一片混乱。工厂和建筑项目把工人吸引到难以容纳他们的社区。少数族裔群体为了寻找收入更高的工作，正在移居到他们从未露过面的地方。南方的黑人教堂将整个教堂搬到了加利福尼亚。塔夫脱说，新的产业在一夜之间就建起来了，但没有必要的基础设施，没有学校、住房、操场和医院。他还谈到了美国人日常生活节奏的其他变化。人们都在夜以继日地工作，加班的不仅是男性，女性也是如此，按时做家务是不可能的。"我每周都把要洗的衣服送回家，然后再拿干净的衣服回来。"塔夫脱透露了自己的情况。他的家人住在辛辛那提州，但就连他也得为采购日常用品费尽周折。"如果杂货店的开门时间不提供诸如'夜晚加班'这种选择让你在非工作时间购物，那你就麻烦了。"

但主要的问题似乎是——嗯，是她们，是这些姑娘。他指出，许多在工厂工作的人都是女性——他提到了一家箱包厂"雇用的几乎全部是女性"——而且其中20%的人有年幼的孩子。"而这，"他说，"会让你陷入一些非常麻烦的问题。"他说，为了解决他所谓的"儿童照顾问题"，政府创建了一系列由联邦政府资助的儿童照顾方案以供选择：针对幼儿的"幼儿园项目"，针对学龄儿童的课后照顾服务，甚至还可以上门提供婴儿托管服务。但他哀叹道，美国的母亲们对儿童照顾服务抱有疑虑，因为这是一个"新点子"，以前从来没有人向她们提起过。塔夫脱说，结果孩子们到处乱跑，政府派出社会工作者，试图说服上班的母亲们把孩子放在托儿所对大家都好。"当然，妈妈们可能都有一种非常天然的态度——所有的麻烦都是邻居家的小威利惹出来的，我家的小约翰尼不会给任何人制造任何麻烦。"

另一个问题是性。塔夫脱对辛辛那提火车站做了一番生动的描述。它已成为全国交通中心，南北方向连接着芝加哥和佛罗里达，墨西哥湾海岸的铁路线与东西方向连接华盛顿特区和圣路易斯的铁路线在这里交会。车站挤满了旅客，其中很多是男人。而你知道谁会去找旅途中的男人：旅途中的女人。

他告诉她们，在辛辛那提联合车站潜伏着掠食的女人。可以想象，当塔夫脱将这个国家的道德问题和社会动荡归咎于她们的性别时，此时的听众在椅子上如坐针毡。"一开始都是专业的人，后来发展出许多业余选手。女孩们会到那里去，在车站里徘徊，给自己找好一个士兵，然后出去坐在公园里。这个公园非常大，有树、有灌木，什么都有。这个很糟糕。"塔夫脱没有详细说明他所说的"专业"和"业余"是什么意思，但他确实经常回到卖淫的话题上，还谈到了跟到建筑工地和军营的"营地跟班"，她们把"卖淫、滥交"和性病传播到各地。

在这一大篇关于洗衣服、日用品购买、麻烦的孩子、天花、卖淫以及战争期间因女性自身行为变化导致其他变化的独白结束之后，阿灵顿学堂的女性密码破译员应邀起立，合唱《星条旗》的第一段。

* * *

确实，新获得的自由正在改变着这些女性的生活。现在，渴望结婚的人是男人。男人希望家里有个人可以给他写信；有个人可以给他生个继承人；有个人等着他从战场上回来，无论他是否受伤。而坚持要有更多时间来考虑的人往往是女人。多特·布雷登在这方面也感到有点为难。

当然，那时候男女之间保持联系唯一可行的方法就是写信。打电话也行，但是电话很少，不能用来打长途，也不能经常打：打长途电话非常贵，士兵经常找不到电话可用，住在宿舍或寄宿公寓里的姑娘们也一样没电话，她们最多也就是用一下银行的付费电话亭或者所有居民公用的那一部电话。在菲尔莫花园，地下室里只有一部电话。但每个人都可以写信：疲惫不堪的母亲在忙完家务事以后深夜给远方的儿子——现在是远方的女儿——写信；年轻女子在拥挤的公交车上把信纸铺在膝上写几笔；在军营和船上等待的士兵也都可以写信。每个人都有文具、钢笔和铅笔，每个人都随时随地在写信。审查部门会阅读这些信件，以确保秘密地点不会被泄露出去，大家都知道嘴不严会误事，但这并不能阻止往来的飞鸿跨越数千英里的陆地和海洋。

拿多特来说，至少有五个男人在跟她通信。其中有两个是她的兄弟。第三个是大家公认的她的未婚夫乔治·拉什，一个发际线过早后退的高大的年轻人。多特在伦道夫-梅康女子学院时曾经跟他约会过。乔治是一个很好的大学生男友：他是个舞迷，喜欢社交场合。他还真的给过她一个粉红色的胸花来搭配一件大红色的裙子，而且，多特不得不承认，她确实把胸花扔到了墙上——谁都知道粉红色和红色不搭——但总的来说，在她生命中那个阶段，他是个好伴侣。

但是，多特和乔治在过去的一年里都没有见过面。1942年4月，在珍珠港遇袭四个月后乔治入伍了，而且不断被调往更远的西部。他现在驻扎在加利福尼亚，给多特寄了一个小包裹。多特打开包裹一看，感到很失望，里面是一枚钻石订婚戒指。毫无疑问，他希望她会开心，但这枚戒指的到来并不受欢迎。多特喜欢乔治，但从未想过与他共度一生。她很想把戒指寄回去，但年轻女性被告知不要做任何让离家在外的士兵不安的事，所以她留下了戒指。她教书的时候从来没戴过，否则会引起太大的轰动。而且她从未真正认为自己已经订婚了。有一次，乔治也许是意识到了这一点，他坐火车横穿全国回到林奇堡，就为了得到她的芳心。他出现在她家门口，宣布了他的计划：他要和多特私奔。他们要开车到一小时车程外的罗厄诺克去结婚，然后多特搬到加利福尼亚，离他近一点。

多特根本不打算这样做。她不喜欢被强迫，于是拒绝了。乔治则坚持要如此。为了拖延时间，多特说她得和她妈妈谈谈。这是一个让她母亲参与进来的策略，而且奏效了。弗吉尼亚·布雷登坐在多特的行李箱上，阻止她和乔治一起走，这个姿势有点多余。多特拒绝了求婚，乔治回到了他的基地，但仍然继续写信。当多特接到陆军部的工作邀请时，她更加强烈地渴望免受束缚。她不想搬到加州去，她想搬到华盛顿特区，她想为战争出点力。她的爱国心和冒险精神都被激发起来了。

与此同时，多特开始和陆军气象学家吉姆·布鲁斯通信。布鲁斯的家族在弗吉尼亚州莱斯市拥有一个奶牛场。吉姆身材高大，悠闲自在，比她大四岁。她是在一次与共同的朋友非正式的晚餐约会中认识他的，到现在已经好几年了。即使是在她和乔治·拉什约会的时候，吉姆也总是在背后悄悄地追寻多特的行踪，顺道拜访她，哄她出去玩。很长一段时间以来，吉姆一直缠着她要她取下乔治·拉什的戒指。吉姆身上有一种稳重和令人安心的东西。他是个大学毕业生，战前在杜邦公司的一家化工厂工作。问题是他和一群爱胡闹的酒鬼混在一起。但是多特的妈妈喜欢他。陆军让他在密歇根大学接受气象训练，但他偶尔也会来林奇堡看望多特。她会和他一起散步，但总是有点担心乔治·拉什的朋友们会看到他们。

有一次，吉姆·布鲁斯说服多特开车去里士满看望他的姐妹。她同意了，部分原因是她喜欢他那辆蓝白相间的雪佛兰汽车。他们

第四章　"一个地方这么多女孩"

在一家汉堡快餐店吃饭，然后起身去跳舞。吉姆在他们跳舞时对她低声说道："你要知道，如果人们看到你戴着那个钻戒，他们会认为我和你订婚了。"

在里士满，他们把车开进了伯德公园，他在这里停下车来。多特没有抗议，因为她知道他是个可敬的人，不会有什么企图。他说："我打赌你会嫁给我。"她拒绝了他。但她心底总是浮现出吉姆·布鲁斯的身影，很难说为什么。他穿上军装的确很帅。

她还在给另一名士兵写信，这并不是什么大不了的事情。他有个古怪的名字：柯蒂斯·帕里斯。她是在华盛顿的一个舞会上认识他的。柯蒂斯也是个南方人，他问她是否可以给他写信。这是一个常见的请求，男人总是要求女人给他们写信，而多特认为没有任何理由拒绝他。

1943年12月初，大约在到华盛顿两个月之后，多特收到了驻扎在旧金山的柯蒂斯的信。这封信是这么开头的："最亲爱的多蒂，送上我的问候、敬意，还有废话。"他感谢她写给他的信"有一种抚慰人心的效果，加上淡淡的苹果花香气（脸上擦的香粉？），比起大兵食堂的味道，这可太稀罕，太明显了"。柯蒂斯聊起了在普西迪基地的士兵们在做什么：每周徒步十英里两到三次，经常玩橄榄球。他告诉多特："我肌肉练得不错。"他也对美国陆军的无聊感到有点遗憾。他们去当地的一个球场玩"我们平常玩的橄榄球"，却发现这片地已经变成耕地了。这些人用橄榄球头盔作为边界，"所以现在我确信我知道佛兰德斯战场（Flanders Field）是什么样子了。难怪我不能带着球跑"。他说，他部队里的人会笑话他管"你们大家"（you all）叫作"y'all"，他确信多特作为一个南方人，会理解这种感觉。

多特在上一封信里曾经给他寄过一张照片。柯蒂斯被照片迷住了。

这张照片！！哇！我这辈子从没这么高兴过。我想没有什么比这更好的了。大家都仔细地看了一遍，好像都被弗吉尼亚的天才震住了。他们自然是把你的详细情况问了个遍，问你是从哪里来的。遗憾的是，我没有多少故事可以讲，没有我希望讲的那么多。我今天有一张通行证，所以我要把这张照片装好框，给睡在我旁边的兄弟们打打气。

他请她继续给他写信。"我喜欢你的来信，还有你的文笔。"

多特没太当回事。所有的女孩都在写信，通常是写给很多士兵。许多姑娘每天都会收到三五封信。有个女孩在跟12个不同的男人通信。这很有趣，是一件可以做的事情，而且让人感到她们通过鼓舞士气也对战争有所贡献。女孩们寄上了生活小照：在尺寸小小的黑白照片里，她们要么是在美国国会大厦前，要么在晒日光浴。照片的背面还有手写的话。当然，并非所有的男女接触都是书信往来。军官和士兵在华盛顿进进出出，一个姑娘可以一日三餐跟不同的男人约会。杂志和报纸都报道说，华盛顿的女人很孤独——有一篇文章如此评论这些政府的女孩："她们可以得到一份好工作，但却找不到一个好男人。"但事实远非如此。有一个来自马萨诸塞州的军士长，多特经常和他出去约会。他会带她去跳舞，然后坐电车送她回来，虽然整个过程都很纯洁，让人轻松愉快，但多特的确很钟情于他送的胸花。至于戴不戴乔治·拉什送的订婚戒指，这要视情况而定。这枚戒指很适合用来防御男人的攻势，也可以让约会变得更轻松，有点试探性。

但是，多特很快就发现，同时跟好几个人约会的不只是女人。大约在收到柯蒂斯·帕里斯那封来信的同时，多特也接到了吉姆·布鲁斯的电话，他就要被派往海外了，想知道多特是否会来为

下班后，她们不停地写信，寄给士兵和水手们，通常还会附上一张近照。有个女孩同时给12个不同的男人写信。美国国会图书馆供图

他送行。"我只能想一想再告诉你。"多特有点晕了，后来给她妈妈打了个电话，"吉姆·布鲁斯要我去送他，你觉得我应该怎么办？"

"唔，多萝西，你知道我喜欢吉姆，不喜欢乔治，"电话里传来弗吉尼亚·布雷登的声音，"但你还有那个戒指呢。你只能自己决定了。"于是多萝西去给吉姆回电话，她要了一个长途电话。当她接通时，接线员说："我这儿还有一个人打电话给布鲁斯中尉，我先把她接通。如果你不介意等一会儿，我随后会帮你接通。"

当她的电话接通时，多特说："你确实挺受欢迎啊。"吉姆·布鲁斯的答复不太令人信服，他声称"那是我妹妹"。

多萝西没有上当。还有一个女孩也在局中，她语带讥讽地告诉吉姆："好吧，我很抱歉，我去不了。"

这发生在她住在阿灵顿农场的时候。第二天早上，她发现房门上钉着一个纸条，上面写着："布鲁斯中尉今天下午要来华盛顿。"她看了纸条后继续工作，以为会在下班时见到他，但当她正在忙着工作时，一位管理员来告诉她有个电话找她。阿灵顿学堂的安保工作非常严格，外人很难打通电话，所以多特知道这一定是紧急的事。电话是吉姆·布鲁斯的一个姐妹打来的。

"你看到吉姆了吗？"他姐姐气喘吁吁地问。多特说没有，但她估计晚上会见到他。吉姆的姐姐说："他得回到这里来。"吉姆受命出发的时间比他预想的提前了。这并不是稀罕事，命令经常在最后一刻发布和改变，以防敌人预知部队的动向。"我已经和他认识的每个女孩都谈过了，你是名单上的最后一个。"

吉姆在多特下班的时候出现了，他不知道他的部队正在到处找他。事实证明，他确实有另一个女朋友，她愿意为他送行。但在他把那个年轻姑娘送上火车后，他租了一辆车，兴头一上来，就一直开到阿灵顿来看多特，那是他在去打仗之前唯一真正想见到的女孩。多特对他说："你必须回到船上去。"他们匆匆告别，吉姆归还了租来的汽车后，好不容易在回里士满的火车上抢到了一个座位。此次离别之后，多特·布雷登下一次再见到吉姆·布鲁斯已经是两年之后了。

生活就是这样，男人们来了又走。到了夜里，有时会响起空袭警报，示意居民关上灯，拉下遮光窗帘。多特、克罗与多特的一位老朋友比尔·伦道夫共进晚餐时就遇上过这么一回。比尔以前在查塔姆的军事学院任教，现在担任外交职务。比尔的母亲住在附近的亚历山大市。警报声大作之后，比尔拿出他的吉他，他们在一片黑暗中坐在门廊上，多特、克罗、比尔和他的母亲一直唱到晚上。尽管多特把提迪、布巴两兄弟和乔治·拉什、吉姆·布鲁斯的大照片装在相框里，每时每刻为她生活中所有的男人担心，但现在的生活很奇怪，而且常常令人感到莫名的愉快。

第二部曲 ——『日本是这片辽阔水域的霸主』

第五章
"真是让人心碎"

1942 年 6 月

  这两位外交官正在谋划如何在美国人民中挑拨离间。他们两人相距 5000 多英里，在不同的大洲工作，他们在千里之外制定战略，试图找出敌人社会结构中可以利用宣传挑起事端的漏洞。1942 年 6 月，日本外相东乡茂德从东京写信给驻柏林的大使大岛浩男爵，请他分享一些可用于在针对美国的宣传中做文章的"材料和背景"。东乡列举了诸如通货膨胀和"黑人待遇"等可行的思路。大岛在 7 月 12 日的回信中大胆表示，日本应该以孤立主义者为目标，竭尽全力去进一步动摇那些为战争期间的艰难和匮乏感到焦躁不安的美国公民。大岛以他在柏林的高层视角来看，美国在珍珠港事件后表现出的团结已不复存在，整个国家处于脆弱低落的情绪之中。

  大岛得意扬扬地表示："自从珍珠港的晴天霹雳以来，美国和盟军的节节败退已经完全打破了美国人民道义上的平衡心态，他们此前得到的教导是要相信日本六个月以后就会筋疲力尽，美国海军没有对手。"这封公函加密后发了出去。这两位外交官不知道他们的高层思维被敌人解读出来了，更是做梦也不会想到是被敌方的年轻姑娘破解出来的。

的确，1942年的前六个月对美国来说是一段黑暗和沮丧的时期，对美国海军来说尤其如此。现在回想起来，我们很容易低估那个时期的脆弱感觉。日本人是令人生畏的海上劲敌。战争开始时，日本海军控制着太平洋的四分之一，五十多年来没有输过一场海战。日本有一位有才的司令长官山本五十六海军大将，他策划了珍珠港袭击。但是，最初反对参战的山本五十六并非有勇无谋，他曾在美国待过一段时间，在哈佛大学学习经济学，非常了解美国的工业实力。他很清楚，日本的时间窗口很有限，一旦美国工厂开足马力，以压倒性的数量生产船只和飞机，日本就没有机会了。山本五十六提醒他的上级，他可以在太平洋地区"横行"六个月甚至一年，但需要给敌人致命一击——日本人称之为"决定性的海战"——这样就能赶在美国人扩充舰队之前结束战争。

攻击珍珠港的目的就是要实现这个致命打击，但这次袭击没有达成这个层面上的目标。驶离港口的航空母舰安然无恙，一些受损的战舰也可以打捞起来修理好，但太平洋其他地方的进攻行动紧随其后，让人感觉都是同时发生的。

珍珠港事件发生几小时后，日本对菲律宾发动了空袭。两天后，他们占领了马里亚纳群岛的关岛，并在圣诞节前占领了威克岛。与此同时，日本军队向西、向南发动攻势，占领了英国和荷兰的殖民地。1941年圣诞节香港沦陷，两个月后新加坡沦陷，缅甸也于次年5月沦陷。日本人无情地横扫荷属东印度群岛（荷属东印度群岛的守卫部队不能指望被纳粹占领的祖国为其提供增援），沿着马来半岛占领了一个又一个岛屿——爪哇、婆罗洲、西里伯斯、苏门答腊——这些岛屿穿过南太平洋，一直向澳大利亚延伸。

1942年2月，美军遭到了最严重的打击。经过几个月的战斗之后，罗斯福命令道格拉斯·麦克阿瑟将军撤离菲律宾。美国海军有一个小型密码分析团队藏匿在菲律宾科雷吉多岛的要塞中，他们通过潜艇偷偷转移到了澳大利亚，此后科雷吉多岛就陷落了，这标志着日本取得了一系列惊人的胜利。日本人强大的攻势也重创了英国军队，他们失去了反击号和威尔士亲王号两艘战舰。英国首相温斯顿·丘吉尔在他的回忆录中写道："当我在床上辗转反侧时，才完全意识到这个消息是多么恐怖。""日本是这片辽阔水域的霸主，而我们到处都是薄弱环节，不堪一击。"

大西洋战场上的情况同样糟糕，如果不是更糟的话。1942年的晚春是盟军在这两个大洋上最低谷的时期。现在美国是大西洋战役中积极的伙伴，这场德国U型潜艇和盟军护航队之间的致命竞争持续了六年。大西洋战役从这场战争的第一天一直持续到最后一天。温斯顿·丘吉尔表示大西洋战役是他最牵挂的。人们相信，谁赢得了大西洋战役，谁就会在欧洲战场中取胜。从1941年春天开始，罗斯福总统授权向英国运送物资，美国海军舰艇可以在北大西洋为商船护航。这意味着早在美国正式参战之前，美国水兵就已经处于危险之中了。

1942年，美国更加强烈和直接地感受到了U型潜艇的危险。在珍珠港事件让美国真正卷入战争后，德国海军上将卡尔·邓尼茨看到了一个成熟的机会：美国从缅因州到佛罗里达州广阔而未加保护的大西洋海岸。这位U型潜艇指挥官派遣他的潜艇在大西洋东海岸巡航，在海岸附近游来荡去吓唬人，攻击货船、油轮、拖网船和驳船。德国人将此称为"欢乐时光"，其目的是摧毁那些为盟军生产的补给物资。美国海军在组织沿岸运输护航系统方面行动迟缓，船只就在美国国民眼前被击沉，他们可以站在海滩上看到货船起火燃烧。北卡罗来纳州的外滩群岛甚至因为在此被击沉的船只数量众多而被称为"鱼雷区域"。U型潜艇的船员们爬上他们的潜艇，对着被他们击沉的船只残骸拍照留念。

U型潜艇散播恐惧的能力就像恐怖组织一样，它们悄无声息，遁于无形而又无处不在。为了偷袭横渡大西洋的船只，U型潜艇会在护航船队的航道上埋伏下来，伺机行动。当某一U型潜艇发现护航船只时，它会通过无线电报告给中央指挥部，后者将提醒其他潜艇靠过来。一些U型潜艇的指挥官非常大胆，他们会潜入护航船队的中间，浮出水面从船队内部向盟军开火。

大西洋战役是一场关乎生命和贸易的战争。英国需要食品，盟军需要军队和战争物资来推进在意大利和北非的战役。美国造船厂以前所未有的速度大量生产自由轮，这是一种低成本的货轮。但1942年的U型潜艇击沉船只的速度仍然胜过了美国造船的速度。更糟糕的是，德国人可以破解盟军用于指挥护航船队的密码，美国人对此有所怀疑，但英国方面却迟迟不肯承认。

可以肯定的是，盟军在这段时间有时也能破解德国的密码，所以大西洋战役也是一场密码破译能力之战。U型潜艇的电文是用恩尼格码机加密的，德国人认为这是无法破解的。发送电文时，恩尼格码机操作员置入三个转子，并按一定的顺序放置。在键盘上按下一个字母时，三个转子——它们表面紧挨在一起，就像立着堆放的冰球一样——就会转动起来，不停地转换字母。恩尼格码机顶部的灯，也就是一个普通的手电筒灯泡，会把加密后的字母照亮，这就是稍后用于发送电报的密文字母。每个恩尼格码机有三个以上的转子可供选择，每个转子有二十六个位置可以设置。转子外部包着可调整位置的外环，还有连接到一个板子上的插头，称作接线板。所有这些装置构成的结果是，通过加密处理，一个字母有数百万种变换形式。

恩尼格码机的一个主要优势就在于转子和其他可调整部件的设置顺序，这被称为密钥，每天都会更换。德国人知道20世纪20年代和30年代初期商用恩尼格码机曾经行销欧洲，盟军可能对其工作原理有一些了解。但他们相信敌人不可能破解密钥，这有点像猜测计算机的密码。德国人认为，即使这在理论上是可能的，破解密钥也需要一栋布满机器的大楼来测试所有可能的组合，他们不相信盟军能制造出一栋布满机器的大楼。

战前，波兰的一个密码分析小组实际上已经弄清了恩尼格码机的工作原理。波兰与苏联和德国接壤，一个被潜在强敌包围的脆弱小国往往会对邻国保持高度警惕，而波兰密码局的表现非常出色。波兰人在20世纪30年代攻破恩尼格码机，这在一定程度上要归功于一位德国人，他把恩尼格码机原理图和解密的电文交给了法国情报部门，而法国人又交给了波兰人，与此同时波兰人还得到了一台商用版恩尼格码机。波兰数学家马里安·雷耶夫斯基解决了连线问题，1938年他们制造了6台"炸弹"（bomby）机，可以用于查明每天设定的密钥是什么。

1939年7月，在纳粹侵占他们的国家之前，波兰人跟英国和法国分享了他们的发现。在布莱切利园，艾伦·图灵和其他人完善了设计，开发出一种解密方法：密码分析员可以使用一个"对照文"，并将其写在密文下面，然后用数学方法计算出何种转子设置、外环设置和连线板设置的组合可以构成这个密文。这个"选单"让机器得以检测各种可能的设置，在某种意义上这算是计算机的雏形。英国建造了60台炸弹机，从1941年开始，由大约2000名皇家海军女兵（Women's Royal Naval Service）来操作。炸弹机会对某个选单进行测试，看它是否可以作为一组可行的密钥设置。如果炸弹机"命中"了，那么就会用一台较小的机器，也就是恩尼格码仿制机按照这套密钥设置好，并输入一条电文。如果出现了连贯的德语，密码破译员就知道他们已经得到了当天正确的密钥。

起初英国人对他们的炸弹机项目是保密的，甚至对他们的盟友也三缄其口，因为担心敌人会发现并改变密码。丘吉尔称他的布莱切利园密码破译员是"下金蛋的鹅，但从不嘎嘎叫"。然而，1942年2月，极度谨慎的德国海军在U型潜艇的恩尼格码机上加上了第四个转子，将可能的组合数量扩大了26倍。盟军将这种新的四转子密码称为"鲨鱼"，事实证明，起初它的确是无法破解的。盟军失去了解读U型潜艇行动的能力，整个系统陷入了黑暗。这个极具破坏力的转折发生在美国刚参战几个月后，此后一段充满死亡、毁灭和无助的时期长达八个月之久，一艘又一艘的船只被击沉，人们都觉得战局很可能向反方向发展。

* * *

总之，这就是来自七姐妹女子学院的年轻女生们所进入的沮丧氛围，她们放弃了五月女王节、年终滚铁环、业余戏剧表演和其他神圣的传统，来到市中心炎热的美国海军办公室服务。与以往一样，海军的密码破译项目是与陆军的项目分开运作的。当波托马克河对岸的阿灵顿学堂努力破解外交密码时，海军仍在其市中心的总部为破解两个大洋上敌方海军的电文而殚精竭虑，其中太平洋战区的密码破解主要由海军负责。一开始，这让人感到是一项无法完成的任务。1942年夏天，这些女生应征加入美国海军，而此时的海军仍处于珍珠港事件和随后日本连连获胜的阴影之下。海军对军官进行了重新调配，指挥系统也重新洗牌了。美国在各个方面都在打

20世纪40年代的女子大学是智力探究、婚配野心和神圣仪式的大杂烩。1942年古彻学院的五月节女王包括杰奎琳·詹金斯（左四）和格温妮斯·格明德（右二）。和这张大头照中的弗兰·施特恩一样，自从被美国海军秘密征召的那一刻起，她们的一生就改变了。古彻学院档案馆供图

第五章 "真是让人心碎"

败仗——至少感觉如此，局面很混乱。1941年1月，海军的密码破译部门仅有60人，在海军大楼第六翼楼有十间办公室。到1942年中期，这个数字已增加到720人，每天都有更多的人来到这里，房间里开始人满为患了。

值得注意的是，到那时为止，除了阿格尼丝·德里斯科尔，海军密码破译办公室还雇用了一些女性文职人员，但她们的薪酬与男性有所不同。根据1941年11月的一份工资提案简报，女性文员、打字员和速记员的年薪为1440美元，而从事同样工作的男性年薪是1620美元。上过密码分析初级课程的女大学毕业生年薪为1800美元，而具有同样资格的男性年薪为2000美元。拥有硕士学位的女性年薪为2000美元，而男性年薪则为2600美元。女博士的年收入为2300美元，男博士则为3200美元。早期接受雇用的女性家庭背景各不相同：有些人是军官的妻子或女儿，她们对密码分析有所涉猎；还有一位名叫尤妮斯·威尔逊·赖斯（Eunice Wilson Rice）的文职人员来自一个忠诚的海军世家，她从事意大利海军的密码研究。当她怀孕时，男人们喜欢叫她"爆米花"。

尽管存在这些历史上的不平等，但海军还是非常急迫地盼望这些年轻姑娘快点儿来。1942年5月，代号为OP-20-G的密码破译机构负责人约翰·雷德曼中校给每个女学生写信，恳求她们尽快赶到海军大楼。

"你能在大学毕业后的一两个星期内开始工作吗？"雷德曼问安·怀特、比娅·诺顿以及其他威尔斯利学院的大四学生。他给古彻学院和其他合作学院的每位女士都发了同样的信。雷德曼告诉她们。"这里有重要的工作等着你们去完成，"他补充道，"这对你们来说是个好机会，尤其是因为你们是在早期阶段加入的。"他给了每个女孩海军办公室的地址，恳请她们"告知我你们到达的大致日期"。

眼下这些女生的名单已经筛选好了。来自七姐妹女子学院和古彻学院的学生是在其能力、意愿和忠诚度的基础上被选中的，但在长达数月的函授课程中，她们必须证明自己的坚韧。有些人变得灰心丧气，中途退出了；有些人结婚了，跟着丈夫搬到其他地方去了；有些人没有答对足够多的问题因而落选了；有些人则由于背景的某个方面有问题，文官事务委员会拒绝录用。在1941年那个爱国热情高涨的冬天，巴纳德学院招募了20名女性，其中有7人坚持下来，出现在了宪法大道的海军大楼。布林莫尔学院一开始招了27人，最后留下12人。古彻学院的队伍则从16人减少到了8人，曼荷莲学院的队伍从17人变成了7人。拉德克利夫学院一开始有59人入选，结束时只有8人。史密斯学院的第一批女生从30人减少到了12人，威尔斯利学院则从28人减少为20人。

总共有197名年轻女孩收到了秘密邀请。一个由74名幸存者组成的顽强团队顺利通关，最终来到了华盛顿，在那里被聘为SP-4，即年薪1620美元的密码分析助理。古彻学院的毕业生康斯坦斯·麦克里迪和琼·里希特琼是第一批到达的，她们1942年6月8日来到了海军大楼的前台。来自布林莫尔学院的维奥拉·摩尔和玛格丽特·吉尔曼在6月15日走进了海军大楼的大门。其余的人在6月底和7月初陆续到来。

海军不希望失去任何一个人。由于担心这些女生如果找不到住处可能会辞职，海军给上述每个学院的校长写信，请求他们联系校友，协助这些女孩寻找住处。一些人在子午线山女子旅馆租了房间，这是华盛顿特区为政府的女孩们建造的公寓式旅馆。其他人则分散在华盛顿西北部，住在克林格路、欧几里得街等地的住宅中。维奥拉·摩尔和玛格丽特·吉尔曼住在康涅狄格大道西北1611号。

来自史密斯学院的安妮·巴鲁斯住在新罕布什尔大道西北 1751 号，与比娅·诺顿和伊丽莎白·"贝茨"·科尔比以及其他威尔斯利学院的女孩住在一起。她们的地址经常变，许多人在担任战时职务期间会有六七个不同的住所。海军的简报显示，当女孩们在地下室、寄宿公寓以及乔治城的弗朗西斯·斯科特·基书店的后院争抢房间时，打字员们常常得更新她们的地址。这个书店允许女孩们借阅书籍和使用电话，作为回报，女孩们也让书店的工作人员使用她们唯一的厕所。

七姐妹女子学院的女生们一到这里就发现工作已经安排好了。海军已经是 24 小时昼夜不停运转了，女孩们被分作三个班次，海军称之为"值班"（watches）。来自古彻学院的弗兰·施特恩和来自威尔斯利学院的安·怀特抽到了大夜班，从午夜工作到早上 8 点，比较幸运的人则抽到了从 8 点到 4 点的白班或是从 4 点到午夜的小夜班。

姑娘们来海军的那个夏天热得要命。她们每天都穿着高跟鞋和干净的棉布衣服，坐公共汽车到市中心去上班。她们刚到办公室或是工作半小时后就已经汗流浃背了，汗水浸湿了整洁的衣衫，薄薄的布料会贴在皮肤上。她们把小臂从桌子上抬起来，发现下面的纸已经湿透了。盐片也被放在自动售货机中，这是当时的一种时尚，人们错误地认为盐片可以防止出汗，这反而让许多女孩都生病了。老海军总部不仅人满为患，还不太干净。来自布林莫尔学院的法语专业学生维奥拉·摩尔被指派了一项任务，专门负责报告有多少只蟑螂在女厕所里爬来爬去。

在大学里，这些女生所受的训练是很严格的，她们也很认真。海军的课程包括练习记忆最常见的英语字母 E、T、O、N、A、I、R 和 S，并进行频次统计。课程向她们介绍了一些老式的方法，比如运用格栅（grille），这是一个可以覆盖在普通字母上的模板，上面有一些小孔，可以让有些单词跳出来，显示出隐藏的电文。她们被告知，"密码分析员的座右铭应该是'让我们假设'"，以及"破解密码最重要的辅助工具是一块好橡皮"。每周都会有问题测试她们对"数字密码字母表""多表替换""对角线有向图替换"的掌握情况。每个测试题集里都包含一个无法解决的问题，以表明有时一堆杂乱的字母或数字并不代表任何含义，有时密码破译员会失败。这些女生就读的好学校从来不会鼓励她们失败，她们觉得这个想法很让人不安。

这是一门很好的课程，她们努力掌握所学的内容，但她们要解答的问题往往与她们正在做的实际工作不相符，她们要面对的许多任务都没有包含在内。而且这一切都不再是学术上的训练了。她们对男人们的生命负有责任，这种责任感让人感到可怕而真实。大多数女孩一开始都是处理与日本密码相关的工作，但少数几位懂德语的姑娘很快就去支援大西洋战役了。英国人仍然负领导责任，但战争的结果也与美国人息息相关，因此美国人也在尽其所能地协助破解"鲨鱼"，也就是四个转子的恩尼格码机密码。她们没有炸弹机的帮助，就通过人工计算来尝试猜测当天的密钥设置。她们经常与英国人交流，交换笔记和对照文。

玛格丽特·吉尔曼在布林莫尔学院主修生物化学，但在高中时学过德语。她参加了德语水平考试，并被安排在一个密封的小房间里破解"鲨鱼"。她所在的小组全部由女性组成，只有一名男性军官担任主管。在一个由海军陆战队员守卫的房间里，吉尔曼绞尽脑汁研究纳粹在比斯开湾所发送的电文。比斯开湾位于被占领的法国海岸附近，当时那里设有巨大的 U 型潜艇基地。德国的 U 型潜艇必须穿过比斯开湾才能到达大西洋护航船队的航道。在潜艇离开基地之前，纳粹会派出气象船，使用恩尼格码机报告情况。与天气有关的词汇数量有限——风、雨、云——所以有时找到一些简单的对照文也是可行的。她们针对常见的对照文以及德国人的电文中最可能出现这些对照文的位置做了图表，"BISKAYAWETTER"是姑娘们经常会尝试的一个词。

这项工作的紧迫性非常折磨人。她们知道，美国人正试图穿越海洋，而U型潜艇就在那里等着他们。玛格丽特·吉尔曼后来回忆："德国的潜艇实际上控制了大西洋，你能想象把满载士兵的美国军舰送出去，穿过布满潜水艇的大西洋吗？天啊，真是让人心碎。"在这个小组的工作间里，墙上有一张详细的大西洋地图，每艘可以定位到的U型潜艇的位置都用图钉标了出来。玛格丽特不忍心看那张地图，她会歪着脑袋，不让地图出现在她的视野中。每当有运兵船折损，整个国家的士气都会受到打击，女孩们总是感到肩负着很重的责任。她回忆说："如果我们对我们所做的事情是否重要有任何怀疑，只需要毫无进展地过上几天，上级就会跑来对我们大声嚷嚷，问我们在做什么，有没有履行我们的职责。"

安·怀特在威尔斯利学院主修德语，她也被分配到了恩尼格码组。这份工作使她接触到了敌人的人性，这令她有些许不安。英国人会发来诸如电文的长度、电报发送对象船只的位置以及返回港口的指示等电文，以便据此寻找对照文。英国人也会时不时寄来从沉船或被俘的潜艇上发现的文件，其中包括一些德国水手的私人物品，比如家人的照片。它们的主人现在不是淹死了就是成了俘虏。有一次，安的小组破译了一条纳粹指挥官宣布他儿子出生的电文。一位密码破译员把译文编成了一段打油诗作为翻译："从这里到开普敦／要知道／小劳斯／现在已经降生。"当然，只有在你有南方口音的时候才会押韵。

但最主要的是，这份工作令人沮丧，它让女孩们充满了悲哀和挫败感。安·怀特的工作是把德语电文翻译成英语，所以她知道内容是什么。在1942~1943年的冬天，邓尼茨发送的一条电报被她所在的部门破译了一部分。电报提醒"狼群"注意，盟军的护航船队正在通过格陵兰岛的南端。美国和英国的密码破译人员想方设法试图确定潜伏在那里的U型潜艇的位置，但没有成功。后来，他们得知大部分护航船队的船只都被击沉了。安·怀特后来说："我们拼尽全力去研究恩尼格码机。""摸索着去做。"她回忆说，能做点什么是一种解脱："我们认识和爱的每个人都在这场战争中。对一个女人来说，忙得连烦恼都顾不上了，真是天赐的礼物。"但"我们知道有人正在死去"。

对日作战部门的密码工作室里气氛同样严峻，女孩们努力钻研自己的工作，掌握日本舰队密码JN-25的最新版本。这是一项非常艰巨的任务，在摩尔工作的部门中，有不止一名指挥官表达了美国可能会吃败仗的观点。还有一位指挥官喜欢说，即使盟军确实赢得了胜利，"每一场战争都是为下一场战争做准备"。弗兰·施特恩失去了她的未婚夫，他早些时候倒在了太平洋战场上。许多在珍珠港遇袭之前驻扎在太平洋岛屿上的美国人现在成了战俘。艾尔玛·休斯是从马里兰大学招募来的心理学专业的学生，她的父亲是一名泥瓦匠，靠卖地来支付她的学费，她正要给战俘营的同学们寄爱心包裹。她班上的后备军官训练队学生大都成了伞兵。对于1942届的毕业生来说，朋友和同学中的人员严重减损是一个冷酷的事实。艾尔玛从来都不确定她的爱心包裹是否寄到了，甚至不知道收件人是否还活着，但她一直在寄，万一能收到呢。

* * *

此时，海军的密码破译也在一片愁云惨雾之下艰难地进行。珍珠港的灾难让人们对密码分析的价值产生了怀疑，许多海军高级军官认为，即使密码分析有用，但密码破解需要的时间太长，无法在一场正在激烈进行的战役中发挥作用。除了拥挤和蟑螂横行之外，还有其他不利条件。当女孩们涌入华盛顿特区总部时，男性军官则被派往太平洋地区，在截听站附近组成较小的工作小组。太平洋战场的情报机构可以在截听到电报后立即开始处理。这些战地小组有时破译得更快，但华盛顿有更多的机器和更多的人力，最终会破译得更多。然而，华盛顿常常要等很长时间才能得到截听电文。海军总部有一些电传线路，但不敷使用。有些电文是用航空信来传送的，通过泛美航空公司经营的豪华的"飞剪"飞机来运输，但更多的电报是通过船只来运送的，到达目的地需要数周，有时甚至要一个月的时间。在破解 JN-25 的过程中，华盛顿海军大楼和战地的各个工作团队之间既有合作，也有竞争，他们彼此分享代码组、附加码和一条条情报，绞尽脑汁把边边角角拼起来。

尽管美方在 1942 年连连受挫，但日方也有点外强中干。占领这么多岛屿和基地是一回事，补给和守卫又是另一回事。美国国会通过了《两洋海军法案》(Two-Ocean Navy Act)，为大规模的舰队建设项目提供资金。重要的是，美国的航空母舰在珍珠港遇袭时没有受损。第二次世界大战海战的结果取决于航空母舰和从甲板上起飞的飞机，这在战争史上还是第一次。

在这些女生 6 月来报到之前，人们就已经开始寻找密码破译员了。5 月初，在艰苦的太平洋战场上，密码破译的重要作用初露端倪。通过当时破译的一份 JN-25 电报，尼米兹将军得知，一支刚在锡兰攻击过英国人的日本舰队又耀武扬威地回来了，占领了新几内亚的莫尔斯比港。当美国海军的两支航母特遣部队出现在日本舰队面前时，日本人感到非常惊讶。1942年5月4～8日的珊瑚海战役是第一场作战双方的舰船不与对方打照面的海战，战斗全部由飞机完成，而且也是太平洋战场上密码破译第一次对战局发挥关键影响的战役。结果日美双方在战术上打成了平手——美国失去了大型航母列克星敦号，约克城号遭受重创，而日本方面的损失也很惨重，还失去了许多训练有素的飞行员。这场海战也遏制了日本向澳大利亚的扩张。

到5月中旬，美国海军听闻日本将展开更大规模的军事行动。成千上万条以JN-25编码的电文开始出现，表明日本正在向某处派遣一支庞大的舰队。一条较早的电文指出："有模糊的迹象表明将要展开行动。"乔·罗什福特是众多曾在太平洋战场上工作过的军官之一，他曾接受过阿格尼丝·德里斯科尔的训练，主管珍珠港的密码破译小组。美方获得了很多关于日军行动计划的信息，但有一个关键的问题让所有人都感到困惑：美国人5月中旬截获的一条电文称日本人将要前往"AF"。日本人经常使用两个字母作为地名代码，密码破译人员发现了一些其他的地名代码，但不能确定AF在哪里。罗什福特和他的团队确信AF代表中途岛，这是一个很小的环状珊瑚岛，美国在那里留有一个基地，它对保卫夏威夷和西海岸至关重要，实际上对维持美国在太平洋上的任何驻扎部队都至关重要。也有其他人认为目标可能是夏威夷或阿留申群岛。

所以罗什福特和尼米兹的首席情报官，同样受过阿格尼丝·德里斯科尔训练的埃德温·莱顿制订了一个计划。他们指示中途岛基地的人用无线电发送电报，不加密，只是用简明英语说他们的淡水蒸馏设备厂坏了，中途岛缺淡水。他们的意图是让日本人拦截这则公告并发送出去。正如他们所希望的那样，一个当地的日本部队接收到了这则公告，又给日本的舰队发送了一条自己的电报说 AF 缺水，美国人拦截到了这则电报。这个计策成功了，美国人已经证实，AF 代表中途岛。

山本大将的目标是实现他在珍珠港未能完成的致命一击。山本纠集了一支由两百多艘军舰、运输船和辅助船组成的庞大舰队，他打算将其分成两部分，一支小分队派到阿拉斯加大陆外的阿留申群岛发动辅助攻击，以此作为诱饵。他盘算着尼米兹会迅速发起反击。这样，当尼米兹回来的时候大量日本人已经在中途岛了，如此就可以通过伏击一举把尼米兹干掉。

但是尼米兹没有上钩。他让日本人前往阿留申群岛，并着手加强中途岛的防守，以便伏击伏击者。由于密码分析人员破解了 JN-25，尼米兹比大多数日本军官更了解这次袭击计划。据内部史料记载："他知道目标、日期、日军登陆点和海上会合点，他很清楚日本军队的构成，他知道在夏威夷和中途岛之间设置潜艇警戒线的计划。"

日本人在 6 月 4 日准时出现了。他们的航母特遣部队对中途岛发动了空袭，但这并不是珍珠港：美国战斗机在空中迎战来袭的日机，尽管遭遇了猛烈的火力攻击，但还是将敌人击退了，美国轰炸机还向日本航母发起了四波攻击。日本人预料到会遭到中途岛的飞机袭击，但没有意识到美国人在附近也有航空母舰。他们很快就意识到了这一点：鱼雷和俯冲轰炸机从大黄蜂号、约克城号和企业号的甲板上不停地飞来。当日本航空母舰准备对中途岛发动下一次攻击时，被美国飞机发现了，日本航空母舰的甲板上堆满了炸弹和燃油软管，引发了大火。日本人本来希望速战速决，但是第一天战斗结束时，由于其攻击力严重受损，显然战局将会有所不同。到日军撤退、取消本次行动时，美国太平洋舰队损失了2艘战船、145架飞机和307人；日本则付出了惨痛的代价，共损失了4艘航母、将近300架飞机和2500多人。

美国在四天的中途岛战役中取得了空前的胜利。这是世界历史上最传奇的海战之一，它标志着日本太平洋扩张的终结，也是太平洋战争中一个重要的转折点。对美国来说，他们将在太平洋战争中一步一步慢慢从防御转向进攻。美国舰队面对一大波敌舰的进攻还能以少胜多，这场漂亮的胜利极大地鼓舞了海军的士气，让全国都为之振奋。指挥官们通常不愿意与别人分享功劳，但尼米兹承认，密码破译为中途岛一役提供了"无价的优势"。可以肯定的是，这在很大程度上是太平洋小组密码破译员的胜利。华盛顿仍然深陷密码破译员和高级军官之间的尖酸争论中。尽管如此，内部史料仍然写着："中途岛战役让海军对其密码分析部门有了信心。"它也给了密码破译员信心。华盛顿得到了更多的人员，更丰厚的资金支持，设立了更多的电传线路。珍珠港事件这个仇，美国人算是报了。

内部史料上有这样一句话："中途岛是一场证明、一种激励。"

中途岛的胜利也引发了史上最大的官场陷害事件之一。华盛顿的两名高级情报官约瑟夫·温格和约翰·雷德曼曾认为袭击会晚一周发生，是乔·罗什福特和珍珠港小组把日期弄对了。华盛顿的大人物们担心罗什福特正在组建与他们所在的部门竞争的机构，为了掩盖自己的错误，他们告诉外界是他们准确地指出了正确的日期，而珍珠港小组却弄错了。这个惊人的谎言一直传到了美国舰队总司令欧内斯特·金那里。雷德曼和温格暗地里继续联手对付罗什福特，罗什福特最终被解除了指挥权，被派去管一个没水的船坞。

* * *

伟大的阿格尼丝·德里斯科尔现在也被边缘化了。1937年，她遭遇了一场车祸，腿部严重骨折，上下颚也骨折了。她花了一年时间才恢复，在某些方面却从未恢复。许多人觉得她的性格在经历了这场磨难后发生了变化。1940年，在珍珠港事件之前，阿吉小姐被调离JN-25小组，去负责美国对恩尼格码机的独立破解。这并不是一个好安排。看起来她的自负也拖累了她，英国人一度表示愿意合作，但她断然拒绝了他们，显然她是想靠自己的力量取得成功。在做了二十多年的密码分析员之后，阿格尼丝·德里斯科尔现在占据着一个奇怪的位置，她在海军中受到许多人敬重，但也被边缘化了。海军似乎不知道该拿她怎么办，不怕枪林弹雨的军人们也小心翼翼地不敢惹她，她似乎受到了一种既受人尊重又无人问津的恶劣对待。

被派去和她一起工作的年轻军官普莱斯考特·柯利尔说："我从来没有想过要告诉她世界崩塌了，时代变了。"德里斯科尔把她妹妹招来帮助她，还"有两个密友，塔利夫人和克拉克夫人"，据柯利尔描述，她们都是"普通的办公室职员"，负责为她做频次统计。

像诗人和数学家一样，密码破译员往往在年轻时就能达到巅峰。即使是像威廉·弗里德曼这样的伟人，也会在某个时点开始走下坡路。在后来的采访中，人们说阿格尼丝·德里斯科尔采取了极端措施来保持权威，她在办公室里强制执行沉默规则，囤积截获的电文，这样就没人能追踪她的工作进展到哪一步了。当时阿格尼丝·德里斯科尔已经过了精力最旺盛的时期。但也有可能是当周围的世界变得更大、竞争更激烈、男性更多的时候，她把暗地里藏匿情报、让忠诚的女心腹围绕在身边当成了维护权威的一种方式。随着战争的进行，她的文职身份比以往任何时候都更为不利。据另一位新来的军官霍华德·坎普后来回忆，"她开始担心自己做不了什么事"。连级别最低的军官都是她的上司，"如果作为一名军官，我会更适合这个组织"。有一点可以肯定，她没有像威廉·弗里德曼那样得到友好的对待。

这里的阶序正在起变化。海军引进了男性研究生、大学教授和预备役人员，他们提供了新鲜的专业知识和思维。他们中的许多人都和德里斯科尔一样是数学家，但与她不同的是，他们享受了上耶鲁、普林斯顿和麻省理工等大学的好处，而这些院校根本不会录取她。他们都是高大的男人——就是字面意义上的高大——有些人看了她一眼就想到"女巫"。多年后，他们在口述史里仍然执着地用这个词来形容她。其中一位名叫弗兰克·雷文的人说，在她出车祸之前，"四十出头的她是一个美貌惊人的女人"。"当她出院的时候，她看起来就像一个七十多岁的女巫，只能靠拐杖和妹妹挽着她的胳膊走路。"

害阿格尼丝·德里斯科尔的正是雷文。弗兰克·雷文是个自命不凡的耶鲁大学毕业生，他似乎一到这里就迫不及待地要跟谁一较高下。他是个出色的密码分析员，正是雷文想出了如何预测紫码机每天的密钥设置。但他也爱发牢骚和煽风点火。雷文觉得老海军上将们对德里斯科尔很有好感，于是决定做点什么。"你无法想象阿吉身边的气氛，"他告诉历史学家，"除了萨福德，没有一个普通海军军官有胆子对那姑娘表示不满。"1942年头几个月，雷文在她隔壁的一个房间里带领一个20人的小组负责"德国海军杂项"，任何与U型潜艇无关的德国的电文都包括在"德国海军杂项"中。但他渴望得到一些真正的恩尼格码截获电文。因此，雷文决定打劫阿格尼丝·德里斯科尔的保险箱，他有钥匙。他趁一次值夜班的机会翻阅了她的文件,看到了一些来自英国的文件,这使他相信英国人已经有了自己的恩尼格码破解方案了。而阿吉的破解方案似乎是个费力的纸上模型,要想成功,需要经过他所说的"殚精竭虑的试验"。

后来的历史学家发现,阿吉小姐的恩尼格码破解方案可能是可行的,但只有在多年后出现的超级计算机的帮助下才可行。雷文认为,要得到电文,必须进行一场斗争。他后来声称,她使美国的恩尼格码项目倒退了三四个月,因为那些被请来认真研究四转子恩尼格码机的数学家们不得不在她身边蹑手蹑脚。他说:"德里斯科尔一直是恩尼格码工作的'魔咒'。""过去的海军把阿吉当成某种神,某种女神。"

雷文不仅看不上阿格尼丝·德里斯科尔,许多和他共事的人他都看不上。市中心的海军密码破译办公室里气氛很紧张,钩心斗角,暗流涌动。这里的等级很森严:职业军人不信任新来的只会读书的预备役人员;预备役人员认为他们比职业军人更聪明;人人都看不起文职人员。如果你是女人,你就会被三振出局。当时有个军官还收集了令人毛骨悚然的色情书刊,他把这些东西放在抽屉里,保安们喜欢来看看。

设法把阿吉小姐拉下马的正是雷文。随着战争局势的发展,阿格尼丝往往被派去做一些无用功,有一次被分配去破解一种机器生成的日本海军武官密码。海军武官是军事人员,他们长期以来的职责就是在脆弱的掩护下充当间谍,在外国大使馆里友好地闲逛,然后向总部汇报其他国家武器的相关情况。在自己工作的间隙,雷文故态复萌,他打开了阿格尼丝的保险箱,"偷拍"了她的海军武官截获电文,并破解了这些密电。他造了一台机器来破译这些密码,还偷偷搭上了阿格尼丝收取截听电文的线路,这样他就能接收传入的电文。他试图把机器藏起来，但德里斯科尔最终还是发现了，雷文说，她"要求把我送上军事法庭"。但他已经破译了这种机器密码，而阿格尼丝没有，这才是要命的。她没有被解雇，而是被放逐了。

战争结束后，雷文声称他认为阿吉小姐的没落是战争造成的悲剧，还说她在车祸后不应该再回来工作。"回想起来，我确信阿吉·德里斯科尔是世界上最伟大的密码专家之一，"他补充道，"我确信，把她从一个美丽的女人变成丑老太婆的那场事故也影响了她的思维，当她回来的时候，她连单字母替换的问题都解决不了。"

没人知道阿格尼丝·德里斯科尔的感受。没人愿意听世界上最伟大的密码专家的口述历史。

* * *

这就是在野心家扎堆的海军里的工作状态：敌意、谎言、偷窃、不安全感、权力游戏。从很多方面来说，加入海军的年轻女孩们不知道她们将要面临什么。但她们很高兴能在那里工作。人手是如此之少，而任务是如此之重，来自七姐妹女子学院的女孩们立即就承担起了真正的责任。随着这些女性的加入，原来由名为 OP-20-GY 的小组完成的密码分析工作很快被分为代表太平洋的 GY-P 和代表大西洋的 GY-A，然后再细分。房间也又一次重新分配，因为 GY 的人员已经挤进了老海军大楼的三个翼楼，正如一份简报所说，这种安排"既不方便也不经济"。一个班次的大小可能得取决于有多少张椅子可用。没有地方可以存放工作簿，房间之间也没有安全电话；要训练时不得不把文件推到一边，才能挤出一个小的训练区；而且有这么多人在海军大楼进进出出，保密工作一直是一个令人头痛的问题。专攻 JN-25 的小组很快就占据了两个翼楼。维·摩尔自己在1515室做附加码复原，而安妮·巴鲁斯、露易丝·王尔德、安·怀特、弗兰·施特恩和其他人在3636室做同样的事情，这个距离很不方便。

姑娘们大多数被派去对付JN-25，当时这个复杂的超级密码变得更加复杂了。美国人并不是唯一受到中途岛影响的人。日本海军的战败也震动了日本人，他们决定将舰队代码分为五个"频道"，这样某些地区或某些种类的通信，比如新加坡、菲律宾、行动、行政都有自己的代码和附加码。电文的数量不断增加。1942年头六个月，海军的密码破译员每月收到18000条截获的JN-25电文，下半年则翻了一倍还不止，达到了37000条。到1943年第四季度，他们每月将收到126000条电文。

姑娘们接受了这个挑战。史密斯学院历史专业的安妮·巴鲁斯被派去复原附加码，她在大学里没有学过如何完成这个任务，而且这项工作在三年多的时间里需要日复一日、周复一周地进行无休止的心算。她所在小组的姑娘们用的是一种大张的纸，大约一码长，两英尺宽。每张纸上都写满了一行行的五位数，例如14579 35981 56921 78632 90214等等，这些五位数也排成了纵列。这里电文的排列方式是每个代码组和它下方的代码组都由同一个附加码来加密，这种一致性一开始已经由专门评估指示组（key group）的姑娘们确认了。安妮的工作是弄清楚这些附加码是什么，这样日本的附加码手册就可以被复制出来。

要做到这一点，安妮必须掌握日本人使用的"假数学"，只不过要倒过来用。她和她的同事只能从加密后的数字开始，反向查找潜在的代码组，而且她们必须要快。沿着一个纵列往下看，安妮的任务是找到用于加密该列中所有代码组的唯一的附加码。除了她自己的聪明头脑，还有一个东西可以帮到她：一个设计出来应对无线电干扰的古怪功能。杂音干扰是无线电传输中的一个大问题，所以日本人开发了聪明的干扰检查，这样接收端的人就可以通过做一点数学计算来确保电文发送是正确的。这是一个相当明智的策略，不过也是一个不安全的策略：许多这类检查及其留下的幽灵般的模式都有助于破译电文。

其中一个 JN-25 干扰检查规则是：一个有效的代码组总是能被 3 整除。安妮看着工作表，猜想出一个可能的附加码，然后快速地沿着纵列往下看，通过心算把这个附加码从她看到的每个代码组中剥离出来，看看剩下的部分是否能被 3 整除。比如说，得到的是 17436 或 23823，那么她就知道已经得到了有效的代码组，因此就可以推出一个正在使用的附加码。所有这些工作都是为了得到一个唯一的附加码，这将被记录在他们正在复制的附加码手册中。每当日本人改变 JN-25 代码本时，这个部门就得从头干起。这真的就像在海滩上扫沙一样。

安妮和她办公室里的其他女孩都学会了寻找敌人常见的错误。七十多年后，她会清楚地记得这些错误。在这样一个庞大的舰队系统中，有时会发生这样的情况：当其他人都用密码发送电文时，某个粗心大意的无线电报务员会用日语明文发送电文。女孩们就可以用这里的日语明文作为对照文。日本人和德国人一样，船队的电报常常有一种刻板的模式。日本商船的船长经常发送一条内容为"shoo-goichi"[1]的电文，以说明他们在中午的确切位置。安妮知道"正午位置"的代码组，她也知道这个短语可能出现在什么地方，当她在那个位置看到一个代码组时，她可以减去这个代码组，得到附加码。

日本人为了让代码更难破解而做的很多事反而让它变得更容易了。有时候，敌人的密码编码员喜欢从中间开始写电文。当他们

---

[1] shoo-goichi：日文"正午"的发音。

这样做时,他们会插入一个代码组,表示"电文从这里开始",以标识电文的起始位置。这些女孩知道"电文从这里开始"的代码组(有好几个代码组),于是就有了入手的地方。还有一种叫作"尾巴"的东西。日本的编码员被告知,将附加码手册中的某个附加码用于一条电文之后,下一条电文不要使用附加码手册上紧随其后的下一个附加码——他们应该选择另一个随机的起始点——但一般来说他们又懒又心烦,仍然会我行我素。这些女孩掌握了这些细节和怪癖。只要她们发现了错误,就会猛扑过去。"shoo-goichi"这个电文不仅有助于复原附加码,日方船只正午时分的方位也会迅速通过无线电通知一位美国潜艇艇长,他会守在那里等待日本船只的到来。

这是一份枯燥乏味的工作,但也有有意思的时候。伊丽莎白·毕格罗是一位从瓦萨学院招募来的有追求的建筑师,她和后来在大学里接受培训的一群人一起加入了 JN-25 项目。有一次,有一份非常紧急但有很多无线电干扰的密文要她破译,她在几个小时内就成功破译了。这份电文说当天晚些时候有一支护航队要起航。她后来提及,当得知她的工作帮助军队击沉了这支护航队时,"我感到特别开心"。

这项工作形成了流水线的速度和效率。在提供给她们的空间内,女孩被分配到各个小组或"房间"里。文书室负责准备工作表。"指示组"室负责排列电文;分类室抢救出被无线电干扰的截听电文;急务室则由"附加码专家"负责破解"最新或紧急电文"。这里设立了热线电话,以便向密码破译员传达附加码。有些电文被标记为"常规"(routine),另一些则标记为"紧急"(urgent),还有一个特殊类别被标记为"特急"(frantic)。随着电文数量的增加,破译这些电文的人员队伍也在稳步增加。到 1943 年第四季度,有

183名男性和473名女性在华盛顿研究JN-25，女性的人数是男性的两倍多。一份简报指出，让这些女孩对电文的内容一无所知是不可能的。简报还说，最重要的秘密是正在搞JN-25研究这一事实，而这个秘密能否保守得住，全都有赖于"那些曾经看过工作簿的最不起眼的工作人员"。

女孩们保守着这个秘密，成为了参与行动的一分子。当中途岛胜利的真相被媒体曝光时，她们也同样感到愤怒。1942年6月7日，当战斗还在进行时，《芝加哥论坛报》就在周日版上发表了一篇轰动一时的报道，标题是《日本舰队被美国击溃 两艘航母在中途岛被击沉：海军得知日本计划在海上行动，知道荷兰港是佯攻》。这篇报道提到，日本军队的构成"在战斗开始前几天就在美国海军圈子里众所周知"。这篇文章还出现在其他几家与《论坛报》有关的报纸上，但由于担心日本人会注意到这篇文章，审查办公室查封了这些报纸。

此后，喜欢一稿多投的八卦专栏作家沃尔特·温切尔又火上浇油，他在7月5日的广播节目中说，"文明世界的命运两次被截获和破译的电文改变"——他指的是珊瑚海和中途岛。两天后，他在纽约《每日镜报》的"百老汇"专栏中写道，华盛顿因《论坛报》的报道而沸沸扬扬，他认为，该报道"把安全问题抛到了九霄云外——据说刊登了我们在中途岛获胜的原因"。当然，他也做了同样的事情。

海军大为光火，结果把事情弄得更糟了。当发现列克星敦号航母上的记者斯坦利·约翰斯顿是中途岛事件的信息来源时，海军决定对约翰斯顿采取行动。听证会导致内情进一步公开，密码破译员都在担心日本人不可能不注意到这个信息。不久之后，日本人又对JN-25进行了一次重大修改，许多密码破译员都认为这次新的改动

第五章 "真是让人心碎"　　163

是对约翰斯顿的调查造成的。劳伦斯·萨福德痛苦地写道："我们在所罗门群岛的关键战役是在没有敌方情报支持的情况下进行的。这些情报在此之前本来都是可用的。"

日本人是否注意到了这一点是一个有争议的问题。反正日本人会定期更换 JN-25 的代码本，而他们在 8 月中旬的更换很可能已经计划了一段时间。不管怎么说，更换恰好发生在美国海军开始在太平洋地区乘胜追击、采取攻势发动登陆以夺回所罗门群岛的时候。这场勇敢的进攻从瓜达尔卡纳尔岛战役的一次两栖登陆开始，起初进展顺利，后来陷入了长达数月的血腥泥潭。在这场战斗中，美国海军陆战队发现了埋在地下 6 英尺处的代码本，令人恼火的是，这些代码本是不再使用的 JN-25 版本。

幸运的是，由于 JN-25 经常更换，美国海军做出了明智的决定，成立了一个较小的单位来处理所谓的"次要密码"。次要密码是较小的系统，但它们绝非无足轻重。在浩瀚的太平洋上，不是每条电文都能用主要的舰队密码来传送。日本人使用了几十种辅助系统，有些是短期的和临时的，用于在被占领的岛屿之间，或在气象瞭望台和运米船之间进行通信，甚至只是为了传递有关水位和捕鱼的消息。他们还设计了在战役中使用的临时"联络代码"，解读其中一些系统的能力在中途岛战役中很有用。在战役之前日本人于 5 月 28 日更换了 JN-25 代码，因此在那次实际交战中，美国人只能通过联络代码和其他辅助系统来跟踪日本战斗人员之间的对话。

这个次要密码小组碰巧由弗兰克·雷文负责，正是这位密码破译员破坏了阿格尼丝·德里斯科尔时日无多的职业生涯。他的"德国海军杂项"小组现在正在从事"日本杂项"工作，从海军大楼堆积如山的截获电文中随便选点东西，装进一个标有"W."的废品箱中。据雷文说，这个小组是个很好的团队，从 1942 年 3 月开始，他们每周都至少可以攻破一个系统，现在这个小组的男人被女人取代了。1942年5月，雷文手下有23名男水手，到了6月，仅仅一个月后，"大约有10名干文职的女孩"加入了进来，成为新团队的核心。

这些干文职的女孩就包括比娅·诺顿和贝茨·科尔比，她们都是威尔斯利学院的第一批学员。幸运的是，雷文对她们并不像对阿格尼丝·德里斯科尔那样不客气，他后来称他的新组员是"超级棒的姑娘"，他认为也应该指出她们是"超级漂亮的姑娘"。这个团队的主要任务是破解一个被女孩们称为"岛际密码"的东西，它在大多数官方文件中被称为JN-20，而且，像许多辅助系统一样，其重要性远远超过了它所得到的赞誉。多年后，比娅·诺顿写道："海军从未提到过岛际密码。"她说，事实上，中途岛缺水的电报正是用岛际密码发送的。她的判断是："某个日本岛屿上的无线电发报员得到了缺水的明文文本，用岛际密码发往舰队司令部，然后再发往日本主力舰队。"她说，雷文的团队之所以从未得到荣誉，是因为海军"传统上认为，所有有意义的成就都完全是由正规海军人员完成的，而且他们也不信任任何文职人员甚至海军后备人员的成果"。

她的断言是有道理的，无论如何，这一点毋庸置疑：有很多次当主要的舰队密码失效时——这意味着JN-25的代码本更换了，密码破译员无法解读——岛际密码便证明了自己是丰富的替代情报源。一份内部史料写道："每当主密码无法破解时，挫败和愤怒的感觉就会弥漫在无线电情报组织中，促使他们取得新的成绩。""即使在这样的时期，我们也不是眼前一抹黑，次要密码通常是可以破解的。从次要密码中获得的信息往往在重要性上与从海军主密码中获得的信息不相上下。"

对于在雷文手下工作的女孩来说，这些岛际密码生动地展示了在火山岩海滩和数千英里外茂密的岛屿丛林中展开的战争，当时海军开始了中途岛后的太平洋反击战。1942 年 8 月，当美国海军陆战队登陆瓜达尔卡纳尔岛的海滩时，雷文的组员开始着手破解日本人为岛上部队和海上舰队之间的紧急通信而设置的密码。在美国海军陆战队的追击下，一小队日本人撤退到丛林中，每天用这种简易的临时密码发送二三十条电文。这让姑娘们看到了一幅面对死亡的悲伤画面。一条电文说："我已经两个星期没见过大海了。""我已经三个星期没见过天空了，现在是我为天皇而死的时候了。"这群负隅顽抗的日本人最后换用了岛际密码。他们的人数越来越少，最后，正如雷文所说："剩下的三四个人上了摩托艇，我们每天都用 JN-20 跟踪他们，因为他们描述了恶劣的条件什么的。我们把船弄沉了。"

当比娅·诺顿开始在雷文的团队工作时，她被派去做一项单调的工作，也就是对单个字母进行频次统计。这些电文是以西部联盟电报公司条带的形式送达的。全副武装的海军陆战队警卫站在她的门外，她不能在桌子上放照片或任何私人物品。她的大学培训课程确实派上了用场，因为这种密码是一种替换换位密码，需要用一张表把原有字母换成新的字母，然后将部分新的字母交换位置，进一步打乱密码。只要雷文的团队构建好了表格，也就是说，一旦他们弄清楚了字母是如何排列的，这个表格就不会改变。唯一变化的是每个月的密钥，密钥决定了字母是如何混在一起的。

密钥的更换给次要密码小组注入了一种奇怪的工作节奏。女孩们会争先恐后地破解新的密钥，而且变得非常专业（一份简报指出，"破解 JN-20 的速度越来越快，利用率也越来越高"），然后她们就可以休息片刻。她们充分享受了这段停工的间隙。来自威尔斯利学院数学专业的贝茨·科尔比是雷文的最爱，雷文形容她是一个

"真正聪明的姑娘"，他深情地回忆起她喜欢举办盛大的派对，但并不会搞成花天酒地的狂欢派对。雷文后来回忆说："对此有一个老规矩：她在举办派对之前必须得到我的批准，因为她会让组员们停工十天。她会过来说她想开个派对，哪天合适？"

雷文的办公室里有一个挂历，准确地指出了岛际密码将要更换密钥的时间。他会在换密钥的十天前选择一个日期，然后告诉贝茨·科尔比，"你可以那个时候举办你的派对"。这样的话，女孩们就有十天时间从宿醉中恢复过来，然后再把心思用在新密钥上。

尽管激烈的官场斗争就在姑娘们身边，但她们热爱自己的工作。"能在这个有趣的小组工作，我感到很幸运，"比娅·诺顿后来说，"我觉得我的工作有价值。"许多人觉得这就是她们一生的志业。安·怀特认真地思考着："从那以后，我觉得我的生活从未像那个时期那样充满挑战，正如黑格尔的观点一样，当社会的需求和个人的需求结合在一起时，我们就得到了满足。"

唯一的问题是天气太热。次要密码组不时接到命令，要他们把桌子盖好，因为工人们要来安装空调。当弗兰克·雷文告诉他们空调要装在高级官员的私人办公室，而不是为他们安装的时候，他们的希望又破灭了。

她们做了如此有价值的工作，甚至帮助招募她们的哈佛大学天文学教授唐纳德·门泽尔也写信给艾达·康姆斯托克，讲述他从她们的老板那里听到的好消息。"姑娘们蜂拥而至……事实证明，她们非常成功。那些给我写信的人对这项工作很满意，都觉得出人意料的有趣和令人振奋。"下一批准备接受培训的女学员来自之前的学校以及瓦萨学院和惠顿学院。教员们对培训材料日渐精通，大家都适应了，人员流失的情况有所好转。在 1943 年参加课程的 247

名高年级学生中，有 222 人完成了课程。拉德克利夫学院 1943 届的女孩们每周五下午在哈佛大学一个大楼的四楼碰头，当培训临近结束时，为了给女孩们留下深刻的印象，还上演了一场戏剧性的表演，烧掉了培训材料。海军也开始意识到，尽管有这么多新成员涌入，要完成这项工作还需要更多的女孩。

第六章
"代表通信的 Q"

1942 年 7 月

事实证明,女子在战争中也能发挥巨大作用,由此,一个新的领域向她们敞开了大门:服兵役。到 1942 年,英国、加拿大等盟国已经允许女性从军,美国几个主要的女性团体也开始推动美国加入它们的行列。美国国会中只有少数女性,但马萨诸塞州共和党人伊迪丝·诺斯·罗杰斯对推动女子从军的热情很高。早在 1941 年,诺斯·罗杰斯就会见了乔治·马歇尔将军,并向他介绍了创建陆军妇女辅助军团(Women's Army Auxiliary Corps,WAACs)的提案。没人把她当回事,至少在珍珠港事件之前是这样。

但是,尽管国防规划人员意识到了只用男性来打这场跨越两大洋的战争十分困难,让女性穿上军装的想法仍然是有争议的。一位国会议员大声喝问:"那么谁来做饭、洗衣服、缝缝补补,做每个女人都尽力去做的琐碎的家务活呢?谁来抚育孩子?"人们担心女子服兵役会破坏女性气质,使她们结不了婚。许多人认为女兵实际上会成为完全内置在军营中的"营地跟班",这是对那些跟随士兵们从一个营地到另一个营地的妓女和跟班的委婉的说法。

但马歇尔将军确实看到了让女性从事文书和密码编码工作的优势。和许多人一样，马歇尔认为女性非常适合电信行业，她们心灵手巧，愿意做枯燥和常规的工作，而且他认为她们比男性犯的错误更少。罗斯福总统于1942年5月签署了陆军妇女辅助军团法案，这是一个好坏参半的胜利，因为妇女是以"辅助"或下级的身份被允许加入军队的。陆军妇女辅助军团的薪酬低于男性，也没有同等的军衔或福利。1943年，"辅助"（auxiliary）一词被拿掉了，陆军妇女辅助军团变成了陆军妇女军团（Women's Army Corps，WACs），这种差别得到了部分纠正，但女性得到的绝非平等待遇。陆军妇女辅助军团首当其冲承受着负面报道的冲击，忍受着对其成员贞洁的嘲讽以及对其道德和参军动机的批评。

尽管如此，她们还是争先恐后地去应征。1942年5月28日的《纽约时报》写道，美国有一万名妇女急于加入新军团。这篇报道称，纽约的一个征兵办公室第一天结束时就有1400名妇女现场提出申请，另有1200名妇女来函提出申请。记者用华丽的散文文笔写道："对付女性力量动用了一点蛮力，卫兵宽阔的肩膀挡住了潮水般涌来的爱国美女。"陆军中的女性禁止担任战斗人员，但却担任了重要的辅助岗位。她们担任司机、会计、绘图员、厨师、职业理疗师和编码员，她们打破了刻板印象。尽管人们担心女性在紧急情况下会变得歇斯底里，或者女性的声音太轻而无法听到，但陆军妇女军团在飞机控制塔的工作干得很不错。

诺斯·罗杰斯议员有了底气，也开始在美国海军工作，这是一个更难攻克的难题。早在1941年12月，她就拜访了尼米兹海军上将（当时是负责人事的海事局局长），敦促海军成立女子部队。他并不热心，其他的守旧派也一样。当尼米兹对海军各部门进行调查

女人们争先恐后地前去应征。一名记者在报道中形容陆军妇女辅助军团的征兵站"爱国美女们如潮水般涌来"。在智力和能力测试中表现优异并通过背景调查的女性便被派到密码破译部门。美国陆军情报与安全司令部供图

时，只有两个部门愿意接受女性加入。这两个部门就是当时已经有女文职人员的密码破译部门以及航空局（Bureau of Aeronautics）。飞行员的开放思想在一定程度上要归功于乔伊·布莱特·汉考克。她曾是一名文书小姐，她努力说服海军允许女性接受机械师培训，学习飞机发动机维修和保养。她也是一名训练有素的飞行员。

1942年5月，富兰克林·罗斯福总统敦促海军行动起来。美国第一夫人埃莉诺·罗斯福也发出了号召，美国大学妇女协会（American Association of University Women）等倡议团体也加入了进来。巴纳德学院的弗吉尼亚·吉尔德斯利夫等大学领导也积极参

第六章 "代表通信的Q" 171

与其中。这是一场艰苦的战斗。吉尔德斯利夫后来尖刻地评论道："如果海军可以使用狗、鸭子或猴子，某些年长的海军上将可能会更青睐它们，而不是妇女。"

参议院海军事务委员会（Committee on Naval Affairs）主席认为，正如吉尔德斯利夫所说，"允许女性加入海军将破坏家庭，相当于文明的倒退"。伊丽莎白·雷纳德是来自巴纳德学院的一位瘦小而冷峻的英语教授，她被任命为海军人事部部长、海军上将兰德尔·雅各布斯的特别助理。她的工作就是让这一切顺利进行。不过，当她收到雅各布斯发来的一封后来青史留名的著名电报时，连她自己也感到震惊："妇女离开左舷和右舷船头。能见度为零。马上来。"

1942年7月，罗斯福总统签署创建女子海军预备役部队的法案。该法案的宗旨是"让军官和士兵们得以抽身前往海上执行任务，以加快战争的进程"。女性在胜利中体现了政治性。"志愿紧急服役妇女队"（WAVES，Women Accepted for Volunteer Emergency Service）的首字母缩写词是由巴纳德的伊丽莎白·雷纳德想出来的，每个词都是经过精心挑选的。"志愿"让公众确信"没有强征女性入伍"，而"紧急"正是吉尔德斯利夫对其策略的表述，"可以安慰老海军上将，这意味着我们只是处于暂时的危机中，不会一直存在下去"。

海军女兵并不是"辅助队"，这个词明显意味着地位较低。她们是和男兵一样的海军预备役部队。她们是海军的一部分，不只是跟着海军而已，这是一个关键性的胜利。但仍然存在许多不平等，女性预备役人员有权享有与男性相同的工资，但没有退休后的福利。起初她们不能担任高级职位。富有魅力的威尔斯利学院校长米尔德丽德·麦卡菲同意出任志愿紧急服役妇女队的负责人。她最初是一名海军少校，1943年晋升为上校。然而，她经常被排除在决策层之外，在充满诡诈而又迂腐的海军官僚机构中推进工作也没有得到所需的支持。她开玩笑说，她的男同事的态度就像《诗篇》的第八十八首："你的愤怒重压我身，你用一切的波浪困住我。"

在制服等问题上，这项计划的推动者们遇到的暗中阻力挥之不去，为此进行了旷日持久的会议讨论。据弗吉尼亚·吉尔德斯利夫后来回忆，有一次，一个"年轻英俊的海军上尉"大胆提出，女兵的制服不应该跟男兵那种海军蓝一样。吉尔德斯利夫写道，"我看到长长的会议桌上女人们脸上都因为这个有点露骨的开场白露出了一丝克制的微笑"。即使在允许海军女兵穿海军蓝之后，军方也不愿让女兵服装上有金色饰绳。有人建议妇女们穿有红、白、蓝三色镶边的制服。麦卡菲惊呆了，她觉得这太俗了，看起来就像一套"喜剧戏服"。

约瑟芬·奥格登·福雷斯特尔负责这件事，她的丈夫詹姆斯·福雷斯特尔不久将成为海军部长。约瑟芬与时尚品牌梅因布彻（Mainbocher）取得了联系，还对口袋之类的细节进行了讨论，弗吉尼亚·吉尔德斯利夫认为口袋对任何职业女性来说都是必不可少的，但设计师认为口袋会破坏套装的线条。吉尔德斯利夫在她的回忆录中表示反感："为了美观，实用性被牺牲了。""制服看上去确实很有吸引力，无疑为海军招来了许多新兵，但我为那些口袋感到很遗憾。（我很高兴，后来的一版装了一个很好的里袋！）"

但最终的结果还是令人赞叹的。志愿紧急服役妇女队的制服包括：一件合身的海军蓝羊毛外套，肩部垫高挺括，领子略圆；一条讨人喜欢的六角裙；白色短袖衬衫；一条领带；优雅的灰蓝色装饰袖条；一顶时髦的钟形小帽，帽顶可以拆卸，可以选蓝色或白色；一个斜挎在肩上的方形黑色皮包，还有一个白色的套子，可以和白色的正装搭配。海军还发了雨衣和名为"遮阳帽"的大兜帽给女兵们。她们得戴白色或黑色的手套。不准佩戴胸针、耳环或首饰；衬裙不能露出来；帽子不能歪着戴；雨伞属于非军事用品，不能携带。除了穿运动服或在军事法庭受审以外，她们应该时时刻刻都身穿制服。还有白色的正装、工作服和一件夏季泡泡纱衬衫式连衣裙。

这一切听起来可能很傻很无聊，但事实并非如此。这套海军制服向持怀疑态度的公众传达了这样一种信息：尽管海军很顽固，不愿接受她们，但仍然很关心海军女兵和她们在人们眼中的形象。许多密码破译员承认，梅因布彻的制服是她们从军的原因之一，有些人觉得这是她们拥有过的最让人喜爱的衣服。还有一些人之所以选择海军而不是陆军，正是因为她们更喜欢经典的海军蓝而不是陆军妇女军团那种单调的卡其色。陆军的女兵甚至必须穿卡其色的胸罩和腰带，海军的志愿紧急服役妇女队认为这很滑稽。在真正竞争性的军服时尚中，海军女性因为能够自己选择内衣而感到略胜一筹。

* * *

对于在华盛顿以文职人员身份担任密码破译工作的女性来说，志愿紧急服役妇女队的创建意味着她们可以成为美国海军预备役军官。她们有了选择，少数人仍然保持文职人员的身份，但大多数人开始正式服役。这意味着在1942年的秋天和冬天，当她们真正适应的时候，这些姑娘不得不离开华盛顿特区总部，前往军官训练营，学习成为一名海军军官的基本知识，而这些指导对密码破译毫无用处。美国海军总部的人不愿意让她们走。JN-25又无法破解了，德国潜艇的恩尼格码机密码也同样无法破译。不管有没有中途岛的胜利，那都是一段严峻的时光。OP-20-G 的负责人约翰·雷德曼抗议道："姑娘们现在所做的工作对打胜仗来说太重要了，让她们缺席一段时间会导致组织混乱，不能冒险。"为了安抚长官们，海军同意把女兵们离开的时间错开。10 月有 6 人被派去接受军官培训，11 月又有几人被派去，以此类推。她们都去培训了，许多人去的都是自己的母校。

马萨诸塞州的史密斯学院和曼荷莲学院分别成立了志愿紧急服役妇女队军官培训学校。1942 年末，比娅·诺顿、弗兰·施特恩、安·怀特、玛格丽特·吉尔曼、维·摩尔和其他人一起被派往北方。史密斯学院校园里的女性人数一夜之间翻了一番，因此校长也在全国广播的最后向自己的学生们发表了特别讲话。史密斯学院校长赫伯特·戴维斯大胆地表示，他注意到有 1000 名男性军官在达特茅斯大学接受海军训练，而他的学生们更希望两个单位调换一下：女性在达特茅斯受训，男性在史密斯受训。他敦促他的学生，"把你的失望藏起来"。显然他认为在全球危机的时候，年轻女性唯一关心的就是男朋友。"对你在女子预备役部队中的竞争对手要尽量宽厚大方。"

这些姑娘还没有制服，所以她们进行训练的时候穿着便服，脚穿 1.5 英寸高的黑色牛津鞋。高跟鞋是个问题。当她们在行进中不得不后退时，有时会往后倒，遇到地面潮湿或结冰的时候更是容易摔倒。在课堂上，她们接受了标准的海军培训。她们学习了《水兵手册》，记住了人事部门和军衔的细微差别、海军礼仪的细则、许多机构的名称和缩写（BUAER，BUSHIPS，BUPERS）。她们从美国海军的角度研究美国历史，学习了这个那个上将关于海上力量的观点。她们了解了标识军衔的条带和 V 形标志之间的区别以及所有错综复杂的行话。一个工作的轮次是值个"班"。当你加入部队时,你被"欢迎上船"。你走过的是"甲板"而不是地板,即使在建筑里也是如此。个人物品是"装备"。要集中就是"集合"。一餐饭叫作"一顿伙食"。如果你生病了,你就在"罗盘名单上"。卫生间当然就是"头"了。

她们可以掌握这些材料,尽管这些内容跟她们不一定有多大关系。姑娘们掌握了战舰的轮廓线、驱逐舰的功能、巡洋舰上有多少门炮。她们学会了如何识别敌舰和飞机的轮廓,这是一项她们永远都不需要的技能。尽管许多人入伍时都希望能出国,但志愿紧急服役妇女队员不允许出国(少数被派往夏威夷的除外)。即便如此,她们也必须接受和男人一样的疫苗接种:以"菊花链"的形式进行白喉、天花、伤寒和破伤风疫苗的注射。女孩们一边往前走一边接受注射,两边胳膊同时打。打疫苗的次数很多,药效也很强。如果你快要晕倒了,你就会被叫到外面去。

女兵们要遵守海军的纪律,并承诺在战争期间以及战后6个月在海军服役。至少在训练期间,狂欢派对和十天饮酒作乐是过去的事了。每天早晨5点半开饭,晚上10点熄灯,训练期间禁止饮酒。女兵们必须把床铺整理得干净整洁,像海员一样,这意味着要有方方正正的角,毯子要对折,然后三折,再对折,放在床尾。床单必须绷得非常紧,25美分的硬币可以在上面弹起来。睡在上下铺的两个姑娘脑袋的朝向必须相反。鞋子必须在壁橱里排成一排,鞋头朝外。在这些女孩读大学的时候,很多人都有女仆为她们整理床铺和打扫房间。大学生活现在似乎成了遥远的回忆。

海军的眼里并不存在女性的健康问题。她们被告知不要抱怨痛经,海军接受她们需要使用高洁丝卫生巾,但如果高洁丝盒子没有好好地放在抽屉里就会被扣分。她们必须做和男人一样的体操。如果哪个姑娘爬绳子有困难,其他人就会去帮忙。有个小组中一位名叫莉卜的姑娘正在搞海军和私营企业之间的一个绝密合作项目。所有的姑娘都知道她的头脑对于盟军是多么重要，都竭尽全力把她拉上去。

她们不再作为个体而存在。每个人的头发都必须高于衣领，如果你的头发太长，你的室友会帮你剪掉。姑娘们四人同住一个房间。当她们跟带班的军官讲话时，必须说明自己是"海员"。她们学会了如何敬礼，这并不像看起来那么容易。史密斯学院的第一批志愿紧急服役妇女队军官接受了埃莉诺·罗斯福的检阅。当她们得到命令向第一夫人敬礼时，手是举起来了，但拇指乱放，甚至有人最后把拇指放在鼻子上，像是在嘲笑罗斯福夫人。此后的班级都被警告不要再犯同样的错误。她们被告知，敬礼时大拇指要紧贴食指。

她们被警告说，她们所做的一切，无论好坏，都会被记在志愿紧急服役妇女队头上。一份通讯杂志告诉她们："毫无疑问，你已经发现，走到哪里，所有人的目光就会投向哪里。"她们被告知，一名自重的志愿紧急服役妇女队员"在与别人交谈时不会懒洋洋地趴在桌子和柜台上，她每时每刻都保持着利索、干净、衣服笔挺的仪表，军帽戴正，制服的任何地方都不戴花"。

她们也要行军，去哪儿都要行军。泥瓦匠的女儿艾尔玛·休斯在寒冷的1943年2月来到了史密斯学院。行军时，女孩们按身高排列。由于个子不高，艾尔玛被安排在最后一排，她不得不调整自己的步伐，有时她会稍微跑几步或者倒换脚步走，这样才能跟上前面的姑娘们。姑娘们会在天蒙蒙亮的时分出去列队。有人在史密斯学院分到了宿舍，其他人则住在城里的北安普顿酒店。所有人都在威金斯餐馆用餐，这意味着住在校园里的女孩每天要行军进城三次。有时驻扎在附近的陆军士兵会过来嘲笑她们。姑娘们则用满怀激情的歌声来回击："没有什么能阻止陆军航空队……除了海军！"

她们在大街上、校园里、操场上行军。她们被告知，如果有姑娘摔倒或是昏倒——成了"落水女人"，就绕过她，让她躺在她摔倒的地方。她们一边行军，一边唱歌。她们唱大海颂歌，也唱为志愿紧急服役妇女队创作或改编的歌。这些改编歌曲大多是一些刚来的有创意、懂音乐的海军上尉以流行歌的旋律为基础改的。这些歌的歌词带有原型女权主义的色彩，例如：

　　我不需要男人给我同情　我以前为什么需要这是个谜

还有：

　　缅怀辉煌的过去为光明的未来而奋斗就像我们的海员一样我们也会战斗

还有（由密码破译员露易丝·艾伦创作的）：

　　如果有一个海员沉醉于月色
　　哦，那就是金妮，第一排的笨蛋
　　哦，她用卷发和荷叶花边来炫耀女性的魅力
　　但她的队友们想在她训练时掐死她
　　"前进，前进"，她又溜到后面去了
　　"向右，向右"，她换挡时又熄火了
　　但她对我们的咒骂充耳不闻，不知道她的训练是一种犯罪
　　而且总是时间不够用

　　这里的一切女孩们都喜欢。她们喜欢在威金斯餐馆吃饭，那里

有美味的早餐和美名远播的蓝莓松饼。她们喜欢行军和列队表演。她们喜欢在战争中有自己的目标。海军用额外的操练作为对违纪行为的惩罚，但这对姑娘们不起作用。她们太喜欢行军了，不觉得自己是在受罚。她们唱歌唱个不停。她们对她们所取代的男人有一种抽象的爱。她们在周日行军到礼拜堂，和正在接受军官训练的男人们一起做礼拜。志愿紧急服役妇女队写了一首歌，作为对《起锚》的回应。

> 海军的志愿紧急服役妇女队，
> 有一艘船沿着海湾航行。
> 在那胜利日来临前，
> 她不会再驶进港口。
> 为那艘英勇的船，
> 为每一个上岸的英雄继续前进，
> 男人的杂活，
> 都由海军志愿紧急服役妇女队来完成。

在礼拜仪式中，男人们唱原调，女人们则唱高声部，这种和声非常动人、富有感染力，布林莫尔学院1943届的弗兰西斯·林德说听得她后脖子汗毛都立起来了。

欣赏这种盛况的不只是女生们。人们从四面八方赶来，为志愿紧急服役妇女队军官毕业典礼拍照。冬天镜头都冻住了。一到夏天，路上的柏油就会融化，女兵们走在路上就会发出"咯吱""咯吱"的声音。后来每当她们想起海军歌曲时，就觉得自己鞋子发出的"咯吱""咯吱"的声音也应该是音乐的一部分。女兵们毕业时可以带走制服，上面有条带标志表明她们是海军少尉。她们敬爱的米尔德丽德·麦卡菲也许会觉得自己是在和海军高层做斗争,她确实是在做斗争,但是女兵们觉得她们属于美国海军。

这些女子密码破译员不能在军官训练营里待太久。她们的组织实在太想念她们了,大多数人在四个星期后就被抢回去了。被称为三十天奇迹的她们被召回了海军大楼。米尔德丽德·麦卡菲在史密斯学院观看了第一批学生的毕业典礼。她认出了一些威尔斯利学院的女生,比如布兰奇·德普伊、比娅·诺顿,还叫出了她们的名字,向她们打招呼,这让姑娘们感到自己很重要。出发的前一天晚上,她们排队领取了制服。古彻学院的弗兰·施特恩在曼荷莲学院接受训练,有人问她穿什么尺码的衣服,她说她是 4 码。她得到的是 14 码,这是唯一剩下的尺码了,她后来进行了一番剪裁。她的裙子一直垂到脚背,她那温暖、崭新的藏青色厚羊毛大衣在脚踝上摇曳。

在回程的火车上,一些孩子认为这些妇女是修女。在华盛顿特区,没人见过穿军装的女人,至少在文书小姐的时代之后就没有了。这些女性甚至妨碍了交通,造成了一些汽车擦撞的小事故。当一位旁观者第一次看到穿制服的女人时,她惊讶地对她的丈夫轻声说道:"她们中有些人看起来是好姑娘!"这些姑娘花了一段时间来学习在公共场合露面的规矩。有一次伊迪丝·雷诺兹在中央车站急着赶火车,从一名男军官面前穿过马路。她记起她曾被教导过,走在上级军官前面时必须说"借光",便脱口而出了这句话。她从他诧异的眼神中看出,他以为她是在跟他搭讪。

回到华盛顿以后,第一批女军官得到的待遇各不相同。她们的上司很高兴再看到她们,但比娅·诺顿认为,守卫每个房间的海军陆战队员从让女人们一遍又一遍的敬礼中获得了"恶毒的乐趣"。布兰奇·德普伊隐隐地感觉到有人对女人也和男人一样穿制服不满，这种态度让人感到"厌恶"。她父亲是陆军上校，所以她已经习惯了军队里的荒谬想法。她认为这种不满并不会造成伤害，但也没有很好地掩饰起来。来自威尔斯利学院的南希·多布森被一名男军官要求缝一颗纽扣——这是每个海军士兵都知道怎么自己完成的任务——她把扣子缝倒了，受到了斥责。

但其他姑娘对自己的新位置感到很满意。在对日作战部门的弗兰·施特恩发现，在她的办公室里，即使自己只是一名少尉，她的军衔也是最高的，没有人的级别比她高。她的头发也比规定的长了一点，但没有人命令她剪。男人们很快都被送到海外去了，女子密码破译员们来了。

* * *

珍妮·科兹是个厌倦平淡生活的图书管理员，在加利福尼亚工作时，她碰巧看到一辆邮车上的海报写着山姆大叔想让她加入美国海军。这个主意让她很心动，于是她去了当地的征兵站。这时志愿紧急服役妇女队已经成立，所有符合征兵条件的女性都可以报名，没有必要偷偷暗示或是写密信。美国海军对女军官的基本要求是大学学历或两年大学学历加两年工作经验。志愿紧急服役妇女队中要招募的大多数是普通士兵，高中学历就可以了，这为没有大学学历优势的女性提供了机会。这次响应征兵的女性又超出了预期：尽管海军高层预期志愿紧急服役妇女队可能会达到1万人，但尘埃落定的时候，有超过10万名女性即将服役从军。

姑娘们从军出于各种原因。要么因为她们没有兄弟，想代表家人参战；要么因为她们有兄弟，想把他们带回家。起初军官的人数是有上限的，所以女军官的学历往往会超标。许多女大学生是作为普通海员被招募进来的，她们只是为了入伍。

根据她们的任职资格以及各个岗位的限额情况，志愿紧急服役妇女队被派去担任军官或是接受新兵培训。新兵除了接受体检之外，还要进行能力和智力测试——数学、词汇、甚至写作，还有面试和专业考试，然后被送去接受专门培训。志愿紧急服役妇女队的士兵可能会被派去装配降落伞、训练信鸽、担任"天气预报女孩"、操作收音机，或是学习一名标准文书军士的文书和记账工作。但有3000多名在智力、忠诚度、打字和秘书技能方面测试得分很高的女兵也被悄悄告知，她们将被送去接受通信培训，然后前往华盛顿特区，从事某种未加特别说明的工作。她们也被选为了密码破译员。

军用列车现在载着姑娘们穿越整个国家。志愿紧急服役妇女队员埃塞尔·威尔逊在南卡罗来纳州的哥伦比亚入伍，很快就在火车上奔赴俄克拉荷马州斯蒂尔沃特，那里的俄克拉荷马农工大学被改成了一个为入伍女兵提供基础训练的学校。火车从哥伦比亚到华盛顿特区，从华盛顿到芝加哥，再从芝加哥到肖尼，姑娘们在这里被送上了一辆公共汽车。埃塞尔永远不会忘记火车沿着密西西比河行驶的情景。上涨的河水没过了堤岸，土地都被淹没了。从她的窗户望去，火车仿佛在河面上疾驰，车尾的水波飞舞着，就像在纯净的河面上穿行一样。

这个国家在她们面前展开了。来自农村地区的女孩惊讶地发现，在城市里，人们在公寓楼之间拉起晾衣绳。乔治娅·奥康纳出于好奇加入了志愿紧急服役妇女队，她被漂亮的制服、冒险的机会所吸引，也想看看自己是否能通过测试。她觉得志愿紧急服役妇女队的姑娘们都很好看，并以成为她们中的一员而感到自豪。艾娃·高德之所以从军，是因为她是在北卡罗来纳州的一个农场长大的，她后来回忆说，那个月最激动人心的事就是流动图书馆的到来。作为一个女孩，她从来没有看过电影。高中毕业后，她唯一能找到的工作是做美容师。所有这些女孩都被选中来从事破译密码的工作，她们中许多人后来发现自己和受过大学教育的女生在做相同的工作。

默特尔·奥托甚至在她自己的兄弟入伍之前就入伍了。她说："我有一种渴望，想做点什么。"在前往爱荷华州锡达福尔斯的途中，她坐上了从波士顿南站北上加拿大的火车，经过密歇根州卡拉马祖前往芝加哥，跨过密西西比河，然后前往爱荷华州。这是她第一次坐卧铺车。在锡达福尔斯，姑娘们都领到了制服。入伍的海军女兵必须穿上厚厚的长筒袜，这让她们的腿看起来像圆木一样粗。棉质长筒袜非常硬，当姑娘们跪下后再起身的时候，长筒袜上也会印上膝盖的形状。在爱荷华州的严寒中站着接受检查时，她们鼻涕长流，还不允许她们擦。她们按号码洗澡，一个女孩在第一次铃响时洗澡，下一个女孩在下一次铃响时洗澡，洗完澡后有三分钟的时间穿衣服。在三分钟内很难把腰带系到湿漉漉的身体上，所以有时女兵们从淋浴间走回营房时，制服下面根本不穿衣服。锡达福尔斯的天气非常寒冷，当女兵们把可乐瓶放在窗台上冰镇时，可乐液体会在一夜之间结冰，把瓶盖弹开，可乐会向上膨出来，冻成喷泉一样的形状。

一些被选为志愿紧急服役妇女队的密码破译员在应征入伍时遭到了家人的反对。艾达·梅·奥尔森出生在科罗拉多州，在一所很小的乡村学校上学，她是五年级唯一的学生。在"肮脏的30年代"，她家住在科罗拉多州东部贝休恩北部的一个农场里，那里的沙尘暴吹来了满天的蓟草，缠在篱笆上。她的父亲会把蓟草堆起来，用它们来喂牛，因为没有其他食物可吃。当她的室友入伍时，她在丹佛做护士助理。她自己付不起房租，于是也入伍了。她母亲

这一需求随着战争的进展日益增长。1942年，美国勉强决定接纳女性参军，这一举措引起了极大的争议。一位密码破译员的母亲曾经告诉她："只有坏女人才去当兵。"但征兵工作很快就在全国铺开，这位母亲自豪地拍下了女儿身穿制服的照片

表示反对，说："只有坏女人才去当兵。你知道的，野女人。"艾达·梅还是入伍了，她妈妈也想通了。"当我休假回家时，她会给我拍一些穿制服的照片。她会很自豪的。"

尽管如此，许多美国人仍然坚持认为，女兵只是穿着制服的妓女，获准加入军队为男人服务。这是在第一次世界大战中用来攻击文书小姐的一种古老的诽谤，还有一些其他的怨气。有时志愿紧急服役妇女队会遇到一些愤愤不平的母亲，她们对儿子被送去战场感到不满，而这都要怪那些在办公室工作的女性。但也有人认为志愿紧急服役妇女队很好，他们会邀请她们去家里喝牛奶吃饼干或者吃节日大餐。

海军很在意外界对女兵们的评价。征兵细则规定，加入志愿紧急服役妇女队的女性必须至少5英尺高、95磅重。细则还规定，招募的女兵必须"行为端正"。许多人都感觉到，海军对外貌有一

些不成文的标准。米莉·韦瑟利是北卡罗来纳州的一名电话接线员，她和一个朋友一起去了征兵办公室。他们招了米莉，但没招她的朋友，说"她不够漂亮"。

基础训练是一种综合的学习体验。在前往锡达福尔斯的火车上，从未离开过南卡罗来纳农村的贝蒂·海厄特大声问道："犹太女孩长什么样？"结果她难堪地得知，她身边那个感到被冒犯的气鼓鼓的女孩是犹太人。她连忙道歉。在那之前，她从未见过任何犹太人或天主教徒。在锡达福尔斯，情况反过来了，她因为是南方人而受到了伤害。由于南方人被认为动作迟缓，她的老师说，贝蒂的打字速度是班上最快的，这很奇怪。她没有通过游泳测试，但在参加了智商测试后被告知获得了特许，将要被送往华盛顿。当她问自己的智商测试是否合格时，长官竟然答道："你以前合格过吗？"

* * *

女军官们继续在史密斯学院和曼荷莲学院受训，但到1943年2月，志愿紧急服役妇女队的新兵训练营被合并到布朗克斯区的亨特学院的校园内，这里可以同时容纳5000名女生。大约有9万名女性在亨特学院接受了为期六周的基础训练。住在附近公寓里的居民都被赶了出来，以便腾出地方来安置这些女生。海军现在明白了这些姑娘是多么有价值，许多部门都争先恐后地来找志愿紧急服役妇女队要人。这些姑娘开始担任射击教官、仓库管理员、药剂师助手，还会指导男性飞行员如何使用被称为"林克训练器"的飞行模拟装置。一个局可能就会要走整个毕业班的学生，涉及密码破译的各个部门不得不比拼一番才能得到这些女生。

对这些女孩来说，来到纽约真是眼界大开。许多南方人从来没有见过北方的城市。来自小城镇的女孩害怕地铁会把她们吞下去。甚至来自明尼苏达州的女孩也觉得东海岸冷得可怕，这里的湿气寒彻入骨。

来自加州的图书管理员珍妮·玛格达琳·科兹坐上一列往东去的军用列车，开始了长达五天的旅途。下车后，她只穿着单薄的便服，走进了纽约深及脚踝的雪地。她的便服很快就被打包送回了她父母家。她是左撇子，但在学校里被迫使用右手，所以她很难区分左和右，这让行军变得有点困难。圣诞节的晚上，她的部队在潮湿泥泞的布鲁克林行军，此时她感到又冷又想家，开始哭了起来。士官叫她闭嘴。因为哭鼻子，她被罚在公寓楼的门厅拖地，把脏雪擦干净。在训练期间，她要求回加州并驻扎在旧金山，但她却被派往了华盛顿特区。

其他女孩也受到了另一种意义上的文化冲击。罗尼·麦基是在特拉华州的一个大家庭中长大的，她的父亲喜欢用家庭疗法，她很少去看病，所以体检让她感到很惊奇。在妇科站，她把脚放在脚蹬上做盆腔检查。护士说："低头，保持安静。"但她却紧张起来，搞得坏脾气的海军医生大胆地说：有这样的肌肉，她一定是个游泳运动员或足球运动员。当她们坐在房间里等待"上岸休息"（shore leave）——这是海军里说"休息"的术语——的时候，一位军官告诉她们可以去一下预防站，这也让她们感到震惊。她接受的是教会学校教育，不知道"预防"是什么意思。

到 1943 年中期，志愿紧急服役妇女队已经颇为重要了。纽约市长菲奥雷洛·拉瓜迪亚喜欢看亨特学院的女生们游行。他会在最后一分钟打来电话，说他想带一位大使或其他外国政要来，女孩们便放下手头的工作，集合在一起。每周六上午都会有检阅仪式，有海军铜管乐队、志愿紧急服役妇女队的鼓号队，以及来自亨特学院的举着志愿紧急服役妇女队蓝旗的护旗队。巴纳德学院的弗吉尼亚·吉尔德斯利夫经常来访，她发现这些游行是社会学研究的好材料，它是"值得注意的代表性样本，包括美国各个经济和社会阶层、各个地区、各种种族和宗教背景的女性"。她很高兴有机会研究美国女性群体的形象，她发现这与流行文化和好莱坞电影行业带给她的期待并不相同。她站在街上看着女孩们走过，惊讶地发现金发女郎没有她想象中那么多，而且这些女生比她想象的要矮。

视野得到拓展的不仅是来自农村家庭的女孩。简·凯斯的父亲是对通信技术卓有贡献的物理学家西奥多·凯斯，他让电影有了声音，并在第一次世界大战期间开发了海军的船岸通信技术，他本人也因此成了富翁。简在纽约奥本的一所大房子里长大，在那里她一直都很孤独。她的母亲缺乏安全感，喜欢贬低简，总是让她意识到自己的不完美，比方说突然把眼镜从她脸上摘下来，突显出她的近视问题。后来简被送进了纽约上东区的查宾学校，这让她松了一口气。虽然她喜欢那里，但她讨厌曼哈顿又闷又无聊的上流社会。寄宿学校的精英男生们会懒洋洋地朝女生们的舞会邀请函投掷飞镖，以确定接受哪一个。社交圈很残酷。珍珠港事件缩短了她的名媛季。

简总是有一种视觉思维，她在脑海中可以看到从东海岸到西海岸整个美国和所有的美国人：山脉、麦田、河流、各种信仰和种族的美国人。她觉得这种充满多样性的景象十分激动人心。志愿紧急服役妇女队一成立，简就乘地铁到下曼哈顿区去应征。她把视力表背了下来，成功地通过了视力检查，没有暴露自己戴眼镜这件事。然而，当她得知应征入伍者要脱衣时，她的策略行不通了。

在海军里，男人要脱衣集体检查，现在女人也要接受检查。简被命令进入一个小房间，脱掉她的上衣和胸罩。她出来后，一名女军官拿着红色记号笔,在她的两乳之间写了一个数字10,并告诉她要站在数字9和11之间。简从未见过其他女人的裸体。查宾学校从来不会说"乳房"这个词。现在,由于没有戴近视眼镜,她不得不到处仔细观察其他女人裸露的胸部。

简以前希望成为一名军官,但海军不认为她在朗伊音乐学院的终身教职相当于两年的大学生活。简并没有提出反对意见,做一名普通的水兵对她来说很合适。有儿子服役的家庭通常会在窗户上挂上星星,以彰显他们的牺牲和贡献。简得到了一颗星星,"啪"的一声把它拍在母亲面前,说道:"怎么样,这事儿你一点办法都没有。"她在亨特学院加入了歌唱组,很是喜欢。在华盛顿,她和一位殡仪业从业者的女儿住在一起,这个姑娘对她父亲送给她的一个棺材形状的音乐盒非常得意。

"我每天都得看着它,然后说,'多特,这可真漂亮!'"

* * *

到1942年末,海军在华盛顿特区的密码破译机构和陆军一样变得非常庞大,不得不换个地方。在短短不到6个月的时间里,这个办公室的人数从几百人膨胀到了1000多人。海军开始四处寻找大一点的设施,最后以海军真正的精英风格,在华盛顿西北部久负盛名的地区——绿树成荫的坦利镇——找到了一所女子初级学院,这一带拥有许多大厦和标志性建筑,包括美利坚大学、华盛顿国家大教堂和外国大使馆。这所学校叫作弗农山学院。弗农山学院比以前位于阿灵顿学堂的初级学院更严格,人脉更广,为外交官、政治家、内阁成员以及包括亚历山大·格雷厄姆·贝尔在内的其他华盛顿著名人士的女儿提供教育。具有讽刺意味的是,拉德克利夫学院

不甘落后的美国海军占据了位于华盛顿特区西北部上好地段的弗农山学院,在这个女子初级学院基础上匆忙建起营房,为 4000 名女密码破译员提供住所。华盛顿特区交通局供图

校长、协助启动海军密码破译项目的艾达·康姆斯托克曾在弗农山学院就读。这所学校占地约 38 英亩,坐落在一个高地上,从那里可以看到弗吉尼亚州的五角大楼,甚至可以看到更远处的蓝岭山脉和马里兰州的米德堡。学校的主楼是一间乔治王朝风格的红砖砌成的餐厅,里面的回廊是封闭的,正如一份学校刊物所说的那样,这样"便于女孩们自由活动,并远离公众视线"。当然,对于保护密码破译员来说,让女孩们远离公众视线的设施再完美不过了。

弗农山学院建于 20 世纪初,后来进行了扩建。精心设计的学生宿舍使得每个卧室在一天中的某个时候都能享受到阳光。这里有带独立浴室的寝室、好几个音乐室,还有艺术工作室、健身房、室内游泳池和大厅，大厅上方挂着创始人伊丽莎白·萨默斯的画像。墙上刻着校训："战胜自我就战胜一切。"其中一座建筑有一扇"数学门"，其尺寸数字非常完美。自习室的地板铺着软木，可以减少噪声。还有带有殖民时期风格的黄杨木花坛，以及一座有着漂亮的白色门脸的乔治王朝风格的教堂，有点卫理公会教堂的样子。所有这一切的资金都是由华盛顿的有钱人筹集的，他们认为教育女性是值得的。

弗农山学院的受托人们一直警惕地观察着军方急于征用该地区学校的企图，现在被征用的不仅是阿灵顿学堂，还有被陆军医疗队占用的马里兰的国家公园学院。他们希望弗农山学院对海军来说太小了，但他们的希望落空了。1942年12月15日，海军占据了它的校园和九座建筑。有人说要拆除教堂，把它变成一座两层楼的海军办公大楼。人们普遍认为这是对建筑史的冒犯，美国建筑师协会提出了申诉，教堂才幸免于难。在撤出之前，学生们去加芬克尔的百货商店上课，而校方则在寻找新的校址。弗农山学院校长乔治·劳埃德在半夜潜入教堂，搬走了圣坛的设施、创始人的《圣经》、圣坛的十字架和烛台。他说："我们认为海军没有这些东西也会表现得很好，但我们知道我们不行。"

志愿紧急服役妇女队的姑娘们就是坐在这个小教堂里被告知：如果泄密就会被枪毙。

海军新的绝密级密码破译机构位于内布拉斯加大道3801号，这一带林木森然，看上去非常宁静，时而有声声鸟鸣点缀其中，正适合掩人耳目。在搬迁之前，海军的头头脑脑们开过一个会，试图为这里起一个不会惹麻烦的名字。有人提出了诸如"海军研究站""海军培训学校"等掩护名称，最后它被称为"海军通信配楼"（Naval Communications Annex），但多数人都叫它"配楼"、弗农山号军舰或是志愿紧急服役妇女队 D 营。它的位置在马萨诸塞大道和内布拉斯加大道在沃德圆环区交会处附近，沃德圆环区是以美国独立战争时期阿特马斯·沃德将军的名字命名的，现在出租车司机开始称之为志愿紧急服役妇女队圆环区了。在一份非官方的海军配楼新闻通讯中，有漫画画着沃德的雕像在咧嘴笑，斜着眼睛，试图从志愿紧急服役妇女队军营的大窗户往里瞧。这个军营在几个月之内就在密码破译大院的对面建了起来：一排排光荣的圆拱形小屋隐匿在草坪和豪宅中。

1944 年，当伊丽莎白·毕格罗开始来这里上班时，整个密码破译大院"似乎是一个由丑陋的临时建筑组成的巨大营地，周围有高高的围栏，由海军陆战队警卫把守"。

D 营是全球最大的志愿紧急服役妇女队军营，几乎所有住在那里的女孩都是密码破译员。这儿很快就有了一家美容店和一个保龄球馆。这些姑娘分配到了行军床和高大的储物柜。这里有一个由当地知名连锁餐厅"热卖店"（Hot Shoppes）提供的食堂，这家餐厅以其奶昔和热巧圣代而闻名。这些姑娘 24 小时轮班工作，这使她们很难入睡。军营里总是人来人往、喧闹嘈杂。这些姑娘从来没有和这么多别的女人住在一起过。珍妮·科兹担心同住的人会传染淋病给她，一定要用最靠里的厕所隔间。

配楼坐落在营房上方的斜坡上。下雨天，女子密码破译员脱掉鞋子，光着脚走去上班，在水流中往上走。女军官每周都有津贴，并且可以住在校外。有一名军官和室友同住在一间公寓里，室友试图熬夜听她说梦话，听她说她在做什么。在华盛顿有很多人对海军通信配楼里发生的事情感到好奇。全副武装的海军陆战队队员们会检查她们的徽章和包。许多海军陆战队队员都曾在瓜达尔卡纳尔岛等地执行任务的过程中受过伤，干警卫工作被当作一种恢复期的任务。当安妮·巴鲁斯进出的时候，她总是特别留意注视那些向她敬礼的人的眼睛。她有个兄弟在太平洋战场上，她知道海军陆战队经历了地狱般的考验。

海军将这些应征入伍的女性评为Q专家，这个级别被刻在一枚徽章上。Q并不代表什么，但它确实引起了很多人的好奇心。有一天，从前的社交名媛简·凯斯正走在威斯康星大道上，突然一辆汽车停了下来，要载她一程。战时的规定是车辆应该搭载顺路的军人。当时正下着瓢泼大雨，简感激地同意了，随即钻进了车子的后座。司机是一个穿着雨衣的男人，他的妻子就坐在他旁边。在前往威斯康星大道的路上，他追问简通信配楼里都在做什么，她在海军做什么。

她用她早已准备好的答案答复了他："我给墨水瓶灌墨水，削铅笔，给人们提供他们需要的东西。"

"专家Q中的Q代表什么？"他问她。

简一笑置之。她俏皮地说："Q就代表通信。你知道的，海军不会拼写。"

当他们到达军营时，司机伸手打开后门让她下车，他的雨衣袖子稍微往上缩了一下。她看到了袖子上有一条金色的条纹，然后又看到了好几条。她意识到司机是一位海军将军，他给了她一个淡淡的、会心的微笑。他一直在考查她，她已经通过了。

她并不是唯一一个遇到这种情况的。露丝·拉瑟到华盛顿后，跟其他一些志愿紧急服役妇女队的姑娘一起等待审核，她被告知在开始工作前有几天假期。有人建议她们去观光一下。没想到的是，她们出去玩的时候遇到了许多陌生男人试图勾搭她们，或是给她们灌酒，甚至引诱她们。当她们第一次来到配楼时被引荐给了同一群男人，这些海军军官此前是在考验她们的性格和判断力。

在弗农山学院，工作仍然没变，但周围的环境更加宽敞。女孩们被安置在旧教室和新的临时建筑里。体育馆被改成了食堂。院子里建了一个焚烧文件的焚化炉，还建了一个手枪射击场。院子的后面开辟了一条小路，通向一栋名为麦克林花园的公寓楼。这栋楼建在从前的房地产富商麦克林家族地产的旧址上，这个家族的成员就包括曾经诱骗威廉·弗里德曼和伊丽莎白·弗里德曼帮他开发私人密码的那位出版商。这里住着军官和其他从事战时服务的工作人员。伊丽莎白·弗里德曼碰巧也搬到了海军配楼，在海岸警卫队的办公室工作，这些办公室接受OP-20-G的技术监督。在开战前夕，海岸警卫队监视中立国船只的任务也让他们从大西洋附近截听到大量电报，这给他们带来了一项遍地开花式的任务，即监测德国与西半球秘密特工之间的间谍通信。伊丽莎白所在的团队致力于破解阿根廷一个秘密工作站使用的恩尼格码机。和阿格尼丝·德里斯科尔一样，尽管伊丽莎白为公共部门服务了多年，但战时她的文职人员身份使她处于不利地位。一名男性军官取代她成为了她所在部门的负责人。她经常与她的军方主管发生冲突，她认为这个主管是个野心家，以自我为中心。她后来说，他们俩"经常就这个组真正的使命是什么展开争论"，她觉得他们本可以做更重要的工作。她所在的部门涉及反间谍活动，因此是绝密级的，与海军女官兵的工作没有交集，而海军的姑娘们对此也是一无所知。

海军的姑娘们现在分布在各个部门，有的破译密码，有的起草情报摘要。一些人被派去做"旁支"工作，去国会图书馆和其他地方查找船只、城市和公众人物的名字，以及任何有可能提供线索、揭示电文内容的东西。这个地方给人一种愉快的大学的感觉。许多男性军官都是和平时期从事学术工作的预备役军人，其中包括弗莱德森·鲍尔斯，一位来自弗吉尼亚大学的面色红润、工作勤奋的莎士比亚文献学家，还有著名桥牌手奥斯瓦尔德·雅各比以及哈佛大学哲学家、数学家威拉德·范·奥尔曼·奎因。还有里奇蒙德·拉蒂摩尔，他在布林莫尔学院教古典文学，后来还翻译了《伊利亚特》。出版界的代表是小查尔斯·斯克里布纳和道布尔代的派克·约翰逊，还有一位名叫伊丽莎白·谢尔曼·"毕巴"·阿诺德的女性，这位受过瓦萨大学教育的数学家让伊丽莎白·毕格罗感到"她比任何人都聪明"。这么多有学问的人聚在一起，这个部门被海军称为大学教授办公室，女孩们把它叫作精神病院（Bobby Hatch）。

她们对此充满了感情。许多教授对待这些姑娘就像对待本科生一样。从威尔斯利学院招来的苏珊娜·哈波尔被分配到弗莱德森·鲍尔斯手下工作。鲍尔斯的妻子南希·黑尔是一位在《纽约客》上发表小说的作家。在苏珊娜看来，他们是一对迷人的文学伉俪，她很高兴能接近这样的名人。鲍尔斯工作起来没日没夜，一个星期天，他来到苏珊娜的办公桌前，趴在桌边，从烟嘴里抽出一支烟，若有所思地把它放在桌上，他说："哈波尔小姐，我打算给你一个死亡之吻。"

"我做错了什么？"她急于知道。

"我打算让你当值班军官。"他的话里带着点戏剧化的兴味。他在提拔她。每个值班军官负责一个班次。鲍尔斯在其他方面也对她很好。当他知道她喜欢歌剧和音乐时，他会给她最喜欢的歌手的78转唱片。他让她承诺，战后她会去英国的格林德堡听那里著名的歌剧。

* * *

配楼的女性人数稳步增加，很快就超过了男性。1943年7月时有269位男军官、641名男兵，96位女军官、1534名女兵。到了第二年2月，女性的人数几乎翻了一番，而男性的人数则减少了，此时有374位男军官、447名男兵，而女军官则有406人，女兵则多达2407人。女性的队伍还在不断壮大，最后弗农山学院破解敌方海军密码的女性达到了4000人，占到这里部署总兵力的80%。

对于这些姑娘来说，知晓这些密电的内容的确让她们大开眼界，但这不是什么好事。1943年初，许多美国公民相信美国正在赢得这场战争，或是开始取得优势。这不一定是错的，但密码破译员们有一个更清醒的观点，因为他们了解全部的代价是什么。在配楼里，除了密码破译部门，某些密码室还接收来自战区的美国海军内部的加密电文。当海军少尉马乔里·费德报到时，她发现自己被派去操作电子密码机（ECM），这是一种用于发送和接收美国电报的粗糙设备，噪声很大。她后来回忆说，"收到的电文非常清楚地告诉我们，我们正在输掉太平洋战争"。她对正在发生的事情有一幅生动的画面，"伤亡惨重，船只沉没，潜艇失踪"。费德发现公开的新闻和不公开的真相之间存在惊人的差异。"当我下班后，报纸的头条是我们杀了多少日本人，我们将如何赢得战争……我是在'我们的报纸总是报道真相'的观念下长大的，但我很快就明白了宣传是怎么回事。"

有些男性长官认为女性不是合格的水兵。女军士露丝·肖恩曾被派往一个部门工作，那个部门一位军官告诉她，她有一双"让人意乱情迷的眼睛"，还不断调戏她。他命令她给他倒咖啡，露丝拒绝了，把这个念头扼杀在萌芽之中。她说："我不准备为任何人提供咖啡。"他也吃了一惊。她很年轻，但很镇定，学会了避开他。

不过，其他姑娘的长官们都把她们当作宝贵的资源。珍妮·科

第六章　"代表通信的Q"

兹有一天吹起了口哨，一位新来的海军少尉——男性——告诉她，"船上不准吹口哨"。那位军官说他要"打报告"，这意味着他要举报她让她受纪律处分。她自己的长官，她后来回忆说是一个叫汉森的得克萨斯人越过那位海军少尉替她说了话，然后——她后来听说——那位少尉被派出去执行海上任务了。为了安全起见，密码破译员必须打扫他们工作的房间，包括"擦洗甲板"，也就是拖地。汉森没有让他手下的姑娘们去拖地，而是命令他手下的军官来干。

还有一次，珍妮在加利福尼亚的家人给她寄来了一箱橘子，她在休息时到大厅里吃了一个。当她站在那里的时候，海军上将欧内斯特·金和海军部长詹姆斯·福雷斯特尔走了过来，他们是整个美国海军的高层人物。走廊里弥漫着橘子的味道，果汁顺着她的手臂流下来。

她感到很尴尬。

福雷斯特尔部长停下步子，评论道："哎，这名水手，你好像很开心。"科兹站在那里，希望地板能裂开一道缝让她钻进去。她不假思索地说："先生，我是一个加利福尼亚的小姑娘，我的家人刚给我寄来了一箱橘子。我们面对现实吧，这里的橘子太差了。"福雷斯特尔笑了，问她叫什么名字，开始和她聊天。这时，汉森中校走了过来。

汉森告诉海军部长："部长先生，这是我手下的一个女孩。"福雷斯特尔问道："中校，她是不是给你找了很多麻烦？"

汉森中校说："就没消停过！"他们俩都笑了起来。

福雷斯特尔接着说了句："坚持下去，水手。"他和金继续往前走了。此后，科兹有时要给福雷斯特尔送密件，每次她去的时候，美国海军部长都会用"橘子"这个词来问候她。

还有一位长官是韦曼·帕卡德，他带着一组女孩值大夜班。帕卡德刚从太平洋战场服役回来，当他得知自己要成为女兵的主管时感到很惊讶，但他并没有因此而烦恼。他喜欢出版一份油印小报，名叫《守夜人的悄悄话》。这份小报向女孩们通报垒球比赛、香烟短缺的消息，让她们了解因生病或压力而住院的人数或有人因结婚而改名的情况。他让她们给他发一些新闻和"带劲的八卦"。

帕卡德中校还提醒女孩们，他还有一个很棘手的职责是监督她们保持军容仪表。他写道："要是让一个人主管所有男性，这任务并不难，但在目前的情况下，我想大家都会同意，我很为难。"因为他对女性的服装和发型一无所知。他恳求她们"遵守制服条例规定，以免我陷入不必要的尴尬"。

他也会表扬女孩们，指出通信工作被称为"海军中最吃力不讨好的工作"，而她们的工作是"其中最辛苦、最乏味、最苛刻的，但却是海军部最重要的部门之一"。他写道："你们的工作使我对你们不屈不挠的精神、对职责的真诚奉献和无可置疑的忠诚更加钦佩。"

在执行任务的过程中，女孩们发现自己具有以前所不知道的能力。简·凯斯从小就被告知她的数学不好，但事实证明她对数字很有天赋。她坐在一个大房间的办公桌前，传送带把电文送到她面前，她的工作是利用她的数学技能评估开头的几个加密的数字，判断出哪些 JN-25 电文足够重要，需要报上去。她明白判断上的错误——比如说，她没有把某条重要的电文报上去——可能是灾难性的，因此她做决定时非常谨慎。这项工作是重复性的，但它需要一直保持高度紧张和专注，这是很有压力的。电文太多了，不可能一一破解。"天啊，日本人又发了电报。"她后来回忆道："每时每刻你都有一摞电文等着破解。"在华盛顿特区西北部内陆地区工作的简可以判断太平洋舰队是否正在进行重大行动，因为行动时那一摞电文会堆得更高。"只看通信量，你就知道有大事发生了。"

她不是唯一一个能通过工作量的大小和节奏感到战争节奏加快的人。随着盟军正式在太平洋地区发动攻势，她的工作量就像音叉一样对海外的行动做出反应，发出共振。1943年2月，经过在沙地和丛林中的长途跋涉，美国占领了瓜达尔卡纳尔岛，又在接下来几个月的时间里进入了吉尔伯特群岛、马绍尔群岛和马里亚纳群岛：塞班群岛、关岛和蒂尼安群岛。

当男人们在战场上浴血奋战时，配楼里的姑娘们也竭尽全力为他们提供支持。在每一次推进、每一次登陆之前，密码破译室的节奏都会加快，仿佛远处有一根绳子牵引着她们，姑娘们感受到了这种拉力。假期没有了，简报会多起来。1943年5月25日，海军配楼的附加码复原室收到的一份简报写着："你们肯定都知道，我们即将进入一段非常忙碌的时期。"安妮·巴鲁斯和其他人被告知，在办公室之外不要提办公室里节奏在加快的事，即便在配楼的其他地方也不能提。简报指出："目前还无法确切地知道最紧张的时期将在何时到来……在接下来的三四天里肯定会有大量的电文送过来，必须尽可能迅速处理。"

简报的作者W. S. 威登上尉指出，他们部门为瓜达尔卡纳尔岛所做的相关工作得到了表彰。"如果还有这样的事，那确实非常令人愉快。"他还在另一份简报中指出，他们的顶头上司，跟进JN-25工作的查尔斯·福特中校，"急于让24小时的复原总数再次突破2500大关"。也就是说，福特希望在一天之内复原2500个以上附加码。

简报称："这不是鞭打快牛，而是一种要求，正确的解释是，6月8日值班的人应该选择最好的往来电报，付出额外的努力，尽可能拿出最好的成绩。"

姑娘们照办了，甚至还超额完成了。在给姑娘们写信之后不久，威登注意到"昨天所有人在附加码复原室出色的工作"，她们复原的附加码不仅超过了2500个，还打破了自己的纪录，一共复原出了2563个附加码。福特中校给威登的简报中写道："请向所有人转达我对她们的祝贺……每天都能打破个人纪录和集体纪录确实让我很惊讶。新的纪录刚刚创下，就又提升了。"这比姑娘们收到的某些别的简报更让人高兴。福特在另一份简报中写的是："把剩饭收好！""使用烟灰缸！把空瓶子和罐头扔掉！保持个人装备整洁。"

这些姑娘很快升到了受信任的职位。许多女军官一开始是海军少尉，后来晋升为中尉，这是上一个级别，然后是上尉，有的人晋升为少校。当贝蒂·海厄特开始担任文书军士时，她被派去做一项乏味的工作，即对五位数进行频次统计。不久之后，她就有了进入几乎所有房间的权限。当美军对太平洋上被敌方控制的岛屿展开进攻时，美国人有时候能缴获撤退部队留下的代码本。1944年的一天，当贝蒂·海厄特值班时，一名海军军官拿来了一本日本代码本，这位军官一路以商人的身份作为掩护，以免引起敌方注意。这本代码本是最新的，只有少数几页略微烧毁了一点，其他都完好无缺。它标明了最新版本的JN-25代码组，破译员可以据此解读存档文件中使用该密码系统的每条电文。贝蒂自愿帮忙，这个累人的工作花了整整两天两夜。她后来回忆说，这些密码"告诉了我们日本船只和基地的位置，每艘船上有什么东西，每艘船上有谁"。

在此过程中，贝蒂受命把一些破解的密码带去一个高优先级的房间，她打开门，惊诧地看到等着接收的人是个日本人。她站在门口，不知所措。那时，每个美国公民都受到了针对日本人的最激烈、最残酷的宣传。她后来说，"我们一直被教导，任何东方人都是你的敌人，你不能相信他们"。贝蒂想，显然最糟糕的情况已经发生了，敌人占领了海军配楼。这些女兵曾经被警告说"这个地方随时可能遭到入侵"。贝蒂决心坚持到底，她拒绝交出手中的材料。那人和蔼地笑了起来。

"我是美国人。"他向她保证。他是日裔美国人，是有日本血统的美国公民，担任翻译工作。

"你看起来不像。"疲倦的她脱口而出，并为这句话后悔了一辈子。

* * *

许多女孩最后被安排在几乎全是女人的部门工作，这让那些期待在男人堆里工作的人有点失望。海军担心这些女孩免不了会谈论自己的工作，于是制定了一些策略，比如把女孩们从一个军营转移到另一个军营，以防止她们建立亲密的友谊。这个策略失败了，完全没效果。女兵们经历了古老的军事仪式，被剥夺了原有的身份认同。正如一个人所说，"你不再是以前的你了"。女兵们通过寒风中的行军、新兵训练营的训练、妇科检查、疫苗接种的菊花链、脱衣体检重塑了自己，现在她们又团结一心了。

有几十名女兵在文书档案组 OP-20-G-L 工作，其中十来个人建立了亲密的友谊。文书档案组把刚在电传打字机上收到的电文打在档案卡上，对它们进行分类拣选，仔细记录同时发生和重复出现的情况。和复原附加码的女孩们一样，她们也要对战场上的行动做出反应。当来自伊利诺伊州一个小镇的图书管理员贝蒂·艾伦来到这个小组时，一群女孩正忙着为阿拉斯加州的地图编制地名索引，因为日本可能会入侵那里。贝蒂·艾伦成了这个友谊团体的铁杆成员，来自密苏里州农场的女孩乔治娅·奥康纳、曾在波士顿某毛线厂商办公室工作的林恩·拉姆斯德尔和法律秘书露丝·肖恩也是小组成员，这个露丝就是曾经告诫称她"眼睛让人意乱情迷"的军官收敛一点的那位文书军士。

露丝·肖恩是这个小圈子里唯一的犹太人，她的祖父母都是从匈牙利移民过来的。和大多数美国人一样，她还不知道纳粹死亡集中营的存在，但她很爱国，非常想尽自己的一份力，所以尽管体重不足，也还未成年，她还是应征入伍了。她是在长岛长大的，这个多种宗教混合的社区还算宽容，尽管她小时候确实有一个好朋友的父亲加入了亲纳粹团体德美同盟（the Bund）。她是个优等生，跳了一级，十七岁就从高中毕业了。她想上大学，但她的父母告诉她，需要她为家里多赚点钱。于是露丝去为曼哈顿的一名律师工作，自学了有关取证、传唤、申诉等方面的法律文书。她的部分收入用于支付弟弟的大学学费，她自己也参加了布鲁克林学院的夜校课程。她在1943年6月入伍时选择了海军，因为她父亲在一战中曾经在海军服过役。由于她未成年，她需要得到一位家长的许可。她父亲不同意，但她的母亲同意了，她觉得露丝一直都生活在家庭的庇护之下，出去历练对她有好处。她的体重少了一磅，于是她尽可能多吃了一些，终于通过了审查。当她离开法律秘书的岗位时，那位律师还掉了眼泪。

在文书档案组的所有姑娘中，露丝是家人住得最近的一个，她会邀请新朋友和她一起回家探亲。她说，接待这些姑娘让"我父母很高兴"。他们喜爱所有姑娘，帮她们找到了星期天想去的教堂。林恩·拉姆斯德尔记得，"他们对我们就像对待一窝小鸡"。

在华盛顿特区，有个犹太教堂每周五晚上举行聚会。1943年底，露丝在那里遇到了一个名叫戴夫·米尔斯基的士兵，他约她出去玩。他们约会了一段时间，有一天，戴夫的兄弟哈里也来拜访她。当戴夫随着坦克驱逐舰部队被派往海外时，哈里·米尔斯基趁哥哥不在追求露丝。文书档案组的所有女孩都喜欢哈里·米尔斯基，他爱交朋友，很有幽默感。之前他从吉普车上摔下来受了伤，所以仍然留在美国本土养伤。当露丝值完班回来时，姑娘们会打趣她："猜猜谁在楼下等你！"在他们约会时，哈里有时会问她是做什么的，她就会转移话题。两个月后，哈里请露丝吃饭，突然对她说："我想让你做我的妻子。"

"我基本上不认识你。"她反对。

"我已经下定决心了。"他志在必得。他们在1944年12月相识，第二年5月就结了婚。她的朋友们在一家法国餐馆为她办了一个派对。因为婚纱被视为平民的服装，露丝还申请了穿婚纱的许可。她有六天的假期去找衣服、安排仪式、结婚，并在卡茨基尔山度蜜月。她所有的专家Q文书档案组的朋友都设法赶到皇后区参加了婚礼。有些人的请假申请得到了批准，有些人则是冒险开了个小差。

乔治娅·奥康纳是这群姑娘中下一个结婚的。虽然出身贫寒，但她嫁给了一位继承了家族出版业财富的有钱人。这个男人战时的工作是在芝加哥追踪纳粹间谍，他的家族在戛纳附近的别墅现在落在了德国人手里。身居上流社会的婆婆问乔治娅的父亲是干什么的，乔治娅·奥康纳诚实地回答说："他给猪喂泔水。"

这种事情经常发生。在战时的动荡中，令人意想不到的婚配变成了常态。

女孩们活在当下，不知道未来会发生什么。如果哪个姑娘和一个士兵约会了四次他还没有向她求婚，她就认为自己失败了。当然每天都可以听到很多浪漫爱情故事。来自威尔斯利学院的玛吉·博因顿在战争结束几年后嫁给了哈佛毕业生威拉德·奥尔曼·奎因。他们的爱情是在"精神病院"诞生的。

＊　＊　＊

在阿格尼丝·德里斯科尔奠定的基础之上，这群海军的姑娘一次又一次地破解了日方的舰队密码，她们还破解了岛际密码，为跟踪日本帝国海军的动向提供了助力。太平洋战场上的男人们，例如乔·罗什福特、托马斯·戴尔和埃德温·莱顿因为像中途岛这样的著名胜利而获得荣誉，他们当然当之无愧，但大多数太平洋战场上的胜利都是集体取得的成就。弗兰克·雷文后来说："太平洋战场上的海军史是一个系统的历史，必须作为一个系统来记录。""虽然有一些杰出的人物，但你不能把赢得中途岛战役或破解任何主密码系统的功劳归于任何个人，这都是团队合作的结果。"

这些女孩就是团队成员。她们在海军配楼里每个部门的人数都超过了男性。到 1945 年，从事太平洋战场密码破解工作的军人中有 254 名男性、1252 名女性，外加 33 名文职人员。虽然他们没有得到公众的赞誉，但有些人确实在他们小小的密室里成了传奇。一份内部简报钦佩地指出，一名志愿紧急服役妇女队队员"有本事在还没有处理的电文上试验各种附加码并有效命中，因此在一年多的时间里她几乎没有被允许做任何其他事情"。

配楼中女性居多成了一个后勤问题——或者说，女性不能被派往海外的事实造成了一个问题。一些长期在海外工作的男性希望能休息一下，而许多姑娘也非常希望能代替他们。但这两种情况都不可能。苏珊娜·哈波尔每年都会收到一份制式表格询问她是否想要调动，而每年她都要求派往海外。"每年我都会收到一个答复，说我们收到了你的请求，但我们只派男人去海外。总是这样。我一直在想，如果可以派护士去海外，为什么不能派我们去呢？"

来自古彻学院的弗兰·施特恩想开飞机。她要求海军送她去飞行学校，但她的请求被拒绝了。于是她在弗吉尼亚州的华盛顿国家机场参加了地面考试，自己学会了驾驶飞机。

姑娘们已经证明了她们的能力，配楼里剩下的少数几位男性军官不得不随机应变，断定女人能做什么、不能做什么。比如说，是否可以教女军官射击，一位男军官在一次管理层会议上提出了这个问题。配楼里的许多密码室都配有手枪，以防备不速之客来访。军官们在护送装有待丢弃文件的"焚烧袋"（burn bags）前往焚化炉时也会佩带手枪。这个问题提出来的时候，配楼的管理者意识到，"在教志愿紧急服役妇女队射击这个问题上没有明确的政策"。有人指出，有些别的部门允许女性射击，于是会议当场决定：可以。弗兰·施特恩、苏珊娜·哈波尔和安·怀特在手枪射击场学会了射击。她们的长官开玩笑说，她们需要小一点的手枪，因为大手枪会破坏她们制服的线条。1943年9月的一份简报指出，"手枪练习的进展令人满意"。

男军官们面临的另一个棘手的问题是：由于许多志愿紧急服役妇女队的军官已经晋升为值班军官，她们对在其值班期间受其监管的男性有多大的权力？这是一个有争议的话题。通过查阅规章制度可知，志愿紧急服役妇女队的军官与男兵的关系就像文职人员的教官和男兵的关系一样。志愿紧急服役妇女队军官在她的部门享有权威，就像教师一样，但没有对士兵的惩戒权。会议记录也指出，志愿紧急服役妇女队的军官有权接受男兵的敬礼，"尽管这看起来不像是规则而像是例外"。

* * *

这是个艰难痛苦的工作，每个环节都让人呕心沥血，但女孩们都很认真。因为太过拥挤、节奏太快，许多人都病了。简·凯斯得了单核细胞增多症,在贝塞斯达海军医院住了一个月。给她看病的医生猜她"来服役是为了获得更高的社会地位",简想到自己已经逃离了名媛生活,这个想法让她觉得很滑稽。

地方的各种组织各施所长,向海军女兵致以敬意。在华盛顿地区的多个岗位上,包括在市中心的海军总部服役的志愿紧急服役妇女队员总共有1万名。杰里夫百货公司举办了一场时装秀,由志愿紧急服役妇女队的姑娘们担任模特;赫希特百货公司也专设了一个酬宾日招待她们。她们几乎在任何地方都享有免费入场的权利。尽管战时实行配给制,但她们可以在船上的商店购买珠宝、香烟和尼龙袜等物品。在工余时间,她们可以参观国家动物园和华盛顿纪念碑。国会大剧院有钢琴演奏和歌咏会。国家美术馆的圆形大厅里有音乐家在演奏。维·摩尔在国会图书馆看了布达佩斯弦乐四重奏的表演。门票是25美分,姑娘们在值完夜班后会在早上8点去排队。当时正在挣扎求存的华盛顿歌剧院在现在水门附近的一艘大游艇上提供免费演出。姑娘们坐在台阶上,或者租来独木舟划过去,听演出时就把船桨插在河泥里。海军陆战队乐队在美国国会大厦后面演奏,国家交响乐团在宪法大厅表演。姑娘们会去弗吉尼亚州一个叫"河湾"的路边酒吧,那是个有点刺激的地方,她们在那儿跳吉巴特舞。

珍妮·科兹的母亲曾是一名摩登女郎,她有时会偷偷地穿上便装,去"城里的黑人区",用她的话说,是去听厄尔塔·基特[1]的歌。弗兰克·辛纳特拉会在400俱乐部唱歌,她每周五都去那里。你可以花几分钱买一大罐啤酒,你可以在码头上买到好鱼。她还学会了打桥牌和赌博。

华盛顿有很多豪华的酒店:威拉德酒店、卡尔顿酒店、斯塔特

---

[1] 厄尔塔·基特:Eartha Kitt,黑人爵士乐女歌手。

勒酒店，还有五月花酒店。大多数酒店的舞厅经常举办舞会，这些舞会有大型乐队和摇摆舞表演，通常是由美国各州赞助的。女孩们还会去美利坚大学观看海军的男人们打棒球。他们会在切萨皮克湾航行。剧院整夜都开着，可以随时去看电影。你永远不知道你会看到谁。有一位志愿紧急服役妇女队的姑娘应邀与一名海军中尉共进晚餐，发现和自己聊天的是艾森豪威尔夫妇。还有一位姑娘在为残疾退伍军人举办的聚会上见到了罗斯福总统本人。

许多姑娘以前从来不会照顾自己，但现在那些住在军营外的姑娘不得不想办法搞到煤渣，或者把海军陆战队队员带到聚会上的肉煮上一大块。有一群志愿紧急服役妇女队的军官住在一所房子里，七个女人住六张床。那里的姑娘们轮流睡觉，只要有床空着就睡。她们会给对方留纸条在枕头上，分享提供免费赠送或折扣优惠的酒店和餐馆的生活指南。

她们也去旅行。她们可以凭优惠价格购买火车票，乘火车去任何地方。全国各地的火车名字都很浪漫，比如"洛基山火箭号"，以及"咕噜号"和"爬行号"等。如果有36小时的假期，她们就去纽约。如果有72小时，她们会走得更远。艾达·梅·奥尔森邀请她的朋友玛丽·卢去科罗拉多州拜访她的家人。玛丽·卢加入志愿紧急服役妇女队是因为她的父母在车祸中猝然离世，她富有的叔叔不知道拿她怎么办。当玛丽·卢看到一群原住民时，她吓坏了，问艾达·梅他们是否会攻击她们。当她看到旱田农场时，她问自己是否可以脱掉鞋子在松软的新鲜泥地中跑步，这是她从小在城市里长大做不到的事情。

姑娘们也会搭军用飞机。当简·凯斯得知父亲病危时，她的长官给了她紧急事假，让她坐上了飞往纽约的飞机。等她到父亲床前时，她的父亲已经认不出她了。简一直认为，如果她能告诉父亲她在

"通信"部门工作，曾为海军工作过的父亲就会知道这个词的含义。这本来是一个让他为她感到骄傲的机会，但她一直没有这个机会。

她们住的地方也是很多不同的人都混杂在一起。苏珊娜·哈波尔住进了华盛顿名门望族卡温顿夫人经营的寄宿公寓，她发现跟她一起吃饭的有加拿大人和白俄罗斯人。跟他们交谈总是让人兴致盎然，停不下来。各种背景的人都聚到一起了。对她来说，战争"这段时间让人对生命是什么、社会是怎么回事产生了非常具有创造性的思考"。在配楼里，每周一次的时事简报会带来最新的战事消息。苏珊娜的哥哥是一名海军陆战队队员，他带领一个军犬小队——军犬可以嗅出等待伏击的敌人——当介绍人宣布第一个军犬小队在布干维尔岛登陆时，苏珊娜想要大喊一声："那是我哥哥！"

女孩们的自由也给她们带来了其他启示，让她们了解了自己国家丑陋的一面。华盛顿在许多方面都是一个南方城市，公立学校实行种族隔离制度，黑人居民往往被安置在城市中最贫穷、公共服务最差的地方。附近的弗吉尼亚州的情况更糟。面对如此严重的种族隔阂，北方人感到大为震惊。马乔里·费德和新婚的丈夫登上火车，准备前往弗吉尼亚海滩度一个短暂的蜜月，他们坐在了一个有很多座位的冷冷清清的车厢里。让他们难过的是，他们被告知他们在"有色人种"车厢里——他们从来没听说过有这种东西存在——并被赶到了只有白人的车厢里。南希·多布森每次从华盛顿坐公交车到弗吉尼亚州时都会感到恐惧。当公交车到达桥中央时，所有的非裔美国乘客都不得不站起来，挪到车厢后面去，"只有一片死寂"。来自布林莫尔学院的弗兰西斯·林德需要买一些家具，所以她雇了两个非裔美国人开了一辆敞篷小货车带她到市中心去买。当她和他们一起跳上驾驶室时——作为来自费城的人，她对此不以为然——这两个男人非常害怕被人看到他们旁边坐着一个白人妇女。

民权倡议者致力于把战争带来的社会变革推向深入，城市和乡村也随之出现了周期性的动荡。1944年，埃莉诺·罗斯福和志愿紧急服役妇女队负责人米尔德丽德·麦卡菲设法让非裔美国女性加入了志愿紧急服役妇女队。但是，古板得近乎偏执的海军配楼不是种族平等的实验田，那里的高层认为任何新来的人——任何没有正统背景的人——都是安全隐患。在1945年6月的一份简报中，中校温格写道，他曾研究过"在海军通信配楼雇用有色人种加入志愿紧急服役妇女队的问题"，他认为如此一来整合密码破译部门的风险太大。他的结论是，在一个安全如此重要的机构"进行有如此严肃意义的实验是不明智的"，他估计"在海军里有许多其他机构可以开展这种实验，当它们遇到困难时不会如此危险"。黑人志愿紧急服役妇女队不得不把她们的忠诚、智慧和才华用在其他地方，唉！

* * *

尽管姑娘们干起活来很努力，但即使在密码室里也有轻松的时刻。一天晚上，简·凯斯所在的小组得到消息说一位海军上将要来参观，他们需要在第二天之前把卫生搞得一尘不染。简的工作是操作抛光机，这台机器看起来几乎和小象一样大，而且更难操作。她把开关拨到"开"，但什么也没有发生，她朝桌子下面看了看，发现电线没有插上，于是爬到桌子下面把电源线插好。她很高兴自己解决了问题，当她从桌子下面退出来的时候，只见那台机器在办公室里窜来窜去。等到她终于把这台机器控制住的时候，这里已经一团糟，他们不得不花一整夜的时间来把满地的电文收拾好，然后再进行粉刷、清洁和抛光。

在简的办公室里还有两个女兵，简饶有兴味地对她们的行为进行了观察。她们背对着墙坐在一起打字。简喜欢把她们称作默特和格特，她们一个结婚了，一个订婚了，但丈夫和未婚夫都不在身边，她们把战争视为一种狂热的婚外约会的机会。简回忆说："她们不会和军衔在上校以下的人约会，她们对约会对象非常挑剔。"小组里的人都很确定默特和格特在约会时也会跟人发生性关系。简在查宾学校一直被教导说，女人在和男人约会之前必须经过正式的介绍，所以在整个战争期间她都没有约会过。她后来遗憾地说："我想我本来可以和很多人约会的。我这辈子就是这么循规蹈矩。"

对许多别的姑娘来说，她们的社交生活和密码破译工作一样让人疲于应对。来自瓦萨学院的伊迪丝·雷诺兹被一位热情的爱尔兰少校追求，他曾经负责管理英国军队的骡子——是真正的骡夫。还有一个她不太喜欢的追求者让母亲从西雅图飞来见她。那个女人告诉伊迪丝，"他想让我先了解你"。伊迪丝感到很疑惑，"先？"，然后她震惊地意识到，他还以为他们要结婚了。她和他分手之后，他和她的室友结婚了。

有一次，一名密码破译员排队等着看电影，她发现身后是一名海军军官。她转身向他敬礼，她的慌张让他动了心，于是他们交换了地址，后来他们结成了夫妻。伊迪丝·雷诺兹所住的集体宿舍曾经办过一个派对，她注意到有个男人往蛋酒里打鸡蛋的动作很熟练。他是水管工，他告诉她："我是来修水管的，但这看起来很好玩，我就留下来了。"

这些女孩的工作如此辛苦，所以她们会发泄压力也不足为奇，但这确实惹恼了她们工作地点附近的一些居民。1943 年 6 月 16 日，华盛顿的一位律师詹姆斯·曼给海军配楼的斯通上校写了一

这些姑娘夜以继日地工作，当她们值完班以后，常常不知道该吃早餐还是晚餐。照片中来自瓦萨学院的海军密码破译员伊迪丝·雷诺兹（中）正和同事一起享受休息时光。伊迪丝·雷诺兹供图

封投诉信。这位律师在开篇写道："我犹豫要不要写这封信，我真诚地希望我的意图不会被误解……一段时间以来，因为驻扎在通信配楼的年轻男女发出了太多噪声，住在内布拉斯加大道和威斯康星大道之间、范内斯街北侧的人们在夜里 11 点到凌晨 2 点半之间无法入睡。"他报告说："本周的一个早晨，大约有八名志愿紧急服役妇女队队员在凌晨 1 点半走到范内斯街中间唱歌。大约五到十分钟后，两名海军陆战队队员也扯着嗓门唱着歌过来了。"这位生气的律师写道："随着志愿紧急服役妇女队队员和水手们越来越熟悉，他们也顺应天性，现在这条街简直成了个搂抱接吻的地方。"

斯通上校写了一封彬彬有礼的信感谢这位律师，并向他保证，他将努力"革除你所报告的令人不快的情况"。

虽然他们恋爱的兴致在一定程度上得到了容忍，但恋爱的后果却无法被容忍。美国海军禁止怀孕，但确实有人怀孕了。简·凯斯记得，她住在军营期间见到一个女兵的肚子越来越大。简现在回想起来，让她印象深刻的是"对她的默默忽视。我也是这样，只是路过打声招呼，仅此而已。我简直惊呆了"。

这名女兵受到的处罚是退伍和羞辱。一些孕妇经受了"船长的惩罚"（captain's mast），也就是按海军传统对违纪行为进行聆讯。珍妮·科兹记得，"我们都住在营房里的时候，有个女孩意外怀孕了，这很不幸，因为她不得不接受船长的惩罚，看着他们扯掉她的纽扣，扯掉她的徽章，就这样把她羞辱得要死……我们都站在那里哭了起来……因为这实在太惨了"。

已婚身份也不行。1943年底，来自威尔斯利学院的比娅·诺顿已经结婚了，她怀孕后通知了她的上级领导。"他们吓坏了，给我三天时间让我脱掉制服，并告诉我可以把这当作光荣退伍。"她的上司弗兰克·雷文对这个规定感到非常愤怒，恳求她以文职人员身份回来工作，但她太累了，也太生气了，于是她12月就辞职了。来自布林莫尔学院的弗兰西斯·林德也经历过同样的事。她当时正在研究大米商人和岛上天气预报员使用的密码，她认为这是她所能想象的最有趣的工作。她和她的大学男友结了婚，尽管她尝试避孕，但她的母亲去世了，没有人给她提供有关避孕的有效信息，而且她不了解如何使用子宫帽。她在度蜜月时怀孕了。前一分钟她还是一个受人尊敬的海军军官，从事着她所热爱和珍视的工作；后一分钟她就成了一个被孤立的家庭主妇，跟她的丈夫和其他几个成年人生活在一起。唯一合身的衣服是她的海军雨衣，严格来讲，她已经没有资格再穿了。尽管战时实行配给制，但她仍然努力维持着家里的生活，有些时候她只能买到腊肠和菠萝罐头之类的东西。她试图用这两种材料做一顿饭，结果遭到了合租伙伴们的斥责。儿子出生后，她很高兴有了一个小宝宝，但后来她得了严重的产后抑郁症。

她在一本名为《我自己的传奇》的回忆录中写道："我感觉我已经从无所不能变成了一无是处。"

* * *

女孩们大多都无视海军禁止军官和士兵之间称兄道弟的神圣规则。在苏珊娜·哈波尔的寄宿公寓里有一个叫罗伯塔的女兵，她曾在北卡罗来纳州的弗洛拉麦克唐纳学院上过学。苏珊娜和罗伯塔在同一个办公室工作，做同样的事情，在她们看来，不做朋友太可笑了。在考文顿夫人家寄宿的还有两名供职于阿灵顿学堂的女孩，她们四人会结伴去威廉斯堡、卢雷岩洞和纽约旅行。当然，海军配楼里的两个姑娘和阿灵顿学堂的两个姑娘不能交流她们所做的事情，所以即使在游览罗利酒馆和下议院的时候，她们也没有意识到更有趣的事情是她们都在破译密码。

大多数情况下，以华盛顿为基地的两大女子密码破译员序列——海军和陆军——尽管的确有交集，但并没有互动，或者说并不会有意进行互动。尽管志愿紧急服役妇女队的 D 营很大，但也变得过度拥挤，于是有一些海军的姑娘也会住在阿灵顿农场。除此之外，破译密码的姑娘们有可能在餐厅、电影院、有轨电车等各种地方相遇，但并不知道她们是在做同一个项目。她们怎么可能去聊这个呢？这项工作是最高机密，她们不能谈论。

不过，偶尔也有一些人了解一点河对岸正在发生的事情。多萝西·拉玛莱来自宾夕法尼亚州科克伦的米尔斯，这位未来的数学教师最初受雇于阿灵顿学堂，在那里她干的是最精英的工作——作为"译读员"的专业工作。她破解了一个日本密码，阿灵顿学堂还为此特设了一个全新的小组。她的老板不让她踏入这个新的工作间，因为他担心她会陷入里面发生的事情，使他失去爱将。所以她从来不知道密码破解是由哪些环节组成的。一年后，她听说了海军的机构，申请到那里去工作，受到了热烈的欢迎。军官住房津贴是她的动力所在。她可以和作为"政府的女孩"供职于五角大楼的姐姐一起住在麦克莱恩花园，因此不用把全部津贴都花在住房上。她用这笔钱买了一辆车，准备到处去看看，这是她所渴望的。

话说回来，这两个密码破译机构的高级官员确实有交流。海军配楼与阿灵顿学堂每周都有正式的联络会议，志愿紧急服役妇女队的珍妮特·伯切尔少尉作为海军的联络员，会过河去参加陆军的会议。这个职位要求她了解两个机构正在研究的代码和密码系统。伯切尔少尉参加了会议，在会上两个机构讨论了如何传送截获和缴获的材料，如何在不同系统中发送重复电文，可能对双方都有用的战俘审讯报告材料以及其他零碎的事项。有一次伯切尔还把弗兰克·雷文的请求带到了例会上，弗兰克正试图破解一条泰语电文，他知道阿灵顿学堂有一位教授可能帮得上忙。

* * *

海军的姑娘们刚刚错过了助力中途岛取胜的密码破译，但10个月后，她们就投身于太平洋海战另一个伟大的密码破译事件之中，发挥了积极的作用。1943年4月13日，一则电报通过JN-25的E-14频道传来，这则电报是发给"所罗门群岛防御部队，204航空队，26航空战队，巴莱尔守卫部队指挥官"的。密码破译员

美国海军的姑娘们破译了敌方海军跨越全球几个大洋的海军密码。姑娘们组成了密码破译流水线，专攻被称为 JN-25 的日本舰队代码。在她们的协助下，策划袭击珍珠港的日本海军上将山本五十六的飞机被击落了。其中一位名叫默特尔·奥托的姑娘说："我们真的觉得我们做了一件非常了不起的事情，那可真是个激动人心的日子。"美国国家档案和记录管理局供图

无法立即解读整条电文，但他们读出的片段表明，联合舰队的总司令山本五十六大将本人将于 4 月 18 日前往巴莱尔岛。情报人员得出结论，这是一次视察。

最初的破译是在太平洋战场上进行的，但华盛顿也开始忙碌起来，着手复原附加码和代码组，尝试补齐电文中尚未破解的片段。更多的电文被截获，相距遥远但同样快速工作的各个团队交换了他们的发现。其中清理各种已识别代码的就有来自古彻学院的弗兰·施特恩。岛际密码 JN-20 对于山本即将到来的行程"有更多的细节"，所以雷文的女组员们也忙着补充事实和分析。这些密码

破译员共同复原了山本的精确行程表，他这一天要在所罗门群岛和新不列颠岛的日本基地之间不停赶路。他们得出的结论是，这位总司令将"乘坐一架中型歼击机，在六架战斗机的护送下于6点离开RR（拉包尔），8点到达RXZ（巴莱尔）"；他11点离开，并于11点10分在RXP（布因）降落；14点离开那里，15点40分返回拉包尔，途中乘坐飞机，也会坐一次扫雷艇。他将视察并探望病人和伤员。

这是一个非同寻常的时刻。美国人确切地知道敌人最有价值、不可替代的海军司令会何时出现在何地。山本以守时著称。尼米兹和其他高层官员决定将山本五十六击落，这里的意义远远超过了那些复原附加码的姑娘在工资上得到的回报。刺杀敌方司令是一个简单的决定，但他们做出了这个决定。正如一份简报后来所说，行程表签署了这位海军上将的"死刑令"。

4月18日，在著名的"复仇行动"中，16架美国陆军战斗机洛克希德P-38从瓜达尔卡纳尔岛的机场起飞升空。他们知道山本乘坐的是一架美国人称为贝蒂的日本轰炸机，由零式战斗机护航。美国人根据他们预计山本将走的路线算好了自己的飞行计划，计划在布干维尔岛上空与他相遇。他们飞了太久，飞行员都昏昏欲睡了。当布干维尔岛白色的海岸线在飞机下面飞速掠过时，一名飞行员打破了无线电静默，喊道："敌机！11点方向！"日本战机就在那儿，就在地平线上：六架零式战斗机，两架贝蒂轰炸机。日本人一开始并没有看到美国人，但一发现美国人之后，护航的零式战斗机就开始阻击美国战斗机，拼命开火，以便让轰炸机逃跑。这是一场激烈的战斗，一直不清楚谁击落了谁，但一架贝蒂轰炸机坠入了树林，另一架坠入了海浪之中。山本的尸体在布干维尔岛丛林里找到了，他戴着白手套的手紧握着他的剑。

第六章 "代表通信的Q"

当她们听到这个消息时，海军配楼里爆发出一阵欢呼。策划袭击珍珠港的人死了。他们圆满完成了复仇。

"告诉你，他的飞机坠毁的那天，我们可好好热闹了一番。"默特尔·奥托回忆说，这位生于波士顿的密码破译员在应征入伍时击败了她自己的兄弟们。"我们真的觉得我们做了一件非常了不起的事情，因为那可是——嗯，它的意义不只是标志战争进入最后阶段了。他们知道日本会落败的，但这次是真的——是个激动人心的日子。"

第七章
孤零零的鞋子

1944 年春

阿灵顿学堂的风格和文化与海军配楼相差甚远，更像是一个民间机构。陆军在弗吉尼亚州郊区的密码破译机构工作起来同样认真，但在生活上却更加宽容和自由。有一天，多特·布雷登见识到了她上班的地方是多么的开放。多特在桌前工作时感到恶心，便去医务室拿了些安抚胃的药品。护士问她："你确定你没有怀孕吗？"

多特答道："我觉得没有。"这个回答立刻让她觉得很可笑。她觉得没有？她当然没有怀孕！她根本不可能怀孕。她为什么要这样说呢？可能是这个问题问得她乱了方寸。不过，环顾四周，她意识到在阿灵顿学堂有很多妇女怀孕了。护士们对她们关怀备至，没人盼着她们辞职。有些人可能已经结婚，有些人可能还没有，没人过问，这种事就是会发生。华盛顿是开放的。到处都是士兵和水手，任何事情都可能发生。男人们可能会招呼都不打就被送往海外，准备结婚的情侣也找不到合适的时机。有时婚礼也是在有了夫妻之实之后才举办的。

多特仍然保持着贞洁。对她来说，在华盛顿的生活意味着给男人写信，和其他女孩一起玩耍。她的朋友克罗也是如此，她爱玩，但很害羞，不怎么约会。她们俩都没有太多时间去约会。在阿灵顿学堂里，她们的日程安排是七天破译工作之后休一天，接着又是七天的工作。休息的那天她们会走到哥伦比亚派克郡去办事、买菜，会像多特说的那样"累成狗"。

她们打发闲暇时间的"冒险活动"也平平无奇，比较轻松。有一次，多特有一个朋友从林奇堡来看她，她们决定去参加一个酒店的舞会。在破冰活动上，男女宾客分别站在舞池的两边，女人们被告知要脱下一只鞋并把它扔到舞池里，而男人们则随便捡起一只鞋，与它的主人共舞。但鞋子的问题在于：人们没有多少鞋子，而且也不能经常买新的。鞋子是定量配给的，人们必须把配给券攒起来才能买双新鞋。在此期间，每个人所能做的就是给他们现有的鞋子打上鞋掌。多特每天至少要在寄宿公寓和阿灵顿学堂之间走3英里，她的鞋底总是磨破。她买了一双她很喜欢的蓝色米勒女士高跟鞋，但为了参加舞会，她穿的是另一双质地不错的白色系带凉鞋，鞋底有一个25美分硬币大的洞。

多特不知道有个洞，所以她把凉鞋扔到了地上，凉鞋翻了过来，房间里所有的灯光似乎都照在那个洞上。没有男人拿那只鞋，它躺在那里，看起来很悲伤，一对对舞伴围着它跳起舞来。多特没有舞伴。她的朋友是个爱笑的女孩，她们都认为那是她们见过的最好玩的事：多特那只孤零零的鞋子底儿朝上，还有一个可怕的洞，没有男人愿意去捡。

她们还做了一些看似大胆的小事。多特有时会尝试用复写碳纸给头发上色。染发剂很贵，但你可以把水洒在碳纸上，然后把它抹在头发上，把头发弄黑。克罗开玩笑说，她要告诉别人她的室友染了头发，多特知道她不会说出去的。复写碳纸的效果不是很好，但她们已经尽力了。由于不是军人，多特和克罗不能像海军女兵那样坐火车去长途旅行，如果她们想坐火车的话，她们必须支付全额票价，而且有可能没有座位。军人享有票价折扣和座位优先权。即便如此，这两个朋友还是设法找了很多事情来打发她们难得的空闲时间。她们去市中心逛街，只看不买，她们练就了用很少的钱就能把自己打扮好的本事。多特设法买到了一条银色的狐皮披肩。她们游览博物馆、纪念碑，还参观了国家大教堂，当时教堂还在建设中，但仍然气势宏伟令人敬畏。她们坐火车去巴尔的摩，那里有很多不错的商店，她们在那儿买了帽子。她们也在华盛顿市中心的伍德沃德洛斯罗普百货商店买口红。在公寓里，由于克罗的姐姐露易丝（绰号"姐姐"）有点抑郁，多特决定给所有住在菲尔莫花园的人办一个派对，让她高兴起来。这个派对也让这些年轻姑娘后来获邀参加邻居们的答谢晚会，这些邻居大多是年轻夫妇。

在休息日，多特和克罗有时会换好几趟汽车、电车，就为了去晒晒日光浴、游游泳。切萨皮克湾的贝弗利海滩是个大家都爱去的度假胜地，那里的沙滩、舞池、乐队和老虎机都很诱人。弗吉尼亚州的科洛尼尔比奇沿着波托马克河有一个日光浴场。到这两个地方都要花很长时间，等女孩们到了那儿差不多就该回家了，但她们还是去了。这两个密码破译员设法在她们仅有的一点时间里把自己晒黑。当她们回来的时候，她们总是怀疑姐姐——她皮肤很白，不常冒险去海滩暴晒——看到她们被太阳晒得这么红，一定会暗自高兴。她们认为她的嫉妒心很好笑。在旅途中，多特会对路人发表尖刻的评论，比如，"她教堂去得太多了"。克罗会笑着说："多特，你真是个怪人。"多特是个表演者，而克罗是个有鉴赏力的观众。她们完全不是一种人，但又完全心意相通。圣诞节时，克罗用她微薄的薪水给多特买了一副小小的金耳环。多特觉得与克罗的关系在某些方面比她自己的兄弟姐妹更亲密。

有些冒险就发生在她们的住所附近。她们的邻居里有个相当古怪的女人,她有时会开车送多特和克罗去阿灵顿学堂。她穿着她所谓的"灰色衣服",这样她就不用经常洗衣服了。多特和克罗很感激她让她们搭车,本打算忽略她的古怪,但她为了报复冲她按过喇叭的司机,倒车撞了人家的车,从那时起多特她们就决定宁可步行上下班。

多特偶尔也会坐火车回林奇堡,有时她也会遇到同路的志愿紧急服役妇女队队员,一大群女水兵挤在一起。如果她有幸找到座位,她就坐在座位上——有一次她不得不和克罗、莉兹、露易丝一起站在车厢外的平台上,熏得浑身都是烟味——羡慕地想着这些海军女兵都是可爱的女孩,她们的海军制服看起来非常漂亮。与志愿紧急服役妇女队不同的是,她和阿灵顿学堂的同事们的战时服务没怎么得到认可。没有人招待、欢迎她们,也没有人邀请她们在时装秀上做模特。多特的家里人知道多特做的事跟战争有关,但他们认为那是秘书工作,是低级别的工作。她甚至不能告诉她的母亲。但是,即使当多特在欣赏海军女兵的服装时,她也从来没有想到志愿紧急服役妇女队队员可能也从事着和她一样的工作,像她一样致力于击退法西斯的威胁,破解密码,让小伙们回家。她从来没有想过,包括自己、克罗和那些高冷迷人的志愿紧急服役妇女队队员在内,有这么多年轻女孩都在做着同样的绝密工作。她也丝毫没有意识到,美国海军和美国陆军之间旷日持久的竞争已经到了最紧要的关头,陆军正全力争取与海军在太平洋战场上一决高下。

第八章
"地狱半英亩"

1943 年 4 月

年轻的安妮·卡拉克里斯蒂[1]用洗衣皂洗头。威尔玛·贝里曼看着她,感到很佩服。很有可能是菲尔斯纳普撒肥皂,这是一种气味强烈的去污条形皂。菲尔斯纳普撒肥皂一般不用于皮肤清洁,除非碰到毒葛这种可怕的东西了,当然也不应该用来洗头,但现在这些人就这么做了。和其他很多东西一样,洗发水不太容易买到。结果并不理想:安妮的头发又多又卷,到处乱飞。但这种乱蓬蓬的样子反而增加了威尔玛对她的好感。

安·卡拉克里斯蒂金发碧眼、性情温和,每天都穿着短袜、平底鞋和摇曳的百褶裙来阿灵顿学堂上班。她看起来像个无忧无虑、没心没肺的女大学生,那种整天只知道男朋友和摇摆舞的青春少女。但是表象是具有欺骗性的,安·卡拉克里斯蒂隐藏得太深了!

---

[1] 安妮·卡拉克里斯蒂:本名为 Ann Caracristic,威尔玛喜欢叫她 Annie Caracristic。本书依据原文译为安或安妮。

在阿灵顿学堂，毕业于罗素塞奇学院英语专业的安·卡拉克里斯蒂（右一）与日本的密码编制人员展开了智力较量，她解决了日军电报的地址问题，让盟军军事情报部门得以了解日军的位置分布，掌握其"战斗序列"。这部分破译的电文再被传递给多特·布雷登和其他女性，正是她们的共同努力最终击沉了日军的船只。美国国家安全局供图

能力太强了！道格拉斯·麦克阿瑟将军并不知道，他的秘密武器，或者说他的秘密武器之一就是这个温柔可亲的二十三岁女孩，这个出身于纽约市郊布朗克斯维尔中上层阶级家庭、有点娇生惯养的姑娘。安妮智力超群，每天值班12个小时。她唯一一次缺勤就是出水痘的时候，她打来电话，用微弱而可怜的声音抱歉地说她来不了了。威尔玛·贝里曼给她送了一些汤过去。

安妮·卡拉克里斯蒂破译密码的绝技让所有人都大为惊喜，尤其是她自己。虽然她大学时学的是英语，但她有个工程师的头脑。威尔玛·贝里曼是西弗吉尼亚州的一名教师，曾是威廉·弗里德曼在军需大楼时期的雇员之一，现在是阿灵顿学堂一个主要部门的主管。她很想看看安妮能做些什么。日本人做什么都会被她识破，方阵转换、加密表、巧妙地调用附加码代码本——安妮识破了他们所有的诡计。由

于安妮天赋如此出众,威尔玛把她任命为研究小组的负责人。在阿灵顿学堂,让一位刚毕业的女性主管一个关键部门并不罕见,这是常态。

与海军的机构不同,陆军在阿灵顿学堂的密码破译机构涉及多个语种,这里思想开放,也不讲究等级,每个人都可以负点责。在办公桌旁忙碌的人年纪和背景都各不相同。戴眼镜的中年男子和烫着卷发的年轻女子一起工作,这个姑娘的名字可能叫祖母绿或是天鹅绒。但这并不等于说这里见不到大男子主义的傲慢:有个书呆子,一个名叫威廉·史密斯的纽约编辑把阿灵顿学堂的南方姑娘称作"宝贝"。这是一种傲慢而略带讽刺的说法,指的是许多在那里工作的女孩的父母都觉得用宝石来给她们起名字很合适。他说得没错:这里的员工有很多人叫猫眼石、珍珠,而且还有一个真正的宝贝——杰伊尔[1]·霍根,她在机器部工作。还有一位从南卡罗来纳州招来的乐队指挥叫杰伊尔·班尼斯特。

阿灵顿学堂还有"BIJs",也就是在日本出生的人,这个词指的是那些在传教士家庭长大并在翻译部门工作的人。在这里工作过的还有演员托尼·兰德尔——他后来在《怪夫妇》中扮演过费利克斯·昂格尔——他的工作是把情报汇总通报送往五角大楼,在等候汇总通报时他到处搞怪扮小丑(有一次还在桌子上跳舞)。这里还有一大群厄斯金家族的兄弟姐妹,他们这个家族是从俄亥俄州搬来的。萨姆纳·雷德斯通,未来的传媒大亨、亿万富翁现在是翻译部门的一名年轻军官。布林莫尔学院的教务长朱莉娅·沃德现在在文书档案组说一不二,把文书资料室搞得井井有条。这里还有保姆、美容师、秘书、餐厅女招待。十八岁的约瑟芬·帕伦波是从华盛顿的麦金利高中挖来的,她开始担任人事管理工作。个子小小的约瑟芬·帕伦波是意

---

[1] 杰伊尔:英文名为 Jewel,意为珠宝。

大利移民工人的女儿，她负责组织新来的人宣誓。看到她主持庄严的保密宣誓，一名密码破译员诗兴大发，为她写了一首抒情诗。

与海军不同，阿灵顿学堂设有一个非裔美国人的密码破译小组。这并不是因为这个地方思想异常自由，而是因为埃莉诺·罗斯福（或者某位高层人士）曾公开表示，阿灵顿学堂的队伍中应该有12%~15%的黑人。五角大楼和其他军方大楼的修建使得许多阿灵顿地区的黑人被迫离开家园，招募黑人不过是一种微不足道的补偿，但工作是受欢迎的，有总比没有好。阿灵顿学堂的非裔美国员工前去上班时不得不乘坐实行种族隔离的交通工具。有很多非裔美国人，甚至那些大学毕业生也只能干看门和送信这样的杂活。但这儿还有一个特殊的密码破译小组，许多白人员工都不知道它的存在。这个非裔美国人小组负责监测公司和银行的加密通信，以了解全球的私营部门正在传输什么信息，谁在与希特勒或三菱做生意。他们拥有一个包含150套系统的资料室，里面保存的文件详细记录着全球主要商用电码的地址和特点。这儿并不缺合格的员工。尽管华盛顿地区的学校实行种族隔离，而且伴随着隔离也存在资源不平等的问题，但这里有许多备受推崇的黑人公立学校，以及美国历史上最好的黑人大学之一霍华德大学。这个密码小组的成员安妮·布里格斯从秘书做起，后来升任生产部门主管。另一位名叫埃塞尔·贾斯特的姑娘则领导着一群专业翻译人员。这个非裔美国人小组由黑人男子威廉·考菲领导，他曾在田纳西州的诺克斯维尔学院学习英语，从在阿灵顿学堂看门、送信做起，一步步升到了这个职位。

简言之，阿灵顿学堂兼收并蓄的氛围在美国军队中是绝无仅有的，甚至经常有点古怪。北卡罗来纳州大学生胡安妮塔·莫里斯刚来的第一天被带到一个昏暗的房间，在那里她看到一个女人头上顶着一个冰袋，另一个人戴着遮阳帽，一个男人穿着内衣走来走去

在阿灵顿学堂还设有一个秘密的非裔美国人密码破译小组,大部分由女性组成,而且不为白人员工所知。他们负责处理商业密码,监测究竟有哪些公司在与希特勒或三菱公司做生意。美国国家安全局供图

(他淋了雨,衣服还没有晾干),还有一个光着脚的人。有人跟她说了句"这是德语组",然后就走了。她父亲曾告诉她,如果不顺利就回家来。头几个星期她很想回家。

阿灵顿学堂是个军事机构,但只是名义上如此。一位名叫普雷斯顿·科德曼的陆军上校接任负责人,但科德曼并不严苛,他知道自己在跟什么人打交道。当密码破译员想出歪点子操控可乐机,投币后就拔掉墙上的插头让它不停喷出免费可乐时,科德曼发出了一份简报,冷冷地祝贺他们"破解了这台机器",提示他们现在是时候支付每杯所需的五分钱了。

从物理形态来看,这个地方是个大杂院。主校舍保留了慵懒

第八章 "地狱半英亩"　　225

的老弗吉尼亚精修学校的味道，但新的临时建筑纯粹是功能性的。主要攻击紫码等密码的 A 楼有两层，还有一个带有防火保险库的地下室。这里的设计容纳人数是 2200 人，但很快就不够用了，所以又建了 B 楼。院子里不久之后就有了美容院、裁缝店、理发店、有 14 张床位的医务室、有 620 个座位的礼堂兼剧院、食堂、汽车修理店、仓库和康乐楼。两座主楼的隔热都很差，冬天很冷，夏天又很闷热。围绕风扇有很多戏剧性的冲突，有个员工称之为"永无休止的确定方向和调整方向的战争"，其目的是让风扇对着别人猛力直吹，而飘向自己的是轻柔的微风。

如何为员工提供餐食一直是个令人头疼的问题。阿灵顿郡人烟稀少，只有一家餐馆，两家设有便餐柜台的杂货店，但食物很差，服务也很差。他们也尝试过盒饭，但又放弃了。这儿建了一个食堂，但很快又为更大的食堂所取代。到第二个食堂人满为患的时候，第一个食堂又重新启用，两个食堂都保留了下来，一直在营业。快餐店夜里基本上都开着，这样上夜班的人也有东西可吃。到了晚上，整个屋里都弥漫着煮咖啡的味道。

通勤问题也是个挑战，巴士和司机都供不应求。员工可以从四个门中任意一个进入学堂，进门时必须出示带有个人照片和表明许可级别的徽章。如果哪个密码破译员忘了戴徽章，她必须别上一个"忘了我的徽章"的徽章，以示羞辱。这种徽章有个版本是一只卡通化的驴子的长脸。通常那些因智力不错而被招募的男兵——他们被称作"高智商美国大兵"——不会担任密码破译工作，他们会被派去守卫哨所。许多人从来没有拿过枪，关于擦枪走火的传言也在流传。

尽管如此，仍有大量证据表明，一场真正的战争正在进行。军官们领导着许多小组，士兵们轮流进进出出。不过，即使在士兵中，军衔也没有什么意义。中尉可能会听命于中士、文职人员乃至一等兵。如果这名军官反对，他就会被派到海外去。弗里德曼早期雇用的另一位员工所罗门·库尔巴克说："这里依据的不是军衔高低，而是人们知道多少。"

在女性中间也是如此。如果说阿灵顿学堂的女员工享有真正的平等，那是夸大其词。在威廉·弗里德曼早期的雇员中，弗兰克·罗莱特、亚伯拉罕·辛科夫和所罗门·库尔巴克等男性被授予军衔，这让他们可以跟陆军的高层平起平坐，但老资格的女员工没有得到这样的提拔机会。即便如此，所有早期的女员工——威尔玛·贝里曼、迪莉娅·泰勒和珍妮芙·格罗扬——都在管理最高级别的小组。阿灵顿学堂惊人地类似于如今所谓的"扁平"组织，有一种平等的工作文化，任何人提出的好想法都会得到认真对待。

这在一定程度上要归功于负责人的开明态度，但这是因为他们要拼命绝处求生。1943年的头几个月里，阿灵顿学堂盼望在太平洋战争最紧迫的挑战上取得进展：破解日本帝国陆军的密码。这一次，威尔玛·贝里曼和她的女弟子安·卡拉克里斯蒂率先实现重大突破。

* * *

1942年间，美国陆军和海军仔细斟酌，就密码破译工作进行了合理的分工，不再像此前破译"紫码"那样要靠日期单双号来摆平竞争。美国海军负责破译日本海军的密码，并协助破译德国海军的恩尼格码。破译这些主要敌方系统的任务已经让海军应接不暇了，因此海军把跟踪紫码以及大量敌国和中立国的代码、密码进展的责任让给了美国陆军。但陆军最艰巨的任务是破解一堆恶魔般的日本帝国陆军密码，这些密码与日本帝国海军的密码是彼此独立

第八章 "地狱半英亩"

的，而且开战这么久仍然没有被攻破。攻克这些密码是一项艰巨的任务，有一段时间，甚至连威廉·弗里德曼才华横溢、经验丰富的团队都无法达成目标。

起初，部分问题源于电报通信量（message traffic）不足。在战前，日本帝国陆军大约有 200 万人的军队驻扎在中国东北，但这些部队距离很近，彼此之间传送电报可以使用低频、低功率的信息传送方式，因此美国陆军很难进行无线电截听。要破解日本军方使用的那种复杂的加密代码，必须要有所谓的"深度"，也即有很多截听到的电文可以排列和比较。尽管如此，在珍珠港事件后的恐慌气氛中，弗里德曼的团队还是在尝试解决这个问题。1941 年，一名英国同事将一些截听到的日本军队的电文带去了弗里德曼在旧军需大楼的办公室。弗里德曼把他的四名员工所罗门·库尔巴克、威尔玛·贝里曼、迪莉娅·泰勒和亚伯拉罕·辛科夫关在一个房间里，告诉他们，不破解点什么东西就不要出来。这项工作对他们来说真是过于庞大的一个工程。大约三个月后，库尔巴克站了起来，把他的桌子推回了对德作战小组。他说："我受够了。"唯一积极的结果是迪莉娅·泰勒和亚伯拉罕·辛科夫坠入爱河并结婚了，他们搬进了码头上的一艘船屋里。除此之外，这个团队的第一次尝试很挫败，1942 年的冬天是个阴沉的冬天。

不过，从许多方面来看，大获成功也给日本陆军埋下了巨大的祸根。在 1942 年上半年取得惊人的胜利后，日本陆军开始向外扩张。几百万人的部队现在占据的领土面积比以往大为增加。日军部队在亚洲和太平洋群岛上呈扇形散开，占领了中国内地和香港、菲律宾、泰国、缅甸、马来亚以及荷属东印度群岛。日本陆军第八方面军集中在新不列颠岛上的拉包尔要塞周围。每支部队都要与它在日本的大本营保持联系，必须发回有关伤亡和增援需求等方面的报告。随着日本陆军离日本越来越远，无线电报务员加大了发送电报的功率，这样一来，截听电报就较为可行了。

不久之后，阿灵顿学堂的问题就不是缺少截听电文了。数以万计的日本陆军电文开始通过航空邮件、电报和电传涌进来。问题是这些电文涉及许多系统，每个系统都有自己复杂的加密方式。在1942年终的几个月和1943年初，阿灵顿学堂的密码破译员们陷入了狂热的工作之中，他们痛苦地意识到，美国海军的同事已经破译了JN-25，正在偷偷嘲笑陆军缺乏进展。

* * *

阿灵顿学堂的密码破译员也知道，太平洋战场的局势正处于转折点。在中途岛战役之后，美国制订了一项反击计划，美国陆军和海军敲定了在最大的海洋上如何分工。经过一番争论，陆军和海军一致同意由海军上将切斯特·尼米兹担任太平洋战区司令，尼米兹领导下的美国海军将主要部署在中太平洋和北太平洋地区，这是一个巨大的公海战场，那里仅有的几片陆地是小小的环形珊瑚岛。北半球的西南部陆地更多，由麦克阿瑟领导的美国陆军将沿着岛屿来作战，采取"跳岛"战术进攻一些日本控制的岛屿，以夺取飞机跑道，通过这些基地建立互相重叠、互为犄角的制空区域。其他岛屿将被绕过，在切断供应和增援的情况下，任由这些孤立无援的岛屿自生自灭。

麦克阿瑟的目标是夺回菲律宾并登陆日本。"车轮行动"要求美国陆军和海军在这一地区协同作战。当麦克阿瑟的部队抢滩登陆，与藏身在被挖空的岛屿中的凶猛对手交战时，海军上将威廉·"公牛"·哈尔西在南太平洋的军舰将会为他们提供支援。在这个关键时期，美国陆军在太平洋战场作战的部队比在大西洋战场上的还多。这些士兵面临着数月甚至数年的海滩和丛林战。他们需要情报来告诉他们敌人的陆地部队在哪里，他们要去什么地方。尽管美方已经破解了JN-25，但他们仍需要破解日本陆军的电报。对于密码破译员来说，没有什么比知道同胞的生死取决于自己的成败更让人紧张的了。如果你破解了密码，他们就能活下来，如果你做不到，他们就可能会死。美军又成立了一个专门破解日本陆军密码的小组，由弗里德曼最出色的手下弗兰克·刘易斯（也许看不出来）牵头。刘易斯的父亲是英国人，他在犹他州长大，变成了牛仔。他是一位颇有天赋的音乐家、一个双关语爱好者，酷爱解谜，后来还为《国家》杂志编写填字游戏。战前，他在公务员系统的抚恤金部门当秘书，感到百无聊赖、了无生趣。弗里德曼把他挖了过来。弗里德曼团队里最顶尖的姑娘也处理过日本陆军密码问题。搬到阿灵顿学堂后，所有人都在老校舍闷热的楼上汗流浃背。这些房间有一种乡村俱乐部的味道，如果不是如此拥挤，任务也不是如此艰巨的话，会很美好，让人很放松。发现筋疲力尽的密码破译员在浴缸里打盹是很平常的事。

在与看不见的敌人斗智斗勇时，他们的小团队实在是寡不敌众。

刘易斯后来写道："如果你愿意，可以想象一下日本军队的整个通信系统，那里有成千上万的人负责电文的准备和发送，然后你可以把这个庞大的组织跟我们自己编制里的一小群技术人员对比一下。"

他们面临的大部分挑战都与敌人所处的岛屿环境有关。随着日本陆军在太平洋地区的扩张，其密码编制者不得不创建新的密码系统，并对旧系统进行细分。日本人设计了许多小代码和至少四种大的四位数系统：一个用于地面部队，一个用于空中力量，一个是高级管理人员专用的，还有一个用于"水运组织"，这是一条由军队征用的商船组成的重要生命线，主要运送油料、粮食、装备等物资。每个系统都有一个判别标识——一个写在开头的未加密的四位数代码组。所有这些密码系统就好像一大团理不清的乱麻，而截至1943年1月，美国只有15名文职人员、23名军官和28名士兵在努力破解所有这些密码。

* * *

其中一位文职人员就是安·卡拉克里斯蒂，那位用洗衣皂洗头的二十三岁姑娘。她是从纽约特洛伊的罗素塞奇女子学院招来的。安在布朗克斯维尔的一个有着意大利-奥地利血统的中产阶级家庭长大。她有两个哥哥，其中一个在印度服役。她的父亲是一名商人、发明家，他允许哥哥上大学，但想学文科的弟弟则被认为不够认真，所以不能去上大学。安的父亲在她十几岁的时候去世了，而安自己能够上大学是托她母亲一个朋友的福，这位朋友看到了她在智力上的潜能，说服了一群布朗克斯维尔的妇女资助了她的学费。她打篮球、编辑校报和文学杂志。她并不认为自己很聪明，但教过她的人却不这么看。

1942年5月，陆军通信兵团在五月花酒店会见了来自20所大学的使者，其中包括来自罗素塞奇女子学院的伯尼斯·史密斯博士。通信兵团请史密斯博士挑选几个最优秀的学生。于是，在这些遥远的高层会议之后，安·卡拉克里斯蒂来到了她很熟悉的罗素塞奇学院院长的办公室。院长告诉安和另外两个同学，在华盛顿有一些工作是为有头脑和想象力的女性准备的。毕业后，这三个伙伴觉得这有点意思，就来到这里，在怀俄明大道的一家寄宿公寓里租了房间，那里曾是亚美尼亚大使馆所在地。没过多久，安就在阿灵顿学堂校舍的顶楼开始辛苦工作了。她开始学习编辑往来电文，对截听到的电文进行分拣，然后输入到IBM打孔卡上，以便对代码组进行比较。每个人都是凭感觉行事，新来的人可以而且确实在创新技术。另一位新来的女孩建议她们先按日期和时间进行编辑，以便识别重复的电文。这个后来被称为"去重"（de-duping）的建议彻底改变了整个流程。

然而，即使来了大量的帮手，进展仍然很缓慢。从表面看来，日本军队的主要代码系统是由一连串四位数组成的，例如5678 8757 0960 0221 2469 2808 4877 5581 1646 8464 8634 7769 3292 4536 0684 7188 2805 8919 3733 9434。

密码破译员只知道这些系统是加密代码，有点像JN-25，包括一个代码和一个附加码。但阿灵顿学堂的团队弄不懂加密方法，尽管进行了一次又一次的攻击，还是毫无进展。

在来访的布莱切利园同事、聪明过人的约翰·蒂尔曼的建议下，他们决定把这项工作分解开来，看看是否能设法破解每条电文开头的地址。这是一连串代码组，大概由六个代码组组成，但都很重要。日本陆军的电文在加密后会交给一名无线电发报员，这位发报员会附上一个地址，指明发信人是谁、要发送给谁，以及这些人和他们的部队地址在哪里。这个地址标明了电报所要送达的陆军指挥部、设施或军官。

像这样的细节可能听起来很寻常、乏味，但它们提供了许多关于敌军构成和位置的情报，令人大开眼界。地址有自己的代码系统，只由无线电发报员使用，与电文本身的代码不同。如果阿灵顿学堂能破解地址密码，就能确定日本陆军中谁在哪里，而且可能会提供有助于破译该电文的线索。

1942年4月，威尔玛·贝里曼被派去专攻地址问题。6月，当他们全心投入工作时，安·卡拉克里斯蒂加入了这个小组。在为制定策略殚精竭虑的过程中，安和威尔玛结成了亲密同盟。她们看起来不太像是一对好伙计：威尔玛是一个淳朴热情的纯粹的西弗吉尼亚人，一个老于世故、高高大大的和蔼的南方人，她喜欢叫别人"甜心"，喜欢用"臭气熏天"这样的形容词。她的丈夫在他们搬到华盛顿后不久就去世了——她一生结了三次婚——同事帮她度过了最悲痛的时期，正如她后来说的那样，"像家人一样聚在一起，这让生活真的值得过下去"。安比她小10岁，是个新来的北方人，有良好的教养，对自己的能力还不确定，工作经验不足，刚刚勉强跻身阿灵顿学堂密码分析员的行列。但她们两人都很懂得欣赏幽默，威尔玛是个"好玩的人"，安喜欢为她工作。这两个女人都斗志昂扬、幽默风趣、头脑灵活，有想象力和夺取胜利的坚定决心。

她们两人都喜欢这份工作。安后来说，她觉得她在阿灵顿学堂的时光是在"运动"，而不是劳动。这些女人尝试了许多方法。在一名与其团队合作的军官的建议下，安被派去做所谓"链接"差数（"chaining" difference）的工作，这是一个漫长而痛苦的过程，她要从一个代码组中减去另一个代码组，希望发现两个代码组是用相同的附加码加密的。将差数链接起来是一项最常规、最耗时的任务。这是一种艰难的破译方式，是在没有其他线索或方法的情况下使用的一种暴力破解的方法。

不过，她们已经有了一个小小的突破。有一架日本飞机在缅甸坠毁了，英国缴获了一些电文模板。这种模板是一张空白表格，上面填有一些代码组，以加快处理过程。英国人把这些模板送到阿灵顿学堂，阿灵顿学堂从1943年1月底后就有了这批模板。威尔玛和安开始就如何利用好这个材料悄悄进行了沟通。她们一致认为链接差数"很蠢",而使用模板和其中包含的电文更有意义。

她们也有一些其他的工具。她们收到了一份来自澳大利亚的报告,报告提供了一些在西南太平洋地区的日本陆军部队的人名和 ID 号码。此外,美国海军还送来了一些对照文。有时,日本陆军不得不通过海军的无线电线路发送电报。在这种情况下,会附加一个日本海军的地址代码。海军地址代码是已破解的简单代码,它提供了日本军事地址的基本格式:先是所属单位,后面跟着两个数字,然后是一个敬语称谓,如"部队长"(butaicho)。

阿灵顿学堂地址组有保存完好的记录,威尔玛·贝里曼记得有些日本陆军电文上的地址可能与这些海军的相同。她找到了这些电文,开始琢磨起来,她在日本陆军密码下面写上通过海军地址代码获知的明文。她后来说:"我好像记得曾在哪份文件中看到过什么,我回到文件里找到了。我找到了我认为应该是一样的那个东西,就是一样的。我把它放在桌子上,我只是不太确定。"

突然,她注意到在她身后站着一个和她的小组一起工作的人——艾尔·斯莫尔。他在那里站着看了一阵。

"威尔玛,你在做什么?"斯莫尔问道。她给他展示了她是如何把陆军的电文与海军的对照文排在一起进行比较的。这法子似乎起作用了。英国人截获的空白表格提供了基本的代码组,而海军的对照文则给出了它可能的含义。比如,如果她看到加密代码组 8970,并从截获的代码组中知道基本代码组是 1720,她就能算出附加码是 7250。海军的对照文告诉她这是音节 mo,她几乎不敢相信,她是在异想天开吗?艾尔·斯莫尔站着看了很久。他最后说,"就是这样。没错!没错!"

威尔玛回答说:"我害怕我是在生拉硬扯。"她担心这种并列比较的结果是一种幻觉。"我用力过猛了。我想让这个法子起作用。"

"不，没错！"斯莫尔重复道，"就是这样！"

她的解决方案是阿灵顿学堂第一次真正破译日本陆军密码系统。1943年2月初，一份简报报告："借助缴获的电文，已经可以读解第一批加密的地址了。"接下来的几个月是最费力的挖矿工作。加密代码的问题在于不像机器密码那样可以立即得出答案。即使在有了基本的理解之后，仍然有大量的工作要做。密码破译员必须建立一个附加码库，弄清楚每个代码组代表什么含义。阿格尼丝·德里斯科尔和她的团队花了数年时间才掌握了日本帝国海军的密码系统，但阿灵顿学堂的团队却没有那么多时间。推导出每个代码组的含义就像提炼矿石一样，每一块都要付出辛苦劳动。安·卡拉克里斯蒂迅速投入其中，在一个几乎没有监督的环境中感到幸福自在，"你的想法就是大多数问题都不得不自己想办法解决"。

阿灵顿学堂开始每周向五角大楼和其他方面提供简报，报告工作的进展。1943年3月15日，一份简报提到，越来越多的地址代码的含义正浮出水面。安、威尔玛和她们几个同事已经确定，6972表示i，6163表示aka，4262表示tuki，3801表示si，0088表示u，9009表示dan。他们开始复原附加码，也掌握了该系统一些精微的细节，比如独特的"和检验"（sum check）方式。和日本海军一样，日本陆军的密码编制者也喜欢用"和检验"来防止出现乱码，但他们设计的"和检验"方法不同于日本海军密码"可被3整除"的方法。密码破译员发现，在这个系统中，四位数的代码组实际上是三位数字加上一个用于"和检验"的第四位数字。例如，如果一个代码组是0987，那么098就是实际的代码组，而7（采用假加法）是"和检验"：$0+9+8=7$。

复原敌人的代码本被称为"破书"（book-breaking），而与语言学家一起工作的安·卡拉克里斯蒂在这方面表现出的能力令人惊叹。截至1943年夏天，他们已经知道1113代表shibucho，1292代表taichoo，1405代表butai，而3957代表bukkan。他们还找到了代表广岛、新加坡、古邦和东京的代码组。

这些地址代码包含了大量的军事行动的信息。安·卡拉克里斯蒂和威尔玛·贝里曼所做的工作使得美国军事情报部门能够据此构建所谓的战斗序列：对日本陆军部队的兵力、装备、兵种、地点和部署进行描述。他们能够准确地指出敌人的驻扎地点和前进方向。没过多久，就像所罗门·库尔巴克所说的那样，"麦克阿瑟的司令部对日本军队组织的情况就像他对自己的军队一样了解"。随着重要性的日益凸显，地址代码小组的人数也在增加。除了安和威尔玛之外，还包括如下女性：奥尔加·布罗德、贝西·格鲁布、埃德娜·凯特·黑尔、米尔德里德·刘易斯、埃斯特·斯威尼、洛蒂·E. 米勒、贝西·D. 沃尔、维奥莱特·E. 本耐特、高迪·M. 普克斯、梅布尔·J. 普——对，还有一个"宝贝"：露比[1]·C. 琼斯。

所罗门·库尔巴克后来说："那个小组全是女性。""搞这个地址系统的只有女孩。"两名男性军人鲁宾·韦斯和莫特·巴罗被分配到这个小组，这对伙计经常在周围走动，开玩笑振奋士气，他们常常在半夜出现，给上夜班的姑娘们打气，逗她们开心。库尔巴克回忆说："当时只有两名军官，但至少有一百个姑娘。"

威尔玛的团队跟另一个名为"通信量分析"的小组一起工作，这一组也大多是女性。通信量分析的工作是跟踪日本陆军电文通信量的波动，不操心实际的电文内容是什么。掌握外信息（external information）有助于确定日方的战斗序列。如果在某个新的地点出现了大量的无线电通信，这意味着有人在行动。不久之后，威尔玛

---

[1] 露比：英文为Ruby，意为红宝石。

就发现每天都有 G-2（军事情报部门）的代表站在她身后催促她，告诉她要集中精力处理哪些地址。阿灵顿学堂开始每天制作战斗序列综述。每天早上 5 点有一个"黑皮书会议"，专门讨论当晚要编写并提交给五角大楼的报告。

对这群密码破译姑娘来说，这是个令人欣喜的好消息。由于日本陆军的各个系统采用的是同样的地址代码，所以很快空中部队、管理、水运、地面部队的每种电文都要经过她们的手。威尔玛后来说："我想这是让它变得如此有趣的原因之一。我们看到了一切，一切都必须经我们的手。""你有密码分析，你有通信量分析，你有战斗序列，你很难找到更好的工作了。你就在世界之巅，你一直在地狱半英亩里跟踪日本人。你不是在看'给我三磅糖和十磅米'这种东西。我认为这是这里最让人兴奋的工作。"

* * *

不过，随时掌握军情动态是一项永无止境的任务。和海军一样，日本陆军也经常改变其代码本和加密方法。有一段形势严峻的时期，日方的无线电报务员开始对地址代码中的奇数代码组和偶数代码组分别用不同的方式加密。地址组都要崩溃了。

威尔玛·贝里曼后来回忆道："我们陷入了可怕的困境，因为那是战争。他们已经得到了如此漂亮的战斗序列，突然之间，它就这样消失了。所以我们必须做点什么。"威尔玛和安开始研究偶数代码组的通信量，就在她们快要破解的时候，所罗门·库尔巴克来了，说他可以帮忙。她们的老板让她收集一半的电文带到他的办公室去。

他告诉她们："我负责偶数，你们负责奇数。"

尽管当时的情境很严肃，但两个女人认为这非常有趣。由于她们刚刚在偶数代码组上完成了大量工作，她们的老板得到的是当前最容易的工作。为了保持冷静，她们两人赶紧走开了。多年以后，威尔玛说："安妮和我就这样跑了，太有趣了。"在那之后的很多年里，威尔玛只要说"你负责奇数，我负责偶数"，安就会哈哈大笑。

什么也动摇不了安·卡拉克里斯蒂的地位，即使在这个精英群体中，她也是独一无二的。威尔玛说："我的能力和安比起来根本不算什么。"威尔玛让安负责一个小型研究小组，组员包括一个名叫安妮·所罗门的数学家和哈佛大学毕业的男生本·哈扎德。哈扎德的身体状况不符合服役的条件，她们给他起了个很合适的外号叫哈普（Hap）[1]。他们很年轻，但很厉害。随着太平洋上的岛屿一个一个被美国人夺回，日本人很难给被切断联系的前哨基地分发新的代码本。有时，他们可以用潜艇偷偷地把代码本运进去，但一般情况下，孤立无援的密码编制者不得不设计一个临时应急的解决方案，以一种新的方式使用旧代码本。日本人会制作方阵密码，从旧代码本中找出附加码，然后不是把它们加起来，而是让附加码在垂直和水平方向上铺展，以构建出表格。方阵密码难以破解有很多原因，其中一个是其代表的代码组和实际发送的加密代码组之间没有数学关系，因为并没有进行加法运算。

但是，代码组"分奇偶"与"和检验"的确开创了新模式，而安所受过的少量培训为她破译方阵密码做了点准备。她是第一次遇到敌人的这种创新，坐在那里苦苦思索。解决方案的雏形一出现，所罗门·库尔巴克马上就站在她身边，敦促她继续前进。安多年后回忆道："实际上，在这个世界里工作，开始了解这个世界并发现你不是要当数学或语言学家，而是真的可以做一些有用的事情，这

---

[1] Hap：意为"运气"。

很让人着迷。"

远远不只这些。日本人所做的是加密,而安和她的团队所能做的就是一次又一次地打开加密的锁。为了找回一个密钥,他们会通宵达旦地工作。敌人即使在遭到攻击的情况下仍能处理好需要大量手工工作、翻阅卷册、查阅表格的系统,这一点让他们无法不感到钦佩。所罗门·库尔巴克接待来访者时喜欢把他们带去一个房间,这里有张桌子堆满代码本、附加码代码本、一摞一摞的纸,各种材料堆积如山。他说:"这些是日本人正在使用的材料。"

阿灵顿学堂的老兵们一边改进训练方法,一边也尝试理解对新人应该抱有什么样的期望。威尔玛·贝里曼会给安妮一些代码组,不告诉她这些代码组来自一本被截获的代码本,看看她能破解多少个。她就像一个活生生的密码分析实验。任职一年后,安开始训练士兵。多年后,当所罗门·库尔巴克被问到,如果他被困在荒岛上,而只有一个人能破解能让他回家的电文时他会选择谁,他毫不犹豫地回答:"安·卡拉克里斯蒂。"地址组也为击落山本五十六做出了贡献。在收到第一条有关山本行程信息后那段紧张的时期,美国海军也曾派人来陆军寻求地址代码上的帮助。威尔玛回忆说,尽管事后海军不愿意承认陆军帮了忙,但这段插曲是她的团队"最大的成就"之一。"海军抢走了很多功劳,我有点不开心。"

* * *

在美国陆军和海军旷日持久的争执中,海军反对陆军的一条理由是:陆军在雇用文职人员时可能会碰上轻率鲁莽、无视纪律的人,这些人无法保守秘密。这与事实相去甚远。当然,阿灵顿学堂的人也会开玩笑提到如果他们泄密会发生什么。签署保密誓词意味着他们有可能被起诉，违反保密规定者将被处以一万美元的罚款或十年监禁。威尔玛喜欢说，拿公务员工资的人"不可能拿出一万美元"，所以他们只能去坐牢。但他们认真地进行了保密宣誓。当安被问及她在阿灵顿学堂做什么时，她用轻松的语气聊了聊文秘工作。

他们倒是希望不用解释任何事情。最简单的方法就是只跟同事待在一起。负责破译日本陆军密码的顶级破译员们一起吃午饭，在当地屈指可数的几家餐馆里用餐。安、威尔玛和其他几个人筹集了也许只是几百美元，合买了一艘帆船，艰难地在风高浪急的波托马克河上航行，有一次他们差点儿被开往诺福克的夜航船撞翻。当时天已经黑了，他们的帆船因为没有风搁浅了，有很多人在吹喇叭，一片欢声笑语。这些密码破译员成立了合唱团和剧团，相约打网球，在附近的克拉伦登村和科隆尼亚村的社区小巷里打鸭柱球。很多人在喝酒，人们弹着钢琴，有时会因为醉酒和疲惫倒在钢琴下面。

这里有风流韵事，也有深厚的友谊。安和一位名叫格特鲁德·科特兰的堪萨斯州教师兼作家成了好朋友。格特很合群，比安更外向，也比安大16岁，非常爱好文学，博学多才。她是从北卡罗来纳大学教堂山分校招募来的。格特善于交际，很快就被调到了人事部门，在那里她为朋友们提供了直接接触高层的渠道。格特、安和威尔玛会把她们的汽油券攒起来，开着威尔玛的旧车到利斯堡周围连绵起伏的弗吉尼亚山村度周末。

但消除疲劳的周末并不是常常有。她们在工作上拼尽了全力，没有人为了晋升而争抢。她们知道，所有这些都是暂时的。关键是要赢得胜利，回归正常的生活。有一名女文职人员经常抱怨她的工资级别低，安为她的利欲熏心感到很震惊。她们的目标不是升官发财，而是为取得胜利贡献力量。她们跟海军、英国以及澳大利亚的同行也会有你追我赶的竞争，但重点只在于谁先找到解决方案。她们无法让人们停止工作。如果语言学家们有空余时间，也会帮着观察记录。有一次遇上了暴风雪，每个人都步行去上班。正是当时那种普遍的合作、有趣、一丝不苟和智力游戏的劲头催生了下一个重大突破，它对战争的影响不亚于中途岛战役，只是没有得到那么多公众的赞誉。

＊　＊　＊

　　破解地址密码是一项重要的成就，但它没有解决日本陆军的主要密码问题。1943年春天，情况变得很糟糕。阿灵顿学堂的工作人员与澳大利亚的一个兄弟单位一起开始集中精力研究一个被称为2468的系统，这是日本军队用来引导其补给船（即marus）的"水运代码"。该小组知道2468是这样一种加密代码：在某个地方隐藏着由两个四位数代码组构成的内嵌的指示代码，它可以告诉人们加密时采用了附加码代码本的哪一部分。指示代码是最难以捉摸的核心线索，全世界的人都在努力寻找它在哪儿。早在1943年3月，这项工作就让人感觉毫无希望。团队尝试了暴力攻击、用IBM打孔卡进行一次又一次运行，他们提出了一些假设，提高了自己的期望，但又眼睁睁地看着希望一次次破灭。

　　弗兰克·刘易斯后来有一段浪漫而又准确的描写："只陈述事实和数字无法传达出那些通宵达旦的工作会议中令人激动、几乎难以置信的方面——每条电文都被当作密码分析攻击链的最后一环揪住不放；完全不懂和完全可读之间只有可怕的一线之隔；密码分析员与通信量分析员密切合作，有时只是险胜。"对这些方面的描写会让任何一部谍战片相形见绌。

　　1943年4月发生了几件事。阿灵顿学堂收到了一份来自英国的电报，其中提到了2468的一个特殊之处：在每条电文的第二个代码组中，第一个数字似乎不是随机的。来自澳大利亚的另一份电报证实并详细说明了这一发现。一位年轻的美国军官乔·理查德被派到布里斯班的密码破译机构负责分拣电报的常规工作，在一间永远拉着遮光窗帘的两层郊区小楼里，他借着"微弱的灯光"发现了一些非随机的行为，这说明某两者之间存在亲和关系，在2468的电文中，一些靠前的代码组之间有某种联系。他发现，第三个代码组的第一个数字无论是什么，都与第二个代码组中对应位置的数字有关系：如果后者是0，那么另一个数字就是2、4或9。

依靠这些微弱的线索，阿灵顿学堂的密码破译员们开始以新的方式来审视代码，重点关注第二、第三个代码组。从4月6日午夜直到4月7日凌晨，一支由三名男性和四名女性——迪莉娅·泰勒（现在是辛科夫）、玛丽·乔·邓宁、露易丝·刘易斯和南希·科尔曼——组成的精英团队关在一个房间里，门上挂了一个牌子，禁止其他人进入。他们现在明白了，靠前的代码组中的某些数字似乎在控制其他数字。他们看到，如果在某个地方出现了一对相同的两位数，例如11或77，另一个相同的两位数也会在其他地方出现，就像代码组之间的呼唤和回应一样。这些数字之间的彼此牵制表明它们是相互依赖的。大约在午夜时分，研究团队开始明白到底是怎么回事了，他们意识到这些数字的排列模式具有启示性。

他们破解了一个复杂且至关重要的系统。日本的水运组织使用了三本附加码代码本，每一页都有100个四位数的附加码排列在一个10乘10的正方形中，以随机数命名其行和列。这个指示代码由两个四位数的代码组组成。第一个指示代码组的第一个数字提供了所使用的附加码代码本的编号。后面的两位数字是页码，第四位数字是"和检验"。他们称这种模式为BPPS，也就是"代码本页数

页数 和检验"（book page page sum check）。第二个指示代码组给出了行和列的坐标。完整的指示代码格式是 BPPS RRCC。

但真正可怕的是，这两个指示代码组被放置在每条电文的头两个代码组之间，然后才用电文中前两个加密代码组对这两个指示代码组进行加密。重点是：电文被加密了，然后被进一步用来对指示代码组进行加密。这是一个可怕的彼此交织的系统，是一种涉及层层叠叠伪装的俄罗斯套娃。当团队告诉上级普雷斯顿·科德曼他们的成果时，他本能地拉下窗帘，仿佛敌人在外面一样。他们考虑不告诉世界上任何一个人，集体攻关之后再通知澳大利亚。巧合的是，布里斯班那边同时也找到了破解方案。

阿灵顿学堂感到非常激动。4月的一份简报称，"整个部门获得了新生。基于2468已经得到证明的线索，几个以前看起来似乎无法下手的问题即将被攻克"。他们可以用经常出现的"maru"[1]这个词来复原附加码。他们继续破解其他系统，观察日本陆军的部署能给他们提供什么帮助。日本第八方面军在拉包尔周围兵分多路，此时开始向不同单位发送相同的电文，这些电文由相同的附加码加密，但使用不同的方阵来加密。破译人员可以比较这些重复的电文——他们称之为"交叉复制副本"，并从中梳理出附加码来。

没过多久，他们就体会到他们所做的事情多么重要了。1943年7月，阿灵顿学堂破译的第一批2468电文中有一条显示，很快会有四艘日本运输船来韦瓦克港。新几内亚岛上的韦瓦克是日本一个大空军基地的所在地。密码破译员把这一电文交给了军事情报部门。不久之后，所罗门·库尔巴克通过无线电得知美国海军在韦瓦克港击沉了四艘日本运输船。听到这个消息他感到很欣慰。没有人

---

[1] maru：即"丸"，日语中船名后缀的音译。

同情淹死的敌军水手和士兵，战争时期更是如此。

破解2468是这场战争中最重要的成就之一，它的重要性不亚于破译恩尼格码机和中途岛的胜利。2468密码的破译使得盟军对每一艘在太平洋上为日本军队提供补给的运输船的路线都了如指掌。和日本海军舰艇一样，许多日本运输船每天都会发送一条电报，报告他们在正午时分的确切位置。这些电文都被转交给了美国的潜艇指挥官们。库尔巴克后来说："对潜艇来说，还有什么比知道敌船何时到达何地更美好的情报呢？"美国军方使用了一些计谋，这样日本人就不会知道运输船被击沉是密码被破译造成的。美国人会派飞机上天，这样看起来就像是他们从空中发现了运输船。日本人发送的电文说，他们认为罪魁祸首是海岸观察哨，也就是岛屿沿岸的间谍。阿灵顿学堂的密码破译员们读到这条电文感到很开心。

欢欣鼓舞的阿灵顿学堂变得踌躇满志，他们想掌握日本陆军所有的密码系统。2468的破解带动了5678、2345、6666、7777等密码系统的破解。他们还破解了航空代码系统3366以及一个6789系统，该系统涉及晋升调职、工资和资金申请、部队调遣以及"卫生局"的报告，说明有多少日本士兵伤亡、有多少人感染斑疹伤寒和其他疾病。他们不仅知道敌人的位置和军饷，还掌握着他们的健康状况。

他们攻击了一个重要的管理代码7890，这次行动充分彰显了集体智慧的力量——阿灵顿学堂这个密码破译组织已经成为了一个巨大的公共大脑。对这个管理系统代码头几个星期的攻击几乎一无所获。有一天，这个团队里的一名中尉来找弗兰克·刘易斯，他们两个人在附近的体育馆有一场击剑比赛。正准备出发时，他们聊起了管理系统代码。中尉想知道它会不会也是用其他系统采用的那种方阵来加密的。刘易斯认为不是。中尉说你怎么知道它不是用方阵来加密的呢？于是刘易斯开始就密码在方阵的周期内重复但不超出这个范围、对明文的限定、对密钥的限定等等问题进行长篇大论。他补充说，所有这些条件都存在是不太可能的，但万一真的出现这种情况，可以看看类似9939这样的数字会不会出现。

迪莉娅·泰勒·辛科夫无意中听到了他们的话。她指出，9939是7890系统中出现频率最高的代码组。正是这次偶然的谈话——男人们随意的假设和迪莉娅·辛科夫卓越的记忆力——破解了管理系统密码，由此获得了包括日本士兵死伤人数、重大进攻计划战术信息在内的情报。

所有密码都被阿灵顿学堂破解了。所罗门·库尔巴克说："日本人发的电报没有我们看不懂的。"他们可以比收件人更早读到电文。他们还知道日本对密码安全的严苛态度会带来意想不到的后果。日本陆军会严厉处罚丢失代码本或导致其被缴获的责任人，以至于士兵们往往不愿承认代码本丢失了。1944年1月，澳大利亚的士兵在新几内亚缴获了日本第20师团的全部密码编制资料库，这些资料库是在一个很深的水坑里发现的。澳大利亚人把这些代码本交给了阿灵顿学堂，阿灵顿学堂的密码破译人员利用这些材料解读出了一名士兵发给他上级的电文，他向上级保证他已经彻底摧毁了破译员们手中的这些代码本。在麦克阿瑟的新几内亚和所罗门群岛战役中，靠这些代码本破译的情报发挥了重大作用。

地址代码的解决让一切都运转起来了，地址代码仍然是不可或缺的。所有截听到的电文都由威尔玛·贝里曼的小组开始处理，他们会破解地址代码，并加到截获电文中。通常情况下，一条日军电文会分成8~10个部分来发送。这些序列号是前导的地址代码的一部分，可以帮助分拣电报的工作人员重新把这些碎片组装起来。接下来是密码破译小组。安·卡拉克里斯蒂说："我们的工作是解决地址问题，然后就可以把电文交给下一个翼楼，这样人们就可以把它排好，真正开始处理文本。"

但负责译读整个日本军队往来通信的仍然只是一个小团队。到1943年年中，阿灵顿学堂这个精挑细选的团队包括来自军需大楼的老手、安·卡拉克里斯蒂这样的有前途的文职人员，还有少数军人。正如一份简报所言，为了协助美军在太平洋战场上开展艰苦卓绝的战斗，他们必须"建立一个能够尽可能迅速产生结果的组织"。这意味着将工作分解得更细，开发出一条运转良好的流水作业线，并雇用更多的"宝贝"。正是因为2468的破解打开了闸门，多特·布雷登和露丝·韦斯顿才可以被招募进来。

第九章
"抱怨不过是人之常情"

1943 年 8 月

1943 年夏天的阿灵顿学堂就像一个获得了大量风险投资的创业公司，需要在一夜之间扩大规模。极为重要的水运代码 2468 被破解以后，需要成千上万的工作人员来解码与运输船有关的往来通信。战争到这一阶段后，征兵工作面临重大挑战。海军和战略服务局、联邦调查局等联邦机构都在到处招募女性，工厂、防务公司和其他私人公司也是如此。军队的工资没有私营企业那么高，但可以用爱国主义来吸引工人，而且工资比教书高。

于是阿灵顿学堂决定集中力量吸收南方的学校教师，主要在南方各州开展工作。瞄准南方其实并不是首选策略。在招募文职人员时，陆军必须遵守文官事务委员会令人费解的官僚规则，该委员会要求陆军通信兵团在华盛顿的工作人员必须从所谓的第四公务员区来招募，这个地区包括马里兰州、西弗吉尼亚州、弗吉尼亚州和北卡罗来纳州。由于对保密过分执着，就连招聘人员也没有被告知他们要招聘的是什么工作岗位。除此以外，招聘人员还有招聘指标的

美国陆军在南方招募中小学教师。他们派出了年轻英俊的军官来吸引她们。当多特·布雷登在林奇堡的弗吉尼亚酒店初次接触招募人员的时候,他们没有告诉她这份工作是什么性质,可能他们自己也不知道。版权所有:南希·B. 马里恩,林奇堡历史供图

压力,因此夸大其词就有了肥沃的土壤。一份战时报告承认,信息的缺失导致征兵军官"有时会对候选人做出无效的假设和不准确、误导性的陈述"。他们做出了"诱人的承诺"。

换句话说:他们在撒谎。

因为他们要找的是南方人,所以陆军根据对南方妇女的成见制定了策略,即她们比其他地方的妇女更喜欢男人,更多愁善感,在感情上更容易受骗,而且对婚姻更执着。他们似乎没有想到,有些女性,比方说多特·布雷登,可能是想把自己从婚约中解脱出来,而不是进入婚约。阿灵顿学堂挑选了好看的军官来做招募工作。大家公认一位有芬兰血统的军官帕沃·卡尔森特别英俊,他负责弗吉尼亚州里士满及其附近地区的招募工作。他很可能就是在弗吉尼亚酒店招募多特·布雷登的那个军官。

所罗门·库尔巴克多年后承认，"我们用年轻的陆军小伙，因为这样我们招募的女孩就会认为她们可以通过这种方式找到未来的丈夫，也就会回到华盛顿"。他仍然为这个计策感到骄傲。"有很多真实的例子，这些来自西弗吉尼亚州山区的打赤脚的丫头被带进军队来，接受了一些训练……我们会把这些新人弄进来，让她们了解日本的制度，学习一些基本的词汇和常用的词汇，然后让她们随意使用那些又基础又常用的词汇。"安·卡拉克里斯蒂承认，有经验的员工会表现出些许优越感："有新人来的时候，我认为我们这群人里的北方人对南方的新兵不够宽厚。"

阿灵顿学堂每个月都会增加几百名女文职人员。1943年夏天有一波大规模的招募——弗吉尼亚州林奇堡的多特·布雷登和密西西比州波旁市的露丝·"乌鸦"·韦斯顿都是这次招进来的，后来1944年2月又有一次大规模的招募。每当密码破译有新的突破，或者在太平洋地区有大规模的军事进攻行动，通信兵团就会去招募更多女孩。1944年招募的范围被允许扩展到中西部和东北部，包括缅因州、密歇根州、威斯康星州、伊利诺伊州、印第安纳州、明尼苏达州、爱荷华州、内布拉斯加州、堪萨斯州、俄克拉荷马州以及密苏里州等。为了增加对女孩们的吸引力，陆军决定支付她们到华盛顿的路费。最后，招募人员终于可以得知他们要招募什么岗位的工作人员了，但由于工作性质一直在变化——新密码不断被破解，新技术不断发展——他们不知道需要哪些技能。

所以他们就只管一个劲儿地吸纳女孩们。

一份简报指出："由于所有分支机构都需要大量新员工，所以没有人指定分支机构需要哪种类型或具备何种素质的员工。各分支机构一直要求大量进人。要求招200名文员，且对级别、年龄、教育水平和经验没有任何规定是常有的事。"

陆军开始发布各种广告，在公共场所粘贴传单和海报，也在媒体上发布新闻稿。明尼苏达州一家报纸上的一篇文章提到了招募工作，报道称："已经有100多名双城女孩被招走了，菲利斯·拉杜尔就是其中之一。她在给父母的信中说，她在阿灵顿农场碰到了许多圣保罗学校的女孩，这份工作'很让人激动'。"

陆军在合作院校开设了培训课程，合作院校也包括南卡罗来纳州罗克希尔的温斯洛普学院（Winthrop College），该校的培训课程老师、数学和天文系主任露丝·W. 斯托克斯给她的上级写信，敦促他们再安排一名数学老师，以满足"秘密战争课程"的要求。从斯托克斯的信中可以看出，整个美国都对数学专业的女生展开了激烈的竞争。

> 阿伯丁试验场的弹道实验室提出"温斯洛普学院"这个班14个毕业生他们都要。戴维·泰勒船模试验池也说整个班都要，并进一步建议美国船舶局可以雇用所有温斯洛普学院能培训的女孩作为工程助理。兰利实验场给我的学生中先提出申请的6个人提供了工资2400美元的就业机会……上周我收到了海军少将霍华德的电报和一封信，恳求我给他6个数学专业的女生……去年春天在我的密码术课上的34名大四学生中有33人被通信兵团雇用，起步工资为1970美元。未被录用的那名学生有外国血统，出身于叙利亚移民家庭。去年，温斯洛普学院的数学系已经培训并安排了50多名年轻女性从事基础的战时服务工作。

阿灵顿学堂也尽量从陆军其他组织中招收陆军妇女军团成员。有一本专为女军人印制的小册子把阿灵顿学堂的工作说得像温泉度假一样。小册子封面的标题是《二等兵史密斯去华盛顿》——这是1939年上映的由詹姆斯·斯图尔特主演的热门电影——封面上有一位身穿陆军制服、手拿提包和箱子的年轻女子,背景是华盛顿纪念碑和樱花盛开的潮汐盆地。小册子的内页是漂亮的阿灵顿学堂的正面照片,一面美国国旗高高飘扬。"阿灵顿学堂被誉为南部最美丽的建筑之一,"小册子热情地介绍道,"从国家首都华盛顿出发,沿着一条美丽、快捷、绿树成荫的道路走五英里就到。"

为了突出工作的吸引力,这本小册子描绘了二等兵史密斯的旅程,说她"下了巴士,穿过美丽的人行道,打开大门,走进了悄声忙碌的阿灵顿学堂。这不是普通的军队驻地。这里有一种兴奋和神秘的气氛,甚至在她跨进门槛的时候,她就已经跃跃欲试了。"

这本小册子里还有更多诱人的照片标榜营房("浴缸和淋浴")、伙食("诱人的、营养的菜肴")、服装("剪裁考究的制服")和就业机会。它赞美了军人福利社、美容院和来信通知的激动时刻。小册子注明了陆军妇女军团享有与男性一样的基本工资:每月50美元,外加食物、住宿、衣服、医疗、牙科保健以及包括人寿保险在内的种种福利。这里引用的一段话出自一名二等兵之口:"我每个月得到的50美元都是纯收益,都是我的!当我还是文职人员的时候,支付所有账单之后,我从来没有剩下这么多钱。"

这本小册子给阿灵顿学堂吸引来大约1000名陆军妇女军团成员。在威尔玛·贝里曼看来,她们在那里得到的是"最烦人的工作"。(在阿灵顿学堂的7000名文职雇员中,女性占大多数,文职人员与军人的比例约为7∶1。)陆军妇女军团的营房非常简陋,女孩们必须把煤铲进大肚火炉里取暖。一些陆军妇女军团成员被安置在附近陆军驻地的马厩里。住在马厩里的女人们被称为"霍比的马",这是为了向领导陆军妇女军团的得克萨斯州女记者奥维塔·卡尔普·霍比上校致敬。许多人被安排在阿灵顿学堂的机房里工作。有些人被派去当保安,坐在椅子上看守大门。有位陆军妇女军团的姑娘对待工作非常认真,甚至曾阻止一位前来谈公事的将军进入威尔玛·贝里曼的办公室。将军表示抗议并告诉这名陆军妇女军团的姑娘他是谁,她喊道:"我不在乎你是不是上校,你不能进去!"

尽管有些工作可能很糟糕,但与海军不同,美国陆军允许女军人部署到海外。一些陆军妇女军团的姑娘接受了密码术方面的培训,被派往战区对美方的电报进行加密。她们被派往法国、澳大利亚和新几内亚,在那里她们在地堡、地下室和用篱笆围起来的院子里工作。

其他女孩则接受了无线电截听的训练,在加利福尼亚州沿海的双岩牧场和弗吉尼亚州北部文特山农场的红色谷仓中设立的截听站负责秘密截听工作。这是一个很多人喜欢的就业机会,但对有些人来说,却要付出精神上的代价。诺玛·马泰尔是一名被分配到文特山农场的陆军妇女军团成员,她是在西弗吉尼亚州长大的,是一个自给自足的农民家庭的第 11 个孩子。她获得了附近一所大学的全额奖学金,但她的家人凑不出 7 美元的车费,所以她没有去上学。

加入陆军妇女军团以后,诺玛发现到达文特山农场的那一天正是原本在那里工作的男人们出发的日子。她在 1999 年的一次采访中回忆说:"那支部队的所有男人都去了海外,一个月后都死在海滩上了。"这些在她们到来之后才前往海外服役的男人的遭遇让她心痛不已,她接受了和平主义,成了一名贵格会教徒。她的工作是如此的秘密,因此她不能向任何人吐露她的愧疚之情。她不能告诉她的父母、朋友、治疗师、牧师,当时不行,永远也不行。

* * *

　　一些陆军妇女军团成员以不那么痛苦的方式得到了具有挑战性和重要性的任务。1945年5月，在文特山截听站工作的两名陆军妇女军团成员（里根和索莱克）被派去测试阿灵顿学堂的安全，看她们是否可以混进密码破译大院并窃取机密电文。这两个足智多谋的女人被安排住在附近的一家酒店，被告知要自称去找工作。她们不知道里面的任何布局，也不知道这个系统如何运作。她们穿着便服来到大门口，声称她们想找工作，于是就获准进入并获得了访客徽章。她们熟悉了一下院子，去了军人福利社，开始找人聊天，了解了哪些徽章可以进入哪些建筑，把自己的访客徽章做了手脚，又从到处散放的外套上偷了更多的徽章，然后开始四处走动，从办公桌和抽屉里拿走了一些机密文件。当天晚上她们把所有东西都交给了情报人员。第二天，她们又做了同样的事情。没有人报告徽章或文件丢失。《华盛顿邮报》报道了这件事，指出了这一安全漏洞。报道起了一个很八卦的标题：《搞到秘密战争文件就像得感冒一样难》。

* * *

　　阿灵顿学堂的文职人员很快就意识到，这个绝密设施的条件与征兵海报上诱人的语言和英俊军官的美好承诺相去甚远。这个地方是混乱的，尽管是有效率的混乱，但仍然是混乱的。许多女孩对搬来华盛顿感到很兴奋，这里是自由世界跳动的心脏，人口已从约60万猛增到近90万。但是一旦她们成为真正的公务员，这些女人和男人就开始做公务员一直在做的事：抱怨。

安·卡拉克里斯蒂经常打交道的那些精英密码破译员士气是挺高，但阿灵顿学堂的普通员工对呼呼作响的风扇和同事嚼的口香糖有各种抱怨。办公楼糟糕的隔热、令人讨厌的老板、抽烟和磨洋工的同桌伙伴——所有这些都是他们愤愤不平的理由。对许多女性来说，这是她们第一次在除了教室之外的真正的工作场所待上一段时间，她们发现工作场所从来就是这样一个所在：一个感到烦恼、受挫、受干扰、价值被低估、得不到重视的地方。

1943年的一份报告得出结论，在任何时候，阿灵顿学堂都有30%～35%的员工对他们的工作条件、工作、主管或薪酬"或多或少公开表示不满"。报告指出，即使是一小群不满意的员工，也可以"点燃火苗，引起一场无法控制的大破坏"，这种具有传染性的不满情绪是导致工会崛起的原因。为了让密码破译员开心，阿灵顿学堂搞了一场运动，弄了些鼓舞人心的宣传画和电影。1943年初秋，为了给员工们一个发泄的机会，还搞过一次"士气调查"。

许多抱怨无疑是由于这个地方发展得太快产生的。其他的抱怨则是因为普遍感到满意的人被要求说出对工作中哪些方面不认可。一名女员工说，她认为大多数人都非常喜欢这份工作，但"抱怨不过是人之常情"。现在他们有机会了。调查报告的编辑瑞亚·史密斯是罗林斯学院的教授，他在调查的导言中清晰地阐明了导致富有成就和突破的1943年员工不满情绪高涨的各种因素。

炎热的天气是其中一个因素，史密斯大胆地指出，这让那些"性格敏感"和"想象力过于丰富"的人感到紧张。（这些短语很难不被解读为"女性"的同义词。）他指责征兵中急于完成指标的做法给了入伍的新兵"不恰当的建议"，而且"找来的经常是一些漂亮的云雀"。还有工资的问题。与安·卡拉克里斯蒂和其他精英员工不同，许多女性确实关心自己的工资和薪酬等级。有些人想从事速记工作。打字员们抱怨陷入训练时打字速度会慢下来。其他人则担心，在战后的职场竞争中，她们无法告诉未来的雇主自己在战争期间到底在做什么。

虽然存在性别冲突，但不是男女之间的冲突，而是男性文职人员和男性军官之间的较量。男性文职人员大多是超过参军年龄的教授和不满足服役条件的男性，这些人有正当的理由不上战场，但即便如此，他们还是很敏感。文职人员和军人的近距离接触使男性之间的竞争变得更加激烈了。曾被列为 4-F 级的哈佛大学毕业生莱斯利·拉特里奇表示，人们对这种"自命不凡的美国大兵做派"感到很不满。

最愤怒的人是威廉·希曼，他感到文职人员的待遇比士兵差很多。在他看来，士兵进门时有人向他们敬礼，而文职人员则"因为徽章放错了地方而被训斥"。他声称，男性文职人员是唯一能把工作做好的人。军官们享有的特权太多了，士兵们经常被叫去执行其他任务，而这种情况"不会因为引入陆军妇女军团而得到改善"。

士兵们也有自己的问题。"起初，士兵们有一种不好的感觉，"哈维尔·塞雷塞多上尉说，"他们觉得他们被女人或文职人员管着。这一点得到了纠正。"

每个部门都有自己的不满。在电报发送部门，有人注意到"一些女大学生看不起没有上过大学的人"。在索引和分拣部门，一位名叫伯尼斯·菲利普斯的工作人员抱怨说："有些人无所事事，什么都不做，好像不知道正在打仗。"奥利弗·米克尔小心地指出，爱聊天的闲人们把时间浪费在了餐桌旁。

在收录内部报告的专章里，有一种抱怨基于这样一个事实："许多人被雇用时以为会从事刺激的、充满冒险的工作"，但却发现这份工作"单调枯燥"。情报部的主管是一位名叫约翰·柯丁顿的教授，他抱怨说，他需要高素质的女性，"那些不只是拿个毕业证，而是在大学里表现出色的女孩，那些上过好大学的女孩"。他需要手下的女孩有"广泛的阅读和文化背景，有一定的语言能力，懂一点地理"。

柯丁顿还提到，他手下的"女孩们"不得不争抢打字机——当时整个华盛顿地区都缺打字机。她们还抱怨有个雇员"经常抽雪茄"。情报部一直在应付各种要求。凯·坎普是斯沃斯莫尔学院的毕业生，负责地理组；史密斯学院的毕业生阿琳·厄兰格当时正为日本船只建立档案；安娜·查芬正在收集日本地名。和其他部门一样，情报部都是通宵工作的。女孩们对不得不在半夜步行到半英里外的白金汉区搭乘到市中心第十一大道和 E 大道的汽车感到不满，因为住在阿灵顿农场的女孩们有一辆夜班车可以直接把她们送到大门口。

其他的竞争关系也出现了。除了日语组以外，处理其他代码的小组都感到没有得到足够的重视。在负责近东、土耳其、波斯、埃及、阿富汗和阿拉伯等语言系统的部门，塞勒斯·戈登中尉指出，全球战争"要覆盖全世界所有地区"，对日作战部门"不应该消耗掉所有专门人才"。对德作战部门的一位中尉抱怨说，有些人浪费了很多时间，比"搞破坏的好不了多少"；"效率低得惊人"；有个女孩粗心大意经常出错，但"被人纠正的时候就哭了"，所以就没人纠正她了。

在处理葡萄牙语和巴西外交密码的部门，有一位女士对工作量有时候突然加大感到不满，而且当电文被破解之后他们发现，南美的通信量峰值与战争无关，而只是"大使级周末"，也就是大型外交聚会的反映。

在意大利语密码部门，哈罗德·戴尔·冈恩报告说，人们在炎热的天气里变得烦躁不安。他说："最近关于百叶窗的指令使许多人感到心烦。"他指的是许多人都提到的1943年夏天工作场所引人发火的主要原因：有一项指令要求所有窗户的百叶窗都要拉到相同位置。这是典型的华盛顿式的指令，范围过大，考虑不周，而且很快就被撤销了，由此它也得以青史留名。另一名工作人员提到："百叶窗指令差点儿弄得三个人辞职。"对此抱怨得最多的是一直愤愤不平的威廉·希曼，他宣称："人们会认为军官们除了琢磨讨厌的命令外没有其他的事可做。"

竞争也出现在年轻姑娘和有点年纪的女性之间，以及已婚和单身女性之间。露丝·M. 米勒夫人直言不讳地指出，许多年轻姑娘来到阿灵顿学堂时，"对那里的条件抱有美好想象，对浪漫冒险怀着一腔期待"。米勒夫人自诩像她这样的已婚妇女比单身的姑娘们工作更努力些，因为她们"有人要养活，有东西要捍卫"。

永远不满意的威廉·希曼仿佛受到了一群坏女孩的摆布。"我来的时候，我们的部门正被一小撮年轻女孩把持着，她们给我们分配不适合我们的工作，阻止我们学习如何做技术性更强的工作，给新来的男性制造麻烦。她们现在没有控制权，但众所周知，她们会对新人评头论足并且四处传播，其中一些人被调走就是拜她们所赐。"

食物！命令！百叶窗！男人！女人！同事们！年轻人！典型的职场不满层层叠叠，交织在一起。还有一些不便是女性特有的。她们在轮班破译密码之外还要为家务琐事操心，在米珠薪桂的城市里艰难度日。露丝·沙夫跟丈夫离婚了，她的丈夫在陆军服役，但却拒绝支付孩子的抚养费。露西尔·霍尔小姐"曾经试着攒钱，但她在绝望中放弃了"。简·普利亚姆的妈妈不得不寄钱给她。

但也有许多人感到满足、开心、游刃有余。来自北卡罗来纳州的多莉丝·约翰逊说，这项工作很有趣。以前曾当过教师的莉莉安·帕姆利则说:"在这里的工作没有对付四十个学生那么伤脑筋。"当莉娜·布朗在收到的电文中一无所获时也会灰心丧气,但真的能挖掘出一点东西时,她"就变得兴高采烈,加班加点"。速记部的主管莉莉安·沃尔说,速记部的姑娘们"对学习这门专业的前景感到很满意"。

莉莉安·戴维斯在通信量分析部门主管记录工作,她的团队工作起来就像一辆高级赛车。她这里不准说闲话,不许嚼口香糖,不准诽谤生事、纠缠不休。不合作的人都被调走了。

另一位年轻女性发挥了她的管理才能。简·B. 帕克刚从马里兰大学毕业,现在专门负责加密培训。当历史学教授哈罗德·布里格斯博士被分配到这里时,曾发生过一个小插曲,他误以为自己将主管这里的培训工作,但包括布里格斯在内的所有人都认为简·帕克更胜任。报告指出,简·帕克是"一位聪明活泼的年轻女士,尽管她的专业是家政学,但她在班上的地位很高"。二十三岁的简的工作是对员工进行密码安全培训——教他们如何对美方发出的电报进行加密——以及如何进行过程分析和系统分析(procedure and systems analysis)。她所负责的工作如今被称为网络安全。

不过,混乱和某种程度的无聊也许有其作用。停工的时候,受过良好教育的文学家们拿起了笔,为自己这段投入秘密工作的岁月留下种种记录文字。1944年4月,两位仅被确认为 M. 米勒和 A. 奥古斯特的密码破译人员——可能是在一个团队共事的马乔里·A. 米勒和安·R. 奥古斯特——写了一首诗,庆祝破译2468密码一周年。这首诗在将近七十年后才解密。这首诗"带着歉意"致敬埃德加·爱伦·坡的《乌鸦》,同时还致敬了一首名为《带枪妈妈》的流行歌曲。诗歌前三节描述了为破解2468所做的准备。接下来的几节讲述了密码破译、弗兰克·刘易斯剃掉凡戴克胡子以示庆祝,以及后来的招募。

> 6月的卡罗来纳，传教士们从中国回来啦，
> 穿上鞋子，收好《圣经》，一窝蜂地涌向大厅，
> 全国各地的学生放起漫漫长假，
> 因为老师们去了车站，热烈响应征兵者的召唤，
> 学士、硕士、博士，应征密码分析助理
> （他们还是叫这个，别的啥也不是）。
>
> 然后就来到了第七阶段，所有人都上了天堂，
> 办公室里的娘子军击沉了日本船。
> 但可恶的日本佬第八阶段竟敢改密码，
> 密码成了维吉尼亚方阵，破解情报越来越少了。
> 可塞登兰兹知道让我们恢复信心的办法：
> "孩子们，再搬一搬家具吧。"
>
> 现在4月6日我们庆祝你的生日，亲爱的2468，
> 尽管你越来越难，一年比一年难，
> 尽管我们交叉复制副本没有增多，破解的情报越来越少，
> 密码分析仍然是我们的使命，我们一定是在这里被冻僵了！
> 当我们的孩子询问你在战争中做了什么，我们会回答，
> 我给陆军通信兵团买红带子[1]。
> （赞美主，没有了。）

---

[1] 红带子：原文为 red tape，多指官僚机构的繁文缛节，此处反用字面意思，指捆扎文件的红带子，意在强调女孩们严守秘密。

第十章
办公室里的娘子军击沉了日本船

1944 年 3 月

　　安汶、广州、达沃、海防、汉口、基斯卡、神户、古晋、古邦、大阪、巴邻旁、拉包尔、西贡、高雄、韦瓦克……这些地名大部分是多特·布雷登几个月之前第一次听说。现在它们控制着她的生活。它们让她在自己的大桌子和梳理交叉复制副本的工作台之间跑来跑去。这些亚洲或南太平洋地区的地名可能会在以 2468 密码编码的电文开头被提及，2468 密码是日本主要的水运代码，其他小一点的运输代码也有可能提到这些地名。

　　或者更确切地说，上述地名可能是被提及的地名中的一部分。水运代码 2468 体量很大且无处不在，它主导着太平洋上的水运。任何人需要的任何东西都由水路来运输，大米是水路运输的，士兵和备用飞机零件也走水路。日本补给船一直在给日本军队运送他们需要的货物，前脚刚到港，后脚就出发了。补给船可以是油轮、大型货轮、货船、平底驳船、电缆敷设船、汽船等等。它们往返航行于广岛、横滨、韦瓦克、塞班、东京、马尼拉和特鲁克潟湖之间。

都是奇异的地方。多特不需要知道这些城市和港口的发音，但知道代表它们的四位数代码组是很有用的。2468代码系统占据着多特全部的注意力，控制着她的行动。她满脑子都是2468。

这份工作跟在弗吉尼亚教书相比区别之大，很难想象能有别的工作可以超越。多特·布雷登不再站在黑板前给翻白眼的青少年解释物理公式，也不再指挥十二年级女生走队列和敬礼，而是坐在桌前，埋头琢磨着她来到阿灵顿学堂之前从未听说过的单词："Sono"[1]"区分代码""指示代码""发送组"。电文在发送前会被分成几个部分，Sono是附加在电文上的数字，Sono #1是第一部分，Sono #2是第二部分，以此类推。区分代码是用于确定密码系统的数字，例如2468。指示代码提供了应该查阅哪本代码本的模糊线索。发送组代表"实际发送的代码组"，也即加密的代码组，就是初次看到某条电文时所看到的内容。

当然，多特在阿灵顿学堂的高墙大院之外不能透露半个字。人们被警告不要在大楼外使用他们在楼里使用的词汇。一份培训文件称："这是绝密材料，必须极其小心。""有些你认为是基础词汇的单词只在这种代码中使用，例如用'KAIBOTSU SU'来表示'击沉一艘船'。如果你向任何与轴心国有关的人提到这个词，或让它落到了有问题的人手里，日本人仅凭这一事实就足以获悉我们正在解读他们最新的运输代码。"

多特不认识任何"与轴心国有关的人"，即便如此，她也从未向任何人提起过任何事。她在公共汽车上默不作声。尽管她和克罗住在一起，吃在一起，同睡一张床，但她们从不讨论工作。当多特给她的兄弟、吉姆·布鲁斯或乔治·拉什写信时，她也不会透露自

---

[1] Sono：此处为日文"その"的发音，后文对其含义有解释，故此处保留音译。

己在做什么。她谈到了吃红豆饭和冻桃子，乘公共汽车和有轨电车去海滩。这只是她和克罗在休息时间做的那些无聊小事。多特跟某些同事不一样，她喜欢在阿灵顿学堂的工作，除了北方人以为南方人落后和蠢笨之外，她几乎没有什么抱怨。

在阿灵顿学堂，多特和其他姑娘一起坐在一张大木桌前工作，所有人都一起坐在 B 楼的一个大房间里干活。有人会给她印有一串四位数发送组的卡片，她的工作是把发送组跟她记忆中的一堆代码组进行比对。她得到的都是标为"紧急"的电文。常规的 2468 密码电文会被送到打卡室，由机器处理。阿灵顿学堂的原则是，无论多么微不足道或例行公事，每条电文都必须处理。没有不被当作情报来利用的电文。

可能需要采取相应行动的电文必须马上人工破译，这就是多特得到的电文。她会仔细浏览每条电文，把页面上的代码与她储存在脑海中的代码组进行比较。她要找的是可能代表"补给船"或者"登船""下船"的代码组，这总是很令人兴奋。多特坐在一根杆子旁边，当她看到也许是很重要的代码组出现时，总是会跳起来，脑袋差点儿撞到杆子上。她得跑去把电文交给梳理交叉复制副本的部门。负责梳理交叉复制副本的女孩们会把她的电文和使用同样的附加码加密的电文放在一张大纸上。

一般来说，梳理交叉复制副本的部门里等待气喘吁吁的多特交接情报的是一个名叫米里亚姆的年轻女孩。米里亚姆来自纽约市，她是多特认识的最傲慢的北方人之一，这可不是随便说说而已。有一天，在食堂吃午饭时，米里亚姆说："我从来没有见过哪个南方人能说正规的英语。"这冒犯了多特，因为她本来就是意图冒犯。多特心想："又一个自作聪明的纽约人。"但她没有说出来。她安慰自己的办法是观察米里亚姆无名指上所谓的黄钻——米里亚姆有个未婚夫，或者说她声称有个未婚夫——她觉得这颗钻石和未婚夫可能都是假的。

尽管多特和米里亚姆都看不上对方，但她们必须合作无间，她们也确实做到了。多特会通过识别代码组来启动某些电文的破译，而米里亚姆会把多特带给她的电文放到合适的位置上。交叉复制副本部门梳理好的工作表单会交到译读员手里，由他们来破译其中的含义。完成翻译的电文会送到麦克阿瑟将军的工作人员那里，或是送到某位潜艇艇长手中，由他来完成必须要做的事。

2468密码的电文使用的是电报式的语言。这些电文简短、直接、没有废话，包括航行时间表、港务局长报告、港口水位报告和货物运输情况等等。航行时间表是最简单的，其中的信息包括交通工具编号、日期、船只到达或离开的时间以及目的地。另有一些信息涉及部队或装备的运输，还有少量的信息与伤员或死者骨灰的运输有关。太平洋上的日本补给船运送着一切：食物、石油、物资和遗体。

当收到新电文时，多特会在其中寻找构造型（stereotypes），也即经常出现在同一个地方的单词。"maru"是一个常见的构造型，但也有其他的，这取决于来源地和运输的货物是什么。例如，一个在新加坡的情报发送站"Sen San Yusoo 三号"会定期向广岛、马尼拉和东京发送一份关于石油运输情况的报告。其中属于构造型的词汇可能包括船名，船号，船上载运的轻油、原油、重油、航空汽油或其他汽油的数量，以及每艘船要跑多少趟，什么时候航行，等等。另一个新加坡的情报发送站则定期向广岛、东京和门司发送由此出发前往巴邻旁的船只情况报告。其构造型可能有船号、船名、出发日期和时间、航行速度、航线，以及预定到达穆斯河河口的日期和时间。

有的发送站会发送每日天气报告，其数据包括安达曼海、中国南海与黄海以及其他遥远水域的风速、风向和温度以及水面的状况。多特处理过很多天气报告。她坐在弗吉尼亚州阿灵顿学堂的桌前，为自己对于 8000 英里外的天气情况了如指掌感到暗自好笑。

有个发送站发了一份可提供服务的小型船只的报告，其中提到的船只也许是钢质驳船、木质驳船、特种船、小船、20 吨的船、胶合板驳船或货运潜艇。

一个位于泗水的情报站发出的电报报告了一架日本海军的飞机护送船只出发的情况，其中提到了船只的名称与种类（汽船、帆船、渔船），需要牵引的驳船数量，出发日期和目的地，航行速度，预定到达日期，航行路线，以及连续几天同一时间船只的位置。一份来自上海的有关补给船的报告可能会说明它将要走的路线，"从上海出发，沿海岸线到长江口，顺长江而上到芜湖，再顺江而下到南京，最后穿过东海到门司"。

多特的工作是这样完成的：假定她知道代码组 6286 代表"到达"，而且知道这个单词可能会出现在哪里，她就会在待破译的电文中去找到这个位置，查看一下眼前的发送组。阿灵顿学堂把常见词的代码和可能的加密版本都列出来打印成册了，她可以在其中找一个对得上的，或是通过心算自己减掉附加码。有时实在走投无路了，破译员们会试着用所有可能的附加码来给代码组加密。下面就是 2468 密码：

4333 hassoo（発送）——发送[1]
4362 jinin（人員）——人员

---

[1] 4333 hassoo（発送）——发送：四位数代码组是 2468 代码，括号中是日文汉字。破折号后是中文翻译。下同。

264　　密码女孩：未被讲述的二战往事

4400 *kaisi*（開始）——开始

4277 *kookoo*（航行）——航行

4237 *toochaku yotei*（到着予定）——计划到达

4273 *hatsu yotei*—scheduled to leave（発予定）——计划离开

有些词汇与航行时间表相关。阿灵顿学堂汇编的培训材料显示，atesaki（宛先）是"目的地"或"地址"，chaku（着）是"到达"，dai ichi（第一）是"第一"，hon jitsu（本日）是"今天"，Maru（丸）是"商船"，sempakutu（船舶通）是"船"，sempakutai（船舶隊）是"护航船队"，teihaku（碇泊）是"停泊"，yori（より）是"来自"，yotei（予定）是"计划"，Gunkan（軍艦）是"军舰"，Chu（中）是"现在"，Hatsusen（発船）是"开船"，Hi（日）是"日"，hongetsu（本月）是"这个月"，senghu（船上）是"在船上"，shuzensen（修繕船）是"正在修理的船"，tosai sen（搭載船）是"装船"。

多特的工作日都是在跟这样的电文打交道，这些电文一旦被破译，就会显示诸如"PALAU DENDAI/2/43/T. B. /TRANSPORT/918/（/878/）/20th/18/JI/CHAKU/ATESAKI/DAVAO/SEMPAKUTAI/4/CEBU/E. T. /"这样的内容。

这听起来很难、很累，的确如此。阿灵顿学堂管理层的结论是：B-Ⅱ区，即日本陆军密码组的任务是这里最复杂的。这是因为日本陆军密码逻辑系统最错综复杂，其密码系统的运行方式也会定期进行大幅度的变更。

起初，2468系统是通过假数学进行加密的，但在1944年2月，也就是多特和克罗来此地后的几个月，日本人就开始使用方阵密码了。当日本人的密码系统随着不断变化的岛屿局势而改变时，这些曾经的中小学教师就不得不在密码分析上适应日本人的这种变化。1944年的每个月都能收到3万份水运密码电文，这意味着每天要破译1000条电文。1944年8月，日本人开始使用新的附加码、新的代码本、新的方阵密码和新的指示代码模式。克罗的部门负责追踪这些变化。具备数学能力的克罗被分配到"研究组"，其任务是持续不断地进行分析，这样多特才能够在实时的活动进程中开展工作。多特对此并不知情，克罗也一无所知。

从事2468密码破译的中小学教师们受过一些专门的培训。培训课程开发小组清一色全是女性——来自斯基德莫尔学院的伊夫林·阿克雷，以及来自布林莫尔的爱丽丝·贝尔德伍德、伊丽莎白·哈德森、胡安妮塔·施罗德、米尔德里德·劳伦斯和奥利维亚·福尔格姆。教员也都是女性，包括露易丝·哈勒、丽诺尔·富兰克林、玛格丽特·路德维格、玛格丽特·卡尔霍恩和爱丽丝·古德森。

这个由女性组成的团队设计了一个为期十天的课程，讲解控制码、指示代码，介绍如何使用方阵和图表进行解码、通信量分析有什么程序、什么是前置信息和信息分析。学员们学习了如何用数学方式复原附加码，了解了日语文本的格式以及如何复原方阵密码和指示代码。姑娘们学会了观察比较如下信息：

  1944年10月4日 8537 1129 0316 0680 1548 2933 4860 9258 4075 4062 0465

  1945年2月6日 5960 1129 1718 6546 1548 3171 0889 9258 4075 4062 0465

  1945年3月6日 7332 1129 1718 3115 1548 8897 7404 9258 4075 4062 0519

他们还发现这些消息大约发送于每个月的同一天，并且某些代码组在相同的地方反复出现，可能代表了某个构造型。

破译2468密码系统的人员接受过基本日语词汇的培训，重点是航运报告中会用到的词汇。课程集中介绍日语假名，也就是相当于音标的音节。他们由此了解到"典型的日语音节是由一个辅音加一个元音这样的结构构成的，例如 HI-RO-HI-TO、YO-KO-HA-MA 这样，动词在句尾，名词没有单复数之别"。这些女孩接受了职业能力测试，被评定为"文员""技术员"或"分析员"。分析员工作最难，这也是多特和克罗被选来从事的工种。

当多特被雇用时，破译了2468密码的K部门规模翻了一番，从1943年7月的100人增加到了1944年的217人，其专业程度和效率也在稳步提高。1944年的一份简报称："在过去的一年里，该部门产出不断增加，而解决问题所需的时间不断减少。""年初的时候，人们认为有交叉重复副本的问题十天能解决就挺不错了，现在有些问题三天就能解决。"而独立的电文还可以解读得更快。

处理2468密码的密码破译员都是24小时三班倒。这里有白班、小夜班、大夜班，女孩们轮流值班。一份报告指出，阿灵顿学堂的日本陆军密码组可能是"世界上所有机构中处理敌方通信量最多的"。这个部门是按照美国流水线的要求来打造的：常规、简单、灵活。在训练过程中，教官们会尽量把那些容易歇斯底里、精神崩溃的人或是那些不太容易适应的人筛掉。一份简报称："这是一个业务组织，而不是乡村俱乐部。"这里一直在寻求创新。后来，在安装机器的A楼和破解密码的B楼之间增设了一个气送管，加快了情报传送的速度，给情报递送员减少了不少工作。

流水作业线也是由女性设计的。爱丽丝·古德森建立了按字母顺序排列的前置地址库、构造型数据库等辅助装置，像多特一样的译读员可以由此入手开始密码破译。海伦·奥罗克组建了交叉复制副本小组。有一个十人小组负责协调2468密码工作组和其他密码系统工作组女孩们的工作。人们设计了一种颜色编码系统，当2468密码或代码本发生变化时，就用薰衣草色、兰花紫和丁香紫来记录这些变化。

据一位在1943年底轮换到该部门的陆军中尉布拉德利说，多特所在的K部门的女孩们是一个"非常好的集体"。有一个新的方阵密码被破解的一刻他恰好在场，目睹了"全场一片欢腾"。他见证了几十名新人加入并日渐熟练的过程。起初，译读员需要10条、15条有重复的电文来复原代码组，但他们需要的电文量很快就越来越少了。布拉德利中尉说："模式是最重要的。""那时候没有信息服务，也没有工具部门（cribbing section），每个译读员都不得不依靠自己能记住的内容。"

她们知道自己表现得很好。一份报告指出，"从［2468］电文中获得的情报的巨大价值对该部门形成了持续的激励"。这份报告赞扬了多特所在的K部门，该部门提供各种航运情报，预先知道哪些单位即将收到石油或汽油，会有哪些船只停泊在某个港口，有哪些船队准备起航，它们即将前往何处。

该报告还列举了所有这些预知信息的结果。1944年5月3日，K部门破解的一系列电文显示出15艘驶往新几内亚的日本船只在5月8日正午时分会在什么位置。此后不久，美国海军击沉了其中四艘。另一份简报指出，在许多成功案例中，有一个见诸《纽约时报》的报道。1943年9月，《纽约时报》的一篇文章提到了一次太平洋上的战斗，"在强大的护航编队的护卫下，我们的中型轰炸机对一支由五艘货船和两艘驱逐舰组成的敌方船队发起了进攻，这支船队在夜间抵达，为敌方驻军提供增援和物资。我们的轰炸机从桅顶高度用一千磅的炸弹直接击中了三艘七千吨的货船，它们后来都沉没了"。阿灵顿学堂的内部简报提到，《纽约时报》的读者可能认为轰炸机能找到日本船队是"偶然"的，其实不然。事实上，两周前"就已经截获并破译了一条电文"。

1943年11月，也就是多特到阿灵顿学堂一个月以后，是战争中日本遭遇毁灭性沉船打击的一个月。美军潜艇击沉日方舰船43艘，击伤22艘。美国潜艇艇长收到过76份有关敌方船只动向的情报。12月，美国潜艇击沉、击伤日方舰船约35万吨，其中32艘被击沉，16艘受损。

美国海军的成功离不开幕后的密码破译员。海军的一份报告指出："水下战争的成功，一定程度上要归功于日本密电的成功破译。"一名美国海军指挥官在战后的一份简报中指出，有时美国潜艇收到的破译电文太多，各种警报实在应接不暇，无法对所有日本护航船队采取行动，可能会让有的护航船队逃脱。在海军通信配楼，志愿紧急服役妇女队的流水线工作追踪着为日本海军提供补给的商船动向。两个机构的发现都会送到潜艇艇长那里，他们的行动速度很难跟上大量涌入的情报。

战争结束后，人们对日本补给船的最后结局进行了统计。这些文件装满了一个又一个文件箱。这里有一页来自那份庞大的档案：

　　1943年7月2日，五十铃丸被潜艇击沉。
　　1944年12月2日，夏威夷丸被潜艇击沉。
　　1944年10月16日左右，第23扁舟丸[1]被飞机击沉。

---

[1] 扁舟丸：原档案未标出日文汉字，根据日文发音Henshuu Maru（へんしゅうまる），疑为"扁舟丸"。

1944年8月31日，第20日之出丸被潜艇击沉。

　　1944年10月16日，第6蓬莱丸被飞机击沉。

　　1945年1月27日，信阳丸被水雷击沉。

　　1944年1月2日，一心丸被潜艇击沉。

　　1944年1月20日，神通丸被飞机击沉。

　　1944年9月12日，胜哄丸被潜艇击沉。

　　……

　　破坏日本的航运产生了巨大的影响。日本兵不仅被切断了粮食供应，也没了补给的药品。飞机没有备件，无法执行任务。部队无法到达他们被派去增援的目的地。1944年3月12日，一份已破译的2468密电给出了21号韦瓦克运输船队的航行路线和时间表，该船队在离开韦瓦克返回帕劳的途中沉没了。日本第十八师团为了让日本陆军司令部相信给他们运送急需物资是可行的，对"一月份从拉包尔和特鲁克运来物资的情况做了一份完整的清单"，这里列出了运货的路线，也注定了它们的命运。只有50%的船只到达了目的地，30%的船只顺利返航。

　　战争结束时，美国海军的一份报告发现，"超过三分之二的日本商船和各式各样的日本军舰都被击沉了。随着这些船只的沉没，1944年中期，日本与海外的原材料和石油产地交通阻绝，这对其军工生产能力和武装部队的行动能力产生了深远的影响。由于缺乏增援和补给，其外围基地被削弱，在我们的空中、水面和两栖攻击的打击下受到重创，重型轰炸机得以进入被占领的基地"。这份报告的作者，美国太平洋舰队潜艇部队司令C. A. 洛克伍德指出，他的手下得到了"关于日本海军和商船航行动向的不间断的情报支持，了解了其护航路线和编队配置、潜艇攻击所造成的损害、已经或将要采取的反潜措施,我们的鱼雷达成的战果以及大量其他有关的情报"。他补充说,每当无法破译密码时,"就会痛切地感受到这种缺失。与敌人交手的数量变化曲线和随之而来的击沉船只数量变化曲线几乎等同于可用的通信情报量的曲线。"

他还说,事实上,情报机构的密码破译让日本人对太平洋上实际存在的美国潜艇数量产生了错误的估计。"1945年初,我从一名日本战俘那里得知,在新加坡,人们常说你可以踩着美国的潜望镜从港口走到日本。毫无疑问,之所以日本人会有这种感觉,并不是因为有大量的美国潜艇在巡逻,而是因为在通信情报的助力之下,美国潜艇总是能和日本船只在同一个地方出现。"

这位司令写道,布置袭击任务的密件通常都必须销毁,所以他主动列出了一些更值得注意的成就,例如1943年8月,鲱鱼号潜艇击沉了飞机运输舰最上川号;1943年12月,旗鱼号潜艇击沉了日本护航航空母舰冲鹰号,等等,还包括"1945年4月马鲛号和锯齿背鱼号潜艇发现大和号特遣舰队并保持跟踪,令次日航母舰载机得以击沉大和号战列舰、矢矧号巡洋舰和浜风号、矶风号、朝霜号、霞号驱逐舰"。他指出,在所有潜艇击沉的补给船中,起码有一半要归功于密码破译。"有关敌方雷区的信息"让美国潜艇得以避开布雷的水域,迫使日本船只进入"相对狭窄的海上航线"。

阿灵顿学堂与它在澳大利亚的分支机构"布里斯班中央局"(Central Bureau Brisbane)以及澳大利亚和新西兰的密码破译盟友都保持着紧密的合作关系。中央局与麦克阿瑟将军的参谋部一直保持着联系。1944年的一份简报记录了对日本陆军所有密码——水运代码、行政代码、航空队代码——的破译是如何协助麦克阿瑟的跳岛系列行动即"车轮行动"取得成功的。简报称,由于日本陆军大多数密码系统已被破解,麦克阿瑟对日军的补给、部队训练、晋升、船队航行、储备、增援和即将发起的进攻了然于胸。1944年5月，阿灵顿学堂译出的电文开始就日本陆军构成的变化给美国陆军做出提醒，协助军方识别日本方面新的部队、师团和旅团。参谋部知道日本陆军航空队有多少架飞机，了解铁路的状况怎么样；他们知道日本损失了多少船只，记有清楚的流水单。这份简报列举了一些最大的功绩，指出"从来没有一个战场上的司令能像1944年7月10日、11日在艾塔佩的盟军司令那样对敌人了如指掌"。

太平洋战区的指挥官收到的破译情报会涵盖以下内容：病历、疾病发生率、伤亡情况、伤者占总兵力的百分比、因潜艇和飞机攻击造成的损失、延误的护航船队、被击沉的补给船、海上失事的大队，以及丢失的工具、武器、机器和代码本。当美国人计划夺回菲律宾时，密码破译员向他们提供了有关敌方阻击美国空中行动的计划、参战部队、军队供应以及增援力量的信息。

密码破译员还要对美国军事情报部门的要求做出回应。所罗门·库尔巴克记得，"当他们计划对日本人采取一些重大行动时——要么是针对一些岛屿，要么是他们计划的最后一次大行动，也就是登陆日本本土——他们会来要求我们，如果可能的话，集中处理来自一两个特定地方的电文"。因此，麦克阿瑟"进入他所登陆的许多地区时并非两眼一抹黑"。

事实证明，密码破译也有助于减少美军的伤亡。麦克阿瑟的陆军航空部队司令乔治·C.肯尼由此取得了制空优势，缩短了地面战争的时间。密码破译也在1943年8月的韦瓦克港空战以及1944年3月和4月的霍兰迪亚空战中屡屡建功，对日本飞机造成了毁灭性的打击，使麦克阿瑟在新几内亚北部海岸的"最伟大的跳蛙行动"成为可能。1944年11月，阿灵顿学堂破译的电文称有两支护航舰队载有增援菲律宾的部队。美国海军至少击沉了其中的六艘船，击毁了一艘，还有一艘起火了。

在澳大利亚部队工作的年轻军官乔·理查德发现的数字模式泄露了2468密码系统的天机，促成了美军的这次破译。他后来讲述了1945年6月在冲绳发现的一本代码本如何让他们得以完成那个时候所有的密码破译工作，"让我们得知日本军队为抵抗登陆日本列岛的军事行动所做的各种准备。准备工作涉及的面很广，日本国民人人有责，盟军总参谋部（根据在硫磺岛和冲绳的经验）估计，我们盟军的伤亡人数可能会达到100万，我认为这是促使杜鲁门使用原子弹，调整罗斯福的无条件投降最后通牒，接受日本投降并保留天皇的原因所在"。

1944年夏天，美军夺回了关岛。美国人重新建立的截听站再次投入运行。多特·布雷登坐在她的木质工作台前，开始处理从关岛截听到的大量电文。她没有到过太平洋沿岸的任何地方，她总是想象关岛是个只有一棵棕榈树的小岛，一个孤独的美国大兵坐在树上面，用电传打字机把截听到的电文发送到她手里。

* * *

即使只是远观，多特也能看出，盟军在太平洋战场的形势好多了，这在一定程度上要归功于像她、克罗乃至米里亚姆这样的女性的努力。当她在自己的桌子和米里亚姆拼合交叉复制副本的工作台之间跑来跑去的时候会想，"现在我们有进展了"。她和其他女孩都知道，击沉敌船是她们共同努力的必然成果，她们并没有感觉到懊悔。当时美国正与日本交战，日本发动了战争，美国人的生命受到威胁，甚至美国自身也深陷险境，就这么简单。有时弗兰克·刘易斯会从房间里穿过，女孩们会注意到他，她们知道他是破解2468

密码的人之一。她还认出了威廉·弗里德曼，他是不穿军装的人之一。多特有时会听到高级军官间的谈话，他们说事情进展很顺利。她从来不认为美国会输。现在，她几乎可以本能地感受到战场的形势正在好转。

所以她尽力做到最好，在她值班的每个班次都全力以赴。她从构造型入手，做心算，求上下两列的差值，去文件柜找交叉复制副本，跑到米里亚姆那里，容忍她对南方人的轻蔑。多特的部门完全由女性管理，她为她们所做的工作感到自豪。她认为在这儿可比在学校教书好多了。

她后来回忆道：“就像解谜一样，我们有了点进展，我为自己的工作感到骄傲。”

1943年至1944年间，当多特·布雷登在她的桌子和交叉复制副本的工作台之间来回穿梭时，几乎所有的日本补给船队都被摧毁了。从1943年开始，饿肚子成了日本士兵的家常便饭。官方估计有三分之二的日本军人死于饥饿或缺乏医疗用品。

破译的电文说明了破坏的程度。有一条电文描述了一群日本士兵是如何靠十天的大米坚持二十五天的。这条电文称：“通过采用生吃而不是煮食的办法，消耗的时间有所延长。”

在阿灵顿学堂，甚至连教学材料都显示出破解2468和其他密码对太平洋战争的深远影响。一份文件提供了一份名为JEB的代码系统的对照文和原文列表，它指出，日本的一个信号发送站经常报告人员到达和未到达的情况。

"如果是后者，"该文件写道，"接下来的问题可能是'他们怎么样了？'"

第三部曲　形势好转

第十一章
枫　糖　厂

1943 年 4 月

　　她们在午夜时分登上火车，奉密令离开华盛顿。女孩们只知道她们要往"西"走。离开首都的火车是一辆普通的军列，肮脏、拥挤，没有卧铺。女孩们即便能睡着，也得坐着睡觉。有三个找不到座位的人轮流在司闸员使用的小房间里休息。一些人怀着希望，认为她们会被送往加利福尼亚州。但当火车到达目的地时，她们发现所谓"西部"并不是她们想的那样。她们来到了另一个联合车站，这个车站在俄亥俄州的戴顿。

　　女孩们收拾好自己的东西，走进清晨的寒风中集合点名。尽管这是一项秘密任务，但有一名摄影师站在那里迎接她们，所以女孩们排着队，微笑着拍合影，尽管她们坐了一整夜的火车风尘仆仆、疲倦不堪，但在照片中看起来还是非常漂亮、优雅。当然，她们穿着海军制服：六角裙、别致的修身外套、蓝白相间的帽子、白色手套、系着蓝色腰带的大衣、长筒袜和浅口鞋，肩上斜挎着漂亮的皮包。每个女人都提着一个小硬皮箱，里面装着其他所有她需要的东西。

1943年春天，一群志愿紧急服役妇女队队员奉密令登上军列，前往"西部"。她们原本怀抱希望，以为会被送去加利福尼亚州，出来之后才发现自己来到了俄亥俄州的戴顿。资料来源：http://daytonhistory.pastperfectonline.com

  一辆巴士在停车场等着。她们登上巴士，巴士载着她们离开戴顿市区，驶进附近的乡间。开了一小段路后，巴士驶入了一条有石门柱标志的车道。女孩们来到了一个青草如茵的大院，这里地势很高，充满乡土气息，宁静祥和。如果她们不清楚原委的话，会误以为美国海军带她们来的是一个女童子军营地。枫树和质朴的小木屋围绕着中央的一块空地。

  女兵们下车后再次集合，一名海军掌旗仪仗队员向她们致意。美国国旗升了起来。她们感到很疲惫，但现在她们已经习惯了疲惫的感觉。她们排队领取了床单和枕头，然后各自去找自己的小屋。

作为刚入伍的海军新兵，她们过去两个月住的都是陌生的住所，最初是在新兵训练营，然后是在华盛顿特区，好几个星期她们都是坐在海军通信配楼大院小教堂的硬直长椅上参加考试、听安全讲座和等待背景调查结果的。没有人告诉她们被带到戴顿之后要做什么性质的工作。

小屋虽小，却很舒适。女孩们推开木质百叶窗，让阳光照进来。每间小屋被分成两间卧室，每间卧室有两张床。每间卧室都有两个壁橱，每张床边都安了一张嵌在墙里的小写字台，写字台上方有一盏鹅颈灯。格子窗没有安装窗纱，但俄亥俄州似乎没有虫子。几乎所有东西都是木质的，书桌、床、地板、墙壁和天花板都是。卧室之间的浴室带一个马桶、一个淋浴器和两个洗手池。小屋没有暖气。

每间小屋安排住四个女孩，但随着越来越多的新兵陆续抵达，1943年4月至5月间，有时候不得不再在小屋里塞一张行军床，再挤一个人。营地起初是不提供餐食的，所以，当姑娘们开始为她们神秘的新工作进行训练时，会在戴顿吃饭。戴顿市内有几家当地人引以为豪的高级餐厅，包括比尔特莫尔酒店的小鹰餐厅，该餐厅是以戴顿名人莱特兄弟在北卡罗来纳州第一次飞机试飞的地方命名的。周末的时候，姑娘们可以乘坐电梯到莱克百货公司五楼吃午餐，这是一种享受，因为那里的陈设非常雅致。在最初的几个星期，女孩们有时会在营地病房的地下室吃晚饭。对她们来说，番茄汤和烤奶酪三明治已是足以令人心满意足的一餐。

女孩们被安置在一个叫"枫糖厂"（Sugar Camp）的地方，这个院子占地31英亩，以其漂亮的枫树林而得名。俄亥俄州在历史上基本是个农业州，这些树曾经被用来制作枫糖浆。戴顿在1812年战争期间实现了转型，当时它是美国对位于美国西北部的加拿大

第十一章 枫糖厂

和英国军队展开进攻的一个动员点（mobilization point），银行、企业和工厂也随之而来。这种情况一直持续到南北战争期间，当时它是联邦军队的一个供给点。这个城市虽然不大，但培养了不少发明家和企业家，其中不仅包括曾在这里开自行车店的航空先驱奥维尔·莱特和威尔伯·莱特，还包括发明汽车点火系统的查尔斯·凯特林。之所以戴顿会有通用汽车公司的工厂，正是拜凯特林的电瓶启动系统所赐。这里还有戴顿电气公司，北极电器的总部以及搞航空和测试的莱特基地也都坐落在这里。

但此地的经济主要依靠国家收银机公司（National Cash Register Company），它也是枫糖厂的所有者。国家收银机公司制造维持美国商业运转的种种机器——记账机、计算器，当然还有收银机，它们又大又亮，闪闪发光，像游乐场的汽笛风琴一样华丽。国家收银机公司的机器销往世界各地，在20世纪到来之前，它就已经设立了第一个海外销售办事处。多年来，国家收银机公司的创始人约翰·帕特森收购了大片土地，其中就包括枫糖厂大院。帕特森是现代销售文化的先驱。二战前，枫糖厂曾是国家收银机公司销售人员夏季避暑休闲的所在，他们在此接受几周的密集培训，听励志演讲，争夺现金奖励，学习年度配额、区域销售以及销售阶段等知识。

但制造闪闪发光的收银机要用到军队需要的材料，而国家收银机公司90英亩的工业园区现在已转产战争所需的机器了。在全国各地，像福特、IBM、柯达、伯利恒钢铁、马丁飞机和通用汽车这样的大公司都在为战争出力，生产武器和战争物资，帮助开发系统。哈佛和麻省理工学院等大学也是如此。国家收银机公司也倾力投入，其运营的业务无一不与战争相关。

鉴于现在没有什么可供推销员销售的东西，枫糖厂就移交给了

在国家收银机公司（照片是公司本部）的一座极为秘密的小楼里，这些女孩参与制造了100多台用以破解德国海军恩尼格码的炸弹机。资料来源：http://daytonhistory.pastperfectonline.com

海军的姑娘们，这里总共有600人。虽然她们从事什么项目不为外人所知，但她们在镇上却是惹人注目的存在。国家收银机公司也乐于宣传自己为国家尽忠、为战争做贡献，身着制服的标致姑娘是再好不过的代言人。国家收银机公司把摄影师派到火车站，持续记录这些女孩的日常生活和国家收银机公司对她们的热情款待。国家收银机公司的内部通讯收录的这些照片留下了志愿紧急服役妇女队队员们列队行进、休息、游泳、唱歌、吃饭的画面，也就是说，除了工作以外，什么场景都有。

女兵们轮班工作，每周7天、每天24小时不休。枫糖厂每天会有三次百余人的集合，集合后四人一排列队行军到戴顿，冒着雨雪、顶着太阳上山下坡。每次经过一栋房子，一个被她们称作小朱莉的女孩会走到窗前向她们挥手致意。没过多久，戴顿的人们就说，都可以按着志愿紧急服役妇女队行军的时间来校准时钟了。她们的目的地是国家收银机公司本部，离枫糖厂大约一英里。人们还编了个故事来解释她们为什么会在这里出现。国家收银机公司的内部通讯称，"志愿紧急服役妇女队要参加特种记账机器的操作培训课程"。这让有些姑娘感到震惊——戴顿的人们一定认为她们非常愚笨，要花一整个夏天来学习如何使用记账机。

戴顿市中心几乎都是国家收银机公司的建筑群，占据了相当于11个城市街区的面积。这些建筑设施规模很大，除了那些办公楼、厂房等黄砖建筑，国家收银机公司还有自己的水井、自己的发电厂和自己的电影院。姑娘们在26号楼工作，与其他大楼不同，这是建在角落的一幢不起眼的建筑，以前是一个为国家收银机公司员工提供课程的夜校。26号楼后面是巴尔的摩和俄亥俄铁路的一条支线。海军陆战队武装警卫驻守在26号楼并开展巡逻，以确保没有未经授权的人进入楼内。姑娘们被锁在她们工作的房间里，她们被允许穿上棉质工作服，脱下白手套，徒手干活。

她们坐在原来教室里的大桌子旁，每天的座位安排都是一样的。每个房间都能容纳十来个人。烙铁挂在电线上从天花板垂下来，或是盛放在每个人面前的工作台小盘子里。每个女人面前的桌子上都有一个由胶木、黄铜和铜制成的轮子。在她们到达后不久，负责主管她们的一名女军官就来教她们如何使用烙铁把电线交错焊接成一个小篮子，连在每个轮子上。这些电线很短，颜色各异。姑娘们按照图示让电线成形，把每根电线缠绕在一个齿上，在与轮子接触的地方涂上一滴焊锡。每个姑娘都拿着滚烫的烙铁熔化焊锡，等它冷却后，她会拉动电线以确保焊牢了。这是个精细的活儿，她们的主管警告她们，不能有任何错误。

她们花了一段时间才熟练起来，有些人从来没有熟练过，就被安排了有关电路的更简单的工作。但大多数姑娘的手都很灵巧，掌握这项工作并不比制作花边更难。

许多女孩已经对机器很熟悉了，战前有不少人当过电话接线员。罗尼·麦基就是其中之一。她在特拉华州的威尔明顿长大，高中毕业后在一家布料展厅工作，后来又转去做收入更高的电话总机接线员。另一位名叫米莉·韦瑟利的姑娘来自北卡罗来纳州，珍珠港遇袭的星期天她正独自当班。

当附近基地的士兵打电话回家时，她的电话总机亮了起来，有人在哭，他们要告诉父母他们不会回来过圣诞节了。米莉以最快的速度接通了他们的电话。大约一年后，她的母亲说："你知道，海军欢迎品行良好、受过高中教育的女性。"就这样，米莉来到了俄亥俄州。

还有吉米·李·哈奇森。她是个小个子，在俄克拉荷马州麦克阿莱斯特的西南贝尔公司工作时只有十九岁。像每一个美国城镇一样，她所在的社区也因战争而发生了改变，在那里建起了海军的弹药库和一个日裔美国公民拘留营。吉米·李有四个兄弟在服役，她的未婚夫罗伯特·鲍尔斯是陆军航空队的一名飞行员。海军派了一名招募人员去西南贝尔公司的办公室，当时吉米·李和她的朋友比阿特丽斯·休哈特正在那儿上班。看完材料后，这对好朋友一起去了征兵站。她们并不打算立刻从军，但她们喜欢"帮忙把小伙子们带回家"这个想法。那天晚上，两人都入伍了，吉米·李还谎报了年龄。

吉米·李在亨特学院参加了海军能力测试，她惊讶地发现自己有阅读蓝图的天赋。她以前从未见过这样的图，但是电路图上的东西让她觉得很直观。总机工作要求操作员遵循复杂的布线模式。她的好朋友比阿特丽斯也接到了去戴顿的命令，所以她们又在一起工作了。

即使是那些没有做过总机接线员的女孩，通常也在帮家里干杂活的过程中培养出了简单的技术工作能力，比如更换熨斗上破旧的电线等等。有些人独立得都有点冷漠了。在枫糖厂有两个农场女孩喜欢谈论在家里吵架时如何用锄头对付她们的兄弟。听她们讲自己怎么用锄头"玩真格的"，其他姑娘会感到有点不安。

与阿灵顿学堂和华盛顿的同行一样，枫糖厂的姑娘们谋求为政府工作也有各种各样的缘由。来自新奥尔良的艾瑞丝·弗拉斯波勒打算逃离一段仓促的婚姻。她和她的丈夫奥古斯特于1942年1月成婚，就在珍珠港事件之后不久，当时有许多情侣结婚。他们那时候高中还没有毕业，之后不久就发现这段婚姻是一个错误。他俩一致同意离婚，就像结婚一样爽快。办妥无争议离婚需要一年零一天的时间，艾瑞丝觉得美国海军是消磨这段时间的好地方，所以现在艾瑞丝就真的坐在了这里，同事们都叫她"闪电侠"（Flash）。

休息的时候，姑娘们趴在工作台上，主管她们的军官多特·菲罗尔以前是名教师，她会朗读《鲍勃西双胞胎》《小妇人》或其他一些让人放松的故事书，给她们二十分钟的时间让她们的头脑放空。值大夜班的时候，有些人在电焊时会用唱歌来保持清醒。有一个爱尔兰姑娘帕特·罗斯会用最优美轻柔的女高音唱《还是那根橡木棍》。

没有人告诉姑娘们她们接上电线的轮子要用来做什么。她们猜想这些轮子会装到某种机器上——这显而易见——但那台机器是做什么的，她们就不清楚了。有些男人在她们楼上干活，造一种从未有人见过的机器，但姑娘们也不知道。她们知道的是，无论这些轮子被用在什么上面，一定很重要。有个叫约瑟夫·德施的人在她们中间转来转去，他是个戴顿的发明家，才干过人，给姑娘们留下了深刻的印象，看起来他好像深度参与了这个秘密项目。枫糖厂的食堂开业后，德施就经常会在吃饭的时候来看她们。和德施一起吃鸡蛋、培根和薯饼的是他和蔼可亲的妻子多萝西,她个子很高,黑头发,身材苗条,戴着最优雅的帽子。海军少校拉尔夫·I.米德尔总是陪着他们俩。米德尔少校身材精瘦结实,和德施夫妇一起住在简朴的科德角式两居洋房里,大家都默认他是海军专门派来照顾约瑟夫·德施的。

德施和他太太对姑娘们都很友好,但米德尔少校以另一种方式表示友好。他会带着一种政客的假客套跟姑娘们打情骂俏。他是一个懂女人的男人,姑娘们也学会了如何应对他的关注。有些人会躲着他,有些人喜欢在手指涂上口红,抓住他的脸颊说"Izzy bizzy[1]宝贝",这让他很开心。

但姑娘们大部分时间都任由自己安排。她们努力工作,但不用料理家务,空余时间尽可以用来阅读、写信、享用枫糖厂院子里奥运会比赛规格的游泳池。在结束了大夜班的清晨,她们会漫步回到枫糖厂,感受草地上的鸟儿和苜蓿的新鲜气味。有个名叫贝蒂·比米斯的姑娘得过几次全国冠军,男人们——约瑟夫·德施、拉尔夫·米德尔,甚至奥维尔·莱特——都会到游泳池来看贝蒂训练。

有人提醒她们,去戴顿的时候应该结伴而行。附近的莱特和帕特森机场驻有士兵和飞行员,姑娘们可以和他们约会,但不能谈论任何工作上的事。市中心有部分地区是禁止入内的。有许多德裔美国人定居在俄亥俄州的西南部,虽然大多数人都是忠诚的公民,但仍有亲纳粹团体德美同盟的残余势力。女孩们被告知可能会被绑架,德国间谍非常想知道26号楼里的情况。

姑娘们按照要求去做。她们出门时结伴而行,两人一组,也不问问题。她们尽量不猜测她们在做什么。即便如此,她们拿着电路图和烙铁这么长时间,不可能不注意到有26根电线,轮子上有26

---

[1] Izzy bizzy:一个动漫人物。

她们朴素的园区被称为枫糖厂，因园内的枫树林而得名。她们被告诫永远不要独自进城，以免被间谍绑架。资料来源：http://daytonhistory.pastperfectonline.com

个数字。这些数字由 0 到 25，不需要受多少教育就可以算出这些数字加起来一共是 26 个。

不用说，26 是字母表里字母的数量。

* * *

对盟军来说，1942 年是大西洋战役的低谷期。在这一年的最后六个月里，德国 U 型潜艇击沉了近 500 艘穿行于北美和英国之间的盟军船只，轮船运力损失达 260 万吨。而 1943 年的情况更糟。1943 年 3 月是整个战争中最可怕的一个月，共有 95 艘盟军商船被纳粹潜艇击沉。在一次针对大型护航船队的重大攻击行动中，短短三天之内被U型潜艇击沉的舰船就有好几十艘。

尽管美国的战争机器很强大，也无法生产足够的船只来弥补如此严重的损失。U型潜艇一直是令盟军头疼的威胁，但现在危机越来越严重了。英国需要小麦和其他粮食供应。约瑟夫·斯大林需要武器把德国人赶出苏联的中心地带。盟军想要让庞大的船队在广袤的水域上安全航行，运送足够多的部队、坦克和武器并最终在法国登陆作战，就需要一劳永逸地扫除大西洋上U型潜艇的威胁。

英国人仍然是大西洋战区密码破译工作的主导者，但美国人已不再是个小伙伴了。英美两方磨合了一段时间，合作才逐渐顺利起来。阿格尼丝·德里斯科尔早期对英国人的断然回绝让双方的关系退回到了1941年时的状态。但除了这位单身女子的反抗之外，美国海军整体情报工作之业余也让英国感到震惊。英国人分享的报告从未得到回应，可能需要看到这些情报的人从来没收到过。美国也反过来认为他们的英国朋友隐瞒了恩尼格码项目的细节。双方都是对的。美国的海军情报部门在建立之初运转还不太正常，而英国人确实有所隐瞒。他们之所以保密，部分原因是希望确保恩尼格码破译项目生成的"特殊情报"只用于防御，让盟军船队改道进入安全水域就好。他们担心，如果恩尼格码落到了更为好斗的美国人手里可能会被用于进攻，用来击沉U型潜艇，这无异于向德国人透露密码已被破解。

但随着时间的推移，英美双方达成了协议，并在海军情报部门之间建立了秘密的通话线路。两国海军都在努力追踪U型潜艇并预测其动向。在任何时候这都不是件轻松的事，但在1942年2月以后，一切变得异常艰难，当时德国潜艇开始使用四转子海军恩尼格码机，而盟军的努力基本上都是徒劳。在这段黑暗时期，盟军试图用高频测向（high-frequency direction finding，或称 HF/DF）等方法来预测 U 型潜艇的动向，这是一种利用潜艇的无线电信号来定位的方法。盟军的追踪室利用各式各样的情报——高频测向情报、有关船只沉没和目击的消息——来确定潜艇的位置，让护航船队绕开它们。然而，四转子恩尼格码机坚不可摧，让他们一直处于下风。直到 1942 年 10 月下旬，四艘在地中海东部巡逻的英国驱逐舰锁定了德国的 U-559 号潜艇并发动了攻击。这艘浮出水面的潜艇开始下沉，一群英国水手脱下衣服，跳进水中，游到潜艇上捞出了不少文件和设备。其中一名军官和一名水兵正在爬梯子的时候被一股突然涌来的水流淹没了，和潜艇一起沉入了水中。其他人设法爬上了一艘捕鲸船。他们找到了两本代码本，其中一本气象代码本提供了当前的密钥设置。这本代码本被送到了布莱切利园，帮助密码破译员破解了四转子恩尼格码。他们第一次用炸弹机攻破了"鲨鱼"，破译出来的一条电文给出了 15 艘 U 型潜艇的位置。他们又回来了。

  不过，即使得到了这样的帮助，盟军破解恩尼格码的能力也是时好时坏。代码本会变化，盟军的密码破译人员往往不得不用手工方法来寻找密钥。英国的炸弹机也无能为力，因为额外的第四个转子又给每个字母制造了 26 种加密方式，老式的英国炸弹机必须以 26 倍的速度运行，或者炸弹机的数量必须扩大 26 倍，这样才能遍历每种可能性。要破解海军的恩尼格码机，需要一种比英国当前使用的炸弹机快得多的炸弹机。盟军决定，由美国——它有更多的工厂、更多的原材料、更多的工程师和数学家——来制造几十台甚至几百台能够对付四转子恩尼格码的高速机器。海军聘请戴顿的发明家约瑟夫·德施设计了一款美国的炸弹机。选择德施全凭灵感。作为戴顿大学的毕业生，德施没有常春藤盟校的学历可吹嘘，甚至也没有博士学位。他所拥有的是工程师的天赋、手上灵巧的感觉以及有关工厂车间如何运作的实际经验。

对在戴顿长大并接受教育的孩子来说，这里就是培养其创造性直觉绝妙的试验场。德施在小时候就对电子产品很着迷，还从一家邮购公司订购过真空电子管，这家公司以为他是成年人，把他想要的东西寄给了他。在他职业生涯的早期，他曾在查尔斯·凯特林创立的电信实验室工作过，后来又在北极电器工作。跳到国家收银机公司以后，他和他的员工为第一台电子记账机申请了专利。德施还设计了一种他手工制作的新型真空管。在国防研究委员会效力的麻省理工学院的著名工程师范尼瓦尔·布什很欣赏德施，把他引荐给了合适的人。由此也拟订了一项计划：德施要与海军工程师和数学家合作，设计一种高速炸弹机。这台机器将由海军的机械师和得到审核批准的国家收银机公司员工一起来制造。海军的姑娘们——尽管她们并不知情——被带到戴顿来，是为了给美国炸弹机前面的成千上万个"换向轮"接上电线，这些高速转轮专门用来测试可能的密码设置。

简而言之，美国人要造的是占满整间屋子的大功率机器，而德国人认为这些机器永远都造不出来。

* * *

华盛顿破译密码大院的军官们负责协调制造炸弹机的项目，这对海军高层官员来说意味着在华盛顿和俄亥俄之间来回奔波。在戴顿，26号楼被重新装修并更名为美国海军计算机实验室。与此同时，位于前弗农山学院的海军配楼成立了OP-20-G-M，一个由工程师和数学家组成的绝密"研究"小组与德施一起工作。不过，他们决定首先要打压阿格尼丝·德里斯科尔。1943年1月31日，一份机构工作日志中有一则简短冷酷的记录显示，当天"德里斯科尔夫人、克拉克夫人、塔利夫人、汉密尔顿夫人转到日本N. A. T. 项目"（这是海军武官密码，最终由弗兰克·雷文破解）。耶鲁大学的数学教授霍华德·恩斯特罗姆在此担任海军少校，他接管了恩尼格码项目。他有一个强大得令人生畏的智囊团，包括麻省理工学院的工程师约翰·霍华德、哈佛大学的天文学家唐纳德·门泽尔以及耶鲁大学的数学家马歇尔·霍尔等人。

智囊团也包括女性。研究部门的数学专家里有不少是女性。和其他人一样，海军急于寻找学过高等数学的女性，而这正是女性长期以来被阻止进入的领域。海军配楼给新兵训练营的评估人员带话，让他们留意那些在数学能力测试中得分高的新兵。这些女性根本没有享受到与男性同等的教育机会，也没有机会从事工程师、学院数学家这样尊贵的职业。然而，她们确实有天分，有愿望，也有能力。许多人在炸弹机项目中找到了她们一直在苦苦追寻的那种统计和概率工作。

露易丝·皮尔索就是这样一位女性，她是来自伊利诺伊州埃尔金市的一名二十二岁的年轻人，埃尔金市是一个位于芝加哥郊外约40英里的工业区。

战前，她的母亲是"美国优先"（America First）运动的成员，和她郊区桥牌俱乐部的其他成员一样，是个孤立主义者。但1941年12月7日，随着两个埃尔金市的小伙子在美国海军亚利桑那号战列舰上遇难的噩耗传来，所有关于孤立主义的牌桌闲谈都停止了。露易丝是四个孩子中最年长的，她靠奖学金在私立的埃尔金学院上了高中。她渴望成为一名精算师，希望能在保险公司找到一份工作，对风险进行统计预测。如果不是学院的院长和未来的雇主们经常提醒她精算数学是男人的领地，这本来是一个颇为保守的追求。

即便如此，露易丝还是去了爱荷华大学，在那里，她是数学课上唯一的女生。那个满身粉笔灰的矮小的微积分教授在教室里踱来踱去时常常盯着她看，她的出现让他感到不安，但露易丝表现得很好。不过，两年后她还是离开了学校，因为她的父亲难以负担学费，而且不认为她可以找到工作获得回报。露易丝应征加入志愿紧急服役妇女队，盼望成为一名军官，但第一期女军官的名额很快就满了，她和其他一些受过教育的女性——她记得这些都是"真正聪明的女孩"——则以普通水兵的身份入伍，以便尽快为战事服务。

在威斯康星州麦迪逊的专业训练营，露易丝参加了物理学、摩尔斯电码和无线电操作的课程学习。由于患有听读障碍，她很难掌握摩尔斯电码的接收，因此没能顺利毕业。当时时机正好，她没有成为一名无线电报务员，而是被调到了恩尼格码项目。1943年3月，她奉命前往华盛顿，在海军配楼接受了更多的测试和面试，并被分配到麻省理工学院的约翰·霍华德手下工作。随着新型高速炸弹机的设计不断完善，露易丝的工作就是坐在办公桌前，完成炸弹机最终能完成得更快的任务：尝试恩尼格码的各种设置。她研究各种排列方式，弄清楚如果X变成了M，T变成了P，那么需要通过怎样的数学公式可以让字母实现这种正确的系列变化。这是个紧张的工作，需要全神贯注。

她后来告诉女儿："那就是我这辈子应该待的地方。"

要寻找恩尼格码的密钥设置，海军团队需要理解的不仅是数学，他们必须了解德国U型潜艇指挥官所发送的是什么性质的电文。就像日本人一样，德国的潜艇指挥官发送了大量的电文，也是出于同样的原因。德国海军上将邓尼茨坚持对他的U型潜艇舰队加以全面管控。潜艇必须不断与总部沟通，提供最新信息，以便邓尼茨做出战术决策和发布命令。由于这些潜艇通常离德国有几千英里远，这样做就需要用能覆盖长距离的高频电路来发送电报。跟日本人在太平洋的情况一样，这就意味着电文有可能被敌人截获。此外，所谓狼群战术，也就是一旦发现护航船队，就把 U 型潜艇召集到一起，这也意味着潜艇必须放弃通常在海军集体行动中所遵守的无线电静默的原则。

因此，盟军的数学家们开始学习德国海军的问候语、U 型潜艇及其指挥官的名字，以及德语的电文是如何措辞的。他们知道，邓尼茨发来的短消息可能有"报告你的位置"或是前往法国海岸的某个港口的命令。潜艇发出的消息则经常报告其位置和燃料储备量。所有这些都有助于密码破译员想出对照文。如果他们怀疑有一行密码，例如

RWIVTYRESXBFOGKUHQBAISE

代表的是德语短语"比斯开湾天气预报"，即

WETTERVORHERSAGEBISKAYA

他们会把这两行字并排排好，在上面或下面写上数字：

1234567……，依此类推。

她们要寻找"循环"，即一个字母变成另一个字母，然后第二个字母再变成另一个字母的位置。在上面这个例子中，她们会看到 E 在位置 5 与 T 配对，T 在位置 4 与 V 配对，V 在位置 7 与 R 配对，R 在位置 1 与 W 配对，W 在位置 2 与 E 配对，循环完成。当启动并操作炸弹机时，她们就可以把这些设定输入到炸弹机中，炸弹机

就会去找满足所有这些循环的设置。因为当时她们还没有机器,露易丝自己就是炸弹机,据她后来说,她和同事组成的小团队就坐在一个小房间里,"在办公室里处理数字"。"我们没有设备,我们没有什么做大事的东西,我们才刚起步。"

恩尼格码机有几个弱点倒是能帮到她们。这台机器有个互反性的特点,也就是说,如果在某个键位上 D 变成了 B,那么 B 就变成了 D。这些因素对加密方式构成了一定的限制,但密钥设置仍然有数十亿种可能。有时候团队可以在几天之内破解某个密钥设置,有时候根本一无所获。有拨云见日的开心时刻,也有漫长的黑暗期。她们要处理的内容变幻莫测,那种无法破解密钥设置时的无助感糟糕透了。来自威尔斯利学院的安·怀特曾经在一个翻译部门工作,负责把已破解的恩尼格码电文从德语翻译成英语。她始终记得一个可怕的晚上,一位海军高级军官走进来给了她们一条电文,恳求道:"你们就不能给我们一点线索吗?"

1943 年夏天,约翰·霍华德告诉露易丝·皮尔索,她需要学习射击。数学研究小组的有些人得搬到戴顿去,她是被选中的人之一。她开始用点 38 口径的枪进行打靶练习。5 月初,她和另外四名姑娘,再加上四五个男人一起拿着枪登上火车,向西部的戴顿进发。不久之后,他们都住进了枫糖厂。这些女人跟她们的室友不一样,她们知道自己为何来到此地,她们要协助炸弹机发挥作用。

* * *

乔·德施[1]正在努力完善最初的两个实验样机,他称之为亚当

---

[1] 乔·德施:即约瑟夫·德施。

和夏娃。他承受着巨大的压力。拉尔夫·米德尔少校是个以内疚为动力的监工，他总是告诉德施要快点，快点，如果他不尽快研制出高速炸弹机，他就要为无数男孩、水手和商船船员的死亡负责。米德尔经常对炸弹机的设计者们说，如果他们是密码破译小组的成员，美国海军就会输掉珊瑚海战役。

这里不仅有数学计算的问题，还涉及如何让机器运行起来的问题。这个庞大的炸弹机有七英尺高，十英尺长，重达两吨多，有数百个活动部件，一点点铜粉都会妨碍它的运行。一份简报写道："炸弹机的设计最终需要从大约12000家不同的供应商那里获得材料和零部件。"有些零部件商业市场上根本没有，必须自行设计和制造。设计者们需要二极管、微型气体管、高速换向器和接触转轮的碳刷。就在26号楼的姑娘们给换向器接电线期间，国家收银机公司电气研究部门也从1942年8月的17人暴增到1943年5月的800人，不断制造机器并完善设计。

美国海军会让新下水服役的军舰进行一次"试航"，以解决实际使用时的毛病，让船只和全体船员磨合好。炸弹机的试用于1943年5月开始，就在露易丝·皮尔索刚来不久。她团队的工作是与德施、霍华德以及其他制造该炸弹机的人一起排除故障。1943年5月3日的日志写道："头两台实验炸弹机正在进行初步测试。"日志显示，有很多可能会出问题的地方也确实出了问题："出现了接线错误和铜粉导致的轮片短路。"故障记录数不胜数，这只是其中的一条而已。

在戴顿这个中西部的河滨小城，天气很快就变得潮湿闷热起来，但幸运的是，26号楼有空调。即便如此，整个部门仍然干得热火朝天。露易丝·皮尔索的小组和负责接电线的志愿紧急服役妇女队的姑娘们是分头工作的，她们会安排好一个功能选单，设置好换向器，然后启动炸弹机，让轮子旋转起来，看看这种选单是否会"命中"，也就是说，她们输入机器的排列很有可能等同于当天的密钥设置。他们会在一台 M-9 上进行测试。M-9 是小型的恩尼格码仿制机，和恩尼格码机一样，有四个转轮。露易丝的小组会输入一条电文，看它是否会将其转换成德语。要是果真如此，她们就中大奖了：她们的排列就是当天的密钥设置。露易丝后来说："这很有意思，因为我是在为所有这些工程师和数学家工作。"

第一批得大奖的人里就有露易丝。她想出的选单设置命中了，当他们把结果送到华盛顿时，那里的一个同事打电话来祝贺她。他们告诉她："你刚破解了一个。"她所做的密钥破解证明了炸弹机可以完成人们赋予它的使命。

到 6 月的时候，炸弹机还在工作，但并不稳定。有更多的机器投入使用，但不得不经过试用。工作日志记载了她们必须处理的问题。6 月 29 日，亚当和夏娃都需要修理。有"一个红色换向器坏了"；亚当需要上油；"在运行结束时出现了短路，但在测试期间短路消失了"。7 月 1 日，"亚当炸毁了继电器"；"夏娃变得喜怒无常"；"现在我们完全停机了，维修人员就快要把这两台机器修好了"。一小时后，夏娃重新开始运行。两小时后，"亚当终于修好了"。四十五分钟后，"夏娃又坏了"，诸如此类……7 月 13 日，夏娃"因为碳刷损坏停工了"。两天后，定时器上的刷子"已经被油浸透，不断造成短路"。二极管和继电器出了问题。被称为"辫子"的东西也有问题。还有一次，"霍华德先生终于发现夏娃的问题与其回转时的小毛病有关"。与此同时，日志中写道："女孩们越来越累，又开始犯错了，导致机器不得不重跑。"

露易丝干得精疲力尽。7 月 6 日，她请了一个星期的假，回到了埃尔金的家里，用她的话说，她父亲好一通刨根问底，想方设法让她交代自己在做什么，但露易丝只字不提。她父亲一辈子都不知道他给露易丝付这两年大学学费起的作用远远超过了他的想象。

* * *

这个小组9月时已经完成了第一代高速炸弹机的收尾工作。海军当年夏天在华盛顿的弗农山学院院内建了一个"实验楼"，这是一幢坚固的钢筋混凝土多层建筑。在戴顿，人们趁着夜色把平板车停在26号楼后面的铁路支线上，把一个个板条箱装上车。在随后的几周内，陆陆续续运走的炸弹机总共有100多台。国家收银机公司还参与了M-9的制造和运输。露易丝·皮尔索参与了第一批货物的运送。火车出发时延误了，露易丝坐在座位上，想知道他们为什么会延误，这时她的老板约翰·霍华德坐了下来，向她透露，有几个可疑的人被拘留了，他们可能要破坏火车。

她和霍华德是唯一知道延误原因的人。露易丝·皮尔索在前往华盛顿的漫长夜路中，直挺挺地坐在座位上。

* * *

当他们到达时，男军官们去海军总部报到，而露易丝和其他志愿紧急服役妇女队的姑娘不得不去海军造船厂的一个服务中心，女兵从戴顿正式调回的手续在那里办理。办事处的水兵们开始冷嘲热讽。男人们大惊小怪地喊道："你是从戴顿来的！"仿佛这是一件令人羞愧的事情。姑娘们都吃了一惊。

露易丝又累又烦，她告诉水兵们，她和其他姑娘都需要尽快办好手续，"我们还有任务要完成呢"。

水兵们冷笑道："她们都是这么说的。"

露易丝不知道为什么她和她的同事会被嘲笑。这些姑娘不知道的是，当年夏天，米德尔司令官把不少志愿紧急服役妇女队的姑娘赶出了戴顿，把她们送回了华盛顿的处理中心，原因是海军认为她们行为不端，是安全隐患（戴顿的有些姑娘知道发生了什么，她们把这称为"清理门户"）。记录显示，1943年8月20日，一名志愿紧急服役妇女队队员被调离戴顿，送回华盛顿特区的处理中心，她因经血过多前往戴顿的医务室，经过检查发现她"在加入海军的六周前做过不完全流产"。同一天，另一名女兵也因月经出血和腹部绞痛被送回来，她过去的病历显示其"入伍前曾做过人工流产"。早在1942年，当志愿紧急服役妇女队成立并制定相关法规时，就有一些官员担心禁止怀孕的规定会造成妇女为入伍而堕胎，看来他们是对的。

还有一些人因为违反规定而被送回华盛顿，但备注里含糊其词，没有详细说明。1943年8月14日，一名志愿紧急服役妇女队队员从戴顿给送了回来，并附有一条备注，上面写着"基于情况X，她被认为不适合服役"。简报没有说明"情况X"是什么，但看起来这位志愿紧急服役妇女队队员可能是怀孕了。7月30日，另一名戴顿的志愿紧急服役妇女队队员也被送了回来，她的备注写着："未能达到X标准。"还有其他队员因为"装病"或是"不守纪律"被送回来。正因为安全管理规定极为严苛，志愿紧急服役妇女队比戴顿的其他岗位更有可能被开除。

简单来说，以当年性别歧视的道德标准来看，戴顿的姑娘在处理中心名声不好。男人们假定这群新来的人大概是做了点不道德的事。露易丝对此毫不知情。她对这种无礼的态度提出了抗议。"如果你不相信我，就打电话给霍华德中尉，"她告诉他们，"我们和他一起回来的。"

但水兵们不愿意给她的上司打电话。他们冷笑着，命令姑娘们去擦窗户。

最后，海军总部的一名女军官来找她们。她简直不敢相信她所看到的一切：她挑选出来的最优秀的女数学家、炸弹机项目引以为傲的宝贝正在擦洗窗户。

她告诉男人们："我的上帝啊，她们是我们最棒的女孩！"

姑娘们终于来到海军配楼，开始协助安装第一批炸弹机，此时露易丝得知约翰·霍华德一直在拼命寻找她们，到处问："我的女孩们到底出了什么事？"

* * *

更多的炸弹机从戴顿运了过来，华盛顿的工作人员加班加点，让炸弹机投入运行。海军配楼建立了对照文班组、密码破译班组、往来电文准备班组。枫糖厂的几百名姑娘从戴顿回到了东部的华盛顿，住在 D 营的营房里操作炸弹机，尽管她们仍然不知道机器真正的用途是什么。

知道内情的露易丝·皮尔索继续排除故障，被派去评估炸弹机打印输出的资料。虽然华盛顿特区的炸弹机班组后来很快就有了 700 个女孩，但一开始是一个较小的团队，她每周得工作 7 天，每天工作 12 个小时。无论男人、女人、士兵、军官、来自麻省理工学院和 IBM 的联络员，所有人都打成一片，而且他们的社交活动非常频繁。炸弹机班组中唯一的一名男水兵办了一个派对，露易丝在派对上喝了金馥力娇酒。她花了一天时间才从宿醉中恢复过来，狂喝可口可乐，因为她不喝咖啡。

枫糖厂的姑娘们建立了深厚的战友情谊，甚至对在海外服役的兄弟、丈夫和未婚夫们也深感责任重大。即使在战争胜利后，有些人的心理压力也没有减轻。黛博拉·安德森私人档案供图

华盛顿一直是一个嗜酒的城市，战时也不例外。密码破译员们很熟悉此地对酒类的规定，她们知道必须到马里兰州或弗吉尼亚州去买瓶装酒，而且弗吉尼亚州公营的酒类商店很早就会关门。露易丝说，喝酒是缓解"紧张、压力和创伤"的一种方式。被压得喘不过气的不仅仅是密码破译员，华盛顿的每个人都感受到了战争的节奏。露易丝认识一位负责军列时刻表的女士，她当时一直焦躁不已。

露易丝后来提到，炸弹机是一个"极高优先级的项目"，每个参与其中的人都很重要。有一次，当一个马虎（或是疲惫）的操作员把一份打印出来的文件扔进燃烧袋时，约翰·霍华德不得不站在椅子上，向他们强调其工作生死攸关的重要性。

露易丝的弟弟伯特是一名出色的海军陆战队飞行员，当伯特尝试去海军配楼大院看望露易丝的时候，露易丝他们的重要性就凸显出来了。露易丝的两个兄弟都是军人，在埃尔金的家里都是了不起

的人物，但在这里不是。在这里，露易丝才是重要人物。伯特在几个飞行员伙伴的陪同下走到海军配楼第一组海军陆战队警卫面前，他告诉那些海军陆战队的警卫同事，他们要进去看他姐姐。警卫挡住他们，答道："不行，你们不能进去。"露易丝不得不在换班后到外面来。他们雇了一辆出租车，让司机带他们在宪法大道上慢慢逛，露易丝带她弟弟参观了华盛顿的风景名胜。

弟弟的这次来访是令人殚精竭虑的工作日难得的喘息之机。恩尼格码机项目让所有与之有关的人都付出了代价。1943年秋天，海军配楼的高级军官之一约瑟夫·温格精神崩溃，严重到不得不在佛罗里达州待了六个月。乔·德施也扛不住了。1944年，在拉尔夫·米德尔少校的斥责之下，德施冲出了国家收银机公司，在戴顿郊外一个朋友的农场里待了几个星期，成天砍树、劈柴。炸弹机设计项目完成后，他被派去开发一种用于日本密码的机器。德施有四个侄子在太平洋战区服役，其中一个在此期间牺牲了。德施的女儿黛博拉·安德森说："他多年来一直做噩梦，梦到有人即将死去。"

参与恩尼格码项目的是数学家和工程师。他们是严谨、尽责的人，喜欢解决问题、建造美好的事物，而不是杀人。这项工作对女人们来说也很艰难，特别是像露易丝这样知道利害关系的人。来自纽约布法罗的夏洛特·麦克劳德是负责维护换向器的女孩之一，她会把回家的时间安排在湖边暴风雪到来的时候，这样她就会被大雪困在家里，可以多休息几天。据1944年2月25日的日志记载，一位名叫奥尔森的志愿紧急服役妇女队队员被送到营房，"极度紧张，无法工作"。日志还显示，另一个人因"轻度醉酒"而被训斥，"她并不坏，但显然一直在喝酒"。另一份日志中则提到了"巨大的压力"。

无论女孩们选择何种方式来解压，她们都不会长期弃置自己的职责。1943年底，露易丝·皮尔索被告知她不能继续留在士兵的队伍中了，这让她很恼火。鉴于她对这个战时最高机密项目非常了解，海军坚持让她当军官。1944年1月，她被派往史密斯学院，在那里又遇到了一些当年在新兵营遇到的女兵，现在也升任军官了。她们都是老江湖，在一起取笑刚来的年轻女大学生，旁敲侧击教她们如何做一名海军军官。她们偶尔也会故意说错，只是为了找点乐子。露易丝一心想要回去工作。为了找点事做，她在乐队里打小军鼓。当她们作为军官在毕业典礼上列队游行时，不巧正在下雨，她手里的鼓随着雨水的灌入越沉越低。

新晋的海军军官很少被送回当年作为士兵工作过的地方，但露易丝·皮尔索是个特例。在史密斯学院待了两个月以后，1944年3月18日那个周末，露易丝戴着海军少尉军衔标志回到了海军配楼，发现自己比上次办理手续时更受人尊重。一位在人事部门工作的中尉说，约翰·霍华德一直在问露易丝什么时候回来，快把他们逼疯了。当她正在听例行的迎新培训课时，一位海军少校走进来，叫她回去继续工作。"露易丝，你能马上离开这里吗？"他对她说，"你老板的话我已经听烦了。"

* * *

所有人很快都成了老江湖。在海军服役仅六个月后，那些曾为换向器接线、现在在华盛顿操作炸弹机的年轻姑娘发现，她们要管理比自己更年轻、更缺乏经验的女孩，其中许多人刚满十八岁，才从亨特学院新兵营出来。来自俄克拉荷马州的总机接线员吉米·李·哈奇森负责一个四人的炸弹机房。吉米·李的朋友比阿特丽斯则在附近的一台炸弹机上工作。她们的工作场所占据了实验楼整个底楼。实验楼就建在海军小教堂附近的弗农山学院院内。这是一个类似飞机库的空间,有三个房间,每个房间里分有几间"机房",里面有4台炸弹机,总共有120台炸弹机。机器噪声很大。夏天房间里很热,姑娘们打开窗户,以免昏倒,开窗的时候,能听到外面内布拉斯加大道上的喧闹声。

作为机房主管,吉米·李·哈奇森有1名助手、4名操作员。她值班时要在一本日志上签字,这本日志就放在炸弹机附近的打印机上。吉米·李的工作是记录日志、监管机房,并根据她得到的选单对炸弹机进行设置。这样做需要移动换向轮,把它们转到起始位置。这些轮片将近两磅重,必须小心放置,以免飞出去砸伤谁的腿。她会把转轮安好,坐在凳子上,等着看她是否能命中。机器运行得非常快,无法立即停下来。它有一个初级的存储器,所以轮子会转几秒钟,然后停下来,备份并生成一个文件,输出命中密钥的设置。吉米·李会把打印出来的文件拿到一个窗口,有一位看不见长什么样的女军官会从窗口伸出一只戴手套的手,把文件拿走。这是个累人的工作,需要集中精力。姑娘们讨厌没完没了的"跳上跳下",因为当她们进行轮片反向设置测试时,必须上上下下,上上下下,在同一次运行中多次更换换向轮。

吉米·李已经嫁给了她在中学的恋人鲍勃·鲍尔斯。幸运的是,鲍勃被分配到戴顿机场运送飞机,把飞机从北卡罗来纳州和肯塔基州的鲍曼机场运上来。1943年6月18日,他们在鲍曼机场结了婚。回到戴顿后,吉米·李志愿紧急服役妇女队的朋友为他们举办了一个派对。此后,每次鲍勃·鲍尔斯飞到戴顿时,这对新婚夫妇就可以聚一聚。有时她还没上晚班他就来了,所以他就在旅馆房间里等着,直到她把自己收拾好,然后他们一起出去吃晚餐。有一次,吉米·李把她的订婚戒指掉在她小屋的水槽里了,她着急得要命，直到管理员好心地把水槽移开，把戒指捞了出来。吉米·李和鲍勃都没有听说过"不给糖就捣蛋"，俄克拉荷马州没有这个风俗，所以1943年10月的第一个万圣节，他们觉得自己像孩子一样。

然而，在吉米·李被派往华盛顿后，他们见面的机会就很少了。

随着吉米·李和其他女孩进入工作状态，她们就成了清一色由女性组成的恩尼格码破译链的一部分。当电报到达海军配楼时，会先被送到对照文工作站。处理对照文的工作是最难的，她们要筛选来自战区的情报，包括船只沉没、U型潜艇的踪迹、天气信息和战役的结果。她们浏览截获的电文，必须从中选择一条不太长的电文——长电文可能涉及多个密钥设置——并猜测它可能说了什么。她们必须将对照文和电文并列在一起，想出一个选单。露易丝·皮尔索就是这样做的，来自古彻学院生物学专业的弗兰·施特恩也是如此。弗兰在日本密码项目上花了一年时间，然后转向了德国的密码。晋升为班组主管后，弗兰有权限使用一条安全线路与英国的一个和她处于同样位置的同行联系。她的代号是"风和日丽"，而她的英国联络人是位男士，她从来没见过他，只知道他叫"处女姆"。

选单会从这里传递到吉米·李或另一个炸弹机操作员手里。如果命中了，就会交给专人，比如来自布林莫尔学院的玛格丽特·吉尔曼用M-9进行测试，看这次的"命中"能否产生合乎逻辑的德语。一旦得到了密钥设置，当天后续的电文就可以通过M-9运行并翻译，无须使用炸弹机。

操作很快就变得非常顺利，大多数密钥在几个小时内就可以获得，大多数电文也能立即破解出来。海军一份内部简报指出，美国炸弹机在破解大西洋U型潜艇密码上所取得的成效"超过了所有人的预期"。"自从1943年9月13日以来，使用该密码的每条电文都被读解了，自从1944年4月1日以来，'破解'每日密钥的平均

第十一章 枫糖厂　　303

延迟约为十二小时。这意味着每天从午后开始我们都可以跟敌人同时读取大西洋和印度洋上 U 型潜艇所发送和收到的电文。事实上，在这几个小时里，U 型潜艇发送的每条电报在发送二十分钟后就会被破译出来。目前，这些密钥中约有 15% 是英国人破解的，其余的均为 OP-20-G 所破解。"

电文一经破译，就会传递给专人，比如古彻学院拉丁语专业 1943 届的学生珍妮丝·马丁，她现在在潜艇追踪室工作，就在炸弹机所在楼层的上一层。珍妮丝来自巴尔的摩的律师家庭。她所在的房间只要一打开门，站在走廊上就可以看到一堵空墙，墙里面，珍妮丝和同事可以看到一张巨大的北大西洋地图。M-9 破译出来的电文被送到她的办公室，由秘书翻译、打字，交给高级值班军官——一个男人——然后转交给初级军官，要么是珍妮丝，要么是她儿时的朋友简·桑顿，她也是在巴尔的摩附近长大的，和珍妮丝一起在古彻学院上过学；要么是另一个古彻学院的同学；要么是一个来自拉德克利夫学院的姑娘。U 型潜艇必须报告他们是否击沉了盟军船只，或者是否有 U 型潜艇被击沉。姑娘们利用这些破译的恩尼格码电文，连同有关具体某一艘 U 型潜艇及其指挥官的文件，用图钉追踪每一艘已知位置的 U 型潜艇和船队。在另一张桌子上，其他几位来自古彻学院的女孩，包括杰奎琳·詹金斯（也就是后来《比尔教科学》里的比尔·奈的母亲）就根据每天的位置报告来追踪"中立国航运"。中立国的航运很重要，因为如果这些船只偏离了划定的海上航线，可能意味着它们在暗中为 U 型潜艇提供补给。

除了跟踪船只以外，珍妮丝房间里的研究人员还要连夜编制一份初步情报报告。在早上 7 点半到 8 点之间，会有人来敲门，珍妮丝的团队会递上一个信封，里面装着当晚的电文和报告。送信的人会把它放进一个上锁的袋子里装好，带到市中心的海军大楼。在那里，一位名叫肯尼思·诺尔斯的海军中校会跟英国的一个追踪室商议，决定究竟是将情报用于防御还是用于进攻，是改变护航路线，还是击沉U型潜艇。市中心的追踪室起初都是男性，但随着战争的进行，改由志愿紧急服役妇女队接管。一位男性军官说，志愿紧急服役妇女队工作干得更好，因为她们的选拔要求更为严格。当盟军的舰队根据她们给出的情报采取行动时，情报的来源从来没有人知道。珍妮丝·马丁回忆说，1943年底，"英国人把整个行动都交给了我们"。

* * *

经历了1942年和1943年初的大屠杀之后，盟军在大西洋上见到了惊人的转机。到1943年9月，大西洋水域大多数U型潜艇已经被清除干净了。这不仅要归功于新型高速炸弹机，也要归功于盟军其他一系列作战手段：雷达、声呐和高频测向技术的进步，更多的航空母舰和远程飞机，以及更好的护航系统。盟军改变了他们护航船队的密码，邓尼茨再也无法读解了。形势逆转了。1943年夏天，美国的猎杀型轻巡洋舰部队利用破译的电文和其他情报，找到并击沉了被派去给U型潜艇加油的德国大型潜艇。这些加油潜艇被称为"奶牛"，当年6月至8月，美国舰载飞机共击沉了五艘。到10月的时候，所有加油潜艇中就只剩下一艘了，其余的都被击沉了。加油潜艇关系到U型潜艇远离基地的能力，"奶牛"倒下，U型潜艇也就开始返航了。

不过，U型潜艇也有可能杀个回马枪。他们也确实尝试过。1943年10月，U型潜艇再次出现。但现在的代价高得要命。盟军有一艘商船沉没，就会有七艘 U 型潜艇被击沉。而现在邓尼茨却无法快速建造船只来补充已经损失的部分。11 月，三十艘 U 型潜艇冒险进入北大西洋却一无所获，什么也没有击沉。U 型潜艇开始潜伏在其他地方，聚集在英国海岸周围，希望能拦截为登陆法国而运来的物资。邓尼茨一直在尝试对 U 型潜艇进行革新，增加一个潜艇通风筒，从而使它们能够在水下停留更长的时间。他愿意牺牲自己的船只和士兵让 U 型潜艇待在水中，即便只是作为一种牵制盟军资源的方式。

但这是一场注定要失败的仗。1944 年 5 月，投入使用的 U 型潜艇有一半都被盟军击沉了，德国却无法替换。超过四分之三的 U 型潜艇船员惨死在水中。这令人骇惧的巨大恐怖，潜艇追踪室里的姑娘们也是知情的。

现在，英国人确实已经把四转子炸弹机项目交给了美国人。战后，美国海军的一份档案记录了英国盟友感激、亲切的来信。一封来自布莱切利园的信写道："从六号营房致以祝贺，祝贺这伟大的……一周。"英国的一份内部简报承认，"到 1944 年年中"，美国人"已经完全掌控了'鲨鱼'，毫无疑问，他们对密钥的了解比我们多得多"。

* * *

德国人为恩尼格码找到了其他用途，虽然名气不大，但却极具戏剧性。从 1943 年 6 月到 1944 年夏天，纳粹试图利用潜艇来穿越盟军的封锁线，在欧洲和日本之间往返，以便运送战争所需的物资。德国人和日本人设计了供双方使用的特殊的恩尼格码密钥，还使用了其他密码。

这是漫长而绝望的海上旅程。1944年4月16日，一艘日本代号为"马祖"的潜艇从法国洛里昂出发前往日本，船上载有4名德国技术人员、13名日本人，以及德国的反潜设备、鱼雷、雷达装置、深水高速潜艇的计划和流感病毒。盟军通过其分阶段发送和接收的电文来追踪其行程。一条电文给出了该潜艇通过巴林塘海峡的路线，7月26日，美国海军锯鳐号潜水艇向美国海军总部发回电报报告："它没有通过……向日潜艇放了三条鱼[1]，它在一片烟雾和火焰中解体了。"制胜一击之后，盟军密码破译员破解了由东京发往柏林的电文，其中提到这艘潜艇本来是要去日本装运物资的，但"由于这艘命运多舛的船的损失，我们无法利用它，这确实很不幸，并将对整个帝国陆军和海军产生巨大影响"。

同样，1944年2月7日，一条来自东京的消息证实，一艘代号为Momi的潜艇不久将从日本吴市出发，前往德国。该潜艇经过四个月的旅程，在诺曼底登陆期间抵达了欧洲。柏林向潜艇发出了一条电报，提到"英美军队已经在勒阿弗尔和瑟堡之间的法国海岸登陆了，但你们的目的地仍然是洛里昂"。其货物包括80吨橡胶，2吨金条，228吨锡、钼和钨，还有鸦片和奎宁。这艘潜艇失踪了，所以柏林给东京发消息称："这些联络潜艇对日德之间的交通运输发挥着如此重要的作用，灾难却接二连三地降临在它们身上，这对两国来说确实是一个极其令人遗憾的损失。"

* * *

随着1943年的远去和1944年的来临，美国的炸弹机24小时

---

[1] 三条鱼：即三枚鱼雷。

不停地工作，其任务范围也扩大了。在 U 型潜艇逐步得到控制之后，布莱切利园请美国方面帮助破解德国陆军和空军使用的三转子恩尼格码机的日常密钥。露易丝·皮尔索转而负责对付纳粹德国空军的工作。在战火肆虐的欧洲战场上，密码破译的节奏也是片刻不能停。姑娘们上午研究海军 U 型潜艇的密码，其余时间用来破解其他密码。美国海军的一份简报写道："对 U 型潜艇密码的攻击非常成功，每天只需使用 OP-20-G 炸弹机四成左右的算力。为了增进共同利益，炸弹机空出来的时间用于在英国人的指导下对德国陆军和空军的密码发起成功的攻击。"炸弹机在诺曼底登陆日之前和登陆日当天发挥了很大的作用。正如简报所指出的那样，"在登陆法国的关键阶段，这让我们获得了大量情报"。

与此同时，在戴顿，志愿紧急服役妇女队一支精英小组仍在她们的工作台前为换向轮接线，以备替换零件之需。在这样良好的环境中愉快地度过战争期间，姑娘们甚至感到有点内疚。她们弹钢琴，唱歌，进城去玩。贝弗利山乡村俱乐部离这里很远，但值得一去，那里有 1 美元的虾仁杯、2.75 美元的俄罗斯鱼子酱，每晚还有两场歌舞表演。天气变冷时，姑娘们搬进有暖气的营房。早上，负责人埃丝特·霍顿斯坦上尉会光着身子从浴室里跳出来，唱着音乐剧《俄克拉荷马！》中的"哦，多么美丽的早晨"。在戴顿，姑娘们几乎全靠自己，她们喜欢这样。

这些姑娘是精挑细选出来的群体，她们相处得很好。当然，偶尔会发生一些戏剧性的事情，从来如此。一天晚上，霍顿斯坦无意中发现两个女人在做爱，于是引发了一场骚动。其他人聚集在一起，有人使用了"酷儿"这个词，罗尼·麦基是最小的姑娘之一，她问道："你说的'酷儿'是什么意思？"夏洛特·麦克劳德把她拉到一边做了解释。另一个志愿紧急服役妇女队队员走到哪儿都穿着她的雨衣，没人注意她，直到她被送进医院生了一个男孩。姑娘们把刚出生的小宝宝放在枫糖厂的病房，用超市手推车当作婴儿床。她们叫他"水桶"，这是海军对船上饮水桶的旧称，水手们喜欢聚在这里闲聊。她们非常爱他，直到孩子和母亲都不得不离开，就像那对同性情侣一样。

枫糖厂的其他姑娘也进入了浪漫关系的承诺期，这在和平时期可能显得很奇怪，但现在感觉很正常。贝蒂·比米斯的机房里有一位志愿紧急服役妇女队队员正在跟男友通信，她的男友有一个叫埃德·"矮子"·罗巴茨（Ed "Shorty" Robarts）的朋友，没有直系亲属可以给他写信，于是机房里的所有女孩都开始给"矮子"写信。其他女人都逐渐退出了，但游泳冠军贝蒂没多久就开始跟素未谋面的士兵"矮子"认真地鱼雁传书了。

这并不罕见。即将离婚的艾瑞丝·弗拉斯波勒也在给一个驻扎在提尼安岛的水兵写信，她从未见过这个人。她和她的通信对象鲁珀特·特朗布尔（Rupert Trumble，他的绰号当然是"麻烦"）每天都写信给对方，还发展出了两个人之间的私人笑话。其中一个笑话是，他们已经结婚并有了孩子。特朗布尔会写信询问孩子们的情况，艾瑞丝会编造一些有趣的事情来报告。有时候他也会写信说他梦见了她。有一次，他给她寄来的一个信封里面只有灰烬，以表达她的信给他带来的感受。

第十一章 枫糖厂

第十二章
"给你我所有的爱,吉姆"

1944 年 5 月

  这些来信每天都堆在阿灵顿沃尔特里德大道 609 号 632A 公寓的邮箱里。多特·布雷登在下班回家后会把它们从邮箱里拿出来,如果克罗或露易丝比她先到家,在她回家时它们就在桌子上等着她,通常有一大堆。公寓里所有女人都有信件。多特经常跟她的两个弟弟提迪和布巴通信。柯蒂斯·帕里斯的来信少了,她和他渐渐失去联系了。她和乔治·拉什一直在写信。多特想甩掉乔治,但又不忍心这么做,还是担心会影响士气。然而,随着时间的推移,吉姆·布鲁斯的信开始越来越多了。吉姆·布鲁斯写信勤快、守信,字写得比较小,一丝不苟。他写"亲爱的多特"的时候会把字母"D"写得花里胡哨的。他的信写在薄如鸟羽的航空信纸上,整齐地三折再对折,收信人是"多萝西·布雷登小姐"。像其他军人一样,他通过陆军邮政系统寄信,该系统采用美国处理中心的陆军邮政地址作为回信地址,以免泄露美国陆军士兵在海外的位置。吉姆寄来的信封边缘总是有独特的航空邮件装饰,像理发室的柱子一样有条纹。寄件人地址写着小詹姆斯·T. 布鲁斯中尉，上面有美国陆军邮政总局（U. S. Army Postal Service）的邮戳，通常在迈阿密或纽约。

有些士兵在秘密地点服役，吉姆没有。他在加纳的陆军战略空军司令部（Army's Strategic Air Command）担任气象学家。这个工作没有性命之忧，但这是一项重要的任务。他的工作是保障飞行员的生命安全，为飞行员预报沙尘暴和恶劣天气。

当多特回到家发现吉姆·布鲁斯的来信时，她的心总是怦怦直跳。1943年底吉姆前往海外作战以后，他给她写了第一封充满深情的信，语气还是和离开之前一样认真，就像突发奇想最后一分钟去阿灵顿看她时一样。有趣的是，吉姆在人前沉默寡言，几乎不说话，但在信中却很健谈、感情丰富。他在信中多次提到她的名字，这表明他真的在想她。

吉姆和多特都必须小心翼翼，避免透露与战争有关的细节——政府的审查人员会阅读每一封海外信件——因此他们写的不是情感就是平淡无奇的日常生活，除此之外很少写别的。1944年春天，吉姆提到，他的部队被禁止进入最近的城镇阿克拉，因为基地里正在流行战壕口炎，这是一种牙龈疾病。他接着写道："我没什么让人高兴的东西写给你看，多特。"

我今天早上去玩了一会儿。昨晚我们举行了《与我同行》的首映式或者说首次放映。宾·克罗斯比扮演一位天主教神父。你能想象吗？这部电影非常好。它下周在纽约上映，所以你也许会在不久之后看到。我很高兴我不必像你在华盛顿时那样，等到所有的电影都过时了才去看。

吉姆总是渴望听到多特的消息，喜欢收到她风趣诙谐、富有文采的来信。他告诉她："多特，你要乖，经常给我写信。你的信能让我打起精神来。"她曾给他寄过一张照片。"给我寄一些最近的照片如何？"他写道，"我知道那张是最好的，但我还是想要更多照片。"

有些时候，当吉姆很长一段时间没有多特的消息他就会抱怨。寄给海外士兵的信常常会在运输过程中受阻，信件寄到时往往乱成一堆。在漫长的等待中，吉姆的信会变得有些可怜，多特读信时不禁微笑起来。"我得到的待遇比我认识的任何人都要差，"他4月30日在信里写道，"我已经十五天没有收到你的信了。"他接着说："多特，如果你像以前一样等那么久才写信，哎，你可以猜到我会怎么想。"

但他是个性情平和的人，不会记恨她。来信的下一段说到他去阿克拉参加了一些英国军官和文职人员举办的舞会。他坦白道："这是个酒水充足的聚会。先是下雨，然后又有很多威士忌酒。我没有喝醉，多特，只是为了交际喝了几杯。"他说，舞会上的"女孩"大多是护士，以及英国"城里绅士"的妻子和女儿。"我和一个四十多岁的老姑娘聊得很开心。"

第二个月，吉姆收到了多特的一批来信，心情好多了。他称呼她"最亲爱的多特"。他兴奋地写道，他被邀请登上一架前往巴西的军用飞机，提供飞行中的天气预报。这趟旅行单程就要花十四个小时，他刚刚回来。他说不上来他们去了哪些地方，但他说，"最激动人心的"是当他们乘坐一架小飞机从一个小城飞到另一个小城时，他可以担任副驾驶。有一次，飞行员把控制权交给了他，让他接手。吉姆从来没有开过飞机。他在信中告诉多特："起初，飞机走的方向总是不对，但我很快就能让它保持在正确的航线上了。一旦我搞明白了每个小装置是干什么用的，它就很容易操作了。"

我认为自然界中没有任何东西能跟海拔一万英尺看到的低空云层媲美。云朵的顶部形状、大小各不相同，看起来很像白雪皑皑的山峰。我要是能有一些照片寄给你就好了，多特。不过更好的是等战争结束以后，等我有了我的飞机，我会带你飞到大洋上空，让你亲眼看看。

带她坐私人飞机的愿望是一种相当不切实际的感情爆发，但这封信表明，他们两人仍在摸索他们的关系。和战争期间许多人一样，他们的关系纯粹是通过书信发展起来的，没有电话，也无法见面。在时间和距离的限制之下，关系的发展总是断断续续、踌躇不前。在吉姆短暂驻留巴西期间，那里不太讲究定量配给，他可以吃冰淇淋、喝可乐，他考虑过要不要给多特带点礼物，但不确定他们是否已经发展到可以送她私人用品的地步了。"多特，我准备从巴西给你寄一些丝袜，但不知道你喜不喜欢我给你买衣服。"他已经给他的两个姐妹每人寄了一双丝袜，还告诉多特，"如果你想要，就告诉我你的尺码"，他会让一个驻扎在巴西的朋友为她买一些。

1944年7月，多特给吉姆发了一张她和一个朋友在贝弗利海滩的照片。她自己的信一定让他觉得她正过着无忧无虑、近乎浅薄无聊的生活。她在背面写道："注意背景中的科尼岛。"她还寄过一张她和另一位女伴一起享受日光浴的照片，并写道："每次相机卡住的时候，照片中我们身后那个男人都会把相机修好。"她还寄了一张她和克罗等五位阿灵顿学堂的同事去科洛尼尔比奇游玩的照片。多特遮遮掩掩地躲在一根杆子后面，但这群密码破译员看起来非常迷人、无忧无虑，她们穿着夏季的裙装或短衣短裤。克罗坐在最左边的一个窗台上，穿着短裤，面带微笑。多特在背面写道："都在一起！卡洛琳是左手边第一个。可惜杆子不够大！顺便说一

在难得的休息日,她们会乘坐公共汽车和有轨电车前往弗吉尼亚州和马里兰州的海滩。这群阿灵顿学堂的密码破译员包括克罗(左一)和多特(从杆子后面探出头来)。多萝西·布雷登·布鲁斯供图

句,卡洛琳其实并不是那么呆!"

1944年8月,她寄来一张自己和克罗趴在沙滩的毛巾上的照片。上面写道:"我们是不是很可爱?另一个姑娘是卡洛琳。顺便说一句,我们确实被晒伤了。"

她的信写得很轻松,但从其中对争执和不确定性的处理来看,也能体会到战时的压力。如果有一段时间没有收到多特的来信,吉姆就会继续抱怨。有天深夜,多特在结束漫长的工作之后起草了一封愤怒的回信。她写道:"我刚刚坐在床上,等着卡洛琳把灯关掉,再重读你刚来的这封信。我以为我已经是打击人的大师了,但是,J.布鲁斯,在你面前我可是甘拜下风!这封信还会在同一句话里祝福我两次!……说真的,我真是很羡慕你。我之前说这话时,你是不是觉得这只是花言巧语?你挑个日子,我随时愿意和你交换位置。"但这封信语气似乎太强烈了,所以在早晨恢复理性之后,她没有寄出去。

通信节奏的好处在于给了他们冷静下来的时间。8月的时候,

吉姆收到她的两封来信很开心，每封信都花了两个星期才到他手里。他说："我很喜欢读你的信，多特。"他尽力寻找可以放心地告诉她的事情，他报告说，士兵们正在玩"热闹的桥牌游戏"；他已经画好了当天的气象图表；军官们似乎对扑克牌没有什么兴趣，这很好，因为他最近玩了玩，"让人神经很紧张"。但这里有一张乒乓球桌、"一台海军留给我们的维克多牌留声机和一些好唱片"，还有一架钢琴。

战争一直在继续。早在1944年初，吉姆就提出了结婚的想法，他给出各种暗示，离开之前还带她去见他的姐妹，但多特还难以确定自己是否想要安定下来，以及如果真的这么想，要什么时候、和谁在一起。她一直举棋不定。1944年10月，吉姆写信告诉多特说他要被派往另一个地方，还抱怨说他没有收到她的来信。离上次他匆匆去华盛顿看她已经快一年了。他的语气有点哀伤："我猜你和林奇堡的朋友们还是玩得很开心。"他说他只能带65磅的个人物品到新的驻扎点，所以必须挑选把什么东西放进行李箱，他觉得自己可以再在口袋里随意带上两磅重的东西。"多特，你不要为我担心，因为我认为我的新任务会比这里的任务好。"

到11月，吉姆·布鲁斯被派驻到伊朗。"这里的天气情况相当有趣，"他写道，"不久前我注意到有几片云团，我没有预测到，也无法解释。"他给她寄了一个烛台和一支笔，她在回信中说她很喜欢。他似乎仍然不确定她的感情。"多特，请不要为你的弟弟们和我担心，如果你真的担心我的话。我在这里比在美国更安全，在美国受到伤害的方式太多了。这里也没有坏女孩来伤害我。"

他继续认真地写道："多特，我担心的是这场战争会比我们想象的要长，很久之后我才能回家去看你。"1944年12月，"自从我上次写信以来"，再也没有收到她的来信，他有些焦虑地想，现在他离她一定有6000英里远了。"真是长路迢迢,确切地说,它比我想去的地方远了6000英里。"他在结尾处写道:"多特,乖,常给我写写信。我很喜欢读你做的一切。"

即使在多特摇摆不定的时候,她写的信也是充满感情的,他注意到了这一点。他在信中写道:"我昨天收到了一封你的来信,你想知道我的下巴上是否还有酒窝,所以随信附上照片是为了表明我确实有酒窝,而且我可以蓄胡子。我保证在我回家之前把胡子刮掉。"

多特,这十天左右我收到了你好几封来信,这让我非常高兴,我非常喜欢这些信。你写道,如果我想知道你有多爱我,你会告诉我。请告诉我,因为我真的想知道。

不过,在这封信里,吉姆顾虑的是多特的老朋友比尔·伦道夫,他得到了一个外交官的职位。"多特,你很幸运,能和副领事是这么好的朋友。我希望他在南美待到我回家之后,因为我担心你们会认定彼此之间不只情同兄妹。"他打算用苏格兰威士忌和水果蛋糕开一个派对。"多特,你收到这封信的时候已经接近圣诞节了,所以我祝你节日愉快、新年快乐。我真心希望明年的圣诞节我可以和你在一起。"

到了1月,她的两封来信和一张圣诞卡让他欣喜若狂。"我爱你,我非常焦急地盼望着回家见到你的那一天。"但是在随后的一封信中,他仍然担心收不到她的来信。他承认他不常去教堂,还敦促她按照她一直使用的陆军邮政地址和其他一些军官使用的另一个陆军邮政地址给他写信,"并且连续编号",看看哪个陆军邮局能快点把信送到他手里。

他对自己最近的一次预报很满意。

雨停了，天放晴了，正和我预测的时间一样。今天早上有雾，然后又像预报说的那样渐渐散了。今天早上我去食堂的时候，一些飞行员向我表示祝贺，这很不寻常。一般来说，如果天气预报不好，他们会给我们打H；如果结果还不错就把它忘了。

他提到自己已经在海外待了近十三个月，估计再过四五个月，他就有希望调走了。"我会尽一切努力，想办法回家看你。"

好姑娘，多特，给我写信吧。总有一天你可以告诉我你所想的一切，而不必写出来。

给你我所有的爱，吉姆

吉姆继续提结婚的问题。1944年秋天，他们在信中专门讨论了这件事。多特正享受着她的独立，先是敷衍他，后来同意了，然后又不确定了。1945年2月左右，她建议他们每天写信。但在那个月底，吉姆写信提到："我今天从你那里收到的信是你拒绝了我现在订婚的请求。"

他显然很失望。"多特，我知道你做得对，但我必须承认，我很吃惊，"他写道，"当我们去年秋天写信讨论这个问题时，你说你想不出有什么比和我订婚更好的了。"他推测，"也许你去年秋天并不是认真的"，他担心他一直夸耀自己的家庭让她反感了。他写信为自己辩解，"我提到我良好的家世，并不是认为会对我们的婚姻有任何影响，我只是觉得你可能有兴趣了解一下我的家人。我是在请求你嫁给我，而不是嫁给我的家人"。

但吉姆·布鲁斯最好的一点就在于他没有对多特横加指责或试图强迫她。他告诉她，他尊重她的决定，而且他也没有放弃。他的语气很温和，"好吧，我想我们最好暂时放下这个话题"。她提到克罗和露易丝要回密西西比州的老家一趟，他祝愿她们一切顺利。

多特，我现在必须去工作了，要确保他们安全飞行。

给你我所有的爱，吉姆

第十三章
"在塞纳河口登陆的敌人"

1944 年 6 月

1944 年年中,德国总理阿道夫·希特勒在多次征战之后,不得不面对一项不可能完成的任务:保卫整个欧洲的西北海岸不被敌人入侵。纳粹知道盟军有可能登陆被占领的欧洲——至少从 1943 年开始,驻欧洲各地的日本外交官就一直用紫码机在谈论盟军登陆的问题——但他们不知道这会发生在何时何地。在相当长的一段时间内,盟军也不知道。

各种代码的破译帮助盟军下定了决心。1943 年 11 月,阿灵顿学堂的紫码机响了起来,这是日本驻纳粹德国大使大岛浩对美国情报工作做出的最有价值的贡献之一。这是一篇滔滔不绝、情感外露,甚至有点情绪化的报告,细致入微地描述了德国沿法国西北海岸布设的防御工事,把布列塔尼到比利时两端之间的一切都做了介绍。

实际上,这是一连串的电报。第一封是大岛浩发给东京同僚的,他把前往法国看纳粹行动的经历吹嘘了一番。他和几个同事乘火车从柏林到布雷斯特,检查了那里以及法国沿海的防御工事,也就是德国人所说的大西洋墙（Atlantic Wall）。

大岛崇拜纳粹，报告中满篇都是德国陆军中谁是谁的细节，他描写自己"受到伦德施泰特元帅的款待"，以及见到他们是多么的荣幸。他报告说，他和他的同伴察看了布列塔尼的海港洛里昂周围的德军防御工事。他们见到了夜间演习；视察了营地和港口；在巴黎过了一夜，然后去了波尔多，在那里观看了奔越封锁线的模拟演习。他们还前往普瓦捷和南特会见了德军指挥官。"在招待酒宴上，我们可以和各地的大人物交谈。"

这条电报之后还有一条更长的电报，文字读起来仿佛出自军方的导游之手。它的主旨是：尽管希特勒的大西洋墙看起来令人生畏，但也有一些地段的保护力度不如其他地区。

大岛满意地报告："德国在法国沿海的所有防御工事都非常靠近海岸，显然德国人计划尽可能在靠近水边线的地方粉碎敌人的所有登陆企图。"他说，"每个机枪掩体都毫不吝啬地用钢筋混凝土加固"，一旦盟军登陆，"当然不一定在沿线所有地方都能阻截，但即使有些人成功登陆，要打败强大的德军后备部队的反击也并不容易，因为他们能以闪电般的速度集结起来"。他赞扬了纳粹士兵的"士气和军魂"，称他们以"爱、感情和信心"对待他们的武器，愉快地投入工作。"我在每个地方都跟士兵们轻松愉快地聊过几句，多次留意到他们对希特勒总理的尊重和深切的爱戴。"

他对士兵们赞不绝口：

> 这种亲密团结——德国士兵无论高低，形如一体——以及对待工作的诚实严谨，不仅是德国人民的普遍特点，不能不说也源于他们所接受的纳粹教育。这种精神渗透到了每一名士兵身上。我能看出这一点，我如释重负地松了口气，我的心也得到了安宁。

大岛很迷恋纳粹部队和他们的训练，也正因为如此，他为盟军提供了击败他们所需要的细化的实地情报。他指出，"在德国陆军的防御计划和部队部署中，首先考虑的是海峡地区"。他指的是多佛尔海峡，它是英吉利海峡最狭窄的部分，是连接英格兰的多佛尔和法国港口加莱的距离最短的地方。电文继续写道："诺曼底和布列塔尼半岛的重要性紧随其后。其他地区只被视为次要战线。"然后他详细说明了德国军队的位置，解释说占领荷兰的部队一直延伸到莱茵河口，另一支部队从那里延伸到勒阿弗尔以西，等等。他提供了各个师团的统计数字，说明了步兵师、装甲师、机械化步兵师、空降师的实力和人数。

所有这些内容都经过柏林大使馆的紫码机加密后传送到东京，由在文特山负责拦截工作的陆军妇女军团从空中截获，通过阿灵顿学堂的紫码机来破译——主要靠肩并肩坐在 A 楼桌边的年轻的女文职人员完成——再由翻译部门的语言学家翻译成英文。如果珍妮芙·格罗扬用缎带把它绑起来，这就是送给盟军指挥官们最好的礼物了。此外，还有一些补充的信息来自通过日本海军武官机发送的电报，这些海军武官电报由弗兰克·雷文和他在海军配楼的团队负责破译。恰好，日本驻柏林的武官阿部胜雄与大岛浩截然相反，他憎恨纳粹，不信任他们，于是在法国各地建立了自己的间谍网络。盟军能读到他的快信就更有把握了。雷文和他的团队称他"诚实的阿部"，他对德国在海岸的防御工事的了解也在计划诺曼底登陆行动时派上了用场。在海军配楼炸弹机的帮助下，德国陆军的恩尼格码电文也被破解了。布莱切利园的密码破译人员破译了德国陆军元帅埃尔温·隆美尔的长篇电文，其中描述了诺曼底海滩上的防御工事。

总之，基于这些由密码破译工作得来的情报，盟军指挥部下定决心让大部队远离加莱，在诺曼底进行登陆。

* * *

不过，进攻计划要想取得成功，盟军必须打德国一个措手不及才行。跨越海峡登陆作战能否成功，取决于盟军士兵登陆时会不会遇到德国海岸防卫部队的全力抵抗。盟军还需要确保德国人不会及时发现到底发生了什么事，使其无法从其他地区抽调机动后备部队去协助保卫诺曼底。出奇制胜的一个办法是构建温斯顿·丘吉尔所说的"谎言卫士"（bodyguard of lies），以防备有关登陆确切时间和地点的真相外泄。

因此，在登陆前的几个月里，盟军制订了一个绝妙的蒙骗计划，并且起了一个贴切的名字——"卫士行动"（Operation Bodyguard），旨在让敌人对盟军发动进攻的时间和地点产生混淆。这样做的目的是诱使德国人相信登陆的盟军部队兵力比实际上更强、分布更广，而且登陆欧洲的行动会在几个地方差不多同步进行。他们想让德国人相信，中路进攻会发生在加莱附近的加莱海峡一带。为了做到这一点，盟军编造了一支子虚乌有的"幽灵部队"来摆脱德国人的追踪。他们采用了双重间谍，也就是原本被德国人派往英国但又被英国人策反的间谍，让他们向德国发送假报告，散布那支假部队的消息，说他们正在集结，准备进攻。但是，为了让一支假部队看起来真正令人信服，它还需要点别的，某种无形却很强大的东西：假通信。

* * *

当盟军指挥官在规划登陆日前后的大量组织工作时，他们必须考虑许多事情，通信就是其中之一。当进攻的大兵们在海滩上登陆，开始穿越法国，进入比利时的时候，他们如何铺设电话线、架设无线电台？这就是陆军通信兵团的核心任务。

盟军指挥官也认为，即使在登陆之前，当部队在英国集结时，德国人也正忙着对盟军采取盟军对德军所采取的同样行动：监测无线电通信，构建出盟军的战斗序列并弄清哪个部队在哪里行动。德国人控制了海岸的大部分地区，他们甚至可以监测盟军的低频通信。美国、英国和加拿大的部队无法保证在进行无线电通信的同时不让德国人截获他们发送的信号。即使德国人没有破译加密的交流内容，也能从通信量分析中了解到很多信息。战后，通信兵团的一份简报写道："在被占领区域，我们在某一特定频率之上的所有通信被某个地方接收到的可能性极大，因此不得不假定所有的通信内容都被读解出来了。"盟军的解决方案是什么呢？他们在电波中填充了假流量。

事实上，盟军编造了两支幽灵部队。一支是为了骗纳粹相信盟军正在苏格兰集结，准备在挪威登陆作战。这个被称为"北方堡垒行动"（Operation Fortitude North）的骗局目的是诱使德国人将驻扎在挪威的部队留在原地，而不是在登陆行动开始后将他们调往法国。

另一支幽灵部队被称为美国第一集团军，简称 FUSAG（the First U. S. Army Group），据称由隆美尔最尊敬和最害怕的美国将军乔治·巴顿领导。这被称为"南方堡垒行动"（Operation Fortitude South）。所谓的巴顿将军第一集团军计划在肯特郡和苏塞克斯郡集结，以便从加莱海峡横渡，发动攻击。实际上，巴顿确实在英国，但第一集团军却不在英国，也不在这世上任何一个角落。

至关重要的是，要使德国人不仅相信有所谓的巴顿的第一集团军，而且要在诺曼底登陆后继续相信其存在。他们必须继续认为诺曼底登陆只是声东击西，是为了分散其对即将在加莱海峡发起的大规模进攻的注意力。德国人相信了这一点，就会让大部分防御力量留守加莱海峡，这样盟军才能有时间建立诺曼底滩头阵地，开启巴黎解放的征程。

一支并不存在的部队想要以假乱真，就必须跟真正的部队一样有无线电通信。无线电通信必须在发起进攻前就有，而且必须在发起进攻后的数周内保持不变，即使同一发报站被用于真正的军事通信时也必须如此。设计和组织这种通信往来非常复杂且事关重大，不能有任何错误，不能有任何奇怪或不正常的事情引起怀疑。其中大部分工作将由那本诱人的征兵小册子吸引来的陆军妇女军团的姑娘们在阿灵顿学堂来完成。

* * *

耕夫归家倦步长路。
耕夫倦步归家长路。
耕夫倦步长路归家。
耕夫长路倦步归家。
长路耕夫倦步归家。
长路归家耕夫倦步。
长路倦步耕夫归家。
归家耕夫倦步长路。
归家长路耕夫倦步。

在阿灵顿学堂的加密部门，墙上的海报都在提醒发送加密电文的工作人员要改变文本的语序。"总有另一种说法"，有一张海报提出了忠告，还以托马斯·格雷《墓园挽歌》中的诗句为例展示了如何调整语序。在阿灵顿学堂，8000名工作人员所做的不仅是破解敌人的信息，他们也要对美国的通信进行加密和监控，以确保通信安全。不断有人提醒他们要避免使用各种构造型和出现可预测的重复，正是构造型和重复让美国人找到了破解日本和德国密码的门径。海报上写着"平行语料[1]吃败仗"（Parallel texts lost a battle），旨在提醒给电文加密的工作人员，在第一次世界大战中曾由于一条电文既用密码又用明码发送，所以吃了一场败仗。海报提醒他们，"改变单词的位置、替换同义词、使用动词的被动语态"都可以用于改变文字的顺序。

阿灵顿学堂有一个区域专门用于"保护安全"（protective security），和其他区域一样，这个区域也主要由女性工作人员负责，其中许多是陆军妇女军团的成员。这些女孩负责操作 SIGABA 密码机，也就是美国版的恩尼格码机。SIGABA 密码机最初的设计构思来自威廉·弗里德曼，专门用于加密美国陆军的通信内容，后来由弗兰克·罗莱特进行了改进。它之所以不像德国的恩尼格码机那样出名，是因为它从未被破解过。它从未被破解的原因很简单，因为罗莱特设计得很好（而且它比恩尼格码机更重，不那么容易携带，也不像恩尼格码机那样被过度使用）。但这也要归功于使用者的细心和能力。阿灵顿学堂的陆军妇女军团成员们制作了指导战地士兵如何使用这个机器的手册，他们对阿灵顿学堂的 SIGABA 密码机进行了维护和测试，以提出操作和机械方面的建议。他们监测着密码机的使用情况，以了解实地操作人员是否违反了安全规定。（美国的无线电安全相当糟糕，德国人从中了解了很多机密，所以这个工作不能停。）他们仔细研究美国的来往电文，寻找"加密错误"。他们对美国的电报通信进行了密码分析，看破解起来是容易还是困难。他们还要给编码室挑错，排查不安全的操作。

今天，所有这些都被称为"通信安全"（communications sec-

---

[1] 平行语料：指使用不同语言撰写，相互间具有"翻译关系"的文本。

这些姑娘还负责操作攻击德国恩尼格码的机器、维护跟踪U型潜艇和盟军护航船队位置的挂图，以及撰写供海军指挥官使用的情报报告。美国国家安全局供图

urity），远远不只是发送加密电文。有一个部门的女孩对美军各部队进行严密监控，以确保他们的无线电通信不会过多地暴露行踪。这些姑娘仔细研究了美国军方的往来通信，以确保盟军不会泄露那些敌人正在泄露给他们的信息。她们制作各种图表来研究美国在特定地区、特定时间、特定冲突和事件中的通信情况，看看有什么——如果有的话——可能已经泄露给敌人了。她们还研究过某些电报通信线路的特点。

这些技能让陆军妇女军团得以制造填充流量：虚构的无线电通信与真正的美国通信非常相似，使得敌人相信了编造出来的部队存在并正在行动。这种电文传输对掩护军事和政治行动很有用，而且不仅适用于诺曼底登陆期间。正如丘吉尔所描述的那样，其效果是在部队或领袖周围制造一个保护点，或者说保护区域。在太平洋战场上，当盟军计划对关岛和塞班岛发动真正的攻击时，阿灵顿学堂制造了虚假通信，把日本人的注意力转移到了阿拉斯加。他们制造的虚假通信也让冰岛基地司令部的第五步兵师得以部署到英国。他们还利用虚假通信为来往雅尔塔会议的活动提供掩护。

为了让编造出来的盟军通信能令人信服、以假乱真，姑娘们分析了盟军的来往通信。根据一份报告的记录，计算部门花了一番功夫来确定"各条电报线路的特点，例如组数频率分布、每种优先级和安全等级的百分比、交发时间分布、地址整合，以及操作这些来往电报的情报站所组成的密码通信网络"。

为了编造虚假通信，姑娘们必须了解真正发送出去的电报的每个细节，以及它所经过的线路和站点。虚假通信的内容一编制好，就必须设定发送线路。姑娘们必须制定一个合理的时间表，在可能出现这种电报的时候发送预先编制好的虚假通信。她们还需要维持电报线路的通信量，并监测发送出去的电报的情况。她们必须了解线路、呼号、频率、通信量峰值时间，她们必须无所不知。

同时，姑娘们也在对德国的无线电通信进行分析。诺曼底登陆期间，陆军妇女军团成员安·布朗在阿灵顿从事通信量分析工作，她记得"她们当时真的一直在努力寻求突破"。

这支假部队包括一辆假坦克登陆艇、一个假指挥部，以及两支配备有相关船只和飞机的突击部队。盟军在诺曼底登陆日前几个月就开始发送虚假通信，声称巴顿那支虚构的部队正从英国各地开始集结。与此同时，双面间谍们也在努力与德国进行沟通，巧妙地诱使他们相信美国第一集团军准备进攻加莱海峡。

紫码机传来了令人高兴的消息：蒙骗计划成功了。1944年6

第十三章 "在塞纳河口登陆的敌人"

月1日，不知疲倦、乐于助人的大岛男爵精心准备了一条发给东京的电报，并通过紫码机发了出去。这份加密电文显示，希特勒预计盟军将发动登陆作战，估计其将在挪威、丹麦以及法国地中海沿岸进行登陆，以声东击西。

大岛补充道——这很关键，这正是盟军所希望的——元首预计盟军真正的进攻路线将经由多佛尔海峡穿过加莱海峡。

* * *

1944年6月5日深夜，威尔斯利学院的安·怀特走在华盛顿西北部宁静的街道上，心想："今晚没有登陆行动。"每年的这个时候，首都的天气都很暖和，在密码破译机构所在的街区，修剪整齐的玫瑰花苞已经快开了。快到午夜的时候，安穿着她的制服，经过内布拉斯加州大道，进入海军通信配楼。两排海军陆战队卫兵现在已是熟人，她出示了自己的徽章，经过时向他们敬了礼，然后走进了存放德国恩尼格码机的房间，接替了值小夜班的军官。安当时是一名值班军官——现在已经是一名海军上尉了——她负责监督那些译读恩尼格码密电的姑娘值大夜班。值班军官的桌子上总是放着一把枪，她在射击场受过训练，知道如何射击。这个房间非常安全，蜂鸣器控制着入口，人们佩戴的徽章显示了他们可以接触的机密材料的级别。

在恩尼格码小组工作的姑娘们知道登陆法国作战已是箭在弦上了，但海军配楼中其他部门的人却不知道。恩尼格码小组知悉此事已经好几天了，他们被告知要严守秘密。炸弹机正全力以赴破译德国的电文，姑娘们的心悬在半空，焦急地等待着，不知道究竟什么时候会发动登陆行动。这随时有可能发生。然而，今晚，当安走进这个名为 OP-20-GY-A-1 的部门时，抬头注意到了那轮美丽的圆月。

她暗自想着，对于穿越英吉利海峡的突击登陆来说，今天晚上肯定太亮了。

但是，在她当值后不到两个小时，她的团队就收到了一条截获的电文，表明情况并非如此。据她所在小组的工作日志记载，"1 点 30 分，海岸沿线的往来电报已破译，电报向那些 U 型潜艇提供了法国被入侵的消息"。姑娘们用 M-9 来译读电文，大伙儿都欣喜若狂，好一通忙乱。安懂德语，甚至在恩尼格码电文拿到楼上翻译成英语之前就能读懂这些文字。这是一条简短的电报，是中央指挥部发给其无线电通信线路上所有 U 型潜艇的。"敌人正在塞纳河口登陆。"在法国海岸各地，恩尼格码机都在响个不停，吐出同样的警告。"敌人正在塞纳河口登陆。"在华盛顿西北郊，姑娘们读到这些话的速度和 U 型潜艇的船员一样快。

诺曼底登陆正在进行。此前由于天气原因耽误了一天多，6 月 6 日晚上天空放晴，勉强可以趁着夜色横渡英吉利海峡。满月为盟军提供了他们想要的潮汐，而一直在海峡上呼啸不停的风暴也减弱了，足以让已经停泊了数天的船只下水。当天夜间，将近 25000 名空降兵通过降落伞和滑翔机降落到海滩上方的田野里。诺曼底海滩登陆——人类历史上规模最大的海上登陆开始了。这一切终于发生了，盟军正在登陆法国。

现在，无线电通信真的开始涌进来了。下一封电报描述了数以千计的盟军船只——近 7000 艘军舰、扫雷艇、登陆艇和支援船——填满了诺曼底海岸外的英吉利海峡。电文还列举了驱逐舰、巡洋舰、油轮和补给船。更多新闻简报随之而来。远在数千英里之外，姑娘们满怀希望、恐惧和好奇，废寝忘食地工作着。在晨曦的映照下，这些船只巨大的轮廓隐约可见，带来了超过16万名美国、英国和加拿大士兵以及他们进攻法国被占领的海岸所需的武器和物资。

此刻，美国人正在攻占犹他海滩，水陆两栖坦克由底部的小螺旋桨推动，就像设计的那样在海浪中穿行。陆军游骑兵（The Army Rangers）冒着猛烈的炮火攀登霍克角；蛙人们正在游过来；工兵们正在炸开道路，以便士兵能够离开海滩，继续向着灌木篱笆和法国北部前进。加拿大皇家温尼伯步枪队和女王步枪队正在抢占朱诺海滩，伤亡非常惨重。在狂风肆虐的奥马哈海滩，德国人的炮火如大雨一般从悬崖上倾泻而下，很多坦克在惊涛骇浪中沉没了，非常可怕。盟军士兵虽然晕船恶心，但毫不畏惧，他们迎着迫击炮、火焰喷射器、机枪和远程炮火继续前进，涉水上岸。

海军配楼的女孩们整夜都在跟踪诺曼底登陆日的无线电通信，从德国人的视角来解读登陆的情况。盟军士兵正在勇闯海滩，攀登悬崖。这一天女孩们从早到晚都在读电报，把当天所有的电报都读了一遍。值班军官的日志显示，凌晨1点40分，有人警告她们"不要以任何形式提及我们知道登陆这件事，即使是在消息正式公布后也不行"。整个晚上，女孩们都在实验楼的楼梯上跑上跑下，把电文带给楼上的翻译，尽管安自己也能看懂。她们感到兴奋、欣慰和恐惧。她们深知这件事是多么的重要，但它会如何发展呢？她们无法确定。这些电报告诉了她们一些事情，但她们想知道的还有很多。女孩们想知道有多少人会死，纳粹是否会反击，进攻会如何展开。

女孩们拼尽全力，在6月6日7点30分到19点30分的十二个小时内，密码破译团队在炸弹机上成功命中11次，其中8次都是在一个班次命中的，因为德国人除了海滩上发生的事之外，还分享了其他有关登陆的消息。姑娘们由此得知，法国抵抗运动（the

French Resistance）已经迅速采取行动，切断了德国人的通信。这么多的抵抗力量，这么多不畏强暴的勇士都为保卫自由世界而团结在一起。安·怀特后来写道："即使是坐在办公桌前，我们也感到了国家的力量。"

诺曼底登陆给了德国人意外的一击——这次突然袭击拯救了大约16500名盟军官兵的生命。在接下来的几周里，盟军建立了一个真正的滩头阵地，把奥马哈、犹他、朱诺、黄金和宝剑海滩连接起来，然后冲出灌木篱笆，开始踏上解放巴黎的征程。

诺曼底登陆当天8点——在法国是当天下午——安·怀特上完了大夜班，走出海军配楼，感觉视线模糊，精神不安。有一条公交线路从附近的沃德圆环区开往国家大教堂旁边的一个车站。国家大教堂是位于乔治城以北威斯康星大道的新哥特式地标。国家大教堂旁边是圣奥尔本斯教堂，虽然比较小，但非常漂亮，而且昼夜开放。在战争期间，圣奥尔本斯教堂从来没空过。至少，当安在那里的时候，它从来没空过。安和其他一些破译密码的姑娘溜了进去，在教堂长椅上找到了座位。

诺曼底登陆是一项伟大的成就，她们知道这一点。但不知什么原因，这似乎并不值得庆祝，或者说不完全值得庆祝，或者说还没有到庆祝的时候。去教堂是她们所能想到的唯一的哀悼方式，虽然她们还不了解全局，但已经感受到了几分死亡和不幸的气息。盟军士兵面朝下在波涛中浮浮沉沉，在背包下被淹死；游骑兵在用刀挖洞攀爬悬崖时被敌人击落；海滩上的尸体；在烟雾中坠机的飞行员；淹死在沼泽地的伞兵……去教堂是她们所能想到的纪念牺牲者的唯一方式。

回想起来，安认为诺曼底登陆是战争中最伟大的时刻之一，战时为密码破译效力也是她一生中的高光时刻。

但现在，她所能做的就是为死者的灵魂祈祷。

第十三章 "在塞纳河口登陆的敌人"

* * *

起来坐下，起来坐下。把转轮安放在转轴上，把机器设置好，坐下来，等待。然后再起来，再把转轮安在转轴上，把机器设置好，坐下来，等待。在诺曼底登陆后的几天里，随着电文的不断涌入，志愿紧急服役妇女队一直在炸弹机上忙个不停。OP-20-GY-A-1的日志中写道："登陆导致我们的通信量大增，还出现了大量管理通信，涉及好几条通信线路。"吉米·李·哈奇森·鲍尔斯在诺曼底登陆时和登陆后的整个过程中都在炸弹机房工作，她的同乡好友比阿特丽斯·休哈特也一样。当盟军士兵开始向巴黎进发时，这两位前俄克拉荷马州总机接线员日复一日地起来坐下，换转轮，输入选单。这些姑娘对法国光荣解放的体验是炸弹机房的高温、噪声和紧迫——还有心知她们所爱的男人正在参加海外行动的恐惧。

吉米·李的丈夫鲍勃·鲍尔斯曾驾驶一架滑翔机支援诺曼底登陆。鲍勃跟随第一波飞机从英国起飞。滑翔机是没有发动机的航空器，由飞机牵引起飞，然后在田野和森林上空脱离飞机，它搭载着部队、武器，甚至吉普车等车辆在天空航行，这些车辆将供降落伞兵和从海滩上岸的士兵使用。滑翔机因其结构脆弱、工作危险而被称为"飞行棺材"。参加此次行动的飞行员都知道风险有多大。

现在，每个美国人都知道，阵亡通知电报有一种独特的式样，它会在星期天的早上到来。电报封皮上有一个显示地址的小透明窗框，如果有关官兵已阵亡，地址周围会有蓝色的星星。诺曼底登陆的几天后，吉米·李得到的电报不是这样的。她高中时期的恋人、新婚一年的丈夫鲍勃·鲍尔斯在滑翔机降落区域附近的法国小镇圣梅尔埃格利斯上空被击落。雾和烟很可怕，防空炮火也很危险。她的电报说他在行动中失踪了。在经历了一段令人煎熬的不确定后，她在9月得到了最坏的消息：她正值英年的丈夫确实已经死了。比阿特丽斯·休哈特的未婚夫也在登陆日阵亡了。这两个姑娘加入海军是为了拯救美国男人的生命，特别是她们所认识和深爱的男人。尽管她们在更大的任务中取得了成功，但在最亲密的人这里，她们却失败了。

吉米·李现在才明白她所做的工作有多么重要。为了参加在俄克拉荷马州举行的丈夫的葬礼，她要求休假，但遭到了拒绝。还有其他炸弹机操作员也收到了同样的电报，不能批准所有人都离岗。吉米·李留在了她的岗位上。她的父亲不久后也去世了。她始终无法回家诉说自己的心情，无法与父亲谈及她对丈夫的思念，她也没能向自己的父亲告别。

尽管胜利消息频传，死亡的消息仍然如此之多。1945年4月，在诺曼底登陆十个月之后，富兰克林·罗斯福总统去世。女人们哭得像婴儿一样。当总统的遗体从佐治亚州的温泉镇被送往华盛顿时，人们纷纷为他送行，公众向他致以哀悼，志愿紧急服役妇女队列队游行以表达纪念之情。人们不知道新总统哈里·杜鲁门是否能胜任这份工作。有些妇女独自前往白宫，大晚上站在阴森静谧的拉斐特广场上，那里唯一能听到的是水滴从树上落下，还有卫兵换岗的声音。

* * *

从许多方面来说，战争结束前最后一段日子最为血腥惨烈。在两个战区，轴心国的领导人都决心要让盟军每一步的胜利都付出最大的生命代价。日本的想法是，如果它能在水兵、海军陆战队队员、空降兵和对被占领岛屿发动攻击的士兵中造成足够严重的伤亡，美国可能会寻求早日结束战争，日本也就可以得到和平谈判的机会。神风特攻队开始在太平洋地区进行空袭，还有一些船只也开始进行自杀式袭击。伊丽莎白·毕格罗回忆说："有许多迹象表明，敌人即将崩溃。"她当时在海军配楼一个名为"密钥"的小组破解日本密码。尽管她们可以看出盟军正在取得胜利，但姑娘们仍然生活在恐惧之中，时刻担忧电报会传来最坏的消息。

密码破译员们尽其所能地关照她们牵挂的人的安危，有时也能成功。在海军配楼，乔治娅·奥康纳和她的朋友们在文书档案组工作。多亏了美国海军通过ECM传送的内部信息，她得以跟踪她哥哥服役的护航航母马库斯岛号。她在战争的最后一场太平洋战役中追踪着这艘航母：登陆菲律宾、冲绳之战、莱特湾之战。马库斯岛号在通过苏里高海峡、林加延湾和吕宋岛海岸时遭遇了自杀式袭击，侥幸脱险。乔治娅的哥哥当时在舰上的报务室。她没有跟他本人联系，但她能够告诉家人他很安全，尽管她不能告诉他们她是怎么知道的。她后来说，"南太平洋上有什么动静我们都知道"。

其他人就没有这么幸运了。来自瓦萨学院的伊丽莎白·毕格罗有两个兄弟在太平洋战区服役。一个在海军陆战队，另一个哥哥杰克毕业于普林斯顿大学，当时在苏万尼号上服役。苏万尼号是一艘护航航母，属于塔菲一号航母编队。杰克是家里的长子，是个人人都喜欢的天之骄子，伊丽莎白尤其崇拜他。他个子不高，但体格健壮，曾是普林斯顿大学的体操运动员。她后来回忆起哥哥早年间穿着海军制服的照片，"这个小伙子戴着一顶和瘦小的身材不太相称的大帽子"。他安静随和，1938年开始在普林斯顿大学学习电气工程。珍珠港事件后，他加入了海军预备役，那年圣诞节，他和新入伍的朋友们在一起聚会，"他们声音中的兴奋和期待"令伊丽莎白深受震动。1942年，他应征入伍，成为一名海军的雷达军官。苏万尼号在吉尔伯特群岛、夸贾林岛和帕劳都参加了战斗，到1944年初，一位同船的船员给她发来了一张照片，照片上"杰克疲惫不堪，看起来老了几十岁"。

1944年10月底，收复菲律宾的战役打响了。塔菲一号航母编队参加了莱特湾战役，这是夺回菲律宾的决定性战役。莱特湾战役是这场战争中规模最大的海战，可能也是历史上规模最大的海战。密码破译也在这场战役中建立了功勋，但对美国来说，这场战役差点就成了一场灾难。神风特攻队飞行员在这次战役中第一次发起有组织进攻。双方交战持续数天，威廉·哈尔西上将和他的第三舰队被引诱到了海上，日本人攻击了苏万尼号所属的第七舰队，护航航母发现自己成了第一道防线。一架神风特攻队战机在苏万尼号的飞行甲板上撕开了一个洞。这架飞机的炸弹穿过甲板，在飞行甲板和机库甲板之间爆炸，甲板上燃烧的飞机滴下的燃油引发了一场可怕的大火。位于船上这一部分的许多人被烧死了。如果可能的话，他们就跳进海里去。

伊丽莎白的家人收到了那封可怕的电报。她获准回家两天。她觉得父亲的头发仿佛一夜之间就变白了。他们谁也没有从这种丧亲之痛中恢复过来。曾经给伊丽莎白寄过照片的那位同船战友告诉她，杰克的遗体完好无损，但后来她看到了他在海军的档案，知道了全部真相，她的大哥杰克就是被烧死的人之一。

有些女孩在袭击发生之前就破译了提示即将发动进攻的电文，但却对阻止进攻无能为力。来自古彻学院的弗兰·施特恩现在是一名海军上尉，当时她作为值班军官正在值班，有一条电文说她哥哥埃吉尔担任舰长的驱逐舰成为了太平洋上神风特攻队袭击的目标。她的团队向海军发出了警报，但也没有办法阻止进攻。弗兰没有停下自己的工作，她知道她唯一能做的就是工作。神风特攻队出击了，她哥哥的船被击沉了。当时她以为埃吉尔·施特恩已经死了，后来才发现，多亏当时埃吉尔站在舰上的军官区，他成了为数不多的幸存者之一。

美国海军有关沉船消息的急件都会发到海军配楼的密码室，唐娜·多伊·索撒尔就是在密码室工作的两百名志愿紧急服役妇女队队员之一。虽然她负责的是太平洋战区的消息，但当她查看大西洋战区的沉船信息时，看到有一条电报称她哥哥所在的船被击沉了。她当时并不知道有三分之一的船员幸存了下来，英国驱逐舰桑给巴尔号把她哥哥从海里救了出来。他被带到英国，在那里接受了肺炎治疗，还得到了红十字会捐助的衣物。

多年以来，唐娜的母亲一直在给捐赠这些衣服的女人寄送包裹。其中一个包裹里装有一件唐娜做伴娘时穿的蓝色礼服裙，许多英国女孩都是穿着这样的裙子出嫁的。但她的哥哥再也回不到从前了。他回家后患上了精神分裂症，改由退伍军人管理局监护，在五十九岁时溘然离世。唐娜则嫁给了一名海军军官，他所在的军舰也曾在离冲绳岛海岸不远处被神风特攻队击中，他的鞋子被炸飞了，和死人堆在一起。好在他在被处理之前恢复了意识，活了下来，和唐娜成了一家人。

第十四章
提 迪

1944 年 12 月

  提迪·布雷登比多特小五岁。布雷登家兄弟姐妹关系亲密，提迪和多特都很有幽默感，他们喜欢互相打趣。在成长过程中，提迪和多特的另一个弟弟布巴喜欢评价多特的男朋友们。兄弟俩会在联邦街 511 号的前院里闲逛，对来找大姐的人品头论足。兄弟俩还喜欢挤上拥挤的有轨电车，站在多特所站位置的另一头，大声说："谁会想和那个满头卷发的小姑娘一起出去呢？"多特同样喜欢拿弟弟们的恋爱开玩笑。有一年夏天，他们一家人在外出游泳时拍了一张照片，大家都在看镜头，只有提迪看向了另一边。

  多特在照片的背面戏谑地写道："你认为是什么让提迪的目光如此专注？会不会是那个女救生员？"

  提迪·布雷登在 1943 年 6 月的一个星期五完成了高中学业，下一周的星期一就加入了美国陆军。他在得克萨斯州的范宁营开始了基础训练。艾森豪威尔需要在一年之内为诺曼底登陆的部队补充兵员，现在他们正在法国和比利时的田野和森林里奋力作战。因此，陆军把提迪送到肯塔基州的布雷肯里奇营接受训练。起初他们并不清楚陆军要给他们安排什么任务。1944年7月，也就是在诺曼底登陆后的一个月，提迪还在布雷肯里奇军营，他得到了两周的假期，可以回到林奇堡的家里，他于1944年7月3日离开，7月16日返回营地。

他给多特写信道："我真希望你不会因为太忙而没有时间下来找我，因为我很想见到你。"但多特却没请到假。他回到训练营后再次给她写信："姑娘，一切都好吗？我当然想上来和你待上几天，但我估计这会打乱我的日程安排。"他说休假回来后重新适应感觉很困难。"天呐，休假一段时间再重新回去工作真的很难。老天做证，他们有各种各样的任务在等着我。从炊事勤务兵到厕所勤务兵都有！那个厕所勤务兵很烦人！……哎哟。"

回到营地后，他感觉到情况有变。"自从我们进行'试航'和设备检查后，有很多小道消息传来传去。"

7月31日，提迪写信给多特说，他可能会在大约两周后到马里兰州的米德堡去。"如果我真的去了，那就意味着这是我们期待已久的搭船（boat ride）的第一步。""搭船"是一种委婉的说法，指乘坐军舰横跨大西洋，进入激战正酣的欧洲。他告诉多特，"我们都去当机枪步兵"。他的部队正在练习夜间渡河。他把多特的照片发给了"格斯和约翰尼"，这是他们共同的朋友，但没有收到他们的回音。"他们有可能已经搭船走了，他们之前就盼着这一天。"

提迪确实去了米德堡。他很快就加入了第28步兵师第112步兵团，这支宾夕法尼亚州的部队因其水桶形状的徽章和不平凡的战斗历史而被称为"血腥水桶"。提迪和成千上万的年轻士兵被派到战场上，以补充在诺曼底战役及以后损失的兵员。这些新兵在各方面都面临不利局面，他们不仅训练仓促，缺乏实战的磨炼，而且有些老兵对他们取代阵亡战友感到很不满，认为他们愣头愣脑，没有经验，对他们避而远之。正如一位军官所说，他们往往"很快就会伤亡"。提迪·布雷登就被推向了这样的境地。多特的母亲在他离开之前来了，她和多特都去为他送行。由于大西洋上的U型潜艇已被扫荡一空，提迪·布雷登只花了10天时间就横渡大西洋来到英国。不到二十岁的提迪睡在船底吊在管子上的吊床上，每天吃很多的杏肉罐头。

提迪一下船就进入了美国军队在欧洲战场上遭遇的最惨烈的战斗。西线的盟军正在追击德国军队，但纳粹士兵进行了激烈的抵抗，盟军部队和补给线在匆忙穿越法国的过程中被拉长了。希特勒渴望最后来一次致命一击，以挫败盟军攻势，耗尽他们的资源。11月初，提迪的部队发现自己陷入了胡尔特根森林战役。这场可怕的战斗沿着比利时和德国边界展开，纳粹部队在那里埋设了地雷和饵雷，架设了带刺的铁丝网，还在树林中建造了掩体。胡尔特根是一片茂密黑暗的松树林，山势陡峭，中间夹着深深的峡谷。提迪所在的第112步兵团伤亡极其惨重，一度从2000多人减少到300人。甚至连德国人后来都说，胡尔特根森林战役比第一次世界大战时还要惨，一名军官称其为"死亡磨坊"。

而这仅仅是一场热身赛。短短两周之后，德军就发动了进攻，这就是著名的突出部战役。这是希特勒的最后一次豪赌，也是美国在欧洲打的最大规模、最血腥的战役。这也是这次战争中最严重的情报失误之一。盟军的密码破译员注意到出现了无线电静默，这表明德国人正在策划一场进攻，但军方没有给予足够的重视，士兵们被打了个措手不及。

此时，美国人的战线已经被扯得参差不齐，德国人决定奋力突破，希望能突围到安特卫普。疲惫不堪的第28步兵师被派往南部阿登地区休整，这里是一个类似于瑞士的宁静天堂，此时他们人员不足、武器短缺，却在此遭到了突然袭击。激战持续了好几天，德军一直试图突破盟军防线，提迪的部队遭到重创，尽管所剩无几，却仍然坚持战斗。多特后来听说，她母亲弗吉尼亚在林奇堡看望朋友时收到了一封可怕的电报，说提迪在战斗中失踪了。林奇堡的人都来看望她，向她致以慰问。

悲痛欲绝的弗吉尼亚·布雷登并没有告诉多特，多特仍浑然不知。在阿灵顿学堂，尽管食堂供应的火腿出了问题，呕吐和生病的人很多，但密码破译员在整个战斗中都奋力工作。在海军大楼里，炸弹机响个不停，枫糖厂的姑娘们也知道阿登战役正在进行。埃丝特·霍顿斯坦上尉后来写道："我曾经感到内疚，因为我在这样一个漂亮、舒适的驻地安享战争年代，但欧洲和公海上却在发生屠杀。""我尤其记得1944年冬天（12月）的突出部战役，我们那时候在加班加点地工作。"

当战争的硝烟散去后，人们却发现提迪·布雷登幸存了下来。多年以后，站在一个更为清晰的视角，提迪讲述了他是怎么活下来的。他记得，双方交战前线是犬牙交错、不断变化的，那时他和其他几个美国士兵突然发现身处在敌人的后方。"我当时在一辆装甲车上，拼命抓着它不放手，"提迪说道，"我们从另一边出来的时候，我看到一个德国人从里面出来，手里拿着一个铁拳（Panzerfaust）"，这是个手持式反坦克火箭筒。德国人一下子打进了装甲车的侧面，提迪被炸到了马路对面的一棵树上，晕了过去。等他醒过来的时候，他看到了燃烧的坦克，燃烧的救护车，德国坦克向盟军车辆侧面开火，喷出绿色的火焰。纳粹士兵到处跑来跑去，射杀美国人。说不上来是怎么回事，他的乡下人本能救了他。他没有带武器，绕过一棵树，看见几个美国士兵正在树林中小心翼翼地行进。他加入了他们，奋力穿过了树林，每当德国人开火的时候，他们就趴在地上，然后再站起来，向前奔逃。

提迪·布雷登回忆道："然后，我们前面的一挺点 50 口径的机枪突然开火了，我们知道我们找到了美军第 82 空降师。"他们已经安全了。第 82 空降师告诉这几个筋疲力尽的美国人沿着大路向前走，直到看到一座豪宅。提迪朝他们指示的方向前进，但他又因为脑震荡昏了过去。一辆美国坦克把他从路上捞起来，送进了一个城堡，这里挤满了疲惫不堪的士兵。他在一间铺了瓷砖的浴室地板上找了个睡觉的地方，就夹在马桶和墙壁之间。早上，他喝着咖啡，站在曾经修剪得整整齐齐的城堡草坪上，看着美国轰炸机飞向德国。由于这些幸存者所属的部队多已被摧毁，完成对他们的整编和重新装备花了很长时间。

这些事提迪一点也不打算讲给家里人听。1945 年 1 月，提迪给多特写了一封信，"我想你已经有点担心了，因为我已经有一段时间没有机会给你写信了"。他对用红墨水写信表示歉意，他说他只能找到这支笔。他告诉多特："我只给妈妈写了几次信。"他轻描淡写地解释，对他来说，圣诞节"有点忙乱"。

到底是提迪，他还能开玩笑。他在高中时学过法语，因为他的大姐多特学过，而且事实证明这在欧洲很有用。他已经能够在精致的比利时餐厅吃一顿大餐了。他告诉她："我现在可以打响指，和他们一起大喊'garcon[1]'。"他报告说，比利时的女人"相当养眼，当然，我对古老的建筑和城市的历史太感兴趣了，没有太注意她们"。

"好啦，多特，我只是想让你知道，我还在养精蓄锐。"他就

---

[1] garcon：法语，意为"服务生"。

此打住。他附上了5个比利时法郎作为纪念品，还告诉她这大约值12美分。他说："对12美分来说，这些钱很花哨，是不？""哎，我希望你们所有人现在都有一份相当充实的新年新计划。再见！爱你，提迪。"

当他从欧洲安全归来的时候，多特给母亲打了个电话，弗吉尼亚·布雷登马上坐上巴士赶到华盛顿，她要亲眼看到提迪还活着。

* * *

1945年春天，数以万计的美国人在最后的战斗中牺牲了——仅突出部一役就夺去了近两万名美国士兵的生命——盟军已经恢复了进攻的势头，他们击退了德国人的反攻，越过莱茵河进入德国，对德国进行猛烈的轰炸，摧毁了工厂和军火，也因为轰炸德累斯顿市而臭名昭著。在东线，苏联士兵击溃了德国入侵者，向柏林挺进，造成了大量伤亡。随着苏军的炮火越来越近，阿道夫·希特勒于4月30日在他的地堡里自杀了。这只是时间问题了。西线盟军在意大利经历了最艰难、最漫长的战役，将原本可能增援其他战区的德国士兵压制住，法西斯分子被推翻了。贝尼托·墨索里尼和他的情妇克拉拉·佩塔奇于4月28日被处决，随后被游击队送上了绞刑架。1945年5月7日，德国投降了。第三帝国不复存在了。

盟军在大西洋战役和欧洲战场上赢得了胜利。德国的新任国家元首、海军上将邓尼茨命令他的U型潜艇停止活动。美国海军配楼的恩尼格码小组破解了邓尼茨给他幸存的舰长们的一封电文，告诉他们："你们像狮子一样战斗过，坚不可摧……你们在英勇奋战之后放下武器，问心无愧。"随着美国兵解放了集中营，达豪和布痕瓦尔德发生的惨剧震惊了全世界，这是人类历史上一个永久的污点。许多妇女和她们的家庭永远无法从失去儿子、兄弟和亲人的痛苦中恢复过来。但那些欧洲的小伙子——那些得以幸存的小伙子——正在回家的路上。在华盛顿，人们在街道上跳起了康加舞。有几个志愿紧急服役妇女队队员跑到酒店的屋顶上观看庆祝活动。一名志愿紧急服役妇女队队员在军官俱乐部打了一场乒乓球以示庆祝，后来嫁给了她的对手。不少密码破译员记得，她们亲眼看到曾经因为战争而暗淡的灯火又在国家的首都重新亮起，这真是一种神奇的体验。多特、克罗和露易丝在沃尔特里德大道的公寓里得到了这个喜讯，尽管她们的工作量并没有减少。

相反，华盛顿海军配楼和阿灵顿学堂的密码破译员得到提醒，太平洋战争仍在进行，对保密的要求一如既往。多特签署的一份表格中写道："我已被告知并理解，欧洲战争的结束并不影响对信号安全局的机密活动和行动继续保密的必要性［几经迭代，信号情报局已被改名为信号安全局（Signal Security Agency）］。现有的安全标准必须在战争期间和战争结束后保持下去。"

* * *

一个月后，也就是 1945 年 6 月，弗吉尼亚·布雷登在密西西比州的陆军营地给提迪写了一封充满感情的信。"我亲爱的提迪，"她写道，"希望你一切都好，儿子。我们星期四晚上从弗吉尼亚海滩回来了，我们是星期六去的，我玩得很开心。你应该看看我在波浪上踩着游泳圈的样子，信不信由你。我晒黑了，很享受在沙滩上放松的感觉。"

她还告诉了提迪他大姐的事。多特给乔治·拉什写了信，告诉他她不打算嫁给他，乔治·拉什也回信说他一生中只爱她这一个女人。但现在,乔治带着另一个多萝西来到了林奇堡,而这个多萝西就是他的新婚妻子!

> 乔治·拉什终于结婚了,带着他的新娘回到了这里。我还没有见过她,但她的名字叫多萝西。他在圣诞节前后写过信给多特,说他唯一爱的女孩是她,但她没有回信。多么善变啊。

她补充说,真正的消息是,多特告诉乔治·拉什,她决定嫁给吉姆·布鲁斯。弗吉尼亚·布雷登写道:"哈!我不认为她选定了任何人,祝她成功!"

第十五章
投降的消息

1945 年 8 月

在 1945 年 2 月 11 日的雅尔塔会议上，以及 7 月和 8 月的波茨坦会议上，盟国领导人坚持要求日本无条件投降，承认战败，天皇下台。日本政府拒绝了。8 月 6 日，一架 B-29 超级堡垒艾诺拉·盖号经过日本广岛市上空，投下了历史上第一颗用于战斗的原子弹。

没过多久，阿莱西娅·张伯伦来到她的工作区坐了下来，戴上了耳机。她是驻扎在双岩牧场的陆军妇女军团无线电截听员，双岩牧场是通信兵团在加州佩塔卢马附近设立的一个截听站，位于旧金山北部一个风景如画的农业区。这是一个很好的岗位，截听员可以搭便车去旧金山。

张伯伦开始摆弄她的表盘，试图接收广岛电台的信号。广岛的信号通常非常好，现在却是一片死寂。什么都没有。她不明白为什么会这样，出了什么问题，为什么广岛没有任何信号。

8 月 9 日，另一颗原子弹投了下来，这次落在了长崎。日本人说他们会考虑投降，但坚持要求允许保留天皇。许多女子密码破译员都有兄弟在太平洋战区的部队服役，准备登陆日本本土。如果真的要发起攻击，会在1945年11月行动。露丝·"乌鸦"·韦斯顿最小的弟弟也是其中之一。这一攻击行动将会登陆日本南部的九州岛，可能导致多达100万名美国士兵丧生。8月上半月，神风特攻队继续对美国军舰和飞机发动袭击。阿灵顿学堂破译的日本陆军电文透露，有许多日本士兵正严阵以待，准备击退登陆的美军。不过，外交电报的内容稍有不同。

* * *

安·卡拉克里斯蒂一踏进阿灵顿学堂，就知道发生了重要的事情。那是1945年8月14日下午2点左右，发明家的女儿，来自布朗克斯维尔的安刚到这儿，正准备交接班。大楼的走廊里一股喜悦的气息扑面而来。毫无疑问，海啸一般的欢呼雀跃来自语言组。

在阿灵顿学堂，语言组地位很高，这群人懂日语，能把信息翻译成英语。在20世纪40年代，这对美国人来说是一项不寻常的技能。有些翻译是年轻的军官——也就是所谓的日语男孩（J-Boy）——他们被陆军派到加利福尼亚州的伯克利和科罗拉多州的博尔德接受语言培训。有一些是学者，比如埃德温·赖肖尔。还有一些人是曾在日本生活过的传教士。后两类人中许多人学习日语都是出于对这片土地和文化的兴趣和热爱。大多数人对这个国家有感情，认识在那里生活和工作的人。他们现在正在努力打败那个他们曾经传过教和研究过的国家。

翻译人员对阿灵顿学堂至关重要。他们的人数永远不够。他们会协助破译代码本，发掘代码组的含义。安·卡拉克里斯蒂跟他们有着紧密的合作。

他们的另一项主要工作是把外交电报从罗马字翻译成英语。这些外交电文微妙而复杂，毕竟是外交辞令，把握好微妙之处是非常重要的。语言组负责译读进入阿灵顿学堂的每一条外交电文，到目前为止，已经有50万条了。他们负责为五角大楼和海军提供汇总报告，是联系密码破译人员和军事情报部门之间的重要桥梁。语言组掌握着战争的脉搏，了解最高级别的交流内容。

在过去的六个月里，生活在欧洲的日本外交官对本国所发生的事情表达了发自内心的情感，电文中充满了紧张和悲伤。译员们关注着他们的悲痛，甚至逐渐对其中一些人产生了感情。

阿灵顿学堂处理的外交密电不仅包括紫码电报，还包括以其他系统加密的电报。并非每份外交函件都是由高级别的紫码系统加密的。其他密码系统负责发送有关重工业、金融交易、间谍活动、空袭和大宗商品的电报。有一个叫JBB的系统用于被占领的岛屿和领土，还有一个叫JAH的系统在世界各地都有使用，采用这一系统发送的外交电报最多。JAH是一种通用代码，其起源可以追溯到几十年前。早在赫伯特·雅德利时代，日本人就曾使用过JAH代码的一个版本，当时美国人称它为LA。多亏有了雅德利存在文件柜里的从前截获的电报，弗里德曼的徒弟们在训练时最先学习处理的代码之一就是它。日本人对代码做了更新，还在继续使用。

JAH代码的奇怪之处在于，尽管它是广泛用于传送有关工资和假期等实用信息的主要工具，但也正如一份报告所说，它也提供了"大量优质资料"。该报告困惑地指出："尽管日本人有安全意识，但他们经常在JAH中传送真正重要的信息，同时，他们高度机密的系统中却又包含极其无关紧要的信息。"JAH"理论上仅限于资料性和行政性的低密级电报"，但它提供的有些电文使美国情报官得以洞悉其中的问题和人物个性。JAH还包含报纸、演讲、命令、

第十五章 投降的消息 347

简报、出版物等"文件材料",可以作为对照文。它还提供了有关被占领地区的经济和政治数据,被用于宣传资料之中。

虽然阿灵顿学堂的许多语言部门的负责人都是"日语男孩",但JAH部门由一位名叫弗吉尼亚·达雷·阿德霍尔特的女士主管。据一份简报记载,阿德霍尔特毕业于西弗吉尼亚州的贝森尼学院,这也是威尔玛·贝里曼的母校。贝森尼学院是一所由基督教会[基督门徒教会(Disciples of Christ)]创办的四年制大学,拥有一流的语言院系并致力于慈善事业。许多毕业生前往国外传教。弗吉尼亚·阿德霍尔特在日本待过四年,现在JAH代码就是她的孩子了。她对这个代码的一切了如指掌,用起来得心应手。接收代码的机器收到电文时,她几乎可以同时完成浏览、解码和翻译。

阿灵顿学堂的翻译们以一个独特的优势视角经历了这场战争。他们密切关注着日本官员的谈话,他们追踪着日本占领地区的局势,看到日本人控制的政府正在逐步垮台。从1945年1月开始,菲律宾首都马尼拉的傀儡政府日子就不好过了。当名义上的领导人逃走之后,翻译们通过破解的JBB电报掌握了他飞往台湾的消息。当月晚些时候,翻译们读到了东京外交部发出的电报,报告了美国军用飞机对东京的空袭情况。当日本开始从中国南方疏散日本国民的时候,他们也知道。

他们还追踪着日本驻莫斯科大使佐藤尚武的积极努力。佐藤被派去苏联斡旋,代表日本请求与苏联达成和平协议。1945年的春夏,佐藤一直在忙碌。4月,有事实表明苏联不再愿意遵守与日本签订的中立条约,开始集结军队准备进攻日本。佐藤想尽一切办法控制局势,试图将其扭转为对日本有利的局面,他求见苏联外交部长,发送电报,四处奔走。阿灵顿学堂的翻译们追踪着他的旅程和辛劳。莫斯科的通信量暴涨,翻译们也像佐藤一样竭尽全力去工作。当一切努力都失败以后，佐藤感到自己没有履行对天皇的义务，提出了辞职。翻译们也为他感到异样的感动。

战后的历史书中如此写道，佐藤辞职的消息"让这里的外交电报翻译人员非常惊愕，他们已经真正爱上这个人了"。东京方面的回应则是要求他尽可能在岗位上坚持下去。

翻译们还关注着大岛大使的动向，1945年5月，这个纳粹的忠实拥护者在离开柏林前往巴德加斯坦时被俘。他们可以感觉到大结局就要来了。史料上写道："5月，莫斯科的佐藤、伯尔尼的加濑和斯德哥尔摩的冈本开始了对日本外交部的轰炸：一条又一条的电报都在建议日本最好考虑退出这场斗争。对日本的空袭越来越猛烈，海外的外交官一想到祖国就痛苦不堪。"

由于空袭的破坏力太大，东京外交部5月24日失去了电力供应，一度无法使用其B型密码机，尽管它很快就恢复了运行。到了仲夏时节，事态开始迅速发展。佐藤正在就结束冲突展开全球对话；在瑞士伯尔尼，一位日本的银行官员正在与战略服务局的艾伦·杜勒斯进行秘密对话。据史料记载，"电报进入外交部，经过一番修饰润色之后再出来"。当翻译们发现有一条电报透露了日本尝试与苏联达成交易，这电文立马就以航空急件方式将其送到在波茨坦的哈里·杜鲁门总统手中。这些外交电报让美国得以监测苏联与日本的侧面沟通。当丘吉尔告知杜鲁门其中某个消息时，杜鲁门已经提前知道了，这要归功于阿灵顿学堂的高效工作。

8月初，阿灵顿学堂的翻译们看到的一些电报表明，因线路被切断，无法与美国直接沟通的日本人正计划通过（经常充当中间人的）中立国瑞士发送一封电报，宣布他们的投降意图。翻译人员和美国军事情报部门都在等待着这一至关重要的消息。它将从东京发送给日本驻伯尔尼的大使，后者的工作是把它送到瑞士外交部。美

第十五章 投降的消息

国军方为此设立了一个特殊的拦截网来争夺这条重大消息。他们从此前的电报中知道，到手的电文不是紫码，而是低密级、被滥用和被低估的 JAH 代码。

8月14日，整个翻译组都如坐针毡。人们都不敢去吃午饭。最后，JAH 传来了一条乱码电文，表明有更多电报即将到来。所有这些电报之前的预发电报把翻译们激动坏了。据历史资料记载，"不久之后，就收到了两个文本，先是日文版，英文版紧随其后。随着电文的一点点破译，人们的情绪也逐渐高涨，当清楚地知道这就是我们要等的消息时，兴奋之情简直一飞冲天"。

弗吉尼亚·阿德霍尔特以闪电般的速度破译了那份投降电报。后来，弗兰克·罗莱特敬佩地回忆起弗吉尼亚："她专门负责那个代码，而且喜欢研究它，她已经把代码记住了，我们让她坐在电传打字机旁边的一张桌子上，电文传来的时候，这位年轻的女士就这样看着它写出了明文，几乎就是跟打字机一起实时完成的。"（他没有说出她的名字，但确实提到了她来自西弗吉尼亚州，恐怕找不到第二个人了。）他们把翻译稿用电话传递给了军事情报部门，一名速记员迅速地把它打了出来。

罗莱特有点像个说书人，据他说，当时他不得不护着弗吉尼亚·阿德霍尔特，以免她被那些围在她周围想看一眼电报的翻译人员踩死。"哎呀，那时候 B4 每个该死的翻译都蹲着身子，挤在那个全力以赴破译电报的小女孩的头顶，我走了下来……我看到这伙人下来的时候，我就戴上了我的上校条带标志，就是你当上校时戴的东西，告诉他们赶快离开那里，别打扰她。他们要把地板砸穿了。"

这条电报必须经过两个信号发送站才能到达瑞士。美国人在第一个发送站就将其截获了，他们的动作如此之快，甚至在该线路另一端的日本人收到电报之前，阿灵顿学堂已经抢先破译出来了。等他们弄好呈送总统的誊清稿之后,消息也传到了总统那里。阿灵顿学堂同时也在破译中立国瑞士的电报,所以当瑞士人发送他们自己的电报时,也可以借此复查是否有误。

阿灵顿学堂的规矩是翻译人员必须对所有信息的内容保密,在此之前,他们都是这样做的。但这一次,对于如此重要的消息,保持沉默对任何人来说都是不可能的。第二次世界大战已经结束了,或者说很快就会结束。当安·卡拉克里斯蒂踏入大楼准备值班的那一刻,她就感觉到了这种喧嚣。

* * *

起初,弗兰克·罗莱特、所罗门·库尔巴克和其他几个人还到处告诉人们要好好保密。但这个消息很快就传开了,阿灵顿学堂把每个人都召集到一起,要求他们举起右手,发誓保持沉默。多特·布雷登也在其中。当时她正坐在大木桌旁值班,像其他人一样,多特急匆匆地离开她的工作区,跟其他人集合在一起,举起右手宣誓。密码破译员们被告知日本已经投降了,但是在当天晚些时候总统宣布之前,他们不得泄露这个消息。多特感到兴奋、开心,但并不惊讶。这个消息如此重大,让她感到害怕——第二次世界大战已经结束,而她是世界上为数不多的知情者之一。令人眩晕的真相就在这里汩汩涌动,但他们仍然要保守秘密。

晚上7点,杜鲁门总统向全国宣布日本投降,疲惫不堪的美国人一片欢腾。多特·布雷登、安·卡拉克里斯蒂、弗吉尼亚·阿德霍尔特和其他密码破译员也冲出了阿灵顿学堂。

在海军配楼工作的姑娘们也一样。伊丽莎白·毕格罗回忆说:"整座城市都沸腾了。"在海军文书档案组工作的林恩·拉姆斯德尔当时正坐在一家电影院里，突然屏幕上出现了一则公告。她记得，"每个人都起身离开了电影院，他们非常兴奋，街道上到处都是人"。外面的交通很糟糕：汽车被堵住了，公共汽车都坐满了人，人们又喊又跳，载歌载舞。林恩·拉姆斯德尔想从人群中回到海军配楼，最后坐在了不知道是谁的汽车车顶上。还有一些人坐在手推车上，在他们头顶，酒店的住客把卫生纸扔出了窗外。人们成群结队手拉手跑着，唱着《欢乐的日子又回来了！》。一群人试图闯入白宫，高喊着："让哈里[1]出来！"

成千上万的人从阿灵顿学堂出发，从弗吉尼亚州过河进入华盛顿。阿灵顿的一名密码破译员杰伊尔·班尼斯特碰到了一个"日语男孩"，当时他们正挽着胳膊在一起唱歌。她以前从来没见过他，但她准确地感觉到她遇到了未来的丈夫。从那以后，她总是把第二次世界大战对日战争胜利纪念日（Victory over Japan Day，V-J Day）称为"杰伊尔胜利日"（"Victory for Jeuel" Day）。第二天是8月15日，杜鲁门宣布放假两天，庆祝日本投降。他们做到了。盟军赢了。世界大战结束了。

* * *

日本人的电报越来越少，渐渐没有了。毕业于斯威特布莱尔学院的迪莉娅·泰勒·辛科夫当时已经升任各日本陆军密码研究部门的总负责人，她后来告诉儿子，现在在阿灵顿学堂除了坐在那里做填字游戏以外，没有任何事情可做。1945年8月18日，普雷斯顿·科德曼准将把阿灵顿学堂的所有人员召集到一片草地上。一份

---

[1] 哈里：即时任美国总统的哈里·杜鲁门。

战后简报称，他打算"就信号安全局过去的活动与和平时期的转型向阿灵顿学堂的所有人员发表讲话"。安·卡拉克里斯蒂和她的朋友们称之为"这是你的帽子，你为什么急着走"[1]演讲。

演讲的主旨是：各位，非常感谢。该走了。工作做得很好。阿灵顿学堂的密码破译员们以其为国家尽忠职守得到了致谢，并被告知从吃公粮的名单上消失是爱国者的责任。在安·卡拉克里斯蒂看来，这似乎很合理。她热爱这份工作，但她看得出政府不再需要她为之服务了。她回到了布朗克斯维尔的家里，她家的一个朋友帮她在《纽约每日新闻》的征订部找到了一份工作。她的工作是梳理数据，搞清楚该报的订户都是什么样的人。安的老板希望她能证明他们的订户比大多数人想象的更为高雅。这个工作还不错，但它没有破译密码那么有趣。所以，当她接到她的好朋友威尔玛·贝里曼和格特鲁德·科特兰的电话时，她非常高兴。她们俩都还在阿灵顿学堂。格特在人事部门位高权重，很有影响力。威尔玛也一样。她们一起组建了一个老女孩们的网络，她们希望安·卡拉克里斯蒂能回到阿灵顿，也准备好要付诸行动促成此事。安不假思索地答应了，很快就回到了华盛顿，她将在那里度过余生。

事实证明，阿灵顿学堂并没有关闭。

其实它才刚刚起步。

---

[1] 这是你的帽子，你为什么急着走：原文为"Here's your hat, what's your hurry"，系美国俚语，表示假意挽留，实为逐客。

第十六章
跟克罗道别

1945 年 12 月

  1945 年 9 月，吉姆·布鲁斯从海外归来。这对情侣终于结束了将近两年的鸿雁传情，在此期间他们决定结婚。他们再次亲眼见到对方时，确认了彼此的感情。吉姆告诉多特："我们得买个戒指。"她已经受够了戒指了，但即便如此，她还是"知道吉姆就是她的真命天子"。当克罗听说吉姆·布鲁斯要回来的时候，她开始哭了起来。她并不是嫉妒，因为克罗不是那种朋友。她只是怀念她们轻松愉快的友谊，她们的短途旅行，她们的早餐，她们共享的笑话。

  12 月，多特的母亲给她写了一封信聊天，谈到了圣诞节的准备工作。"我昨天去市里买东西，但这里什么都得仔细算计，我们到现在也没买什么，只是从一家店逛到另一家店，把自己累坏了。"她提到，最近要举办的婚礼仍然规模很小，大多都很随意。她说做裙子的裁缝感冒了，多特有些衣服得晚点才能做好。不过，所有的东西都会在婚礼前及时准备好的，弗吉尼亚·布雷登已经为多特的睡衣准备好了纽扣。她笑话他们认识的一个六十多岁的女人准备结婚,"那个老头已经七十多岁了"。她还分享了一点小道消息:"他给了她一枚价值 250 美元的钻戒,是她女儿帮她挑的。(我还有希望!哈!)"

她在信里教多特怎么烹煮整鸡,这个她得学会。"你要做的就是把鸡煮软,把它放在平底锅上,加一点肉汤,撒上面粉,放进烤箱,每隔一段时间用肉汤浇一下,别让它烤得太干,直到变成棕色。"

多特·布雷登和吉姆·布鲁斯在 1945 年 12 月 29 日,也就是圣诞节之后结了婚。他们在林奇堡法院街联合卫理公会教堂举行了小型婚礼。新娘身穿灰色的丝绸套装,头戴一顶大胆的紫红色羽毛帽子,她现在承认,当时她觉得这就是最时尚的了。多特后来笑着说"我觉得我就是时尚小姐"。她和吉姆在北卡罗来纳州的山区度过了一个短暂的蜜月,但吉姆必须从那里回到俄克拉荷马州,他准备在那里退伍。离开军队花了一些时间。时间就像慢镜头一样缓缓流逝。

在蜜月结束后,吉姆把多特送上了回阿灵顿的火车,然后开车去了俄克拉荷马州。在回程的火车上,多特注意到自己脸上有一些淡淡的红点。当她回到阿灵顿的公寓时,克罗和露易丝警惕地看着她,还帮她去拿了药。她得了麻疹。多特问克罗和露易丝:"结婚后就会出这种事吗?"这真的是个问题,她是真的想知道。她们都不知道答案。这看起来也不是毫无道理,婚姻会对你产生这种影响,让你出麻疹,引发某种生理反应。

多特没有听到"这是你的帽子,你为什么急着走"那场演讲,就算她听到了,她也不会理会。12 月 14 日,多特参加了一次评估法语写作能力的测试,成绩非常好,她被安排到法语破译部门,该部门刚在阿灵顿学堂的 B-Ⅲ 区建立起来,负责清理德国占领时期留下的电报。她的级别从 CAF4 晋升为 SP6,年薪 2320 美元,比她刚来时多了 700 美元左右，比她当教师时的收入高得多。她得到的所有评语都是正面的，在季度报告中，她在技能、细致和智谋等多个方面都被评为"杰出"。

当吉姆在俄克拉荷马州的时候，他们都觉得多特保留她的工作是有意义的。房子很难买到，她的收入会派上用场。但是分离对这对新婚夫妇来说相当艰难，吉姆从俄克拉荷马州寄来的信时而理性务实，时而浪漫心急，但一直都充满了柔情蜜意。来信常以"我亲爱的妻子"开头。有一封信提到，他刚刚收到她的两封信。"我觉得比起以前收到的你的所有来信，我更喜欢这两封信。我确信我真的爱你。"他说，"我很高兴你很享受我们的蜜月，多特。我也非常享受。自从今天下午我收到这些信，我就无法停止对你的思念。这在某种角度来说不太好，因为我在小卖部买了点东西，把钱包落在柜台上了。"然后他长篇大论地把找回钱包的过程描述了一番。

他在纠结多特是否应该来俄克拉荷马州与他会合。他在信里说："那些带着妻子的小伙子在外面找不到住的地方，我想我可以找到一个可以睡觉的房间，但我不知道好不好。"他知道她喜欢自己的工作，她来可能不太现实。他反思道："不过，我们不能总是那么实际。"就这样，他前前后后写了好几封信。他坦白心迹，"多特，我知道我非常爱你，想尽快再见到你"。他感到"因为想你寂寞之极"。

1946 年 1 月 31 日，多特·布雷登·布鲁斯从阿灵顿学堂辞职，准备前往俄克拉荷马州与丈夫团聚。她把自己的家具卖给了克罗，克罗和她的姐姐露易丝还住在那套一室一厅的公寓里。露易丝在海军天文台做天文学家，克罗仍在阿灵顿学堂工作。她们的小妹妹凯蒂即将完成大学学业，从事计算机编程的工作。韦斯顿家的女儿们都没有再回到波旁去生活了。多特也不再住在林奇堡了。

联合车站一片混乱，不过比起刚来的时候，多特对这儿要熟悉多了。售票处告诉多特，她最远可以买到辛辛那提的票，然后就得碰运气了。克罗来为她送行，多特的母亲弗吉尼亚·布雷登也来了。多特记得，她最好的朋友克罗在她离开时哭着喊道："如果你以为我会和姐姐一辈子待在这里，那你就大错特错了！"多特一直记得她妈妈转身安慰克罗说："你会找到一个男人的。战后会有很多男人回来的。"

多特继续她的旅途。士兵们已经好几个月没有见到女人了，他们都想和她聊聊天。她从来没有自己付过饭钱。一名士兵问她是否愿意下火车和他的家人一起共进晚餐。她告诉他自己已经结婚了，他说他们不会介意的，他的家人见到她一定很高兴。另一个人坐在她旁边假装睡觉，偷偷用胳膊搂着她，一名水手前来干涉，骂他是"混蛋"，让他走开。当她到达辛辛那提时，热心的士兵们把她举起来，塞上了前往俄克拉荷马州的火车。吉姆正在等她。几个星期以后，他办妥了退伍手续，他们搬到了里士满，这是杜邦曾经工作过的地方。

1946年2月，多特收到了一封来自现在的陆军安全局（the Army Security Agency）的信，这是阿灵顿学堂的新名称。信中对她在战时的服务表示感谢。信上说："你因为卓越的品格和对国家的无可置疑的忠诚而得到信任，在任何情况下都不得向未经授权的人透露你获知的信息。"她所了解的情况"现在或将来任何时候都不得泄露"。

战后寻找住房简直是一场噩梦。每个美国人都需要住的地方。在里士满，这对新婚夫妇所住的公寓在多特看来就是地狱：墙壁很薄，隔壁有一对经常闹矛盾的夫妻，不停争吵、摔盘子。并非所有战后的婚姻都像他们的婚姻那样美满。政府用卡车为退伍军人运来了预制房屋，吉姆排队分到了一所。这个新的社区是个住家的好地方。女人们喝着咖啡，谈论着她们刚出生的孩子。没有人问多特她在战争期间做了什么。

多特怀孕了，但吉米却是个早产儿，这又是一场噩梦。他们把吉米带回家以后，他哭个不停。医生说别的先不管，千万不能让他吃得太多，要给他吃一种像水一样的配方奶，而饥饿让孩子哭得更厉害了。多特这是第一次带孩子，她以为所有的孩子都是这样哭的，所以她听从了医生糟糕的建议，不得不任由吉米哭个不停。克罗从华盛顿赶来，给她带了花，帮她度过了那段可怕的日子。吉米后来好好长大了，多特和吉姆又生了两个孩子，都是女儿，个个健康快乐。

克罗继续留在阿灵顿学堂，但她不能告诉多特她在做什么绝密项目。几年以后，弗吉尼亚·布雷登的预言变成了现实。在一次相亲中，克罗遇到了一个叫比尔·凯布尔的男人，他在退伍军人管理局（Veterans Administration）工作，很有头脑，没有向他的约会对象打听她是做什么的。多特总说比尔·凯布尔对克罗来说就像手套一样，再合适不过了。"她找不到更好的丈夫了。"他冷静、温厚，和克罗一样慢条斯理、深思熟虑。直到多特和吉姆见过比尔，认可比尔之后，克罗才同意嫁给他。克罗继续在阿灵顿学堂担任数学专家，与几位战时密码破译精英一起共事。她的个人档案显示，她获得了很高的评价，1948年，她所在的数学小组获得了表彰。但后来她和丈夫开始生儿育女。1952年12月31日，怀上第一个孩子的露丝·韦斯顿手写了一张纸条给她的上司，上面写着："我想辞去数学专家的工作。"她解释说："我需要在家照顾孩子。"

现在，人们希望女性有了孩子以后就应该辞职。战后的美国政府清楚地表明了这一点。再也没有国家资助的儿童照顾服务了。在

多特和克罗仍然情同姐妹,甚至克罗在跟未婚夫比尔·凯布尔结婚之前,坚持要等多特和她的丈夫吉姆来到华盛顿见过比尔并认可他之后才同意嫁给他。照片中右一为吉姆·布鲁斯,左一为比尔·凯布尔。多萝西·布雷登·布鲁斯供图

战后冷战时期的美国,人们对儿童照顾服务持怀疑态度,认为这是共产党员用来集体抚养孩子的做法。美国政府开始采取与战时征兵相反的行动,制作了宣传影片来告诉女性,离开工作岗位,回家照顾家庭是很重要的。这些电影指出,女性从男性手中夺走工作,担当家里的经济支柱是不正常的。辞职与否变成了爱不爱国的问题。就这样,的确有许多战时女工在有了孩子之后辞去了工作,克罗也是其中之一,尽管她非常喜欢自己的工作。

露丝·"乌鸦"·韦斯顿·凯布尔的女儿们长大以后,她们觉得自己跟多特的儿子吉米·布鲁斯是亲戚。这两位前密码破译员关系好得连孩子都以为他们是一家人。露丝·韦斯顿·凯布尔会打电话给多特·布雷登·布鲁斯说:"多特!我是克罗!"多特提起床垫

历险记，她们就会笑个不停。多特一直留着克罗给她的金耳环。两个女人待在家里都感到无聊，等孩子们长大后她们又回去工作了。多特成了一名房地产经纪人。克罗还住在阿灵顿，她在一家交通咨询公司找到了一份制图师的工作。克罗喜爱地图，她也喜爱自己的工作。她还在每年的选举日参与投票，向她父亲在密西西比州波旁市灌输给她的爱国主义和公民责任感致敬。对她来说，为民主尽义务的那一天仍然是神圣的。

尾 声
手 套

2016 年 1 月

  2016 年 1 月，在一个天气晴朗、寒风也不过于凛冽的日子，一排轿车、越野车和皮卡车静悄悄地驶入了弗吉尼亚州北部山麓的一个墓地。这里不是一个秘密地点，或者说不完全是，只是离华盛顿大约 70 英里的一个不起眼的地方。汽车停在一个长满草的停车区，人们纷纷下车：男人们穿着深色的西装和大衣，领带在风中飘动，年轻人搀扶着老人。送葬的人们戴着帽子和手套，裹得严严实实的，小心翼翼地穿过柔软的地面，坐在遮阳棚下一排排折叠椅上。这群人里有家人、邻居、致意者以及美国情报和国家安全部门的知名人士。他们来这里是为了向一位后来成为国家安全局首位女性副局长的女士致敬，国家安全局是战时密码破译员们所创立的联邦实体。

  在人群中有曾为安·卡拉克里斯蒂工作过的男性——很多人都觉得她让人害怕；她有一种令人着迷的本事，可以把铅笔在手指之间转来转去从不掉下来——还有以她为榜样、受到鼓舞的年轻女性。安享年九十四岁,直到最后她仍然思维敏捷,阅读《纽约客》,收看 CNN 新闻,身边堆满了书籍,从莎士比亚到克尔凯郭尔,什么都看。她还保持着她的幽默感。在最后的日子里,安只能躺在乔治城的小房子一楼厨房的一张小床上享受阳光,每次看到那个大个子护理员不得不弯腰穿过室内的门洞进屋时,她都会大笑起来。

安·卡拉克里斯蒂二十三岁时就在阿灵顿学堂担任日本陆军地址研究小组的负责人,她在战后不仅回到了阿灵顿学堂,还参与了冷战时期最艰难的密码破译挑战。在短暂涉足报刊业之后,安被派去处理"苏联问题",其工作涉及多个层面。她的第一个任务是破译苏联武器系统的密码。这个项目在间谍向俄国人走漏风声之后就终止了。她转而专攻东德问题,在困难而严峻的时代开展艰难而严肃的工作。

在她的职业生涯中,安·卡拉克里斯蒂逐级晋升,最终成为美国国家安全局智囊团的高级成员。她获得了国家安全奖章和杰出文职服务奖,这是国防部授予文职人员的最高荣誉。当她前往白宫接受罗纳德·里根总统颁奖时,她让好友格特的侄子陪她一起去,但一点也没有透露这个奖项有多重要。她获得的公开认可非比寻常:大多数在战争期间和战后参与服务的女性没有得到任何认可,至少没有得到公开认可。当然,大多数男性也是如此。

在探访乔治城某殡仪馆的环节,可以看到他们展出的安·卡拉克里斯蒂的照片,她身穿白色晚礼服,披着毛皮披肩,看上去非常迷人。她已经从那个用洗衣皂洗头的青春少女成长起来了。在她的职业生涯中,人们认为她公正、聪明且坚强。一位了解她的朋友称她是"出色的官员",她知道如何有效地推动联邦官僚机构。跟她共事的都是高级军官,她赢得了所有人的尊重。她不喜欢错误,但她知道人总是有犯错的时候。在工作场所,她不会表现出在家里的那种轻松幽默。年轻的高中毕业生约瑟芬·帕伦波·法农说:"她不是个爱笑的人。"乔[1]曾负责组织新来阿灵顿学堂的人宣誓，之后就职于阿灵顿学堂的人事部门，她喜欢安。休·厄斯金是战时从俄亥俄州一起搬来的厄斯金家族年青的一代，战争结束很久以后，他在高中毕业之后、上大学之前的那个夏天来分拣电文，这也是安最初从事的工作。他觉得她"有点可怕"。

如果是在她家里和她交谈，你永远不会知道这些。在她去世前我对她进行了五次访谈，安·卡拉克里斯蒂明快幽默地跟我解释了她多年前从事的日本地址代码研究，从不高高在上。她自嘲说，搞清楚地址之类的东西可能会有帮助，"这听起来太笨了"。

安在战后的大部分时间里都住在位于乔治城一条小街的一所红色小房子里。房子很小，看起来就像霍比特人的住处一样。她和格特鲁德·科特兰安静地相伴而居，科特兰也不在政府里供职了，而是成了一名童书作家。

墓园里，牧师谈起了弗吉尼亚州的蓝岭山脉，虽然安是北方人，但对蓝岭山脉也逐渐喜欢和熟悉了起来。这里也正是战争期间安·卡拉克里斯蒂、威尔玛·贝里曼和格特鲁德·科特兰开着威尔玛的车到过的地方，她们会趁着难得的休假来这里游玩休憩。安和格特买了一栋周末别墅，离气象山掩体设施不远。一旦发生全国性灾难，比如说遇到核攻击，政府就会搬迁到气象山。对于国家安全局的同事来说，受邀与安和格特在山上度过一个安静的周末是一种享受和荣誉。同事们总是答复说愿意来。

安的墓和格特鲁德·科特兰并排在一起。她们将肩并肩地在一起安息。安的家人在《华盛顿邮报》刊登的讣告中把先于她去世的

---

[1] 乔：约瑟芬的昵称。

格特称为安的"长期伴侣"。这个意味深长的短语让国家安全部门里有些人感到有点惊讶,他们本以为安和格特只是生活在一起的单身闺蜜而已。她的家人从来不知道她们之间到底是什么关系,也不觉得他们可以问:她在各方面的保密功夫都无人可及。但这是长达数十年的忠诚的伙伴关系。在葬礼上,牧师讲到安将如何在永恒中与格特相会。她们的关系之所以值得关注,是因为在战后冷战时期大部分时间里,对于一个从事情报或国家安全工作的人来说,与一位同性建立任何形式的固定伴侣关系都会对职业发展造成损害。在英国,艾伦·图灵一直遭到迫害,最后服毒自杀。在美国,国家安全局的雇员和其他联邦机构的雇员一样,多年以来,一旦被发现是同性恋就必须辞职。清洗的确存在。

在安·卡拉克里斯蒂去世前的一次访谈中,我问她,对于战后从事秘密的通信监测工作的女性来说,在私生活上受到的审查是否比男性好一点。她表示同意,认为情况可能的确是这样。在个人生活上享有更多自由似乎是女性在战后职业发展中更具优势的一个罕见例证。这可能是因为女性没有男性那样重要,可能是因为人们并不关心女人们私下里在做什么,可能是人们认为从事情报工作的女性只会耍美人计,利用性来引诱男人背叛国家,而没有把她们看作复杂的人,有着安静而丰富的内心生活。

战后,安和格特与伊丽莎白、威廉·弗里德曼仍是好朋友,而弗里德曼自己跟国家安全局的关系却弄得很僵。威廉·弗里德曼认为,战后的国家安全局在保密问题上做得太过了,而国家安全局认为他把一些不应该带回家的文件带回了家,双方产生了严重的分歧,走向了决裂。不过,现在有一个以弗里德曼命名的国家安全局礼堂。一切都得到了原谅。弗里德曼夫妇的退休时光全都用在了一件事情上:批判"弗朗西斯·培根写了威廉·莎士比亚的剧本"这一理论。

*　*　*

一些在二战期间表现突出的女子密码破译员也在国家安全局担任了高级职务。国家安全局是负责监测敌方通信和保护美国通信的联邦机构。安·卡拉克里斯蒂曾经为凯莉·贝里工作，她曾是得克萨斯州的一名教师，后来成为首位被派往英国切尔滕纳姆担任国安局英国联络员的女性。安的好朋友威尔玛·贝里曼（后来的威尔玛·戴维斯）则负责中国问题。

战争结束以后，这里的气氛不同以往了。陆军和海军的机构合并了，最后整个机构都搬到了马里兰州。但战争时期留下的恩恩怨怨还在。毕业于史密斯学院的波莉·布登巴赫曾帮助弗兰克·雷文破解日本海军武官密码，战后她继续留在这里，曾经与阿格尼丝·德里斯科尔发生过有趣的冲突。她从未见过这位传奇的阿吉小姐本人，但有一天她看到这位伟大的女士从走廊上走过来。即使年事已高，阿格尼丝·德里斯科尔仍然能够记住名字和仇怨。虽然她们从来没接触过，但她一定知道布登巴赫的导师是雷文，就是那个毁掉阿吉小姐的人。当她们在走廊上擦肩而过时，两个女人都没有说话，但阿格尼丝·德里斯科尔确实明显地嘘了一声。

还有几名女性留了下来，身居要职。在国家安全局内部，许多早期的"超级"公务员——公务员最高级别——都是女性。其中包括布林莫尔学院的朱莉娅·沃德，她建立了阿灵顿学堂的图书情报中心。同样突出的还有胡安妮塔·莫里斯，这个年轻女孩离开了北卡罗来纳州大学，被分到了与众不同的德语组。在战争期间，莫里斯——后来的胡安妮塔·穆迪——在破解一种复杂的德国外交代码时成为主角。本来人们认为破解这一代码已经无望，甚至禁止胡安妮塔继续研究。战争结束后，胡安妮塔又负责破译古巴的来往通信。

人们本以为古巴是死水一潭，然而古巴导弹危机推翻了这种论调。

对于有些留下来的战时女子密码破译员来说，友谊取代了核心家庭的地位。1943年初，曾经担任过教师的吉恩·格拉贝尔被叫到一张桌子旁，得到了一些截获的苏联电报。吉恩毕业于北卡罗来纳州的两年制大学马尔斯希尔学院和弗吉尼亚州的法姆维尔州立师范学院，当从小就认识她的弗兰克·罗莱特招募她的时候，她正在勉为其难地给八年级学生教家政学。吉恩·格拉贝尔的小桌子上堆着一些杂乱无章的苏联电报，她被告知要看看能从这些电报中得到些什么。苏联是盟友，阿灵顿学堂不应该监视他们的通信。但当时的形势是苏联并不会交流他们的意图。苏联会加入对日本的战争吗？他们会不会退出对德国的战争，单独进行和平谈判？这项绝密工作的目的是暗中通过外交电报了解苏联的意图。

但吉恩·格拉贝尔注意到，阿灵顿学堂给她的是来自许多不同系统的电报，这些电报包括克格勃同外国和军事情报部门（GRU）的通信，其中提到了在战争期间为苏联做间谍的美国和其他盟国人员的名字。这些电文是用"一次性本子"加密的，这是一种附加码代码本，其中的附加码很少重复使用。每一页只能使用一次，这样密码破译员就无法积累足够的文本。不过，苏联的工厂在德国进军莫斯科期间转移到了乌拉尔山脉，无法生产新的一次性本子，有些就被重复使用了。只需要几个就够了。

吉恩·格拉贝尔坐在桌子旁，参与启动了后来被称为"维诺那"的计划。与"维诺那"联系在一起的名字是梅雷迪思·加德纳，他是一位语言学家，也是"破书员"，他成功地破译了电报、复原了代码组，使得数名在美国的苏联间谍被起诉，毁掉了其他人的生活。但参与维诺那项目的90%是女性。吉恩·格拉贝尔将电报分成了几个系统，正是珍妮芙·格罗扬·费因斯坦（她嫁给了化学家海曼·费因斯坦）发现了其中的一个巧合点。一位名叫玛丽·迈耶的语言学家发现了另一个。苏联人使用有关密码的时间只有几年，但阿灵顿学堂研究这个系统已经好几十年了，他们挖掘旧材料，找出了不少名字。这群人以前都是教师——凯莉·贝里、米尔德里德·海耶斯、吉恩·格拉贝尔等等——她们把整个职业生涯都投入到了这项计划之中。许多人一生未婚。在维诺那密码破译员的个人照片中，她们穿着宽松的直筒连衣裙，拿着手提包，氛围看起来像一个园艺俱乐部。她们是最好的朋友，有时住在一起，有时独自生活。吉恩·格拉贝尔的嫂子埃莉诺·格拉贝尔说："吉恩就是一个独立的人，不想负担婚姻的责任。她享受自由。"当维诺那计划1980年收口时，这些从前的中小学教师已经为它工作了三十多年。

然而，在她们之后却出现了制度性的人员流失问题。战争结束后，阿灵顿学堂的大多数女性都收拾行李回家了。就连其中的佼佼者，包括迪莉娅·泰勒·辛科夫和珍妮芙·格罗扬·费因斯坦也在某个时点停止了工作。这通常发生在她们开始生孩子的时候。成为母亲，是杰出女性继续工作还是离开工作岗位的分界线。对于有孩子的女性来说，几乎没有什么资源可以让她们继续其职业生涯。国家失去了在战争中培养出来的人才。20世纪五六十年代不会再有大量的妇女来接替战争时期的密码破译员，而在20世纪七八十年代，国家安全局的女性不得不重新为平等和认可而战。

* * *

对于那些离开战场但想继续工作或学习的女性来说，战后的机会好坏参半。在美国海军服过役的女性符合《退伍军人权利法案》的规定，至少在理论上是如此。对于退伍军人来说，《退伍军人权利法案》是一项能改变人生的福利，它让中产阶级男性获得了上大学的机会。

然而，对于海军女官兵来说，女性不适合高等教育的旧观念妨碍了她们享受退伍军人的福利。伊丽莎白·毕格罗二十岁时从瓦萨学院应征入伍。在大学里，她在机械绘图课上出类拔萃——机械制图是瓦萨学院所提供的最接近制图课的课程——她渴望成为一名建筑师。她的教授是具有传奇色彩的格蕾丝·霍珀，她是计算机领域的先驱，后来成为海军少将，参与开发了计算机编程语言 COBOL。伊丽莎白·毕格罗一直认为是霍珀把她选进密码破译项目的。伊丽莎白从海军退伍以后申请了三所顶尖的建筑学院。她后来回忆："每所学校的答复都是一样的。我们很抱歉，但我们把所有的名额都留给了曾经在军队服过役的人。"伊丽莎白回信抗议说她也在志愿紧急服役妇女队待过两年。她不能说她曾经击沉过一个护航船队，因为那是最高机密。"所有的答复都是：'我们很抱歉，但是不行。'"于是她结了婚，和丈夫一起生儿育女。后来他们搬到了辛辛那提，伊丽莎白后来在辛辛那提大学管理计算机系统。她自学了如何操作计算机。

在潜艇追踪室工作的古彻学院古典文学专业学生珍妮丝·马丁·贝纳里奥通过《退伍军人权利法案》在约翰斯·霍普金斯大学获得了博士学位。她在那里遇到了她的丈夫，并在佐治亚州立大学的古典学系度过了成果丰硕的职业生涯。

在科克伦的米尔斯长大、渴望到访世界上每个大洲的雄心勃勃的数学老师多萝西·拉玛莱则通过《退伍军人权利法案》拿到了硕士学位，这让她得以在阿灵顿郡担任数学老师，薪水也更高。她在我自己的孩子后来就读的公立中学任教。在拉玛莱小姐的代数课上，孩子们肯定不知道这个和蔼可亲的女人曾经破解了能击沉敌舰的密码。而且她确实访问了地球上的每一个大洲，南极洲还去过两次。

吉米·李·哈奇森·鲍尔斯在诺曼底登陆日失去了丈夫，她通过《退伍军人权利法案》拿到了一家社区大学美容美发的学位。她在俄克拉荷马州的老家开了一家美容院，养活自己和她的寡母。三年后，她再婚了。在他们的第一个周年纪念日，她的丈夫送了她一张卡片。她打开卡片，觉得上面的措辞似乎很熟悉。后来，有一天母亲问她是否还想要战时在海军服役时留下的箱子。她打开一看，发现鲍勃·鲍尔斯给她寄了一张一模一样的周年纪念卡，就在他执行飞行任务捐躯之前。

在枫糖厂工作的游泳冠军贝蒂·比米斯整个战争期间都在跟埃德·罗巴茨通信，他是一名轰炸机飞行员，执行过35次飞行任务。有一天，她被叫去接电话。"嗨，贝蒂，"他说，"我回来了。"那时，其他女人已经不再跟从未见过面的男人随意通信。艾瑞丝·弗拉斯波勒给鲁珀特·特朗布尔写了一封分手信，让他伤心欲绝。不过，当埃德要求贝蒂飞到迈阿密跟他和他的叔叔阿姨共进复活节晚餐时，贝蒂搭上了一架军用飞机去见他。她去了三天之后，他向她求婚了。她在2015年11月告诉我，"我们的婚姻很美好"。

对于有些女性，特别是那些在恩尼格码项目中担任高级职位的女性来说，战后的生活更加艰难。恩尼格码项目的露易丝·皮尔索想在战后继续从事这项工作。一些曾担任海军密码破译员的工程师和数学家结成了合作伙伴，为海军开发密码破译计算机，她曾经考虑加入他们。但她在精神上、情感上、身体上都已经疲惫不堪了，而且她的男朋友回到了伊利诺伊州的埃尔金，所以她退伍后回到了埃尔金，后来他们也分手了。她去上班，又因为精神崩溃而不得不辞职。她嫁了一个有钱人，傲慢无礼的公婆（她哥哥记得）不允许她工作。战后有一年她都住在芝加哥的一个小公寓里，看着窗外的一所小学。她的女儿萨拉觉得她一生中大部分时间都在遭受抑郁症的折磨，可能是因为接连生了三个孩子，再加上为了保守秘密，不能和任何人谈及她的战时经历。她的哥哥威廉说："她完全崩溃了。她精神上完全崩溃了。你甚至不能斜眼看她，她会崩溃的。"她后来跟丈夫离了婚，在 IBM 找到了一份她相当喜欢的工作。

贝蒂·艾伦是海军配楼文书档案组的一员，战后也经历了一段艰难的时光。大多数工作都给了男人。有三年时间她一直在飘来荡去。与此同时，她在 OP-20-G-L 的朋友们正在忙着应对战后的挑战。这些妇女大多已经结婚，刚生了孩子，在狭小的空间里过着与世隔绝的生活。做家务很辛苦。由于美国工业多年来一直在大量生产坦克、飞机和武器，所以几乎没有什么新的电器。新手妈妈们在浴缸里洗床单，用手拧干尿布。

在战争期间，文书档案组成绩卓著，这里的姑娘个个聪明活泼，她们吃的是"热卖店"做好的饭菜，从来没有考虑过晚餐要做些什么。现在她们在家务劳动中忙得不可开交。于是，这些前密码分析图书管理员想出了一个排遣孤独的办法，这些从前的女兵准备写连环信。

连环信是这么写的：先由一名前密码破译员写一封信讲述她生活中发生的事情。她会把信寄给第二位女士，后者会写她自己的信。第二位女士会把这两封信寄给第三位女士，后者会写自己的信，然后把三封信都寄给第四位女士。这捆越来越厚的信会绕一圈回到第一位女士那里，她会拿掉自己以前那封信，写一封新的插入进去，然后让这一捆信再绕一圈。

连环信对找到了工作的贝蒂·艾伦来说是一种安慰，对那些被关在小公寓里带小宝宝的女人来说也是如此。她们之间的连环信一直没停，贯穿了整个 20 世纪 50 年代养育孩子的过程，经历了

她们中有许多人退役几十年后仍然是朋友。有一群海军女性写了七十年的"连环信"。这群人包括伊丽莎白·艾伦·巴特勒(前排左一)、露丝·肖恩·米尔斯基(前排右二)和乔治娅·奥康纳·路丁顿(后排右二)。露丝·米尔斯基供图

60年代的越南战争、70年代的女权主义和民权运动、80年代罗纳德·里根的当选、2001年9月11日令人惊骇的双子塔倒塌、伊拉克战争和巴拉克·奥巴马的当选、飓风桑迪的破坏以及唐纳德·J.特朗普登上美国总统宝座。密码破译文书档案组的女人们一直不断地写连环信,直到本书写作时也没有停下来。

当然,大多数女性都陆续离世了。当乔治娅·奥康纳·路丁顿去世时,她的儿子比尔·路丁顿费了很大劲儿才把自己的信插入连环信中,告诉乔治娅战时的朋友们,也是他认识和喜爱的人们,他的母亲去世了。但直到2015年,当我去看望露丝·肖恩·米尔斯基时,她还在给林恩·拉姆斯德尔·斯图尔特写信。仅有他们俩和一位丧偶的男士三人健在了。林恩去世后,露丝和这位鳏夫仍然保

持着联系。

露丝现在住在纽约皇后区洛克威社区一栋公寓的二楼。哈里·米尔斯基已经去世了。无论过去还是现在，露丝始终是个身材瘦小的女人，她仍然为自己的战时服务感到自豪，她的电子邮件地址都用"RuththeWAVE"来打头。她的剪贴簿记录了她和哈里的恋爱过程，有从华盛顿酒店屋顶拍摄的照片，还有她婚礼上的照片。她的密码破译员朋友们参加了婚礼，即使请不到假，也偷偷地溜了出来。

她还保存着海军配楼所有女性在战后获得特殊单位嘉奖的绶带。我说要看一看，她勉强同意了。姑娘们当年被要求不要给任何人看，她仍然不愿意让人拍照。

海军的姑娘们很珍视这份单位嘉奖，但大多数人从来没有展示过。有些人甚至没有购买她们应得的海军绶带。从瓦萨学院招募来的志愿紧急服役妇女队军官伊迪丝·雷诺兹·怀特说："我们没有打过任何胜仗，觉得这样做不合适。"伊迪丝在海军配楼工作的时候，有一本刚找到的代码本被送了过来，还是湿漉漉的，那是一位机敏的美国海军军官从一艘即将沉没的潜艇里捞出来的。战争结束后，伊迪丝留在海军继续工作了一段时间，她被调到纽约的一家医院，有些患有肺结核的人正在那里接受治疗。有一天，她被告知她将获得单位嘉奖。她要在上午9点出现在国旗下，"穿上全套制服，戴上我应得的绶带"。由于她没有购买，她不得不找一个愿意借给她的男军官。她找一名年轻的医生借绶带，他说："只要我能来看看就行。"

仪式结束后，这位年轻的医生告诉她，他要带她去吃饭。他向她保证，"这是传统，无论你把军功章借给谁，你都要请他吃饭"。没有这样的传统，而且，读者朋友们，她嫁给了他。许多年后，她住在诺福克，遇到了那个捞出代码本的军官。她告诉他那本代码本有多么重要，他惊讶极了，没有人告诉过他。后来，这位军官身着满是金色条带的戎装，带着一盒巧克力出现在她家门口，她的儿子福雷斯特才第一次知道母亲在战争期间干了些大事。

古彻学院生物学专业的弗兰·施特恩放弃了当医生的梦想，嫁给了一名海军军官。她一直保留着飞行员执照，直到她怀孕。她的丈夫1960年在打高尔夫球时因雷击不幸身亡。她又嫁给了一名海军潜艇兵，在南卡罗来纳州的查尔斯顿定居。她当过人口普查员、艺术家和时装模特。她总是不愿意谈及战时服役的经历，但最终她还是告诉了她的儿子杰德，当他们得知她哥哥的船被神风特攻队击中时，刚好她是当值的值班军官。她还讲述了学习射击和把炸弹机从戴顿运回华盛顿的故事。他们还去看了一场老式飞机的航空表演，她不经意间提到，其中有一种型号的飞机她在华盛顿国家机场学过如何驾驶。

杰德总是感觉母亲的思维方式跟其他许多人有所不同。恩尼格码对照文的处理必须从已完成的电文开始，逆向推导出可能的密钥设置。她晚年加入了一个自称为"低地鸡尾酒俱乐部"的妇女团体。她儿子开车送她去参加俱乐部的会议，问她应该怎么走。她说，"等一下"，然后开始思考。为了弄清楚，她必须从地址开始，倒着推理。"她的思维过程是高度分析性的，与大多数人的思维过程不同。"

海军少将大卫·辛普在查尔斯顿的另一个鸡尾酒会上遇到了弗兰·施特恩·苏德思·约瑟夫森，对于能碰到她本人十分惊讶。他经常听人们提到弗兰的名字，说造成山本被击落的电文正是由她们这些辛劳的密码破译员破译的。他在一个老兵的聚会上遇到了一个老"译码员"（cryppie），有人提到了弗兰的名字。这位老兵回忆

尾声手套 373

说:"就是她抓住了山本这个狗娘养的,只有该死的女人才能弄明白那个让人发晕的密码。"这里的潜台词中有些东西是不合逻辑的。这只是一个喝酒时讲的故事,大卫·辛普本来没当真,直到他遇到弗兰本人。他为她安排了一场为密码分析老兵们举办的晚宴,准备给她一个惊喜。她儿子杰德把她带到了那儿,却没有告诉她要开什么会。弗兰听着演讲,开始意识到他们是在谈论她。杰德也是一名海军军官,他站起来致辞:"作为一名拥有自由的美国公民,我感谢你;作为一名海军军官同事,我向你致敬;作为儿子,我爱你。"然而,每当辛普试图让她分享更多细节时,她都会拒绝。她开口的时候,想起的不是她所拯救的生命,而是那些她没能拯救的生命。"在她心中首先想到的是那些遗憾。"

随着时间的推移,公众对战争的看法发生了变化。最好不要提及自己所做的事情。在阿灵顿学堂工作的乐队指挥杰伊尔·班尼斯特·埃斯马赫知道,她破译的一条电文协助军队击沉了一艘护航船。她看到了某些暗号,急忙把消息传递给了"大人物",后来通过无线电听到那艘船被击沉了。当时她感到很自豪,但是,当她与在二战对日战争胜利纪念日中遇到的语言学家哈里·埃斯马赫开始养育孩子以后,她开始回想起所有失去儿子的日本家庭,她的感受有了更多层次,更为复杂。她感受到了更多悲伤。在我访谈她的时候,她反思道:"有些日本人跟那艘船一起沉入水底了,他们有母亲、姐妹和妻子。此时此刻,你也可以思考一下。我当时并没有想到这一点。"

当伊丽莎白·毕格罗·斯图尔特向自己的孩子提及她曾帮忙击沉护航船队时,她女儿的反应是:"妈妈,多可怕啊!你杀了那些日本水手。你杀死了所有日本水手,而你却为此感到高兴!"

伊丽莎白听得目瞪口呆。美国人很快就忘记了战争是什么感觉——那威胁曾经多么真实。

富裕的物理学家的女儿简·凯斯·塔特尔也在战后结了婚，但这是一场灾难。在她感到孤独的时候，她的丈夫给她写了很多有趣的信。她想要一种正常的感觉，想要有一个家庭，而"我一直在做别人告诉我要做的事"。她设法从这段婚姻中解脱了出来，而且她发现在战争期间工作的记忆有助于保持自尊。她晚年嫁给了一个在战争期间疯狂地爱着她的男人。当我看望她的时候，她住在缅因州的一家养老院里，热情地支持参与总统竞选的伯尼·桑德斯。因为她走路已经不太方便了，当电视上出现她讨厌的政治家时，她会坐在躺椅上，把团成球的干净袜子朝电视扔过去。

安·怀特·库尔茨也在战争期间结了婚。1944年11月，她不得不申请退伍，因为她的丈夫回来时情况很糟，他分不清方向，还患有热带病，需要人照顾。"哦，天哪，我错了，"她说，"我做了个错误的决定。"她在威尔斯利学院的同学把她战后的生活描述为"消失在婚姻中"。她后来说，她的丈夫"需要一个'妻子'，不能理解我为什么这么不守规矩"。她借助《退伍军人权利法案》获得了博士学位，离婚之后成为了一名教授，晚年时还加入了和平队。

安妮·巴鲁斯·西雷也结婚了。她从来没从事过国际关系方面的工作，但她做过其他工作，包括经营纺织企业和教学。她九十多岁的时候还在她家附近的科德角坐帆船、划皮划艇。

许多女子密码破译员推动了女权运动——通过战后就业，但有时也通过她们战后的不满。有位受访者的母亲曾在阿灵顿学堂工作过，这位受访者总是感觉她母亲的生活中少了一点什么，一些她曾经拥有但又失去了的东西。她说，这种意识"在我们家种下了女权主义的种子"。但其他女性则感到被女权主义运动遗忘了。泥瓦匠的女儿艾尔玛·休斯·柯克帕特里克当了母亲，也是家庭主妇和志愿者，她乐在其中。她总是觉得她的付出没有得到女权主义的尊重，尽管她的丈夫对此很尊重。她在北卡罗来纳州的教堂山创办了第一个救济厨房。她说："他和我是平等的。"

哦，不只是平等而已。艾尔玛退伍时是一名海军上尉，她留在了海军后备队。她的丈夫曾是一名海军陆战队队员。有一次，他们想带孩子们去参观匡提科海军陆战队基地，但她丈夫拿不出能让他们进去的证件，但艾尔玛有海军后备队军人的证件。她出示了证件，他们就被挥手示意通过了。海军陆战队卫兵向她敬礼。车子里沉默了好一阵。她后来开玩笑说，"不能这样对待海军陆战队队员"。

* * *

位于弗吉尼亚州里士满郊区的养老院很不错。这里有一个餐厅，供应美味的奶油南瓜浓汤和火腿饼干，而且这里有很多派对，让养老院的住客们忙得不亦乐乎。多特·布雷登·布鲁斯在车库里摔了一跤撞到了头，之后就不得不搬到这里来。但2017年她还健在，而且康复了。九十七岁的她通过跟来自西非法语区的护理员聊天来保持法语水平。她说："很多人都不屑于了解他们的名字，但我愿意。"一日为师，终身为师。

她的生活转了一圈，又回到了原点，她又一次住进一居室的公寓。克罗于2012年去世，吉姆·布鲁斯也在2007年去世。多特自己仍然生气勃勃，还能识字，还可以背诵几句打油诗，比如"为什么小羊这么爱玛丽？因为玛丽爱小羊，你知道的"。

每件家具上都摆满了家人的照片。晚年的吉姆·布鲁斯酷似詹姆斯·斯图尔特,高大、沉稳、长相俊美,多特开玩笑说她自己长得跟伊丽莎白·泰勒一模一样。

在生命的最后时光,吉姆的记忆开始减退,他会问多特他们的婚姻美不美好。他会问:"我们相处得好吗?"

她向他保证,他们的确恩爱和睦。这是真的。他是个好丈夫。多特哈哈笑着说:"长期受罪。"他理解她的活泼独立。当她担任代课教师时,他会在周末照看他们的三个孩子,给她时间来批改论文。星期六他喜欢为邻居的孩子做热狗,从头开始做真正的炸薯条。当多特开始发展房地产事业时,他会开车送她去看房子。无论多特想做什么,吉姆都同意。他们从没吵过架。多特并不介意时不时来一场令人兴奋的争论,但吉姆是爱好和平的人。她说:"我丈夫是个非常悠然自得的人,他不得不跟我一起生活了六十三年,而不是我将就他。"

他们唯一与性别有关的争执发生在她试图把垃圾桶拖到路边的时候。他觉得把垃圾桶拖到路边是男人的活儿。

布鲁斯一家过得很好。吉姆在战后工业经济中的事业很成功,多特的弟弟提迪也是。曾经被宣布失踪的提迪仍然活着。在多特的家人中,儿子、孙子和曾孙中有许多人都用她丈夫的名字来起名字,吉姆、杰米和詹姆斯,我发现很难搞清楚谁是谁。还有不少叫弗吉尼亚的,以及一个叫布雷登的小男孩。多特每年都会在里士满豪华的杰弗逊酒店请全家二十口吃一顿节日大餐。每年他们都会来,从新奥尔良、纽约、加利福尼亚飞来,把小宝宝抱在怀里带来,给小表兄弟姐妹们穿上相似的衣服。他们拍了很多照片。这是她还是小女孩时所渴望的幸福家庭的画面。她会抱怨费用问题,但她并不是真的抱怨。在我们的多次访谈中,她的椅子下放着一个装有她所持股票的文件箱。她的经纪人已经去世了,她正在物色新的经纪人。她让几个候选人带她去吃午饭。

回顾过去，多特有时会想，为什么她决定嫁给吉姆·布鲁斯而不是乔治·拉什。她说："我的生活也许会完全不同。"别误会，她觉得自己的选择是正确的。乔治·拉什是个非常好的人，但她并不想搬到加利福尼亚去。她非常高兴自己坐火车去了华盛顿，跟她的朋友克罗·韦斯顿·凯布尔一起开始了她的密码破译工作。她说："拿什么我也不换。"她认为使天平向吉姆·布鲁斯倾斜的是他的稳重、善良和执着，而且他很有幽默感。多特最喜欢的歌曲一直是《何处觅真情》，他们结婚后，吉姆经常在她播放这首歌时逗她，他说："你还没有找到真爱吗？"

接着，她陷入了回忆，"他给我写了那么多情书"。

战争结束后，多特没有告诉任何人她之前做过什么。在某个时候，也许是战争结束的五十年后，她开始给出一些暗示。他们不相信她，她现在还记得，她的弟弟布巴说这"只是一份平凡的工作，我想把它说得很了不起"。但后来他们开始相信她了，或者说有点相信了。多特凭一己之力破解了日本密码，这变成了她的孙辈的一个信条。然而，没有人把它当真。

回忆总是在奇怪的时候浮现出来。多特曾经给她的一个曾孙朗读一本叫《手套》的儿童读物，书中写到森林里的小动物为了躲避暴风雪，一个一个地爬进了一只废羊毛手套。爬进去的动物太多了，一个喷嚏就足以把它们全部赶出来。读到这里，她不禁想起了阿灵顿的公寓和所有在那个一室一厅里住过的女孩。

她的儿子吉姆一直对她在战时所从事的密码破译很感兴趣。小时候，他和姐妹们经常到阁楼上读爸爸写给妈妈的信。爸爸多愁善感的一面是个新发现，但他们永远无法让妈妈开口讲她所做的事情的细节。现在她得到了国家安全局的批准，可以讲述自己的故事

这些女性非常看重她们许下的保密誓言，以至于现在九十七岁的多萝西·布雷登·布鲁斯（照片中的她和孙子孙女在举办派对庆贺生日）也很难开口说出她被告知在阿灵顿学堂之外永远不能说的话。多萝西·布雷登·布鲁斯供图

了。多年前禁令就取消了。政府希望她能讲述自己的故事。但她仍然心存疑虑，她不太相信。话说回来，他们会把她怎么样？以她这个年纪，把她关进监狱吗？

2014年的一个星期三下午，在为本书进行第一次访谈的时候，她的儿子吉姆坐在她的一居室小公寓的一把软垫靠背椅上，催促道："妈妈，开始吧！"到目前为止，已经有许多男性密码破译员写了自己的回忆录。埃德温·莱顿、弗兰克·罗莱特等人出版了《我在那里》和《魔法的故事》。多特对于自己在这个戏剧性的故事中所扮演的角色终于包袱小一点了。多特开始讲述之后，吉姆专心地听着。她提到了交叉复制员米里亚姆——"可怕的米里亚姆！还

尾声手套

有她的黄色钻石！"——然后用手捂住了嘴。她从来没有在阿灵顿学堂之外说过"交叉复制"这个词。

即使是现在，不管这一切发生在多久以前，她仍然感觉到有些事不合规矩，有些事是绝对禁忌，有些事性命交关。就仿佛敌人还在窗口，还在监听着他们的动静。

致　谢

我首先要感谢那些在战争期间从事这项工作的女性。大多数人把这个秘密带到了坟墓里，不幸的是，现在要当面感谢她们已经太晚了。我还要感谢那些同意为本书接受访谈的女性，其中许多人是在不便的情况下接受访谈的。珍妮丝·马丁·贝纳里奥在我们采访的前一天晚上摔断了手腕，所以我们在亚特兰大一家医院的急诊室里进行了访谈。多特·布雷登·布鲁斯带我去吃午饭，跟我的家人见面，尽管她要使用助行器，但总是把我送到门口。安妮·巴鲁斯·西雷邀请我女儿和我去她在科德角的家，还在一张纸上画了一个纵列，以说明她是如何复原附加码的。玛格丽特·吉尔曼·麦肯纳用"Skype"跟我聊。露丝·肖恩·米尔斯基拿出了她的剪贴簿。维奥拉·摩尔·布朗特通过电子邮件分享了回忆。多萝西·拉玛莱和伊迪丝·雷诺兹·怀特不得不坐在轮椅上，但从她们的穿着打扮来看，你永远不会发现这一点。苏珊娜·哈波尔·恩布里在华盛顿特区市中心的宇宙俱乐部喝着血腥玛丽分享了她的回忆，遇到地铁发生故障，她就走好几个街区，排队等候公交车。乔·法农分享了她保存了七十多年的小册子。简·凯斯·塔特尔穿着特别棒的豹纹浴袍，给了我一袋干净的袜子球，每当电视里有政客说了蠢话，就可以朝电视扔过去。具有这种精神和毅力的女性如何帮助盟军赢得战争的并不难理解。

我还想感谢我家里的女性——我的母亲和祖母，她们都上过大学。我仍然记得我祖母安娜在胡德学院那本旧旧的动物学笔记本，这种例子总是让人印象深刻。

这本书的存在要归功于许许多多希望让她们的故事走进公众视线的人。国家安全局的历史学家贝茜·斯穆特在其中牵头，分享了许多建议、文章、联系人和链接，耐心地为我释疑。国家密码博物馆的管理员珍妮弗·威尔考克斯在博物馆的几份出版物中就这一主题进行了开创性的讨论，还跟我分享了她的文件。在密码博物馆图书馆，蕾妮·斯坦知道所有东西的位置，并且已经将大部分资料数字化，对我的每个问题都马上给予回应。在俄亥俄州的戴顿，约瑟夫·德施的女儿黛博拉·安德森想方设法跟这群从前的密码破译员取得联系，像她这样的美国人并不多见，她也是唯一为她们策划纪念聚会的人。大家度过了几天欢乐的时光，她也在聚会上分享了自己收集的大量照片、剪报和信件。

我很感谢我的丈夫马克·布拉德利，他看到罗伯特·L."卢"·本森在其撰写的维诺那历史解密时提及为维诺那计划工作的女教师多得惊人，向我指出了这一点。许多专家，包括卢·本森本人都给了我耐心的指导。此外，罗伯特·汉约克、克里斯·克里斯滕森和乔纳森·比尔德都跟我单独见了面，帮忙寻找文件，提供建议，一遍遍地耐心解释，分享他们的专业知识。他们都很乐意阅读这本书的初稿。迈克尔·华纳也给了我很多鼓励，他在百忙中抽出时间来阅读初稿，给出了他的见解。朱莉·塔特提供了严格的事实核查和精神支持。如有任何错误能逃过他们的审慎和专业，都是我一个人的责任。

克里斯蒂·米勒提供了许多方面的帮助，包括促成对安·卡拉克里斯蒂的采访，还分享了妇女史方面的知识。《新美国》的布丽吉特·舒尔特、安妮-玛丽·斯劳特和美好生活实验室提供了至关重要的支持，没有这些支持，本书就无法完成。有人分享了自己早前项目的笔记，以此为这些女性尽一份力。玛丽·卡彭特为威尔斯利学院的校友杂志写了一篇精彩的文章，感谢上帝，她还留着她的笔记，她把这些笔记给了我。她不知道我反复读了多少次。科特·道尔顿为完成他那本优秀的著作采访了枫糖厂的姑娘们，还慷慨地把录音带给了我，这些录音带都是无价之宝。南卡罗来纳州教育电视台的凯里·费杜克花了很大力气，从他们电视台制作的《南卡罗来纳州最伟大的一代》的录像带里找到并复制了已故的弗兰·施特恩·苏德思·约瑟夫森未经剪辑的采访录像。美国陆军情报与安全司令部历史办公室的迈克·毕格罗中校分享了关于阿灵顿学堂的信息以及凯伦·科瓦奇对陆军妇女军团成员所做的口述历史，科瓦奇也跟我见了面。海军历史和遗产司令部历史和档案处的海军历史学家雷吉娜·阿克斯分享了她的见解，还带我查阅了这些档案。

许多档案员都为这些珍贵档案的公开提供了帮助。其中包括美国国会图书馆退伍军人历史项目的咨询专家梅根·哈里斯、温斯洛普大学的档案员苏珊娜·奥拉·李、北卡罗来纳大学格林斯博罗分校的霍奇斯特藏和大学档案馆的贝蒂·H.卡特、女退伍军人历史项目的策展人贝丝·安·科尔斯奇、古彻学院的特藏和档案馆馆长塔拉·奥利弗、位于马里兰大学帕克分校国家档案馆二号楼的文书档案及资料室主任纳撒尼尔·帕奇、乔治·C.马歇尔基金会文书档案及资料室主任保罗·巴伦、戴顿历史的科特·道尔顿、雷德克里夫的施莱辛格图书馆研究服务主管埃伦·谢、史密斯学院的档案员南希·杨、威尔斯利学院的档案员玛丽·耶尔、华盛顿特区历史学会的研究服务馆员杰西卡·史密斯、阿灵顿郡公共图书馆地方历史中心的档案员约翰·斯坦顿、伦道夫学院的弗朗西丝·韦伯和泰德·霍斯泰德勒、北得克萨斯大学女退伍军人口述历史项目的艾米·亨德里克，以及二战太平洋勇士国家纪念碑的首席历史学家丹尼尔·A. 马丁内斯。美国国务院的莱拉·卡姆加为我参观阿灵顿学堂提供了便利，国土安全部的布雷登·蒙哥马利带我参观了位于内布拉斯加大道的前海军密码破译大院。国家安全局的大卫·谢尔曼尽力争取解密更多的战时档案，然而这仍然是一场艰苦的战斗。

  我还想感谢那些安排访谈和提供回忆的家庭成员。其中最主要的是吉姆·布鲁斯，他让我联系上了他非凡的母亲多特·布雷登·布鲁斯，而且一直为这本书加油鼓劲。还有福雷斯特·怀特，他为我安排了对他母亲伊迪丝·雷诺兹·怀特的采访；凯姆·韦伯分享了她母亲伊丽莎白·毕格罗·斯图尔特的文章；凯蒂·贝勒·麦肯纳帮我跟玛格丽特·吉尔曼·麦肯纳通过"Skype"进行了交流；拉里·格雷为已故的母亲弗吉尼亚·卡罗琳·威利写了一篇文章；萨拉·杰克逊在她母亲（米里亚姆）·露易斯·皮尔萨·坎比生前为她做了一个口述历史访谈。其他接受采访的人有：代表露丝·韦斯顿的芭芭拉·达林格、比尔·凯布尔、卡罗琳·卡特、凯蒂和克莱德·韦斯顿，代表迪莉娅·泰勒·辛科夫的迈克·辛科夫，代表夏洛特·麦克劳德·卡梅隆的格雷厄姆·卡梅隆，代表萨拉·弗吉尼亚·道尔顿的贾尼斯·麦凯尔维，代表海伦·C. 马斯特斯的劳拉·伯克·马斯特斯，代表乔治娅·奥康纳·路丁顿的威廉·路丁顿，代表穆丽尔·斯图尔特的琳达·亨德，代表吉恩·格拉贝尔的埃迪和乔纳森·霍顿、弗吉尼亚·科尔、埃莉诺·格拉贝尔以及达芙妮和杰瑞·科尔,代表玛莎·欧达姆的帕姆·伊曼纽尔,代表南希·阿伯特·汤普森的格里·汤普森,代表来自威尔斯利学院密码破译员群体的贝蒂·道斯,代表弗兰·施特恩·苏德思·约瑟夫森的杰德·萨迪斯、玛丽·伊莎贝尔·兰德尔·贝克、梅布尔·弗罗和夏洛特·安德森·斯特拉福德,以及在弗兰仍在世的时候竭尽所能给予她荣耀和认可的海军少将大卫·K.辛普。

分享专业知识的专家包括汤姆·约翰逊、大卫·哈奇、罗伯特·莱万德、威廉·赖特,以及美国大学妇女协会的苏珊娜·古尔德和卡伦·科瓦奇。一路走来,为我提供帮助和支持的有伊丽莎·贝斯·温加顿、杰克琳·奥斯特罗斯基、克里斯蒂娜·埃斯金、罗莎琳·唐·阿德、麦当娜·勒布林、内尔·米诺、玛格丽特·塔尔博特、安·胡尔伯特、凯特·朱利安、丹尼斯·威尔斯、米根·罗珀、迈克尔·多兰、南希·蒂普顿、约翰·科特兰、罗伊·卡拉克里斯蒂、艾莉森·伍德以及我的家人。

我要感谢我多年来的图书经纪人,爱维塔斯创意管理公司(Aevitas Creative Management)的托德·舒斯特,他提供了各种支持,还把我带进了保罗·惠特拉奇的办公室。说真的,这本书的编辑是再好不过了。从早期对形式和内容的讨论到最后的润色,保罗一直是值得信赖的思想和专业知识的源泉。阿歇特图书公司(Hachette Books)的出版人莫罗·迪普雷塔从我们初次见面就表示支持,市场总监贝特西·赫斯博斯和联合出版人米歇尔·艾利也很热心。艺术总监阿曼达·凯恩构思出了一个完美的封面。感谢使一切运作起来的宣传总监乔安娜·平斯克、制作编辑卡洛琳·库雷克、迈克尔·高迪特、詹妮弗·朗蒂、玛莉索·萨拉曼、奥德特·弗莱明、卡洛斯·埃斯帕萨、马克·哈灵顿和助理编辑劳伦·胡梅尔，以及艾琳·切蒂专业的文字编辑。此外，我还要向爱维塔斯的切尔西·海勒和伊莱亚斯·奥特曼致以谢意。

  我还想向许多作家表示感谢，他们关于战争、密码破译和20世纪历史的著作对我了解这一领域非常有帮助。我也想感谢那些为女性及其成就著书立传的人，你们的作品有着振奋人心的力量。这份名单包括但不限于凯伦·阿伯特、大卫·阿尔瓦雷斯、克里斯托弗·安德鲁、里克·阿特金森、朱莉娅·贝尔德、安东尼·比弗、罗莎·布鲁克斯、斯蒂芬·布迪安斯基、埃利奥特·卡尔森、爱德华·德雷亚、格伦·弗兰克尔、大卫·加罗、纳塔利亚·霍尔特、安·赫尔伯特、沃尔特·艾萨克森、约翰·基冈、丹尼斯·基尔南、盖尔·泽马克、莱蒙·吉尔·莱波雷、坎迪斯·米勒德、林恩·波维奇、约翰·普拉多斯、戈登·普朗格、斯泰西·希夫、玛戈特·李·谢特利、迈克尔·史密斯、达瓦·索贝尔、玛格丽特·塔尔博特和凯瑟琳·佐普夫。在此还要特别感谢大卫·卡恩，他是这一领域工作的先驱，跟很多人都是朋友。我很感激他的慷慨无私和敏锐洞察，当然还有他款待作家朋友们的保留节目——在俱乐部以研究和同志情谊的名义请我吃的那顿午餐。

注 释

本书主要参考了位于马里兰大学帕克分校的国家档案馆的三个档案文献库。完整出处如下：

RG 38, Entry 1030 (A1), Records of the Naval Security Group Central Depository, Crane Indiana, CNSG Library.

RG 0457, Entry 9002 (A1), National Security Agency/Central Security Service, Studies on Cryptology, 1917-1977.

RG 0457, Entry 9032 (A1), National Security Agency/Central Security Service, Historic Cryptographic Collection, Pre-World War I Through World War II.

Transcripts of oral history interviews with the "NSA-OH" ID are from Oral History Interviews, National Security Agency, https://www.nsa.gov/news-features/declassified-documents/oral-history-interviews/index.shtml.

Transcripts of oral history interviews and associated personal materials with the "WV" ID are from the Betty H. Carter Women Veterans Historical Project, Martha Blakeney Hodges Special Collections and University Archives, the University of North Carolina at Greensboro, NC. http://libcdm1.uncg.edu/cdm/landingpage/collection/WVHP/.

密 信

"记下那个家伙的号码，"他告诉下级军官：Gordon W. Prange, *At Dawn We Slept*

(New York: Penguin, 1982), 517.

威尔斯利学院的大四学生安·怀特：Ann White Kurtz, "An Alumna Remembers," *Wellesley Wegweiser*, no. 10 (Spring 2003): 3, https://www.wellesley.edu/sites/default/files/assets/departments/german/files/weg03.pdf; Ann White Kurtz, "From Women at War to Foreign Affairs Scholar," *American Diplomacy* (June 2006), http: //www.unc.edu/depts/diplomat/item/2006/0406/kurt/kurtz_women.html; Mary Carpenter and Betty Paul Dowse, "The Code Breakers of 1942," *Wellesley* (Winter 2000): 26-30, as well as the underlying notes to that article, which Mary Carpenter shared with the author.

威尔斯利学院数学系学生伊丽莎白·科尔比：Carpenter and Dowse, "Code Breakers of 1942."

安妮·巴鲁斯也收到了给她的密信：Anne Barus Seeley, naval code breaker, interview at her Cape Cod home on July 12, 2015.

布林莫尔学院、曼荷莲学院、巴纳德学院：Craig Bauer and John Ulrich, "The Crypto- logic Contributions of Dr. Donald Menzel," *Cryptologia* 30, no. 4 (2006): 306-339. RG 38, Box 113, "CNSG-A History of OP-20-3-GR, 7 Dec 1941-2 Sep 1945," says that the first year, cooperating schools were Barnard, Bryn Mawr, Mount Holyoke, Radcliffe, Smith, Wellesley, and Goucher. Vassar was "under consideration" but does not seem to have cooperated that year. The second year, Vassar and Wheaton were added.

如果被人追问，她们可以说：Bauer and Ulrich, "Cryptologic Contributions of Dr. Donald Menzel," 310.

在介绍会上：Kurtz, "An Alumna Remembers"; Kurtz, "From Women at War to Foreign Affairs Scholar"; Bauer and Ulrich, "Cryptologic Contributions of Dr. Donald Menzel," 310.

她们还把作业藏在桌面吸墨纸的下面：Carpenter and Dowse, "Code Breakers of 1942."

古彻学院被选中的是英语系的教授奥拉·温斯洛：Frederic O. Musser, "Ultra vs Enigma: Goucher's Top Secret Contribution to Victory in Europe in World War II," *Goucher Quarterly* 70, no. 2 (1992): 4-7; Janice M. Benario, "Top Secret Ultra," *Classical Bulletin* 74, no. 1 (1998): 31-33; Robert Edward Lewand, "Secret Keeping 101: Dr. Janice Martin Benario and the Women's College Connection to ULTRA," *Cryptologia* 35, no. 1 (2010): 42-46; Frederic O. Musser, *The History of Goucher College, 1930-1985* (London: Johns Hopkins University Press, 1990), 40, https://archive.org/details/historyofgoucher00muss.

古彻学院1942届的学生里最讨人喜欢的学生之一：Ida Jane Meadows Gal- lagher,

"The Secret Life of Frances Steen Suddeth Josephson," *The Key* (Fall 1996): 26-30; Fran Josephson, uncut interview with South Carolina Educational Television conducted for a DVD called *South Carolina's Greatest Generation*.

坐落于山坡上的瓦萨学院：Edith Reynolds White, naval code breaker, interview at her home in Williamsburg, Virginia, on February 8, 2016.

最初美国陆军也接触了海军找的那些学院：RG 38, Box 113, "CNSG-A History of OP-20-3-GR, 7 Dec 1941-2 Sep 1945."

印第安纳州立师范学院：Dorothy Ramale, Arlington Hall and naval code breaker, interviews at her home in Springfield, Virginia, on May 29 and July 12, 2015.

陆军派出了英俊的军官：Dr. Solomon Kullback, oral history interview on August 26, 1982, NSA-OH-17-82, 72; Ann Caracristi, Arlington Hall code breaker, interviews at her home in Washington, D. C., between November 2014 and November 2015.

于是，在 1943 年 9 月 4 日那个星期六：Dorothy Braden Bruce, Arlington Hall code breaker, interviews at her home near Richmond, Virginia, between June 2014 and April 2017; Personnel Record Folder for War Department Civilian Employee (201) file: "Bruce, Dorothy B., 11 June 1920 Also: Braden, Dorothy V., B-720," National Personnel Records Center, National Archives, St. Louis, MO.

引子：姑娘们，你的国家需要你

监听敌方谈话：David Kahn talks about the intelligence uses of code breaking in many of his writings, including "Pearl Harbor and the Inadequacy of Cryptanalysis," *Cryptologia* 15, no. 4 (1991): 273-294, DOI: 10.1080/0161-119191865948.

这些女性最终得以招募，经历了一系列的事件：The naval recruiting program, the meetings between the college leaders, and the letters from Com- stock, Safford, Noyes, and Menzel are described in Craig Bauer and John Ulrich, "The Cryptologic Contributions of Dr. Donald Menzel," *Cryptologia* 30 (2006): 306-339. The repository of many of these letters, which I also consulted, is Rad cliffe's Schlesinger Library, "Office of the President Correspondence and Papers: 1941-42, Harvard-NA, II, Ser. 2," Box 57: 520-529, "National Broadcasting—Naval Communications."

在康姆斯托克接到海军的邮件之前：Virginia C. Gildersleeve, "We Need Trained Brains," *New York Times*, March 29, 1942; "Women's College Speed Up," *New York Herald Tribune*, January 24, 1942.

各女子学院的领导层齐聚曼荷莲学院：Bauer and Ulrich, "Cryptologic Contributions of Dr. Donald Menzel," 306. Radcliffe, "National Broadcasting—Naval

Communications."
大部分收信人都排名前 10%：Bauer and Ulrich, 313.
拉德克利夫学院一位管理人员的简报注明了：Radcliffe, "National Broadcasting—Naval Communications."
被选中的女性被告诫不仅不能：Bauer and Ulrich, 310.
附属于布朗大学的彭布罗克女子学院：RG 38, Box 113, "CNSG-A History of OP-20-3-GR, 7 Dec 1941-2 Sep 1945."
当时对于这门课程仍有争议：Bauer and Ulrich, "Cryptologic Contributions of Dr. Donald Menzel," 312. Radcliffe, "National Broadcasting—Naval Communications."
他还补充道，基于海军的观察：Bauer and Ulrich, "Cryptologic Contributions of Dr. Donald Menzel," 311.
1942 年 4 月中旬，唐纳德·门泽尔报告称：Ibid., 312.
这些姑娘被告知，只是：Ann White describes this in Mary Carpenter and Betty Paul Dowse, "The Code Breakers of 1942," *Wellesley* (Winter 2000): 26-30. Many other women described it as well.
"到底女子能不能成功地接手"：Bauer and Ulrich, "Cryptologic Contributions of Dr. Donald Menzel," 310. Radcliffe, "National Broadcasting—Naval Communications."
这些新来的女孩进入了一个环境：Robert Louis Benson, *A History of U. S. Communications Intelligence During World War II: Policy and Administration* (Washington, DC: Center for Cryptologic History, National Security Agency, 1997), provides invaluable background on the wartime competition between the Army, Navy, and any number of other federal agencies. Also see RG 38, Box 109, "Resume of Development of American COMINT Organization, 15 Jan 1945." There is also an excellent discussion of the Army-Navy competition in Stephen Budiansky, *Battle of Wits: The Complete Story of Codebreaking in World War II* (New York: Touchstone, 2000), 87.
"谁也不跟陆军合作，违者处死"：Prescott Currier, oral history interview on November 14, 1980, NSA-OH-38-80, 37.
一位英国的联络官形容：Budiansky, *Battle of Wits*, 296.
在天文学界，女性长期以来被当作：Patricia Clark Kenschaft, *Change Is Possible: Stories of Women and Minorities in Mathematics* (Providence: American Mathematical Society, 2005), 32-38.
"人们普遍认为"：Ann Caracristi, "Women in Cryptology" speech presented at NSA, April 6, 1998.
"在我们这儿干活的女性"：Ann Caracristi, interview, undated, Library of Congress

Veterans History Project, https://memory.loc.gov/diglib/vhp-stories/loc.natlib. afc2001001.30844/transcript?ID=mv0001.

"别担心，你们还是会有足够的"：Jeanne Hammond, interview at her home in Scarborough, Maine, on September 30, 2015.

从瓦萨学院招来的伊迪丝·雷诺兹：Edith Reynolds White, naval code breaker, interview with the author.

来自威尔斯利学院的密码破译员苏珊娜·哈波尔：Suzanne Harpole Embree, naval code breaker, interview at the Cosmos Club in Washington, D. C., on August 11, 2015.

"立刻就来吧，我们在华盛顿用得着你"：Jeuel Bannister Esmacher, Arlington Hall code breaker, interview at her home in Anderson, South Carolina, on November 21, 2015.

"什么都没有归档"：Jaenn Coz Bailey, oral history interview on January 13, 2000, WV0141.

人们认为女性对打电话的人更有礼貌：Kenneth Lipartito, "When Women Were Switches: Technology, Work, and Gender in the Telephone Industry, 1890-1920," *American Historical Review* 99, no 4 (October 1994): 1084.

珍珠港事件发生后不久，像赫尔克里士火药公司这样的公司：Betty Dowse, telephone interview with the author. In the *Bryn Mawr Alumnae Bulletin*, the president of Bryn Mawr described the dilemma facing educators. Under normal circumstances, they discouraged women from going into math and science, especially fields like physics: "It would have been hard to urge them when there was little promise of a job and a good salary." Now, she said, "there is a new situation for women here, a demand that has never existed for them before." She worried that "the problem of the prospects in science after the war is a serious one for the women's colleges." Katharine E. McBride, "The College Answers the Challenge of War and Peace," *Bryn Mawr Alumnae Bulletin* 23, no. 2 (March 1943): 1-7.

这份简报提出，青年时期是"拈花惹草的时候"：RG 0457, 9032 (A1), Box 778, "Signal Intelligence Service, General Files, 1932-1939."

利华兄弟公司和阿姆斯特朗软木公司也需要化学家：These are all real examples, cited in surveys of members of the class of 1943 at Wellesley College, conducted by Betty Dowse, in which class members were asked what work they did during the war and whether it had been held by a man before they took it on. 6C/1942, Betty Paul Dowse, A01-078a, Wellesley College Archives.

有个电力公司打算从古彻学院招20个女工程师：Beatrice Fairfax, "Does Industry Want Glamour or Brains?" *Long Island Star Journal*, March 19, 1943.

珍珠港事件发生当晚：Army personnel numbers are in RG 0457, 9002 (A1), Box 92, SRH 349, "The Achievements of the Signal Security Agency in World War II." Navy numbers are in RG 0457, 9002 (A1), Box 63, SRH 197, "U. S. Navy Communication Intelligence Organization Collaboration."

这个计划取得的重大成功：RG 38, Box 4, "COMNAVSECGRU Commendations Received by OP-20-G."

第一章 女生的 28 英亩

不幸的是，这两个豪华的学术机构都不是多特·布雷登以前教书的地方：Here and throughout, the details of Dot Braden's application, hiring, employment, and life in Washington are taken from approximately twenty author interviews conducted with Dorothy Braden Bruce, in person at her home near Richmond, Virginia, and over the phone, between June 2014 and April 2017. They also are from her Personnel Record Folder for War Department Civilian Employee (201) file: "Bruce, Dorothy B., 11 June 1920 Also: Braden, Dorothy V., B-720," National Personnel Records Center, National Archives, St. Louis, MO.

林奇堡不是一个大城市：A good description of Lynchburg and Randolph-Macon is in Writers' Program of the Work Projects Administration in the State of Virginia, *Virginia: A Guide to the Old Dominion* (New York: Oxford University Press, 1940), 264-266.

当多特走出火车时：An invaluable description of D. C. 's Union Station in wartime is in William M. Wright, "White City to White Elephant: Washington's Union Station Since World War II," *Washington History: Magazine of the Historical Society of Washington, D. C.* 10, no. 2 (Fall/Winter 1998-99): 25-31.

其他姑娘也陆陆续续地来了：In addition to Dorothy's recollection and her personnel file, which includes the signed loyalty oath, this description of the first day at Arlington Hall comes from the author's interviews with Josephine Palumbo Fannon, at her home in Maryland, on April 9 and July 17, 2015. Fannon swore in new hires, and likely was the self-possessed young woman Dot remembers.

像阿灵顿学堂一样，这些专门接待女性的宿舍楼：An excellent history and description of Arlington Farms is in Joseph M. Guyton, "Girl Town: Temporary World War II Housing at Arlington Farms," *The Arlington Historical Magazine* 14, no. 3 (2011): 5-13.

"波托马克河岸有了一支新的军队"：The *Good Housekeeping* and *Reader's Digest* articles are cited in Megan Rosenfeld, "'Government Girls': World War II's Army of the Potomac," *Washington Post*, May 10, 1999, A1.

多特当时并不知道,她已经进入了世界上最大的秘密信息中心: That Arlington Hall was the biggest message center in the world is in Ann Caracristi, interview, undated, Library of Congress Veterans History Project, https://memory.loc.gov/diglib/vhp-stories/loc.natlib.afc2001001.30844/transcript?ID=mv0001, in comments by Jack Ingram, curator of the National Cryptologic Museum.

大概就在多特被雇用的时候,阿灵顿学堂一位忙碌的员工: RG 0457, 9032 (A1), Box 1016, "Signals Communications Systems."

在20世纪40年代的美国,有四分之三的地方学校委员会: Claudia Goldin, "Marriage Bars: Discrimination Against Married Women Workers, 1920s to 1950s" (NBER Working Paper 2747, National Bureau of Economic Research, October 1988).

要是说多特"训练有素"就有点夸大了: There are many Arlington Hall training documents, including RG 0457, 9032 (A1), Box 1007, "Training Branch Annual Report," and RG 0457, 9032 (A1), Box 1114, "History of Training in Signal Security Agency and Training Branch."

具体来说,多特被分去了: RG 0457, 9032 (A1), Box 1114, "SSA, Intelligence Div, B-II Semi-Monthly Reports, Sept 1942-Dec 1943" shows Dorothy Braden's name on the roster and that she had been assigned to Department K, as part of the sixth group undergoing orientation that fall and winter. It shows that Ruth Weston was in the same orientation group, assigned to research. The mission of Department K is described in RG 0457, 9032 (A1), Box 115, "Organization of Military Cryptanalysis Branch," 12.

第二章 "这是个男人的活儿,不过看来我也行"

伊丽莎白·史密斯就具有上述所有品质: This description of Elizebeth Friedman's life and background is drawn primarily from "Elizebeth Friedman Autobiography at Riverbank Laboratories, Geneva, Illinois" in the National Cryptologic Museum Library's David Kahn Collection, DK 9-6, in Fort Meade, MD; "Elizebeth Smith Friedman Memoirs—Complete," at the George C. Marshall Foundation, in Lexington, VA, in the Elizebeth Smith Friedman Collection, http://marshallfoundation.org/library/digital-archive/elizebeth-smith-friedman-memoir-complete; "Interview with Mrs. William F. Friedman conducted by Dr. Forrest C. Pogue at the Marshall Research Library, Lexington, Virginia, May 16-17, 1973," http://marshallfoundation.org/library/wp-content/uploads/sites/16/2015/06/

Friedman_Mrs-William_144.pdf; and oral history interviews with Elizebeth Friedman on November 11, 1976, NSA-OH-1976-16, NSA-OH-1976-17, and NSA-OH-1976-18.

英国政治家和哲学家培根：An excellent description of Bacon, the biliteral cipher, Riverbank, and the photo are in William H. Sherman, "How to Make Anything Signify Anything," *Cabinet*, no. 40 (Winter 2010-2011), www. cabinetmagazine. org/issues/40/sherman. php. My discussion is also indebted to a talk William Sherman gave at the George C. Marshall Foundation, "From the Cipher Disk to the Enigma Machine: 500 Years of Cryptography" (George C. Marshall Legacy Series sequence on Codebreaking, Lexington, VA, April 23, 2015), and an exhibit he curated at the Folger Shakespeare Library titled *Decoding the Renaissance: 500 Years of Codes and Ciphers* (Washington, DC, November 11, 2014, to February 26, 2015).

为了达到这个目标，法布扬还雇了：Many sources and biographies of William Friedman have been consulted. In addition to the Elizebeth Friedman memoirs cited in the first note to this chapter, some of the most useful are Rose Mary Sheldon's "The Friedman Collection: An Analytical Guide" to the George C. Marshall Foundation's extensive William F. Friedman collection, http: //marshallfoundation. org/library/wp-content/uploads/sites/16/2014/09/Friedman_Collection_Guide_September_2014.pdf; the foundation's brief introduction to its series on code breaking, "Marshall Legacy Series: Codebreaking," George C. Marshall Foundation, http: //marshallfoundation. org/newsroom/marshall-legacy-series/codebreaking/; and *The Friedman Legacy: A Tribute to William and Elizebeth Friedman* (Washington, DC: Center for Cryptologic History, National Security Agency, 2006), https://www.nsa.gov/resources/everyone/digital-media-center/video-audio/historical-audio/friedman-legacy/assets/files/friedman-legacy-transcript.pdf.

密码的历史和文明一样古老，甚至出现得还要更早一点：William Friedman discusses the history of codes and ciphers in *Friedman Legacy*. Also see David Kahn, *The Codebreakers* (New York: Scribner, 1967) ; and Stephen Budiansky, *Battle of Wits: The Complete Story of Codebreaking in World War II* (New York: Free Press, 2000), 62-68.

有些安乐椅上的哲学家以打造"完美密码"为乐：Robert Edward Lewand, "The Perfect Cipher," *Mathematical Gazette* 94, no. 531 (Novem-ber 2010): 401-411, points out that the Vigenère square, invented in 1586, enjoyed a "good long run" as the *le chiffre indéchiffrable* in that no attacker could divine the keyword, until it was solved almost three hundred years later by two "Victorian polymaths," the English mathematician Charles Babbage and a Prussian Army officer, Friedrich Wilhelm Kasiski, within about ten years of each other.

在美国南北战争期间：A good discussion of Civil War cryptography is in RG 0457, 9032 (A1), Box 1019, "Notes on History of Signal Intelligence Service."

这段时期到访河岸实验室的人：Betsy Rohaly Smoot, "An Accidental Cryptologist: The Brief Career of Genevieve Young Hitt," *Cryptologia* 35, no. 2 (2011): 164-175, DOI: 10.1080/01611194. 2011. 558982.

美军派往危险地带的第一批女性不是护士，而是这些被称作"你好女孩"的姑娘们：Jill Frahm, "Advance to the 'Fighting Lines': The Changing Role of Women Telephone Operators in France During the First World War," *Federal History Journal*, no. 8 (2016): 95-108.

然而，两次世界大战之间的那段时期并不是美国破译密码的有利时机：RG 38, Box 109, "Resume of Development of American COMINT Organization, 15 Jan 1943."

雅德利和蔼可亲有魅力：Frank Rowlett, oral history interview in 1976, NSA-OH-1976-1-10, 87-89. That his employees were mostly women is in RG0457, 9032 (A1), Box 1019, "Notes on History of Signal Intelligence Service," 44.

斯廷森1929年关闭了这个机构：This comment has been cited far and wide, including in David Kahn, "Why Weren't We Warned?" *MHQ: Quarterly Journal of Military History* 4, no. 1 (Autumn 1991): 50-59, and *Friedman Legacy*, 200.

"我们的印象是——我现在认为当时搞错了"：Solomon Kullback, oral history interview on August 26, 1982, NSA-OH-17-82, 9-11.

即便有这些增援力量，人手也还是不足：Susan M. Lujan, "Agnes Meyer Driscoll," *NCVA Cryptolog*, special issue (August 1988): 4-6.

梅耶1889年生于伊利诺伊州，就读于奥特本学院：Kevin Wade Johnson, *The Neglected Giant: Agnes Meyer Driscoll* (Washington, DC: Center for Cryptologic History, National Security Agency, 2015), https://www.nsa.gov/about/cryptologic-heritage/historical-figures-publications/publications/assets/files/the-neglected-giant/the_neglected_giant_agnes_meyer_driscoll.pdf.

在战争部1925年采用的"通用地址及署名"代码中：RG 0457, 9002 (A1), Box 91, SRH 344, "General Address and Signature Code No. 2."

她黑进了一些"疯子"，破解了发明家们兜售给美国海军的敌人的设备和机器：Colin Burke, "Agnes Meyer Driscoll vs the Enigma and the Bombe," monograph, http:// userpages. umbc. edu/~burke/driscoll1-2011.pdf.

赫伯恩很欣赏阿格尼丝，诱骗阿格尼丝帮他开发一个更好的机器：That Agnes was dissatisfied with her advancement prospects is suggested in Johnson, *Neglected Giant*, 9.

"弗里德曼的工资总是比她高两到三个等级"：Captain Thomas Dyer's pay grade comment quoted in Johnson, *Neglected Giant*, 21. That Dyer felt she was "fully his equal" is in Steven E. Maffeo, *U. S. Navy Codebreakers, Linguists, and Intelligence Officers Against Japan, 1910-1941* (Lanham: Rowman & Littlefield, 2016), 68.

乔治·法布扬1920年给海军写过一封表扬信：RG 38, Box 93, "COMNAVSEC-GRU Letters Between Col Fabyan of Riverbank Laboratories and US Navy Oct 1918-Feb 1932."

阿格尼丝在文职人员的岗位上培训出来的：Edwin T. Layton, Roger Pineau, and John Costello, *And I Was There: Pearl Harbor and Midway—Breaking the Secrets* (New York: Morrow, 1985), 33.

日本在1905年击败了俄罗斯，它显然是想：David Kahn, "Pearl Harbor and the Inadequacy of Cryptanalysis," *Cryptologia* 15, no. 4 (1991): 275, DOI: 10.1080/0161-119191865948.

那时候已经设立了一个"研究部"：Kahn, "Why Weren't We Warned?" 51.

她骂起人来就像，嗯，像个水手一样：Layton et al., *And I Was There*, 58.

这个小小的海军团队——德里斯科尔、一两个军官：Elliot Carlson, *Joe Rochefort's War: The Odyssey of the Codebreaker Who Outwitted Yamamoto at Midway* (Annapolis, MD: Naval Institute Press, 2011), 40.

"你之所以没有任何进展"：Layton et al., *And I Was There*, 46.

"德里斯科尔夫人第一个有了突破"：Robert J. Hanyok, "Still Desperately Seeking 'Miss Agnes': A Pioneer Cryptologist's Life Remains an Enigma," *NCVA Cryptolog* (Fall 1997): 3.

她的成功"是迄今为止完成过的最困难的密码分析任务"：RG 0457, 9002 (A1), Box 36, SRH 149, "A Brief History of Communications Intelligence in the United States," by Laurance F. Safford, 11.

"在常备部队中，……只有一个受过充分训练的人"：John-son, *Neglected Giant*, 20.

1939年6月1日，日本舰队开始使用：Descriptions of how JN-25 worked are in RG 38, Box 116, "CNSG-OP-20-GYP History for WWII Era (3 of 3)" and "CNSG History of OP-20-GYP-1 WWII (1 of 2)."

"德里斯科尔夫人取得首次突破。破解进展顺利"：RG 38, Box 115, "CNSG OP-20-GY History." Also Kahn, "Pearl Harbor and the Inadequacy of Cryptanalysis."

二战结束多年后："I saw not all that long ago maybe eight or ten years ago, two people who had served in FRUPAC and one in Washington, who were still arguing about the value of a code group." Captain Prescott Currier, oral history interview on April 14, 1972, NSA-OH-02-72, 32.

"她是海军里无人能敌的密码分析专家"：Layton et al., *And I Was There*, 58.

"如果日本海军在 1941 年 12 月 1 日改了代码本和密钥"：RG 0457, 9002 (A1), Box 36, SRH 149, "A Brief History of Communications Intelligence in the United States" by Laurance F. Safford, 15.

第三章 最难的问题

在军需大楼一个翼楼的后部，有几个楼上的房间被分配给了美国陆军密码破译部门：David Kahn, "Pearl Harbor and the Inadequacy of Cryptanalysis," *Cryptologia* 15, no. 4 (1991): 282, DOI: 10.1080/0161-119191865948.

有时他们私下也叫他"威利叔叔"：RG 0457, 9002 (A1), Box 17, SRH 58, "The Legendary William F. Friedman."

随着队伍的扩大，弗里德曼做了点别的事情：RG 0457, 9032, Box 751, "SIS Organization and Duties/SIS Personnel," and Box 779, "Signal Intelligence Service (SIS) General Correspondence Files."

当时海岸警卫队的任务是保持"中立"：R. Louis Benson Interview of Mrs. E. S. Friedman, January 9, 1976, Washington, D. C., https://www.nsa.gov/news-features/declassified-documents/oral-history-interviews/assets/files/nsa-OH-1976-22-efriedman.pdf.

1939 年 10 月，欧洲爆发战争之后：RG 0457, 9002 (A1), SRH 361, "History of the Signal Security Agency," vol. 1, "Organization," part 1, "1939- 45." NSA Cryptologic Histories, https://www.nsa.gov/news-features/declassified-documents/cryptologic-histories/assets/files/history_of_the_signal_security_agency_vol_1SRH364.pdf.

贝里曼来自西弗吉尼亚州的比奇博特姆：Wilma Berryman Davis, oral history interview on December 3, 1982, NSA-OH-25-82, 2-8.

威尔玛·贝里曼到处打听，发现：A history of the naval correspondence course is in Chris Christensen and David Agard, "William Dean Wray (1910-1962) the Evolution of a Cryptanalyst," *Cryptologia* 35, no. 1 (2010): 73-96, DOI: 10.1080/01611194. 2010. 485410.

这基本上是个自学的地方：Frank Rowlett, oral history interview in 1976 (otherwise undated), NSA-OH-1976- (1-10), 380.

"希特上尉认为密码分析成功的四个要领是什么"：RG 0457, 9032, Box 751, "Army Extension Course in Military Cryptanalysis."

严格说来，由于美国并未处于战争状态：Rowlett in his oral history NSA-OH-1976-(1-10), 350, says, "We knew it was illegal" but "we figured that as long as we didn't let it be openly published that we were still legal if we intercepted and if we cryptanalyzed. . . that we sort of had a little bit of an island to stand on."

1934 年的《通信法案》: RG 0457, 9032 (A1), Box 1019, "Notes on History of Signal Intelligence Service," 76.

还有 27 岁的珍妮芙·玛丽·格罗扬: RG 0457, 9032, Box 780, "Signal Intelligence Service—General Correspondence file 1941"; Genevieve Grotjan, interview with David Kahn, May 12, 1991, National Cryptologic Museum Library, Fort Meade, MD, David Kahn Collection, DK 35-44, notes; Personnel Record Folder for War Department Civilian Employee (201) file: "Grotjan, G.," National Personnel Records Center, National Archives, St. Louis, MO.

她以做事一丝不苟、善于观察而闻名: Frank B. Rowlett, *The Story of Magic: Memoirs of an American Cryptologic Pioneer* (Laguna Hills, CA: Aegean Park Press, 1998), 128.

弗里德曼的办公室有自己的"疯子档案", 记录了业余爱好者们试图出售给他们的各种古怪系统: Abraham Sinkov, oral history interviews, NSA-OH-02-79 through NSA-OH-04-79.

第一条截听到用这种新型机器加密的电报: RG 0457, 9002 (A1), SRH 361, "History of the Signal Security Agency," vol. 2, "The General Cryptanalytic Problems," 31-32. Also available online from NSA "Cryptologic Histories."

英国人曾试图破解这个紫码机: RG 0457, 9002 (A1), Box 92, SRH 349, "The Achievements of the Signal Security Agency in World War II," 17.

美国海军在隔壁的翼楼研究了四个月紫码机, 但决定集中精力对付 JN-25: Frank Rowlett, oral history interview on June 26, 1974, NSA-OH-01-74 to NSA-OH-12-74, available in notebooks (not online) at National Cryptologic Museum Library, 457.

弗里德曼的团队已经发现, 旧的红码机: Kahn, "Pearl Harbor and the Inadequacy of Cryptanalysis," 280-281; "History of the Signal Security Agency," vol. 2, 32; William Friedman, "Preliminary Historical Report on the Solution of the 'B' Machine," October 14, 1940, https://www.nsa.gov/news-features/declassified-documents/friedman-documents/assets/files/reports-research/FOLDER_211/41760789079992.pdf; Rowlett, *Story of Magic*, 145.

弗兰克·罗莱特喜欢早早上床睡觉,: Kahn, "Pearl Harbor and the Inadequacy of Cryptanalysis," 282.

威廉·弗里德曼经常一边刮胡子一边思考解决方案: Davis, oral history, 13.

他研究了法语字母的使用规律: RG 0457, 9032 (A1), Box 751, "Army Extension Course in Military Cryptanalysis."

他们掌握了罗马化日语的规律: Rowlett, *Story of Magic*, 117.

他们也回顾了所有西方市场上已知的机器的工作原理：Rowlett, *Story of Magic*, 138.

当日本大使馆安装紫码机时：Ibid. , 139.

密码破译员也去找执行任务的无线电截听人员谈话：Ibid. , 141.

弗里德曼希望他的团队自己动手抄写每一个字母：Grotjan interview with Kahn.

对照文是对电文内容有根据的猜测：Kahn, "Why Weren't We Warned?" 56. Stephen Budiansky, *Battle of Wits: The Complete Story of Codebreaking in World War II* (New York: Free Press, 2000) also describes the importance of cribs.

由于六组已经破解了，这意味着："History of the Signal Security Agency," vol. 2, 33-34.

他们推测紫码机使用了某种交换器：Rowlett, *Story of Magic*, 150.

罗莱特和他的紫码团队在这一最新理论的鼓舞下重新燃起了希望："History of the Signal Security Agency," vol. 2, 41.

玛丽·露易丝·普拉瑟一直一丝不苟地保存着所有的文件：RG 0457, 9002 (A1), Box 37, SRH 159, William F. Friedman, "The Solution of the Japanese Purple Machine."

"我们一直在寻找这种现象，"他后来说：Frank Rowlett, oral history, NSA-OH-01-74 to NSA-OH-12-74, 283.

他们坐在那里，全神贯注地听罗莱特聊天，罗莱特后来有点不好意思地称之为"尬聊"：Ibid.

她"显然很兴奋"：Rowlett, *Story of Magic*, 151.

然后，在一长串字母的末尾，她又圈出了第三对：Some accounts have her circling three spots, but Rowlett, *Story of Magic*, 152, says four.

她静静地站在那里，他们爆发出一阵欢呼：Ibid.

"我只是在做罗莱特先生叫我做的事"：Grotjan interview with Kahn.

"当珍妮把工作表拿过来，指出"：Frank Rowlett, oral history, NSA-OH-01-74 to NSA-OH-12-74, 284.

三年后，弗里德曼写了一份绝密简报：William Friedman, "Recommendations for Legion of Merit and Medal of Merit Awards," September 27, 1943, https://www.nsa.gov/news-features/declassified-documents/friedman-documents/assets/files/correspondence/FOLDER_529/41771309081039.pdf.

1940 年 9 月 27 日，在日本签署《三国同盟条约》的当天，他在秘密电文里："History of the Signal Security Agency," vol. 2, 44.

"真正神秘的是"：RG 0457, 9002 (A1), Box 81, SRH 280, "An Exhibit of the Important Types of Intelligence Recovered Through Reading Japanese Cryptograms."

"英国和美国口袋里的钱叮当作响"：RG 0457, 9032 (A1), Box 833, "Diplomatic Translations of White House Interest, 1942-1943."

像这样的电文每天都会被破译：RG 0457, 9002 (A1), Box 78, SRH 269, Robert L. Benson, "US Army Comint Policy: Pearl Harbor to Summer 1942," notes that at first raw message transcripts were delivered, but intelligence officials later drew up summaries. Kahn, "Why Weren't We Warned?" says that fifty to seventy- five intercepts were solved and translated each day; the most important were sent on, carried in locked briefcases. The messenger then retrieved the papers and burned them.

"他们抱有一种近乎天真的自信"：RG 0457, 9032 (A1), Box 1115, "History of the Language Branch, Army Security Agency."

两个部门都急于挣表现：The odd-even compromise is discussed in a number of places, including Budiansky, *Battle of Wits*, 168. That Frank Raven, with the U. S. Navy, found a way to predict the keys is in John Prados, *Combined Fleet Decoded* (New York: Random House, 1995), 165.

紫码机没能预言对珍珠港的袭击：A good description of what could and could not be read on December 7, 1941, is in Robert J. Hanyok, "How the Japanese Did It," *Naval History* (December 2009): 48-49. Kahn points out that the Imperial Japanese Navy did not clue in the Japanese diplomats in "Why Weren't We Warned?" 59.

参观完计划的安置点后开车返回：These descriptions of Arlington Hall are taken from a sheaf of internal histories and briefing papers provided to the author by Michael Bigelow, historian at the U. S. Army Intelligence and Security Command.

有一年夏天，密码破译员迪莉娅·泰勒和威尔玛·贝里曼曾在这里租过房间：Wilma Berryman Davis, oral history interview, December 3, 1982, NSA-OH-25-82, 10.

"精修学校的气氛被一种轻快高效的组织方式打破了"：RG 0457, 9032 (A1), Box 1125, "Signal Security Agency, History of the Cryptographic Branch."

紫码机安装在：Budiansky, *Battle of Wits*, 226.

他们把一种法语密码叫作"水母"：RG 0457, 9032 (A1), Box 1114, "Signal Security Agency Weekly Reports, Jan to Oct 1943," Weekly Report for Section B-III, July 9, 1943.

"本周破解任务完成得最出色的是沙特密码"：RG 0457, 9032 (A1), Box 1114, "Signal Security Agency, B-III Weekly Reports Oct-Dec 1943," Weekly Report for October 9, 1943.

有时，当珍妮芙·格罗扬乘巴士：Grotjan interview with Kahn.

第四章 "一个地方这么多女孩"

她是在密西西比州波旁市的大十字路口长大的：Kitty Weston, interview at her niece's

home in Oakton, Virginia, on April 10, 2015, and Clyde Weston, telephone interview on October 9, 2015. Also Personnel Record Folder for War Department Civilian Employee (201) file: "Weston, Carolyn Cable," National Personnel Records Center, National Archives, St. Louis, MO.

这个名为"这是我们的战争"的系列讲座，目标就是：RG 0457, 9002 (A1), Box 17, SRH 057, Lecture Series This Is Our War, Autumn 1943.

1943 年 12 月初：Curtis Paris to Dot Braden, December 4, 1943.

第五章 "真是让人心碎"

这两位外交官正在谋划如何挑拨离间：RG 0457, 9032 (A1), Box 606, "Items of Propaganda Value."

日本有一位有才的司令长官：RG 0457, 9002 (A1), Box 71, SRH 230, Henry F. Schorreck, "The Role of COMINT in the Battle of Midway," *Cryptologic Spectrum* (Summer 1975): 3-11.

美国海军有一个小型密码分析团队：Captain Rudolph T. Fabian, oral history interview on May 4, 1983, NSA-OH-09-83, 8-30.

大西洋战场上的情况同样糟糕：RG 0457, 9002 (A1), Box 95, SRH 367, "A Preliminary Analysis of the Role of Decryption Intelligence in the Operational Phase of the Battle of the Atlantic."

大西洋战役从第二次世界大战第一天开始：David Kahn, *Seizing the Enigma* (New York: Barnes and Noble, 2001), vii.

可以肯定的是，盟军在这段时间："The British were using an enciphered code for the convoy thing and we were convinced that the Germans were reading it. And we told them that and it was hard to persuade them that it was true.... I think we did some monitoring to see if we could prove our point, which we couldn't." Dr. Howard Campaigne, oral history interview on June 29, 1983, NSA-OH-14-83, 49.

即使这在理论上是可能的：Lieutenant Howard Campaigne said that a factfinding team went to Germany after the war and "we found that the Germans were well aware of the way the Enigma could be broken, but they had concluded that it would take a whole building full of equipment to do it. And that's what we had. A building full of equipment. Which they hadn't pictured as really feasible." Campaigne, oral history, 15-16.

波兰人攻破恩尼格码机：Chris Christensen, "Review of IEEE Milestone Award to the Polish Cipher Bureau for the 'First Breaking of Enigma Code,'" *Cryptologia* 39, no. 2 (2015): 178-193, DOI: 10.1080/01611194. 2015. 1009751; Ann Caracristi, interview, undated, Library of Congress Veterans History Project, https://memory.loc.gov/diglib/vhp-stories/loc.natlib.afc2001001.30844/transcript?ID=mv0001, comments by National Cryptologic Museum curator Jack Ingram.

1941年1月，海军的密码破译部门仅有六十人：RG 38, Box 110, "Historical Review of OP-20-G."

根据1941年11月的一份工资提案简报：RG 38, Box 1, "CNSG Officer/ Civilian Personnel Procurement 1929-1941 (1 of 2)."

早期接受雇用的女性家庭背景各不相同：Francis Raven, oral history interview on March 28, 1972, NSA-OH-03-72, 3, provided the Puffed Rice anecdote.

"你能在大学毕业后的一两个星期内开始工作吗"：Personnel Record Folder for War Department Civilian Employee (201) file: "Beatrice A. Norton," National Personnel Records Center, National Archives, St. Louis, MO.

眼下这些女生的名单已经筛选好了：RG 38, Box 113, "CNSG-A History of OP-20-3-GR, 7 Dec 1941-2 Sep 1945."

古彻学院的毕业生康斯坦斯·麦克里迪：RG 38, Box 1, "CNSG, General Personnel, 4 Dec 1941-31 Jan 1944 (3 of 3)."

担心这些女生如果找不到住处可能会辞职：Radcliffe, Schlesinger Library, "Office of the President Correspondence and Papers: 1941-42, Harvard-NA, II, Sec. 2," Box 57: 520-529, "National Broadcasting—Naval Communications."

她们每天都穿着高跟鞋和干净的棉布衣服：Ann Ellicott Madeira, interview, undated, Library of Congress Veterans History Project, https://memory.loc.gov/diglib/vhp-stories/loc.natlib.afc2001001. 07563/transcript?ID=sr0001.

来自布林莫尔学院的法语专业学生维·摩尔：Viola Moore Blount, email correspondence between April 22 and April 30, 2016.

玛格丽特·吉尔曼在布林莫尔学院主修生物化学：Margaret Gilman McKenna, Skype interview on April 18, 2016.

"德国的潜艇实际上控制了大西洋"：Ibid. The work of the cribbing group can be found in RG 38, Box 63, "Crib Study of Message Beginnings, Signature, etc-German Weather Msgs (1941-1943)."

安·怀特被分配到了恩尼格码组：Ann White Kurtz, "An Alumna Remembers," *Wellesley Wegweiser*, no. 10 (Spring 2003), https://www.wellesley.edu/sites/default/files/assets/departments/german/files/weg03.pdf; Mary Carpenter, underlying notes for Mary Carpenter and Betty Paul Dowse, "The Code Breakers of 1942," *Wellesley* (Winter 2000): 26-30.

我们认识和爱的每个人：Ibid.

艾尔玛·休斯，心理学专业：Erma Hughes Kirkpatrick, oral history interview on May

12, 2001, WV0213.

珍珠港的灾难让人们产生了怀疑：A good analysis of the state of affairs is in Schorreck, "Role of COMINT."

然而，华盛顿常常要等很长时间：RG 38, Box 116, "CNSG-OP20-GYP History for WWII Era (3 of 3)."

人们就已经开始寻找密码破译员了：Frederick Parker, *A Priceless Advantage: U. S. Navy Communications Intelligence and the Battles of Coral Sea, Midway, and the Aleutians* (Washington, DC: Center for Cryptologic History, National Security Agency, 1993).

所以罗什福特和埃德温·莱顿：Edwin T. Layton, Roger Pineau, and John Costello, *And I Was There: Pearl Harbor and Midway—Breaking the Secrets* (New York: Morrow, 1985), 421.

"他知道目标、日期、登陆点"：Schorreck, "Role of COMINT."

日本人在6月4日准时出现了：Laurance E. Safford, "The Inside Story of the Battle of Midway and the Ousting of Commander Rochefort," 1944, in Naval Cryptologic Veterans Association, *Echoes of Our Past* (Pace, FL: Patmos Publishing, 2008), 26.

尽管如此，"中途岛战役让海军有了信心"：RG 38, Box 116, "CNSG-OP20-GYP History for WWII Era (3 of 3)."

中途岛的胜利也引发了：Safford, "Inside Story," 27; Stephen Budiansky, *Battle of Wits: The Complete Story of Codebreaking in World War II* (New York: Free Press, 2000), 23; John Prados, *Combined Fleet Decoded* (New York: Random House, 1995), 410-411.

"我从来没有想过要告诉她世界崩塌了"：Captain (ret.) Prescott Currier, oral history interview on November 14, 1988, NSA-OH-38-80, 44.

"她开始担心自己做不了什么事" Campaigne, oral history, 33-34.

在她出车祸之前，"是一个美貌惊人的女人"：Francis Raven, oral history interview on January 24, 1983, NSA-OH-1980-03, 11.

"你无法想象阿吉身边的气氛"：Ibid., 86.

"除了萨福德，没有一个普通海军军官"：Ibid., 18.

因此，雷文决定打劫阿格尼丝·德里斯科尔的保险箱：Ibid., 13-25.

"德里斯科尔一直是恩尼格码工作的'魔咒'"：Ibid., 34.

有个军官还收集了令人毛骨悚然的色情书刊：Ibid., 42-43.

随着战争局势的发展，阿格尼丝往往被派去做一些无用功：Campaigne, oral history, "And so there was a period there when she was given assignments which were very difficult assignments, and everybody else had given up on them. And they were given to her more or less to keep her busy. They figured they were hopeless anyhow and there wasn't anything bad she could do," 34.

在自己工作的间隙，雷文故态复萌：Francis Raven, oral history, NSA-OH-1980-03, 56-63.

"回想起来，我确信阿吉·德里斯科尔是世界上最伟大的密码专家之一"：Ibid., 37-38.

房间也又一次重新分配：RG 38, Box 1, "CNSG-General Personnel, 5 Dec 1940-31 Jan 1944"; RG 38, Box 2, "CNSG-Civilian Personnel, 18 Feb 1942-31 Dec 1943 (3 of 3)"; RG 38, Box 116, "CNSG History of OP-20-GYP-1 WWII Era (3 of 3)."

维·摩尔自己在1515室做附加码复原：July 1942 room assignments are in RG 38, Box 117, "CNSG-OP-20-GY-A/GY-A-1."

电文的数量不断增加：RG 38, Box 115, "CNSG OP-20-GY History."

姑娘们接受了这个挑战：Ann Barus Seeley described her additive work, in detail, in interviews with the author. Her memories are supported by many archival files that confirm "tailing," additives, and *shoo-goichi* messages, including in RG 38, Box 116, "CNSG-OP20-GYP History for WWII Era (3 of 3)."

安妮看着工作表：Anne Barus Seeley, interview. Also, Elizabeth Corrin, from Smith College, recalled: "They lined up the messages horizontally. So, what you tried to do was to get the additive that would work with the whole column... The code had to be divisible by three. So, if you added up all the digits—the five digits—it had to be divisible by three... the people who worked in the priority rooms saw the more interesting things... If we broke a message, we'd pass it to the priority room and they had the code-book." Elizabeth Corrin, oral history interview on February 8, 2002, NSA-OH-2002-06.

伊丽莎白·毕格罗是一位有追求的建筑师：Elizabeth Bigelow Stewart, essay of reminiscence, shared with the author by her daughter Cam Weber.

这项工作形成了流水线的速度和效率：RG 38, Box 116, "CNSG-OP20-GYP History for WWII Era (3 of 3)" and "CNSG History of OP-20-GYP-1 WWII Era (1 of 2)."

到1943年第四季度：RG 38, Box 115, "CNSG OP-20-GY History."

她们也同样感到愤怒：The chain of events around the news stories is detailed in Safford, "Inside Story," 27-30.

日本人会定期更换JN-25的代码本：Parker, in *Priceless Advantage*, 66, notes, "Whether the Japanese ever discovered that U. S. cryptologists had successfully penetrated their most secret operational code... remains a matter of conjecture to this day," but at the time, officials within OP-20-G were convinced of it.

在这场战斗中，美国海军陆战队发现了埋在地下六英尺的代码本：RG 38, Box 116, "CNSG History of OP-20-GYP-1 WWII (1 of 2)."

这些干文职的女孩就包括比娅·诺顿和贝茨·科尔比：The decision to implement a minor- cipher unit, and the fact that JN-20 was a substitution-transposition cipher, is in RG 38, Box 116, "CNSG-OP20-GYP History for WWII Era (3 of 3)." The makeup of the minor-cipher unit is in RG 38, Box 117, "CNSG-Op-20-GY-A/GY-A-1," and RG 38, Box 115, "CNSG OP-20-GY History (1, 2, 3, 4, 5)." Bea Norton Binns described the minor ciphers in Carpenter and Dowse, "Code Breakers of 1942," and Carpenter, underlying notes.

"每当主密码无法破解时"：RG 38, Box 4, "COMNAVSECGRU Commendations Received by OP-20G."

当美国海军陆战队登陆瓜达尔卡纳尔岛的海滩时：RG 38, Box 117, "CNSG History of OP-20-GYP-1 (Rough), 1945 (1 of 2)."

"我已经两个星期没见过大海了"：Ibid.

她的大学培训课程确实派上了用场：Carpenter, underlying notes for Carpenter and Dowse, "Code Breakers of 1942."

"破解 JN-20 的速度越来越快"：RG 38, Box 116, "CNSG-OP20- GYP History for WWII Era (3 of 3)."

来自威尔斯利学院数学专业的贝茨·科尔比是雷文的最爱：Raven, oral history, NSA-OH-1980-03, 55.

"能在这个有趣的小组工作，我感到很幸运"：Carpenter, underlying notes for Carpenter and Dowse, "Code Breakers of 1942."

"从那以后，我觉得我的生活从未像那个时期那样充满挑战"：Carpenter and Dowse, "Code Breakers of 1942."

唯一的问题是天气太热：Carpenter, underlying notes for Carpenter and Dowse, "Code Breakers of 1942."

"姑娘们蜂拥而至"：Graig Bauer and John Ulrich, "The Cryptologic Contributions of Dr. Donald Menzel," *Cryptologia* 30, no. 4, (2006): 313.

第六章 "代表通信的 Q"

事实证明，女子在战争中也能发挥巨大作用：A good summary of the creation of the WAVES and their training is in an unpublished history by Jacqueline Van Voris, "Wilde and Collins Project," Folder "Women in the Military, Box 6," Ready Reference Section, Naval History and Heritage Command in Washington, D. C., as well as articles cited below. Also Jennifer Wilcox, *Sharing the Burden: Women in Cryptology During World War II* (Washington, DC: Center for Cryptologic History, National Security Agency, 2013), and underlying files from the Wilcox archives that she provided.

陆军妇女辅助军团，首当其冲承受着负面报道的冲击：Harriet F. Parker, "In the Waves," *Bryn Mawr Alumnae Bulletin* 23, no. 2 (March 1943): 8-11.

有一万名妇女急于加入新军团：Lucy Greenbaum, *New York Times*, May 28, 1942, A1.

尽管人们担心女性在紧急情况下会变得歇斯底里：Mattie E. Treadwell, *United States Army in World War II: Special Studies; The Women's Army Corps* (Washington, DC: Center of Military History, United States Army, 1995), 290-91.

当尼米兹对海军各部门进行调查时：D'Ann Campbell, "Fighting with the Navy: The WAVES in World War II," in Sweetman, Jack, ed., *New Interpretations in Naval History: Selected Papers from the Tenth Naval History Symposium Held at the United States Naval Academy, 11-13 September 1991* (Annapolis, MD: Naval Institute Press, 1993), 344.

"如果海军可以使用狗、鸭子或猴子"：Virginia Crocheron Gildersleeve, *Many a Good Crusade* (New York: MacMillan, 1954), 267.

"志愿"让公众确信"没有强征女性入伍"：Ibid.，273.

据弗吉尼亚·吉尔德斯利夫后来回忆：Ibid.，271.

麦卡菲惊呆了，她觉得这太俗了：D'Ann Campbell, "Fighting with the Navy," 346.

"为了美观，实用性被牺牲了"：Gildersleeve, *Many a Good Crusade*, 272.

还有一些人之所以选择海军而不是陆军：Myrtle O. Hanke, oral history interview, on February 11, 2000, WV0147 Myrtle Otto Hanke Papers.

"姑娘们现在所做的工作太重要了"：Wilcox, *Sharing the Burden*, 5.

他敦促他的学生，"把你的失望藏起来"：Smith College Archives, 1939-45 WAVES, Box 1, "Broadcasts by Mr. Davis 1942-1943."

高跟鞋是个问题：The description of officer training is drawn from Fran Steen interviews; Nancy Dobson Titcomb, interview with the author at her home in Maine on October 1, 2015; Nancy Gilman McKenna, interview with the author; Edith Reynolds White, interview with the author; Anne Barus Seeley, interview with the author; and Viola Moore Blount, correspondence with the author.

她们得到命令向第一夫人敬礼：Erma Hughes Kirkpatrick, oral history interview on May 12, 2001, WV0213.

泥瓦匠的女儿艾尔玛·休斯来到了史密斯学院：Ibid.

姑娘们则用满怀激情的歌声来回击：Frances Lynd Scott, *Saga of Myself* (San Francisco: Ithuriel's Spear, 2007).

在礼拜仪式中，男人们唱原调，女人们则唱高声部：Ibid.

她们的组织实在太想念她们了，大多数人在四个星期后就被抢回去了：Ann White Kurtz, "From Women at War to Foreign Affairs Scholar," *American Diplomacy* (June

2006), http: // www. unc. edu/depts/diplomat/item/2006/0406/kurt/kurtz_women. html.

这些女性甚至妨碍了交通，造成了一些汽车擦撞的小事故：Mary Carpenter and Betty Paul Dowse, "The Code Breakers of 1942," *Wellesley* (Winter 2000): 28.

她们的上司很高兴再看到她们：Ibid.

布兰奇·德普伊隐隐约约地感觉到有人不满：Carpenter, underlying notes for Carpenter and Dowse, "Code Breakers of 1942."

来自威尔斯利学院的南希·多布森被一名男军官要求：Nancy Dobson Titcomb, interview with the author.

没有人的级别比她高：Fran Steen Suddeth Josephson, interview with South Carolina Educational Television.

珍妮·科兹是个厌倦平淡生活的图书管理员：Jaenn Coz Bailey, oral history interview on January 13, 2000, and papers, WV0141.

起初，军官的人数是有上限的：Van Voris, "Wilde and Collins Project," 17.

乔治娅·奥康纳出于好奇加入了志愿紧急服役妇女队：Georgia O'Connor Ludington, oral history interview on September 5, 1996, NSA-OH-1996-09, 4.

艾娃·高德之所以从军：Ava Caudle Honeycutt, naval code breaker, oral history interview on November 22, 2008, and papers, WV0438.

"我有一种渴望，想做点什么"：Hanke, oral history.

艾达·梅·奥尔森：Ida Mae Olson Bruske, naval code breaker, telephone interview with the author on May 8, 2015.

在前往锡达福尔斯的火车上，贝蒂·海厄特：Betty Hyatt Caccavale, naval code breaker, oral history interview on June 18, 1999, and papers, WV0095.

由于南方人被认为动作迟缓：Betty Hyatt Caccavale, *Sing On Mama, Sing On*, self-published memoir, shared with the author.

女军官们继续受训：A description of the Hunter College boot camp is in Campbell, "Fighting with the Navy," 349.

来自加州的图书管理员珍妮·玛格达琳·科兹：WV0141 Jaenn Coz Bailey papers.

其他女孩也受到了另一种意义上的文化冲击：Veronica Mackey Hulick, telephone interview with the author, undated.

到1943年中期，志愿紧急服役妇女队已经颇为重要了：Gildersleeve, *Many a Good Crusade*, recalls the mayor's last-minute calls, 285, and the splendid marching, 278.

视野得到拓展的不仅是来自农村家庭的女孩：Jane Case Tuttle, interview with the author at her home in Scarborough, Maine, on September 30, 2015.

海军开始四处寻找大一点的设施：A good history of Mount Vernon Seminary, the naval takeover, and the transformation of the campus is in Nina Mikhalevsky, *Dear*

Daughters: A History of Mount Vernon Seminary and College (Washington, DC: Mount Vernon Seminary and College Alumnae Association, 2001), 63-135.

有人提出了诸如"海军研究站""海军培训学校"等掩护名称：RG 38, Box 81, "CNSG Staff Conference Notes-Oct-Dec 1942."

它的位置在马萨诸塞大道和内布拉斯加大道在沃德圆环区交会处附近：Elizabeth Allen Butler, *Navy Waves* (Charlottesville, VA: Wayside Press, 1988), 38.

当伊丽莎白·毕格罗开始来这里上班时：Elizabeth Bigelow Stewart, essay of reminiscence, shared with the author by her daughter Cam Weber.

下雨天，女子密码破译员脱掉鞋子：Tuttle interview.

当安妮·巴鲁斯进出的时候：Seeley interview.

有一天，从前的社交名媛简·凯斯：Tuttle interview.

露丝·拉瑟到华盛顿后：Ruth Rather Vaden reminiscence; Jennifer Wilcox archives.

在弗农山学院，工作仍然没变：A description of the modifications of the Mount Vernon campus and the increasingly female makeup of most units is in RG 38, Box 110, "A Historical Review of OP-20-G."

伊丽莎白·弗里德曼碰巧也搬到了海军配楼：RG 0457, 9002 (A1), Box 79, SRH 270, Robert L. Benson, "The Army-Navy-FBI Comint Agreements of 1942," explains the complex system by which the Coast Guard since 1940 had been intercepting and processing German intelligence covert traffic to and from Germany and the Western Hemisphere, passing it to the FBI as well as other entities, including the British. In March 1942 this operation was merged into OP-20-G.

出版界的代表是：Stewart, essay of reminiscence.

女孩们把它叫作精神病院：Kirkpatrick, oral history.

从威尔斯利学院招来的苏珊娜·哈波尔：Suzanne Harpole Embree, interview with the author.

当海军少尉马乔里·费德报到时：Marjorie E. Faeder, "A Wave on Nebraska Avenue," *Naval Intelligence Professionals Quarterly* 8, no. 4 (October 1992): 7-10.

女军士露丝·肖恩曾被派往一个部门工作：Ruth Schoen Mirsky, interviews with the author.

珍妮·科兹有一天吹起了口哨：WV0141 Jaenn Coz Bailey papers.

他喜欢出版一份油印小报："Packard, Wyman (Capt, USN), Naval Code Room (OP-19C) Watch 3," in folder "Packard, Wyman Papers of Capt USN 1944-1945," Ready Reference Section, Naval History and Heritage Command in Washington, D. C.

简·凯斯从小就被告知：Tuttle interview.

1943年5月25日，海军配楼的附加码复原室：RG 38, Box 119, "Daily Log of Room 1219 (Additive Recovery) 1 Apr-23 June 1943."

她们复原的附加码不仅超过了 2500 个，还打破了自己的纪录：RG 38, Box 119, "Daily Log of Room 1219 (Additive Recovery) 1 Apr-23 June 1943."

"请向所有人转达我对她们的祝贺"：Ibid.

不久之后，她就有了进入几乎所有房间的权限：Caccavale, oral history.

1944 年的一天，当贝蒂·海厄特值班时，一名海军军官拿来了一本日本代码本：Caccavale, *Sing On Mama, Sing On,* and WV0095 Betty Hyatt Caccavale papers.

露丝·肖恩是这个小圈子里唯一的犹太人：Descriptions of Ruth's background, and the friendship group, are from Mirsky interviews and from Butler, *Navy Waves.*

乔治娅·奥康纳是这群姑娘中下一个结婚的：This description is from Butler, *Navy Waves,* and Bill Ludington (Georgia's son), telephone interview with the author.

"太平洋战场上的海军史是一个系统的历史"：Francis Raven, oral history interview on January 24, 1983, NSA-OH-1980-03, 79-81.

一名志愿紧急服役妇女队员 "有本事在还没有处理的电文上试验各种附加码并有效命中"：RG 38, Box 116, "CNSG-OP20-GYP History for WWII Era (3 of 3)."

苏珊娜·哈波尔每年都会收到一份制式表格：Embree interview.

是否可以教女军官射击：Staff meetings regarding teaching WAVES to shoot, women not being saluted, and the need to come up with a consistent cover story for the Q rating are in RG 38, Box 81, "CSNG Staff Conference Notes, Jul-Dec 1943."

杰里夫百货公司举办了一场时装秀：Mirsky interview.

维·摩尔看了布达佩斯弦乐四重奏的表演：Many of the details about life in Washington are from Viola Moore Blount, correspondence with the author.

姑娘们会去一个路边酒吧：Kirkpatrick, oral history.

珍妮·科兹的母亲曾是一名摩登女郎：WV0141 Jaenn Coz Bailey papers.

一群志愿紧急服役妇女队的军官住在一所房子里：Titcomb interview.

艾达·梅·奥尔森邀请她的朋友玛丽·卢：Bruske interview.

当简·凯斯得知父亲病危时：Tuttle interview.

对她来说，战争 "这段时间使人对生命是什么、社会是怎么回事产生了非常具有创造性的思考"：Embree interview.

1944 年，埃莉诺·罗斯福和：Campbell, "Fighting with the Navy," 351.

在 1945 年 6 月的一份简报中：J. N. Wenger, "Memorandum for Op-20-1," June 26, 1945, Wilcox archives.

尽管姑娘们干起活来很努力，但即使在密码室里也有轻松的时刻：Tuttle interview.

来自瓦萨学院的伊迪丝·雷诺兹：White interview.

一名密码破译员排队等着看电影：Lyn Ramsdell Stewart (who was not the WAVES member in question), telephone interview with the author on October 27, 2015.

"我犹豫要不要写这封信"：RG 38, Box 1, "CNSG-General Personnel, 5 Dec 1940-31

Jan 1944."

1943年底，来自威尔斯利学院的比娅·诺顿已经结婚了：Carpenter, underlying notes for Carpenter and Dowse, "Code Breakers of 1942." Her resignation is recorded in RG 38, Box 1, "COMNAVSECGRU-OP-20G Headquarters Personnel Rosters & Statistics" (3 of 4).

她在度蜜月时怀孕了：Scott, *Saga of Myself*, 167, and Library of Congress oral history interview.

多萝西·拉玛莱，这位未来的数学教师：Dorothy Ramale, interviews with the author.

志愿紧急服役妇女队的珍妮特·伯切尔少尉：RG 38, Box 91, "CNSG-COMNAVSECGRU Joint Army-Navy Liaison."

海军的姑娘们刚刚错过了助力中途岛取胜的密码破译：Details about the Yamamoto message breaking are in RG 38, Box 138, files marked "Yamamoto Shootdown, 1-4." That the minor cipher JN-20 "carried further details" of Admiral Yamamoto's last tour of inspection is in RG 38, Box 116, "CNSG-OP20-GYP History for WWII Era (3 of 3)" and "CNSG History of OP-20-GYP-1 WWII (1 of 2)." Bea Norton Binns, in a September 27, 1998, letter to her class secretary, said that the inter-island cipher led "to many opportunities for our forces, including the shooting down of Admiral Yamamoto's plane taking him on an inspection tour." Carpenter, underlying notes for Carpenter and Dowse, "Code Breakers of 1942." Fran Steen talks about taking part in the Yamamoto effort in her interview with South Carolina ETV. In her Library of Congress oral history, Ann Ellicott Madeira mentions being excited "when the work we did ensured that our flyers were able to shoot down Yamamoto."

"他的飞机坠毁的那天"：Hanke, oral history.

第八章 "地狱半英亩"

年轻的安妮·卡拉克里斯蒂用洗衣皂洗头：Wilma Berryman Davis, oral history interview, December 3, 1982, NSA-OH-25-82, 39.

有个书呆子，一个纽约编辑：Robert L. Benson, former NSA historian, interview with the author in The Plains, Virginia, in June 2015.

阿灵顿学堂还有"BIJs"，也就是在日本出生的人：Ann Caracristi, interview, undated, Library of Congress Veterans History Project, https://memory.loc.gov/diglib/vhp-stories/loc.natlib.afc2001001.30844/transcript?ID=mv0001; Stuart H. Buck, "The Way It Was: Arlington Hall in the 1950s," *Phoenician* (Summer 88): 3-11.

十八岁的约瑟芬·帕伦波担任人事管理工作：Josephine Palumbo Fannon, interviews with the author on April 9 and July 17, 2015.

与海军不同，阿灵顿学堂设有一个非裔美国人的密码破译小组：Jeannette Williams with Yolande Dickerson, *The Invisible Cryptologists: African-Americans, WWII to 1956* (Washington, DC: Center for Cryptologic History, National Security Agency, 2001), https://www.nsa.gov/about/cryptologic-heritage/historical-figures-publications/publications/wwii/assets/files/invisible_cryptologists.pdf.

北卡罗来纳州大学生胡安妮塔·莫里斯：Juanita Moody, oral history interview on June 12, 2003, NSA-OH-2003-12.

当密码破译员想出歪点子操控可乐机：Solomon Kullback, oral history interview on August 26, 1982, NSA-OH-17-82, 119.

这里设计的容纳人数是2200人，但很快就发现不够用：Descriptions of the grounds and physical plant are in RG 0457, 9032 (A1), Box 1370, "Signal Security Agency Summary Annual Report for the Fiscal Year 1944."

所罗门·库尔巴克说，"依据的不是军衔高低"：Kullback, oral history, 117.

1942年间，美国陆军和海军仔细斟酌：Robert Louis Benson, *A History of U. S. Communications Intelligence During World War II: Policy and Administration* (Washington, DC: Center for Cryptologic History, National Security Agency, 1997).

起初，部分问题源于电报通信量不足：Kullback, oral history, 34-37; David Alvarez, *Secret Messages: Codebreaking and American Diplomacy, 1930-1945* (Lawrence: University Press of Kansas, 2000), 150.

这项工作真是过于庞大的一个工程：Davis, oral history, 11; RG 0457, 9032 (A1), Box 1016, "Signals Communications Systems."

每支部队都要与它在日本的大本营保持联系：Kullback, oral history, 38.

刘易斯的父亲是英国人，他在犹他州长大，变成了牛仔：Douglas Martin, "Frank W. Lewis, Master of the Cryptic Crossword, Dies at 98," *New York Times*, December 3, 2010, http://www.nytimes.com/2010/12/03/arts/03lewis.html.

发现筋疲力尽的密码破译员在浴缸里打盹是很平常的事：Davis, oral history, 24.

"如果你愿意，可以想象一下日本军队的整个通信系统"：RG 0457, 9002 (A1), Box 95, SRH 362, "History of the Signal Security Agency," vol. 3, "The Japan Army Problems: Cryptanalysis, 1942-1945."

日本人设计了许多小代码：RG 0457, 9002 (A1), Box 92, SRH 349, "The Achievements of the Signal Security Agency in World War II," 23.

她是从纽约特洛伊的罗素塞奇女子学院招来的：Ann Caracristi, interviews with the author.

这三个伙伴觉得这有点意思：Ibid.; Ann Caracristi, oral history interview on July 16, 1982, NSA-OH-15-82, 2.

很快，安就在阿灵顿学堂校舍的顶楼开始辛苦工作了：Caracristi, interview, Library

of Congress Veterans History Project.

这个后来被称为"去重"的建议：Caracristi, oral history, 7.

从表面看来，日本军队的主要代码系统：RG 0457, 9032 (A1), Box 831, "Japanese Army Codes Solution Section."

1942年4月，威尔玛·贝里曼被派去专攻地址问题：RG 0457, 9032 (A1), Box 1016, "Signals Communications Systems."

在一名军官的建议下：Caracristi, oral history, 10.

不过，她们已经有了一个小小的突破：RG 0457, 9032 (A1), Box 1016, "Signals Communications Systems."

她们一致认为链接差数"很蠢"：Caracristi, oral history, 10.

有时，日本陆军不得不通过海军的无线电线路发送电报：RG 0457, 9032 (A1), Box 831, "Japanese Army Codes Solution Section."

"我好像记得曾在那份文件中看到过什么"：Davis, oral history, 51. The usefulness of the Navy cribs is described in RG 0457, 9032 (A1), Box 831, "Japanese Army Codes Solution Section"; RG 0457, 9032 (A1), Box 827, "Monthly Report No. 5, 15 February 1943."

安·卡拉克里斯蒂迅速投入其中，在一个几乎没有监督的环境中感到幸福自在：Caracristi, oral history, 11.

阿灵顿学堂开始每周向五角大楼和其他方面提供简报：RG 0457, 9032 (A1), Box 1114, "SSA, Intelligence Div, B-II Semi-Monthly Reports, Sept 1942-Dec 1943."

1943年3月15日，一份简报提到：RG 0457, 9032 (A1), Box 827, "Monthly Report No. 6, 15 March 1943."

如果一个代码组是0987，那么098就是实际的代码组：RG 0457, 9032 (A1), Box 831, "Japanese Army Codes Solution Section"; RG 0457, 9032 (A1), Box 1016, "Signals Communications Systems."

这些地址代码包含了大量的军事行动的信息：RG 0457, 9002 (A1), SRH 349, Box 92, "The Achievements of the Signal Security Agency in World War II," 25.

"那个小组全是女性"：Kullback, oral history, 113-115.

威尔玛的团队跟另一个名为"通信量分析"的小组一起工作：Davis, oral history, 41.

"我想这是让它变得如此有趣的原因之一"：Ibid., 43-53.

"我们陷入了可怕的困境，因为那是战争"：Ibid., 48-49. The odds and evens problem is also discussed in RG 0457, 9032 (A1), Box 831, "Japanese Army Codes Solution Section," and RG 0457, 9032 (A1), Box 827, "Monthly Report May 15, 1943."

"真的可以做一些有用的事情，这很让人着迷"：Caracristi, interview with the author.

所罗门·库尔巴克接待来访者时：Kullback, oral history, 39.

威尔玛·贝里曼会给安妮一些代码组：Caracristi, interviews with the author.

多年后，当所罗门·库尔巴克被问到他会选择谁：Caracristi, interview, Library of Congress Veterans History Project.

地址组也为击落山本五十六做出了贡献：Davis, oral history, 37.

在美国陆军和海军旷日持久的争执中：Solomon Kullback said that "the attitude of the Navy was such that they didn't want to tell the Army people too much because the Army was practically all civilian. . . they didn't trust the security." Oral history, 121.

威尔玛喜欢说，拿公务员工资的人"不可能拿出一万美元"：Davis, oral history, 26.

安、威尔玛和其他几个人：Ibid., 22.

这些密码破译员成立了合唱团：Caracristi, interview, Library of Congress Vet- erans History Project.

格特、安和威尔玛会把她们的汽油券攒起来：Davis, oral history, 43.

她们在工作上拼尽了全力：Ibid., 38-43.

有一名女文职人员经常抱怨：Caracristi, oral history, 15.

她们跟海军、英国以及澳大利亚的同行也会有你追我赶的竞争：Ibid., 22.

"只陈述事实和数字"：RG 0457, 9002 (A1), Box 95, SRH 362, "History of the Signal Security Agency," vol. 3.

1943年4月发生了几件事：The breaking of 2468 is described in RG 0457, 9032 (A1), Box 827, "Monthly Report No. 7, 15 April 1943," and RG 0457, 9032 (A1), Box 1016, "Signals Communications Systems," 393; Joseph E. Richard, "The Breaking of the Japanese Army's Codes," *Cryptologia* 28, no. 4 (2004): 289-308, DOI: 10.1080/0161-110491892944; Peter W. Donovan, "The Indicators of Japanese Ciphers 2468, 7890, and JN-25A1," *Cryptologia* 30, no. 3 (2006): 212-235, DOI: 10.1080/01611190 500544695.

"整个部门获得了新生"：RG 0457, 9032 (A1), Box 827, "Monthly Report No. 7, 15 April 1943."

1943年7月，阿灵顿学堂破译的第一批2468电文：Kullback, oral history, 81.

破解2468是这场战争中最重要的成就之一：David Kahn, *The Codebreakers* (New York: Scribner, 1967), 594.

"还有什么更美好的情报呢"：Kullback, oral history, 80.

欢欣鼓舞的阿林顿学堂变得踌躇满志：RG 0457, 9032 (A1), Box 831, "Japanese Army Codes Solution Section."

他们攻击了一个重要的管理代码：RG 0457, 9032 (A1), Box 1016, "Signals Communications Systems," 244-246.

"日本人发的电报没有我们看不懂的"：Kullback, oral history, 87-89.

1944年1月，澳大利亚的士兵：Donovan, "Indicators of Japanese Ciphers"; Kullback discusses Japanese code security in his NSA oral history, 40.

第九章 "抱怨不过是人之常情"

于是阿灵顿学堂决定集中力量吸收南方的学校教师：For a history of recruiting in 1943 and 1944, see RG 0457, 9032 (A1), Box 1115, "Signal Security Agency Annual Report Fiscal Year 1944."

信息的缺失导致征兵军官：RG 0457, 9002 (A1), Box 95, "History of the Signal Security Agency," vol. 1, "Organization," part 2, "1942-1945" (also online at NSA Cryptologic Histories site).

"我们用年轻的陆军小伙"：Solomon Kullback, oral history interview on August 26, 1982, NSA-OH-17-82, 72. Elsewhere in the same interview, Kullback admitted that they lied: "I think unfortunately, some of the recruiting officers may have lied a little bit in order to get those girls to come to work in Washington by maybe implying that there would be more younger officers available," 112.

"我认为我们这群人里的北方人"：Ann Caracristi, interview with the author.

1944年招募的范围被允许扩展：RG 0457, 9002 (A1), Box 96, "History of the Signal Security Agency," vol. 1, "Organization," part 2, "1942-1945."

明尼苏达州一家报纸上的一篇文章：Jennifer Wilcox archives.

培训课程老师，露丝·W. 斯托克斯：Letter provided to the author by Winthrop University archivist Susanna O. Lee. Information about the Winthrop program can be found in the Winthrop University Louise Pettus Archives, http: //digitalcommons. winthrop. edu/winthroptowashington/.

封面的标题是《二等兵史密斯去华盛顿》：Recruiting pamphlet provided to the author by Josephine Palumbo Fannon.

"最烦人的工作"：Davis, oral history, 41.

"我不在乎你是不是上校，你不能进去"：Ibid.

诺玛·马泰尔是一名被分配到文特山农场的陆军妇女军团成员：Norma Martell, oral history interview, WV0072 Norma Martell Papers.

1945年5月，在文特山截听站工作的两名陆军妇女军团成员：RG 0457, 9002 (A1), Box 95, "History of the Signal Security Agency, vol.1, "Organization," part 1, "1939-1945."

1943年的一份报告得出结论：RG 0457, 9032 (A1), Box 991, "Report on Progress and Improvements in Section BII, 1943."

1943年初秋，还搞过一次"士气调查"：RG 0457, 9032 (A1), Box 1027, "Survey of

Morale, Signal Security Agency, 1943."

1944 年 4 月，两位仅被确认为 M. 米勒和 A. 奥古斯特的密码破译人员：Document ID A69346, "A Poem for a Birthday Celebration on April 6th," William F. Friedman Collection of Official Papers, National Security Agency, https://www.nsa.gov/news-features/declassified-documents/friedman-documents/assets/files/reports-research/FOLDER_060/41709519074880.pdf. The identity of the authors was suggested by NSA historian Elizabeth Smoot.

第十章　办公室里的娘子军击沉了日本船

安汶、广州、达沃、海防：RG 0457, 9032 (A1), Box 844, "Japanese Army Transport Codes."

"这是绝密材料，必须极其小心"：Ibid.

还有少量的信息与伤员或死者骨灰的运输有关：Ibid.

例如，一个在新加坡的情报发送站：These and the subsequent examples of stereotypes are found in RG 0457, 9032 (A1), Box 877, "Stereotypes in Japanese Army Cryptographic Systems (Vol III)."

多特的工作日都是在跟这样的电文打交道：This example is given in RG 0457, 9032 (A1), Box 844, "Japanese Army Transport Codes."

阿灵顿学堂管理层的结论是：RG 0457, 9032 (A1), Box 1115, "Signal Security Agency Annual Report Fiscal Year 1944."

"在过去的一年里，该部门"：Ibid.

一份简报称，"这是一个业务组织"：RG 0457, 9032 (A1), Box 1016, "Signals Communications Systems."

一个气送管：RG 0457, 9032 (A1), Box 1380, "History of the Distribution of Intercept Traffic in SSA."

多特所在的 K 部门的女孩们是一个"非常好的集体"：Ibid.

"从［2468］电文中获得的情报的巨大价值"：RG 0457, 9032 (A1), Box 1115, "Signal Security Agency Annual Report Fiscal Year 1944."

另一份简报指出，在许多成功案例中，有一个见诸《纽约时报》的报道：RG 0457, 9002 (A1), Box 92, SRH 349, "The Achievements of the Signal Security Agency in World War II."

1943 年 11 月，也就是多特到阿灵顿学堂一个月以后：RG 0457, 9002 (A1), Box 82, SRH 284, "Radio Intelligence in WWII Submarine Operations in the Pacific Ocean Areas November 1943."

"水下战争的成功，一定程度上"：Ibid.

战争结束后，人们对日本补给船的最后结局进行了统计：RG 0457, 9002 (A1), Box 36, SRH 156, "Weekly Listing of Merchant Vessels Sunk in Far East Waters 14 Dec-March 1945."

战争结束时，美国海军的一份报告发现：RG 0457, 9002 (A1), Box 84, SRH 306, "OP-20-G Exploits and Communications World War II."

这份简报列举了一些最大的功绩：RG 0457, 9032 (A1), Box 878, "Capt. Fuld's Reports, 'Intelligence Derived from Ultra.'"

"当他们计划对日本人采取一些重大行动时"：Solomon Kullback, oral history, interview on August 26, 1982, NSH-OH-17-82, 89.

"通过采用生吃的办法"：RG 0457, 9002 (A1), Box 18, SRH-66, "Examples of Intelligence Obtained from Cryptanalysis 1 August 1946."

"如果是后者，"该文件写道：RG 0457, 9032 (A1), Box 876, "Stereotypes in Japanese Army Cryptographic Systems."

第十一章　枫糖厂

她们在午夜时分登上火车：The memory of arriving at Sugar Camp is from Iris Bryant Castle, "Our White Gloves," letter of reminiscence, Deborah Anderson private archives. Throughout this chapter, I have also drawn from detailed letters of reminiscence written by Jimmie Lee Hutchison Powers Long, Dot Firor, and Esther Hottenstein, in the Deborah Anderson private archives, which Debbie Anderson shared. I have also drawn from Curt Dalton, *Keeping the Secret: The Waves & NCR Dayton, Ohio 1943-1946* (Dayton, OH: Curt Dalton, 1997), and from transcripts of the underlying interviews, which Dalton kindly provided. And I have drawn from interviews I conducted with Millie Weatherly Jones, Veronica Mackey Hulick, and Betty Bemis Robarts.

"志愿紧急服役妇女队要参加操作培训课程"："Waves to be Occupants of Sugar Camp This Summer," *NCR News*, May 5, 1943.

还有吉米·李·哈奇森：Jimmie Lee Hutchison Powers Long, oral history interview on June 30, 2010, NSA-OH-2010-46.

他会带着一种政客的假客套跟姑娘们打情骂俏：Millie Weatherly Jones, in an interview with the author, recalled Meader's flirtatiousness and the women's reaction. His demeanor also was mentioned by Howard Campaigne: "He was quite a politician. He would be all 'hail fellow well met' with everybody." Howard Campaigne, oral history interview on June 29, 1983, NSA-OH-14-83, 38.

对盟军来说，1942年是大西洋战役的低谷期：The discussion of the Allied merchant

shipping losses, the Battle of the Atlantic, and the role the bombes played in it are taken from a number of sources: David Kahn, *Seizing the Enigma: The Race to Break the German U-Boat Codes, 1939-1943* (New York: Barnes and Noble, 1998) ; Jim DeBrosse and Colin Burke, *The Secret in Building 26: The Untold Story of America's Ultra War Against the U-Boat Enigma Codes* (New York: Random House, 2004) ; John A. N. Lee, Colin Burke, and Deborah Anderson, "The US Bombes, NCR, Joseph Desch, and 600 WAVES: The First Reunion of the US Naval Computing Machine Laboratory," *IEEE Annals of the History of Computing* (July-September 2000): 1-15; RG 0457, 9032 (A1), Box 705, "History of the Bombe Project"; and Jennifer Wilcox, *Solving the Enigma: History of the Cryptanalytic Bombe* (Washington, DC: Center for Cryptologic History, National Security Agency, 2015).

这艘浮出水面的潜艇开始下沉：Wilcox, *Solving the Enigma*, 21-22.

对在戴顿长大并接受教育的孩子来说：A good description of Desch's background is in DeBrosse and Burke, *Secret in Building 26*, 6-9.

1943年1月31日，一份机构工作日志：The transfer of Agnes Driscoll's team, and the trips taken by John Howard between D. C. and Dayton, are in RG 38, Box 113, "CNSG-OP-20-GM-6/GM-1-C-3/GM-1/GE-1/GY-A-1 Daily War Diary."

露易丝·皮尔索就是这样一位女性：The details about Louise Pearsall's life, enlistment, life in Washington, and work on the bombe project are from an oral history: "Interview with Louise Pearsall Canby," taken by her daughter, Sarah Jackson, May 17, 1997, University of North Texas Oral History Collection Number 1163, and from an author interview with her daughter, Sarah Jackson, and her brother, William Pearsall.

如果他们怀疑有一行密码，例如：This example is offered in Chris Christensen, "Review of IEEE Milestone Award to the Polish Cipher Bureau for 'The First Breaking of Enigma Code,'" *Cryptologia* 39, no. 2 (2015): 188.

她始终记得一个可怕的晚上：Ann White Kurtz, from Mary Carpenter, underlying notes for Mary Carpenter and Betty Paul Dowse, "The Code Breakers of 1942," *Wellesley* (Winter 2000): 26-30.

他承受着巨大的压力：DeBrosse and Burke, *Secret in Building 26*, 86, describe Meader as a hard taskmaster, as did Deborah Anderson in an interview with the author.

"炸弹机的设计最终需要"：RG 38, Box 109, "CNSG Report of Supplementary Research Operations in WWII."

"头两台实验炸弹机正在进行初步测试"：The saga of the bombes' first summer is in RG 38, Boxes 38 and 39, "Watch Officer's Log, 26 June-9 August 1943."

米德尔司令官把不少志愿紧急服役妇女队的姑娘赶出了戴顿：RG 38, Box 2,

"CNSG, Assignment/Transfers, (Enlisted Pers), (1 of 5)."

早在 1942 年，当志愿紧急服役妇女队成立：The policy of what to do about pregnancy and abortion is discussed in "Women in the Military Box 7," in the folder marked "Bureau of Naval Personnel Women's Reserve, First Draft Narrative Prepared by the Historical Section, Bureau of Naval Personnel" in the Ready Reference Section of the Naval History and Heritage Command in Washington, D. C.

有一次，当一个马虎（或是疲惫）的操作员：Jennifer Wilcox, *Sharing the Burden: Women in Cryptology During World War II* (Washington, DC: Center for Cryptologic History, National Security Agency, 2013), 10.

"他多年来一直做噩梦，梦到有人即将死去"：Deborah Anderson, daughter of Joseph Desch, interview with the author.

参与恩尼格码项目的是数学家和工程师：DeBrosse and Burke, *Secret in Building 26*, make this point very well.

负责维护换向器的女孩之一：Graham Cameron, son of Charlotte McLeod Cameron, interview with the author.

1944 年 2 月 25 日的日志：RG 38, Box 40, "Watch Officers Log, 2 Feb-4 March 1944."

另一个人因"轻度醉酒"而被训斥：RG 38, Box 39, "Watch Officers Log 26 September-26 November 1943."

在史密斯学院待了两个月以后：Pearsall's return date as an officer is in RG 38, Box 1, "COMNAVSECGRU-OP-20G Headquarters Personnel Rosters & Statistics (3 of 4)."

吉米·李已经嫁给了她在中学的恋人鲍勃·鲍尔斯：Jimmie Lee's reflections here and elsewhere are taken from transcripts of her interviews with Curt Dalton, author of *Keeping the Secret*; letters of reminiscence she wrote Deborah Anderson; and her NSA oral history interview, Jimmie Lee Hutchison Power Long, on June 30, 2010, OH-2010-46.

随着吉米·李和其他女孩进入工作状态：Jennifer Wilcox pointed out the all-female nature of the operation in an interview with the author.

晋升为班组主管后，弗兰有权限：Jed Suddeth, son of Fran Steen Suddeth Josephson, interview with the author.

美国炸弹机在破解大西洋 U 型潜艇密码上所取得的成效：RG 38, Box 141, "Brief Resume of Op-20-G and British Activities vis-à-vis German Machine Ciphers," in folder marked "Photograph of Bombe Machine, about 1943."

电文一经破译，就会传递给：Janice Martin Benario, interviews with the author. She also describes the tracking room in Janice M. Benario, "Top Secret Ultra," *Classical Bulletin* 74, no. 1 (1998): 31-33; and Robert Edward Lewand, "Secret Keeping 101: Dr. Janice Martin Benario and the Women's College Connection to ULTRA,"

Cryptologia 35, no. 1 (2010): 42-46.

在那里，一位名叫肯尼思·诺尔斯的海军中校：David Kohnen, *Commanders Winn and Knowles: Winning the U-Boat War with Intelligence, 1939-1943* (Krakow: Enigma Press, 1999), describes the tracking room. The working together of submarine tracking rooms in the UK and United States is described in Kahn, *Seizing the Enigma*, 191.

一位男性军官说，志愿紧急服役妇女队工作干得更好：Kahn, *Seizing the Enigma*, 242-244.

经历了1942年和1943年初的大屠杀之后：Good descriptions of the innovations in the first six months of 1943—HF/DF, hunter-killers, and so on—are in DeBrosse and Burke, *Secret in Building 26*, 117; and Richard Overy, *Why the Allies Won* (New York: Norton, 1996), 45-62.

这些加油潜艇被称为"奶牛"：Kahn, *Seizing the Enigma*, 274-275.

1943年10月，U型潜艇再次出现：RG 0457, 9002 (A1), Box 95, SRH 367, "A Preliminary Analysis of the Role of Decryption Intelligence in the Operational Phase of the Battle of the Atlantic."

"从六号营房致以祝贺"：RG 38, Box 4, "COMNAVSECGRU Commendations Received by the COMINT Organization, Jan 1942-8 July 1948."

这是漫长而绝望的海上旅程：RG 0457, 9002 (A1), Box 84, SRH 306, "OP-20-G Exploits and Communications World War II."

"对U型潜艇密码的攻击非常成功"：RG 38, Box 141, "Brief Resume of Op-20-G and British Activities vis-à-vis German Machine Ciphers," in folder marked "Photograph of Bombe Machine, about 1943."

第十二章 "给你我所有的爱，吉姆"

"我没什么让人高兴的东西写给你看，多特"：Jim Bruce to Dorothy Braden, April 21, 1944.

"我得到的待遇比我认识的任何人都要差"：Jim Bruce to Dorothy Braden, April 30, 1944.

"飞机走的方向总是不对"：Jim Bruce to Dorothy Braden, May 26, 1944.

"我刚刚坐在床上，等着卡洛琳"：Dot Braden, April 3, 1944.

"我很喜欢读你的信，多特"：Jim Bruce to Dorothy Braden, August 7, 1944.

"我猜你和林奇堡的朋友们还是玩得很开心"：Jim Bruce to Dorothy Braden, October 28, 1944.

"这里的天气情况相当有趣"：Jim Bruce to Dorothy Braden, November 28, 1944.

"真是长路迢迢，确切地说，它比我想去的地方远了6000英里"：Jim Bruce to Dorothy Braden, December 1, 1944.

"我昨天收到了一封你的来信"：Jim Bruce to Dorothy Braden, December 19, 1944.

"我爱你，我非常焦急地盼望着回家见到你的那一天"：Jim Bruce to Dorothy Braden, January 9, 1945.

"雨停了，天放晴了，正和我预测的时间一样"：Jim Bruce to Dorothy Braden, January 14, 1945.

"我今天从你那里收到的信是"：Jim Bruce to Dorothy Braden, February 21, 1945.

第十三章 "在塞纳河口登陆的敌人"

1943年11月，阿灵顿学堂的紫码机响了起来：RG 0457, 9002 (A1), Box 17, "Achievements of U. S. Signal Intelligence During WWII."

雷文和他的团队称他"诚实的阿部"：The Coral team's monitoring of Abe, and his message about coastal fortifications, are in RG 38, Box 116, "CNSG-OP20-GYP History for WWII Era (3 of 3)."

布莱切利园的密码破译人员破译了德国陆军元帅埃尔温·隆美尔的长篇电文：Arthur J. Levenson, oral history interview on November 25, 1980, NSA-OH-40-80, https://www.nsa.gov/news-features/declassified-documents/oral-history-interviews/assets/files/nsa-oh-40-08-levenson.pdf.

"所有通信被某个地方接收到的可能性极大"：RG 0457, 9032 (A1), Box 763, "Cover Plan in Operation Overlord." A good description of Operation Fortitude North and South is in Thaddeus Holt, *The Deceivers: Allied Military Deception in the Second World War* (New York: Scribner, 2004), 510-584.

"耕夫归家倦步长路"：RG 0457, 9032 (A1), Box 833, "Security Posters and Miscellaneous Documents."

阿灵顿学堂有一个区域专门用于"保护安全"：The role of women in the protective security branch, and their involvement in planning and implementing a number of deception programs, including at Yalta and Normandy, is in RG 0457, 9032 (A1), Box 980, "Pictorial History of the SSA Security Division Protective Security Branch Communications Security Branch."

威尔斯利学院的安·怀特心想："今晚没有登陆行动"：Ann White Kurtz, in "From WomenatWartoForeignAffairsScholar,"*AmericanDiplomacy* (June2006), http://www. unc. edu/depts/diplomat/item/2006/0406/kurt/kurtz_women. html, describes the receipt of the D-Day messages, bolting up and down the stairs, the first and second messages, and then "sporadic bulletins followed."

"1点30分,海岸沿线的往来电报已破译": RG 38, Box 113, "CNSG-OP-20-GM-6/ GM-1-C-3/GM-1/GE-1/GY-A-1 Daily War Diary."

凌晨1点40分,有人警告她们: RG 38, Box 30, "OP-20-GM Watch Office Logs, 22 June 1943-31 Dec 1943."

去教堂是她们所能想到的唯一的哀悼方式: Carpenter and Dowse, "Wellesley Codebreakers," 30, and Mary Carpenter, underlying notes for Mary Carpenter and Betty Paul Dowse, "The Code Breakers of 1942," *Wellesley* (Winter 2000): 26-30.

回想起来,安认为诺曼底登陆是战争中最伟大的时刻之一: Ibid.

"出现了大量行政通信" RG 38, Box 113, "CNSG-OP-20-GM-6/ GM-1-C-3/GM-1/ GE-1/GY-A-1 Daily War Diary."

在海军配楼,乔治娅·奥康纳: Georgia O'Connor Ludington, oral history interview on September 5, 1996, NSA-OH-1996-09. The extensive nature of the code rooms devoted to communications intelligence coming in from the Atlantic and Pacific theaters is in RG 38, Box 111, "CNSG-OP-20GC War Diary, 1941-1943."

"有许多迹象表明,敌人即将崩溃": Elizabeth Bigelow Stewart, essay of reminiscence, shared with the author by her daughter Cam Weber.

其他人就没有这么幸运了: Stewart, essay of reminiscence.

唐娜·多伊·索撒尔就是在密码室工作的200名志愿紧急服役妇女队队员之一: Donna Doe Southall, interview, undated, Library of Congress Veterans History Project.

第十四章 提迪

提迪·布雷登在星期五完成了高中学业: Here and throughout this chapter reminiscences are from John "Teedy" Braden, interview with the author in Good Hope, Georgia, on December 1, 2015.

"我真希望你不会因为太忙而没有时间下来找我": Teedy Braden to Dot Braden, June 26, 1944.

"姑娘,一切都好吗": Teedy Braden to Dot Braden, July 20, 1944.

"如果我真的去了,那就意味着这是第一步": Teedy Braden to Dot Braden, July 31, 1944.

提迪和成千上万的年轻士兵被派到战场上: Antony Beevor, *Ardennes 1944: The Battle of the Bulge* (New York: Viking, 2015), 50-53.

提迪所在的第112步兵团伤亡极其惨重: Ibid., 68, 151-156.

这是美国在欧洲打的最大规模、最血腥的战役: Arthur J. Levenson, a U. S. Army cryptanalyst sent to work at Bletchley Park, said, "Battle of the Bulge took us a little by surprise and we were a little ashamed of the intelligence dearth because they had put on a silence and I remember just before there was no traffic. . . They had imposed a silence and that should have been a real indicator." Oral history interview on November 25, 1980, NSA-OH-40-80, 38.

"我想你已经有点担心了"：Teedy Braden to Dot Braden, January 1, 1945.

德国的新任国家元首、海军上将邓尼茨命令：Richard Overy, *Why the Allies Won* (New York: Norton, 1996), 62.

"你们像狮子一样战斗过"：RG 0457, 9032 (A1), Box 623, "COMINCH File of Memoranda Concerning U-Boat Tracking Room Operations."

"我亲爱的提迪，"她写道，"希望你一切都好"：Virginia Braden to Teedy Braden, June 7, 1945.

第十五章 投降的消息

没过多久，阿莱西娅·张伯伦：Karen Kovach, "Breaking Codes, Breaking Barriers: The WACs of the Signal Security Agency, World War II" (Fort Belvoir, VA: History Office, U. S. Army Intelligence and Security Command, 2001), 41.

安·卡拉克里斯蒂一踏进阿灵顿学堂：Ann Caracristi, interview, undated, Library of Congress Veterans History Project, https://memory.loc.gov/diglib/vhp-stories/loc.natlib.afc2001001.30844/transcript?ID=mv0001.

JAH "理论上仅限于资料性和行政性的低密级电报"：RG 0457, 9032 (A1), Box 1115, "History of the Language Branch, Army Security Agency."

她对这个代码的一切了如指掌：That Virginia Aderholdt attended Bethany College is in RG 0457, 9032 (A1), Box 1007, "Personnel Organization." That she "scanned and translated JAH and related texts" and that the Japanese translators followed the war by monitoring the diplomatic messages is in RG 0457, 9032 (A1), Box 1115, "History of the Language Branch, Army Security Agency."

"她专门负责那个代码，而且喜欢研究它"：Frank Rowlett, oral history interview in 1976, NSA-OH-1976-1-10, 189-192.

阿灵顿学堂的规矩是：Solomon Kullback recalls that though Arlington Hall knew the Japanese surrender message was coming twenty-four hours in advance, "no word leaked out." Oral history interview on August 26, 1982, NSA-OH-17-82.

第十六章 跟克罗道别

"我昨天去市里买东西"：Virginia Braden to Dot Braden, December 10, 1945.

"我觉得比起以前收到的你的所有来信，我更喜欢这两封信"：Jim Bruce to Dot Braden Bruce, January 16, 1946.

尾声　手套

休·厄斯金，厄斯金家族年青的一代：Hugh Erskine, interview with the author.
在安·卡拉克里斯蒂去世前的一次访谈中：Ann Caracristi, interviews with the author.
毕业于史密斯学院的波莉·布登巴赫：Mary H. "Polly" Budenbach, oral history interview on June 19, 2001, NSA-OH-2001-27. Budenbach also discusses the difficulty of having an NSA career and having a spouse.
1943年初，曾经担任过教师的：Robert L. Benson, "The Venona Story," https://www.nsa.gov/about/cryptologic-heritage/historical-figures-publi cations/publications/coldwar/assets/files/venona_story.pdf.
"吉恩就是一个独立的人"：Eleanor Grabeel, interview with the author.
"每所学校的答复都是一样的"：Elizabeth Bigelow Stewart, essay of reminiscence, shared with the author by her daughter Cam Weber.
古彻学院古典文学专业学生珍妮丝·马丁·贝纳里奥：Janice Martin Benario, interviews with the author.
多萝西·拉玛莱，雄心勃勃的老师：Dorothy Ramale, interviews with the author.
游泳冠军贝蒂·比米斯：Betty Bemis Robarts, naval code breaker, interview with the author in Georgia on December 2, 2015.
恩尼格码项目的露易丝·皮尔索："Interview with Louise Pearsall Canby," oral history taken by her daughter, Sarah Jackson, May 17, 1997, University of North Texas Oral History Collection Number 1163; Sarah Jackson, interviews with the author; William Pearsall, interview with the author.
贝蒂·艾伦是海军配楼文书档案组的一员：Elizabeth Allen Butler, *Navy Waves* (Charlottesville, VA: Wayside Press, 1988).
连环信是这么写的：Ruth Schoen Mirsky, interviews with the author.
"我们没有打过任何胜仗，觉得这样做不合适"：Edith Reynolds White, interviews with the author.
古彻学院生物学专业的弗兰·施特恩：Fran Josephson, SCETV interview; Jed Suddeth, interview with the author; David Shimp, interview with the author.
"有些日本人跟那艘船一起沉入水底了"：Jeuel Bannister Esmacher, interview with the author.
"我一直在做别人告诉我要做的事"：Jane Case Tuttle, interview with the author.
"哦，天哪，我错了"：Mary Carpenter and Betty Paul Dowse, "The Code Breakers of 1942," *Wellesley* (Winter 2000): 26-30.
"很多人都不屑于了解他们的名字"：Dorothy Braden Bruce, interviews with the author.

参考文献

Selected Interviews

Deborah Anderson in Dayton, Ohio, and by telephone, numerous between May 2015–May 2017
Janice Martin Benario, in Atlanta, Georgia, December 2, 2015
Viola Moore Blount (email correspondence) numerous between April 27–30, 2016
John "Teedy" Braden, in Good Hope, Georgia, December 1, 2015
Dorothy "Dot" Braden Bruce, in Midlothian, Virginia, between June 2014 and April 2017
Ida Mae Olson Bruske, by telephone May 8, 2015
Ann Caracristi, at her home in Washington, D.C., numerous between November 2014 and November 2015
Suzanne Harpole Embree in Washington, D.C., August 11, 2015
Jeuel Bannister Esmacher, in Anderson, South Carolina, November 21, 2015
Josephine Palumbo Fannon in Maryland, April 9 and July 17, 2015
Jeanne Hammond in Scarborough, Maine, September 30, 2015
Veronica "Ronnie" Mackey Hulick, by telephone, undated
Millie Weatherly Jones in Dayton, Ohio, May 1, 2015
Margaret Gilman McKenna by Skype, April 19, 2016
Ruth Schoen Mirsky, in Belle Harbor, New York, June 8, June 16, and October 20, 2015
Helen Nibouar, by telephone, July 3, 2015
Dorothy Ramale in Springfield, Virginia, May 29 and July 12, 2015
Betty Bemis Robarts in Georgia, December 2, 2015
Anne Barus Seeley in Yarmouth, Massachusetts, June 12, 2015
Lyn Ramsdell Stewart, by telephone, October 27, 2015

Nancy Thompson Tipton, by telephone, January 27, 2016
Nancy Dobson Titcomb in Springvale, Maine, October 1, 2015
Jane Case Tuttle, in Scarborough, Maine, September 30, 2015
Clyde Weston, by telephone, October 9, 2015
Kitty Weston, in Oakton, Virginia, April 10, 2015
Edith Reynolds White, in Williamsburg, Virginia, February 8, 2016
Jean Zapple, by telephone, undated

Manuscript and Archival Sources

National Archives and Records Administration II in College Park, Maryland
National Archives and Records Administration Personnel Records Center in St. Louis, Missouri
Library of Congress Veterans History Project in Washington, D.C.
Betty H. Carter Women Veterans Historical Project, Martha Blakeney Hodges Special Collections and University Archives, The University of North Carolina at Greensboro, North Carolina.
William F. Friedman Papers and Elizebeth Smith Friedman Collection at George C. Marshall Foundation Library in Lexington, Virginia
National Cryptologic Museum Library in Fort Meade, Maryland
Naval History and Heritage Command Ready Reference Room in Washington, D.C.
Personal Archives of Deborah Anderson in Dayton, Ohio
Dayton History in Dayton, Ohio
Winthrop University Louise Pettus Archives
Center for Local History, Arlington Public Library, Arlington, Virginia
Historical Society of Washington, D.C.
Wellesley College Archives in Wellesley, Massachusetts
Schlesinger Library at Radcliffe Institute for Advanced Study in Cambridge, Massachusetts
Smith College Archives in Northampton, Massachusetts
Randolph College Archives in Lynchburg, Virginia
Jones Memorial Library in Lynchburg, Virginia
Pittsylvania County History Research Center and Library in Chatham, Virginia
Women Veterans Oral History Project, University of North Texas

Oral Histories

National Security Agency (available online):

Hildegarde Bearg-Hopt, NSA-OH-2013-30, March 15, 2013
Mary H. (Polly) Budenbach, NSA-OH-2001-27, June 19, 2001
Benson Buffham, NSA-OH-51-99, June 15, 1999
Lambros D. Callimahos, NSA-OH-2013-86, Summer 1966
Howard Campaigne, NSA-OH-20-83, June 29, 1983
Ann Caracristi, NSA-OH-15-82, July 16, 1982

Gloria Chiles, NSA-OH-32-80, September 15, 1980
Elizabeth Corrin, NSA-OH-2002-06, February 8, 2002
Prescott Currier, NSA-OH-02-72, April 14, 1972
Prescott Currier, NSA-OH-03-80, November 14, 1980
Wilma (Berryman) Davis, NSA-OH-25-82 December 3, 1982
Elizebeth Friedman, NSA-OH-1976-16, November 11, 1976
Elizebeth Friedman, NSA-OH-1976-17, November 11, 1976
Elizebeth Friedman, NSA-OH-1976-18, November 11, 1976
Theresa G. Knapp, NSA-OH-1999-67, November 8, 1999
Solomon Kullback, NSA-OH-17-82, August 26, 1982
Jimmie Lee Hutchison Powers Long, NSA-OH-2010-46, June 30, 2010
Arthur J. Levenson, NSA-OH-40-80, November 25, 1980.
Georgia Ludington, NSA-OH-1996-09, September 5, 1996
Dorothy Madsen, NSA-OH-2010-24, April 27, 2010
Georgette McGarrah, NSA-OH-2013-06, January 22, 2013
Juanita (Morris) Moody, NSA-OH-1994-32, June 16, 1994
Juanita Moody, NSA-OH-2001-28, June 20, 2001
Juanita Moody, NSA-OH-2003-12, June 12, 2003
Helen Nibouar, NSA-OH-2012-39, June 7, 2012
Francis Raven, NSA-OH-03-72, March 28, 1972
Francis Raven, NSA-OH-1980-03, January 24, 1980
Frank Rowlett, NSA-OH-1976-(1-10), undated 1976
Abraham Sinkov, NSA-OH-02-79, May 1979
Sally Speer, NSA-OH-18-84, August 28, 1984
Margueritte Wampler, NSA-OH-2002-03, April 29, 2003

Betty H. Carter Women Veterans Historical Project, Martha Blakeney Hodges Special Collections and University Archives, The University of North Carolina at Greensboro, NC (available online):

Helen R. Allegrone, April 21, 1999, WV0062
Jaenn Coz Bailey, January 13, 2000, WV0141
Betty Hyatt Caccavale, June 18, 1999, WV0095
Myrtle O. Hanke, February 11, 2000 WV0147
Ava Caudle Honeycutt, November 22, 2008, WV0438
Erma Hughes Kirkpatrick, May 12, 2001, WV0213

University of North Texas Oral History Collection:

Louise Pearsall Canby, OH Collection No. 1163, March 17, 1997
William W. Pearsall, OH Collection No. 1185, June 18, 1997

Library of Congress Veterans History Project (available online, most undated):
Ann Caracristi
Ann Ellicott Madeira
Donna Doe Southall
Ethel Louise Wilson Poland
Elizabeth Bigelow Stewart
Frances Lynd Scott

Books

Alvarez, David. *Secret Messages: Codebreaking and American Diplomacy, 1930–1945*. Lawrence: University Press of Kansas, 2000.
Atkinson, Rick. *The Guns at Last Light: The War in Western Europe, 1944–1945*. New York: Henry Holt, 2013.
Beevor, Antony. *Ardennes 1944: The Battle of the Bulge*. New York: Viking, 2015.
———. *D-Day: The Battle for Normandy*. New York: Penguin, 2010.
Benson, Robert Louis. *A History of U.S. Communications Intelligence During World War II: Policy and Administration*. Washington, DC: Center for Cryptologic History, National Security Agency, 1997.
Browne, Jay, and C. Carlson, eds. *Echoes of Our Past: Special Publication*. Pace, FL: Naval Cryptologic Veterans Association; Patmos, 2008.
Budiansky, Stephen. *Battle of Wits: The Complete Story of Codebreaking in World War II*. New York: Free Press, 2000.
Butler, Elizabeth Allen. *Navy Waves*. Charlottesville, VA: Wayside Press, 1988.
Carlson, Elliot. *Joe Rochefort's War: The Odyssey of the Codebreaker Who Outwitted Yamamoto at Midway*. Annapolis: Naval Institute Press, 2011.
Center for Cryptologic History. *The Friedman Legacy: A Tribute to William and Elizebeth Friedman*. National Security Agency, 2006.
Clark, Ronald. *The Man Who Broke Purple: The Life of Colonel William F. Friedman, Who Deciphered the Japanese Code in World War II*. Boston: Little Brown, 1977.
Dalton, Curt. *Keeping the Secret: The Waves & NCR Dayton, Ohio 1943–1946*. Dayton: Curt Dalton, 1997.
DeBrosse, Jim, and Colin Burke. *The Secret in Building 26: The Untold Story of America's Ultra War Against the U-Boat Enigma Codes*. New York: Random House, 2004.
De Leeuw, Karl, and Jan Bergstra, eds. *The History of Information Security: A Comprehensive Handbook*. Amsterdam: Elsevier, 2007.
Drea, Edward J. *MacArthur's ULTRA: Codebreaking and the War Against Japan, 1942–1945*. Lawrence: University Press of Kansas, 1992.
Ebbert, Jean, and Marie-Beth Hall. *Crossed Currents: Navy Women in a Century of Change*. Washington, DC: Brassey's, 1999.
Friedman, William. *Elementary Military Cryptography*. Laguna Hills, CA: Aegean Park, 1976.
———. *Elements of Cryptanalysis*. Laguna Hills, CA: Aegean Park, 1976.

———. *Six Lectures Concerning Cryptography and Cryptanalysis*. Laguna Hills, CA: Aegean Park, 1996.

Gilbert, James L., and John P. Finnegan, eds. *U.S. Army Signals Intelligence in World War II*. Washington, DC: Center of Military History, United States Army, 1993.

Gildersleeve, Virginia Crocheron. *Many a Good Crusade*. New York: Macmillan, 1954.

Godson, Susan H. *Serving Proudly: A History of Women in the U.S. Navy*. Annapolis: Naval Institute Press, 2002.

Hanyok, Robert J. *Eavesdropping on Hell: Historical Guide to Western Communications Intelligence and the Holocaust, 1939–1945*. Mineola, NY: Dover Publications, 2012.

Hart, Scott. *Washington at War: 1941–1945*. Englewood Cliffs, NJ: Prentice Hall, 1970.

Harwood, Jeremy. *World War II at Sea: A Naval View of the Global Conflict: 1939 to 1945*. Minneapolis: Zenith, 2015.

Hinsley, F. H., and Alan Stripp, eds., *Code Breakers: The Inside Story of Bletchley Park*. Oxford: Oxford University Press, 2001.

Holt, Thaddeus. *The Deceivers: Allied Military Deception in the Second World War*. New York: Scribner, 2004.

Isaacson, Walter. *The Innovators: How a Group of Hackers, Geniuses, and Geeks Created the Digital Revolution*. New York: Simon & Schuster, 2014.

Johnson, Kevin Wade. *The Neglected Giant: Agnes Meyer Driscoll*. Washington, DC: National Security Agency Center for Cryptologic History, 2015.

Kahn, David. *The Codebreakers*. New York: Scribner, 1967.

———. *Seizing the Enigma: The Race to Break the German U-Boat Codes, 1939–1943*. New York: Houghton Mifflin, 1991.

Keegan, John. *The Second World War*. New York: Viking Penguin, 1990.

Kenschaft, Patricia Clark. *Change Is Possible: Stories of Women and Minorities in Mathematics*. American Mathematical Society, 2005.

Kessler-Harris, Alice. *Out to Work: A History of Wage-Earning Women in the United States*. Oxford: Oxford University Press, 1982.

Kohnen, David. *Commanders Winn and Knowles: Winning the U-Boat War with Intelligence, 1939–1943*. Krakow: Enigma Press, 1999.

Kovach, Karen. *Breaking Codes, Breaking Barriers: The WACs of the Signal Security Agency, World War II*. History Office, U.S. Army Intelligence and Security Command, 2001.

Layton, Edwin T., Roger Pineau, and John Costello. *And I Was There: Pearl Harbor and Midway—Breaking the Secrets*. New York: Morrow, 1985.

Lewin, Ronald. *The American Magic: Codes, Ciphers and the Defeat of Japan*. New York: Farrar Straus & Giroux, 1982.

———. *Ultra Goes to War: The Secret Story*. London: Hutchinson, 1978.

Maffeo, Steven E. *US Navy Codebreakers, Linguists, and Intelligence Officers Against Japan, 1910–1941*. Lanham, MD: Rowman & Littlefield, 2015.

Marston, Daniel, ed. *The Pacific War: From Pearl Harbor to Hiroshima*. Oxford: Osprey, 2005.

McGinnis, George P., ed. *U.S. Naval Cryptologic Veterans Association*. Paducah, KY: Turner,

1996.

McKay, Sinclair. *The Secret Lives of Codebreakers: The Men and Women Who Cracked the Enigma Code at Bletchley Park*. New York: Plume, 2012.

Mikhalevsky, Nina. *Dear Daughters: A History of Mount Vernon Seminary and College*. Washington, DC: Mount Vernon Seminary and College Alumnae Association, 2001.

Musser, Frederic O. *The History of Goucher College, 1930–1985*. Baltimore: Johns Hopkins University Press, 1990.

Overy, Richard. *Why the Allies Won*. New York: Norton, 1996.

Parker, Frederick. *A Priceless Advantage: U.S. Navy Communications Intelligence and the Battles of Coral Sea, Midway, and the Aleutians*. Washington, DC: Center for Cryptologic History, National Security Agency (1993).

Pimlott, John. *The Historical Atlas of World War II*. New York: Henry Holt, 1995.

Prados, John. *Combined Fleet Decoded*. New York: Random House, 1995.

Prange, Gordon W. *At Dawn We Slept: The Untold Story of Pearl Harbor*. New York: McGraw-Hill, 1981.

Rowlett, Frank B. *The Story of Magic: Memoirs of an American Cryptologic Pioneer*. Laguna Hills, CA: Aegean Park, 1998.

Scott, Frances Lynd. *Saga of Myself*. San Francisco: Ithuriel's Spear, 2007.

Smith, Michael. *The Debs of Bletchley Park and Other Stories*. London: Aurum, 2015.

Treadwell, Mattie, *United States Army in World War II: Special Studies; The Women's Army Corps*. Washington, DC: Center of Military History, United States Army, 1991.

Weatherford, Doris. *American Women During World War II: An Encyclopedia*. New York: Routledge, 2010.

Wilcox, Jennifer. *Sharing the Burden: Women in Cryptology During World War II*. Fort Meade, MD: Center for Cryptologic History, National Security Agency, 1998.

———. *Solving the Enigma: History of the Cryptanalytic Bombe*. Fort Meade, MD: Center for Cryptologic History, National Security Agency, 2006.

Williams, Jeannette, with Yolande Dickerson. *The Invisible Cryptologists: African-Americans, WWII to 1956*. Fort Meade, MD: Center for Cryptologic History, National Security Agency, 2001. https://www.nsa.gov/about/cryptologic-heritage/historical-figures-publications/publications/wwii/assets/files/invisible_cryptologists.pdf.

Writers' Program of the Work Projects Administration in the State of Virginia. *Virginia: A Guide to the Old Dominion*. New York: Oxford University Press, 1940.

Articles and Pamphlets

Bauer, Craig, and John Ulrich. "The Cryptologic Contributions of Dr. Donald Menzel," *Cryptologia* 30.4: 306–339.

Benario, Janice M. "Top Secret Ultra," *The Classical Bulletin* 74.1 (1998): 31–33.

Benson, Robert L. "The Venona Story," https://www.nsa.gov/about/cryptologic-heritage/historical-figures-publications/publications/coldwar/assets/files/venona_story.pdf.

Buck, Stuart H. "The Way It Was: Arlington Hall in the 1950s," *The Phoenician* (Summer 1988).

Burke, Colin. "Agnes Meyer Driscoll vs the Enigma and the Bombe," monograph, http://userpages.umbc.edu/~burke/driscoll1-2011.pdf.

Campbell, D'Ann. "Fighting with the Navy: The WAVES in World War II," in Sweetman, Jack, ed., *New Interpretations in Naval History: Selected Papers from the Tenth Naval History Symposium Held at the United States Naval Academy, 11–13 September 1991.* Annapolis: Naval Institute Press, 1993.

Carpenter, Mary, and Betty Paul Dowse. "The Code Breakers of 1942," *Wellesley* (Winter 2000): 26–30.

Christensen, Chris. "Review of IEEE Milestone Award to the Polish Cipher Bureau for 'The First Breaking of Enigma Code,'" *Cryptologia* 39.2: 178–193.

———. "US Navy Cryptologic Mathematicians During World War II," *Cryptologia* 35.3: 267–276.

Christensen, Chris, and David Agard. "William Dean Wray (1910–1962): The Evolution of a Cryptanalyst," *Cryptologia* 35.1: 73–96.

Donovan, Peter W. "The Indicators of Japanese Ciphers 2468, 7890, and JN-25A1," *Cryptologia* 30.3: 212–235.

Faeder, Marjorie E. "A Wave on Nebraska Avenue," *Naval Intelligence Professionals Quarterly*, 8.4 (October 1992): 7–10.

Fairfax, Beatrice. "Does Industry Want Glamour or Brains?" *Long Island Star Journal*, March 19, 1943.

Frahm, Jill. "Advance to the 'Fighting Lines': The Changing Role of Women Telephone Operators in France During the First World War," *Federal History Journal* Issue 8 (2016): 95–108.

Gallagher, Ida Jane Meadows. "The Secret Life of Frances Steen Suddeth Josephson," *The Key* (Fall 1996): 26–30.

Gildersleeve, Virginia C. "We Need Trained Brains," *New York Times Magazine*, March 29, 1942.

Goldin, Claudia D. "Marriage Bars: Discrimination Against Married Women Workers, 1920s to 1950s," NBER Working Paper 2747 (October 1988).

———. "The Quiet Revolution That Transformed Women's Employment, Education, and Family," *AEA Papers and Proceedings* (May 2006): 1–21.

———. "The Role of World War II in the Rise of Women's Employment," *The American Economic Review* 81.4 (September 1991): 741–756.

Greenbaum, Lucy. "10,000 Women in U.S. Rush to Join New Army Corps," *New York Times*, May 28, 1942, A1.

Guton, Joseph M. "Girl Town: Temporary World War II Housing at Arlington Farms," *Arlington Historical Magazine* 14.3 (2011): 5–13.

Kahn, David. "Pearl Harbor and the Inadequacy of Cryptanalysis," *Cryptologia* 15.4: 273–294.

———. "Why Weren't We Warned?" *MHQ: Quarterly Journal of Military History* 4.1 (Autumn 1991): 50–59.

Kurtz, Ann White. "An Alumna Remembers," *Wellesley Wegweiser*, Issue 10 (Spring 2003).

———. "From Women at War to Foreign Affairs Scholar," *American Diplomacy: Foreign Service Dispatches and Periodic Reports on U.S. Foreign Policy* (June 2006).

Lee, John A. N., Colin Burke, and Deborah Anderson. "The US Bombes, NCR, Joseph Desch, and 600 WAVES: The First Reunion of the US Naval Computing Machine Laboratory," *IEEE Annals of the History of Computing* (July–September 2000): 1–15.

Lewand, Robert Edward. "The Perfect Cipher," *The Mathematical Gazette* 94.531 (November 2010): 401–411.

———. "Secret Keeping 101—Dr. Janice Martin Benario and the Women's College Connection to ULTRA," *Cryptologia* 35.1: 42–46.

Lipartito, Kenneth. "When Women Were Switches: Technology, Work, and Gender in the Telephone Industry, 1890–1920," *American Historical Review* 99.4 (October 1994): 1075–1111.

Lujan, Susan M. "Agnes Meyer Driscoll," *NCA Cryptolog* (August Special 1988): 4–6.

Martin, Douglas, "Frank W. Lewis, Master of the Cryptic Crossword, Dies at 98," *New York Times*, December 3, 2010.

McBride, Katharine E. "The College Answers the Challenge of War and Peace," *Bryn Mawr Alumnae Bulletin* 23.2 (March 1943).

Musser, Frederic O. "Ultra vs Enigma: Goucher's Top Secret Contribution to Victory in Europe in World War II," *Goucher Quarterly* 70.2 (1992): 4–7.

Parker, Harriet F. "In the Waves," *Bryn Mawr Alumnae Bulletin* 23.2 (March 1943).

Richard, Joseph E. "The Breaking of the Japanese Army's Codes," *Cryptologia* 28.4: 289–308.

Rosenfeld, Megan. "'Government Girls:' World War II's Army of the Potomac," *Washington Post*, May 10, 1999. A1.

Safford, Captain Laurance F. "The Inside Story of the Battle of Midway and the Ousting of Commander Rochefort," essay written in 1944, published in *Echoes of Our Past*, Naval Cryptologic Veterans Association (Pace, FL: Patmos, 2008).

Sheldon, Rose Mary. "The Friedman Collection: An Analytical Guide," http://marshallfoundation.org/library/wp-content/uploads/sites/16/2014/09/Friedman_Collection_Guide_September_2014.pdf.

Sherman, William H. "How To Make Anything Signify Anything," *Cabinet* Issue 40 (Winter 2010/11). www.cabinetmagazine.org/issues/40/sherman.php.

Smoot, Betsy Rohaly. "An Accidental Cryptologist: The Brief Career of Genevieve Young Hitt," *Cryptologia* 35.2: 164–175.

Stickney, Zephorene. "Code Breakers: The Secret Service," *Wheaton Quarterly* (Summer 2015).

Wright, William M. "White City to White Elephant: Washington's Union Station Since World War II," *Washington History* 10.2 (Fall/Winter 1998–99): 25–31.

Websites, DVDs, Speeches, Essays

Dayton Code Breakers: http://daytoncodebreakers.org/
Undated television interview with Nancy Dobson Titcomb
Fran Steen Suddeth Josephson, *South Carolina's Greatest Generation* DVD, interview with South Carolina ETV, uncut version, undated
Margaret Gilman McKenna, videotape interview provided by family
Elizabeth Bigelow Stewart, essay of reminiscence
Ann Caracristi speech, "Women in Cryptology," presented at the NSA on April 6, 1998
Larry Gray essay of reminiscence about his mother, Virginia Caroline Wiley, "Nobody Special, She Said"
Nancy Tipton letter of reminiscence, "Memoirs of a Cryptographer 1944–1946," February 2, 2006
Betty Dowse publication of wartime reminiscences by the class of 1942 at Wellesley, "The World of Wellesley '42"

新知文库

01 《证据：历史上最具争议的法医学案例》[美]科林·埃文斯 著　毕小青 译
02 《香料传奇：一部由诱惑衍生的历史》[澳]杰克·特纳 著　周子平 译
03 《查理曼大帝的桌布：一部开胃的宴会史》[英]尼科拉·弗莱彻 著　李响 译
04 《改变西方世界的 26 个字母》[英]约翰·曼 著　江正文 译
05 《破解古埃及：一场激烈的智力竞争》[英]莱斯利·罗伊·亚京斯 著　黄中宪 译
06 《狗智慧：它们在想什么》[加]斯坦利·科伦 著　江天帆、马云霏 译
07 《狗故事：人类历史上狗的爪印》[加]斯坦利·科伦 著　江天帆 译
08 《血液的故事》[美]比尔·海斯 著　郎可华 译　张铁梅 校
09 《君主制的历史》[美]布伦达·拉尔夫·刘易斯 著　荣予、方力维 译
10 《人类基因的历史地图》[美]史蒂夫·奥尔森 著　霍达文 译
11 《隐疾：名人与人格障碍》[德]博尔温·班德洛 著　麦湛雄 译
12 《逼近的瘟疫》[美]劳里·加勒特 著　杨岐鸣、杨宁 译
13 《颜色的故事》[英]维多利亚·芬利 著　姚芸竹 译
14 《我不是杀人犯》[法]弗雷德里克·肖索依 著　孟晖 译
15 《说谎：揭穿商业、政治与婚姻中的骗局》[美]保罗·埃克曼 著　邓伯宸 译　徐国强 校
16 《蛛丝马迹：犯罪现场专家讲述的故事》[美]康妮·弗莱彻 著　毕小青 译
17 《战争的果实：军事冲突如何加速科技创新》[美]迈克尔·怀特 著　卢欣渝 译
18 《最早发现北美洲的中国移民》[加]保罗·夏亚松 著　暴永宁 译
19 《私密的神话：梦之解析》[英]安东尼·史蒂文斯 著　薛绚 译
20 《生物武器：从国家赞助的研制计划到当代生物恐怖活动》[美]珍妮·吉耶曼 著　周子平 译
21 《疯狂实验史》[瑞士]雷托·U. 施奈德 著　许阳 译
22 《智商测试：一段闪光的历史，一个失色的点子》[美]斯蒂芬·默多克 著　卢欣渝 译
23 《第三帝国的艺术博物馆：希特勒与"林茨特别任务"》[德]哈恩斯-克里斯蒂安·罗尔 著　孙书柱、刘英兰 译
24 《茶：嗜好、开拓与帝国》[英]罗伊·莫克塞姆 著　毕小青 译
25 《路西法效应：好人是如何变成恶魔的》[美]菲利普·津巴多 著　孙佩妏、陈雅馨 译

26 《阿司匹林传奇》[英]迪尔米德·杰弗里斯 著　暴永宁、王惠 译

27 《美味欺诈：食品造假与打假的历史》[英]比·威尔逊 著　周继岚 译

28 《英国人的言行潜规则》[英]凯特·福克斯 著　姚芸竹 译

29 《战争的文化》[以]马丁·范克勒韦尔德 著　李阳 译

30 《大背叛：科学中的欺诈》[美]霍勒斯·弗里兰·贾德森 著　张铁梅、徐国强 译

31 《多重宇宙：一个世界太少了？》[德]托比阿斯·胡阿特、马克斯·劳讷 著　车云 译

32 《现代医学的偶然发现》[美]默顿·迈耶斯 著　周子平 译

33 《咖啡机中的间谍：个人隐私的终结》[英]吉隆·奥哈拉、奈杰尔·沙德博尔特 著　毕小青 译

34 《洞穴奇案》[美]彼得·萨伯 著　陈福勇、张世泰 译

35 《权力的餐桌：从古希腊宴会到爱丽舍宫》[法]让-马克·阿尔贝 著　刘可有、刘惠杰 译

36 《致命元素：毒药的历史》[英]约翰·埃姆斯利 著　毕小青 译

37 《神祇、陵墓与学者：考古学传奇》[德]C. W. 策拉姆 著　张芸、孟薇 译

38 《谋杀手段：用刑侦科学破解致命罪案》[德]马克·贝内克 著　李响 译

39 《为什么不杀光？种族大屠杀的反思》[美]丹尼尔·希罗、克拉克·麦考利 著　薛绚 译

40 《伊索尔德的魔汤：春药的文化史》[德]克劳迪娅·米勒-埃贝林、克里斯蒂安·拉奇 著　王泰智、沈惠珠 译

41 《错引耶稣：〈圣经〉传抄、更改的内幕》[美]巴特·埃尔曼 著　黄恩邻 译

42 《百变小红帽：一则童话中的性、道德及演变》[美]凯瑟琳·奥兰丝汀 著　杨淑智 译

43 《穆斯林发现欧洲：天下大国的视野转换》[英]伯纳德·刘易斯 著　李中文 译

44 《烟火撩人：香烟的历史》[法]迪迪埃·努里松 著　陈睿、李欣 译

45 《菜单中的秘密：爱丽舍宫的飨宴》[日]西川惠 著　尤可欣 译

46 《气候创造历史》[瑞士]许靖华 著　甘锡安 译

47 《特权：哈佛与统治阶层的教育》[美]罗斯·格雷戈里·多塞特 著　珍栎 译

48 《死亡晚餐派对：真实医学探案故事集》[美]乔纳森·埃德罗 著　江孟蓉 译

49 《重返人类演化现场》[美]奇普·沃尔特 著　蔡承志 译

50 《破窗效应：失序世界的关键影响力》[美]乔治·凯林、凯瑟琳·科尔斯 著　陈智文 译

51 《违童之愿：冷战时期美国儿童医学实验秘史》[美]艾伦·M. 霍恩布鲁姆、朱迪斯·L. 纽曼、格雷戈里·J. 多贝尔 著　丁立松 译

52 《活着有多久：关于死亡的科学和哲学》[加]理查德·贝利沃、丹尼斯·金格拉斯 著　白紫阳 译

53 《疯狂实验史Ⅱ》[瑞士] 雷托·U.施奈德 著 郭鑫、姚敏多 译
54 《猿形毕露：从猩猩看人类的权力、暴力、爱与性》[美] 弗朗斯·德瓦尔 著 陈信宏 译
55 《正常的另一面：美貌、信任与养育的生物学》[美] 乔丹·斯莫勒 著 郑嫌 译
56 《奇妙的尘埃》[美] 汉娜·霍姆斯 著 陈芝仪 译
57 《卡路里与束身衣：跨越两千年的节食史》[英] 路易丝·福克斯克罗夫特 著 王以勤 译
58 《哈希的故事：世界上最具暴利的毒品业内幕》[英] 温斯利·克拉克森 著 珍栎 译
59 《黑色盛宴：嗜血动物的奇异生活》[美] 比尔·舒特 著 帕特里曼·J.温 绘图 赵越 译
60 《城市的故事》[美] 约翰·里德 著 郝笑丛 译
61 《树荫的温柔：亘古人类激情之源》[法] 阿兰·科尔班 著 苜蓿 译
62 《水果猎人：关于自然、冒险、商业与痴迷的故事》[加] 亚当·李斯·格尔纳 著 于是 译
63 《囚徒、情人与间谍：古今隐形墨水的故事》[美] 克里斯蒂·马克拉奇斯 著 张哲、师小涵 译
64 《欧洲王室另类史》[美] 迈克尔·法夸尔 著 康怡 译
65 《致命药瘾：让人沉迷的食品和药物》[美] 辛西娅·库恩等 著 林慧珍、关莹 译
66 《拉丁文帝国》[法] 弗朗索瓦·瓦克 著 陈绮文 译
67 《欲望之石：权力、谎言与爱情交织的钻石梦》[美] 汤姆·佐尔纳 著 麦慧芬 译
68 《女人的起源》[英] 伊莲·摩根 著 刘筠 译
69 《蒙娜丽莎传奇：新发现破解终极谜团》[美] 让-皮埃尔·伊斯鲍茨、克里斯托弗·希斯·布朗 著 陈薇薇 译
70 《无人读过的书：哥白尼〈天体运行论〉追寻记》[美] 欧文·金格里奇 著 王今、徐国强 译
71 《人类时代：被我们改变的世界》[美] 黛安娜·阿克曼 著 伍秋玉、澄影、王丹 译
72 《大气：万物的起源》[英] 加布里埃尔·沃克 著 蔡承志 译
73 《碳时代：文明与毁灭》[美] 埃里克·罗斯顿 著 吴妍仪 译
74 《一念之差：关于风险的故事与数字》[英] 迈克尔·布拉斯兰德、戴维·施皮格哈尔特 著 威治 译
75 《脂肪：文化与物质性》[美] 克里斯托弗·E.福思、艾莉森·利奇 编著 李黎、丁立松 译
76 《笑的科学：解开笑与幽默感背后的大脑谜团》[美] 斯科特·威姆斯 著 刘书维 译
77 《黑丝路：从里海到伦敦的石油溯源之旅》[英] 詹姆斯·马里奥特、米卡·米尼奥-帕卢埃洛 著 黄煜文 译
78 《通向世界尽头：跨西伯利亚大铁路的故事》[英] 克里斯蒂安·沃尔玛 著 李阳 译

79 《生命的关键决定：从医生做主到患者赋权》[美]彼得·于贝尔 著 张琼懿 译

80 《艺术侦探：找寻失踪艺术瑰宝的故事》[英]菲利普·莫尔德 著 李欣 译

81 《共病时代：动物疾病与人类健康的惊人联系》[美]芭芭拉·纳特森－霍洛威茨、凯瑟琳·鲍尔斯 著 陈筱婉 译

82 《巴黎浪漫吗？——关于法国人的传闻与真相》[英]皮乌·玛丽·伊特韦尔 著 李阳 译

83 《时尚与恋物主义：紧身褡、束腰术及其他体形塑造法》[美]戴维·孔兹 著 珍栎 译

84 《上穷碧落：热气球的故事》[英]理查德·霍姆斯 著 暴永宁 译

85 《贵族：历史与传承》[法]埃里克·芒雄－里高 著 彭禄娴 译

86 《纸影寻踪：旷世发明的传奇之旅》[英]亚历山大·门罗 著 史先涛 译

87 《吃的大冒险：烹饪猎人笔记》[美]罗布·沃乐什 著 薛绚 译

88 《南极洲：一片神秘的大陆》[英]加布里埃尔·沃克 著 蒋功艳、岳玉庆 译

89 《民间传说与日本人的心灵》[日]河合隼雄 著 范作申 译

90 《象牙维京人：刘易斯棋中的北欧历史与神话》[美]南希·玛丽·布朗 著 赵越 译

91 《食物的心机：过敏的历史》[英]马修·史密斯 著 伊玉岩 译

92 《当世界又老又穷：全球老龄化大冲击》[美]泰德·菲什曼 著 黄煜文 译

93 《神话与日本人的心灵》[日]河合隼雄 著 王华 译

94 《度量世界：探索绝对度量衡体系的历史》[美]罗伯特·P.克里斯 著 卢欣渝 译

95 《绿色宝藏：英国皇家植物园史话》[英]凯茜·威利斯、卡罗琳·弗里 著 珍栎 译

96 《牛顿与伪币制造者：科学巨匠鲜为人知的侦探生涯》[美]托马斯·利文森 著 周子平 译

97 《音乐如何可能？》[法]弗朗西斯·沃尔夫 著 白紫阳 译

98 《改变世界的七种花》[英]詹妮弗·波特 著 赵丽洁、刘佳 译

99 《伦敦的崛起：五个人重塑一座城》[英]利奥·霍利斯 著 宋美莹 译

100 《来自中国的礼物：大熊猫与人类相遇的一百年》[英]亨利·尼科尔斯 著 黄建强 译

101 《筷子：饮食与文化》[美]王晴佳 著 汪精玲 译

102 《天生恶魔？：纽伦堡审判与罗夏墨迹测验》[美]乔尔·迪姆斯代尔 著 史先涛 译

103 《告别伊甸园：多偶制怎样改变了我们的生活》[美]戴维·巴拉什 著 吴宝沛 译

104 《第一口：饮食习惯的真相》[英]比·威尔逊 著 唐海娇 译

105 《蜂房：蜜蜂与人类的故事》[英]比·威尔逊 著 暴永宁 译

106 《过敏大流行：微生物的消失与免疫系统的永恒之战》[美]莫伊塞斯·贝拉斯克斯－曼诺夫 著 李黎、丁立松 译

107 《饭局的起源：我们为什么喜欢分享食物》[英] 马丁·琼斯 著　陈雪香 译　方辉 审校

108 《金钱的智慧》[法] 帕斯卡尔·布吕克内 著　张叶　陈雪乔 译　张新木 校

109 《杀人执照：情报机构的暗杀行动》[德] 埃格蒙特·科赫 著　张芸、孔令逊 译

110 《圣安布罗焦的修女们：一个真实的故事》[德] 胡贝特·沃尔夫 著　徐逸群 译

111 《细菌》[德] 汉诺·夏里修斯 里夏德·弗里贝 著　许嫚红 译

112 《千丝万缕：头发的隐秘生活》[英] 爱玛·塔罗 著　郑嬿 译

113 《香水史诗》[法] 伊丽莎白·德·费多 著　彭禄娴 译

114 《微生物改变命运：人类超级有机体的健康革命》[美] 罗德尼·迪塔特 著　李秦川 译

115 《离开荒野：狗猫牛马的驯养史》[美] 加文·艾林格 著　赵越 译

116 《不生不熟：发酵食物的文明史》[法] 玛丽-克莱尔·弗雷德里克 著　冷碧莹 译

117 《好奇年代：英国科学浪漫史》[英] 理查德·霍姆斯 著　暴永宁 译

118 《极度深寒：地球最冷地域的极限冒险》[英] 雷纳夫·法恩斯 著　蒋功艳、岳玉庆 译

119 《时尚的精髓：法国路易十四时代的优雅品位及奢侈生活》[美] 琼·德让 著　杨冀 译

120 《地狱与良伴：西班牙内战及其造就的世界》[美] 理查德·罗兹 著　李阳 译

121 《骗局：历史上的骗子、赝品和诡计》[美] 迈克尔·法夸尔 著　康怡 译

122 《丛林：澳大利亚内陆文明之旅》[澳] 唐·沃森 著　李景艳 译

123 《书的大历史：六千年的演化与变迁》[英] 基思·休斯敦 著　伊玉岩、邵慧敏 译

124 《战疫：传染病能否根除？》[美] 南希·丽思·斯特潘 著　郭骏、赵谊 译

125 《伦敦的石头：十二座建筑塑名城》[英] 利奥·霍利斯 著　罗隽、何晓昕、鲍捷 译

126 《自愈之路：开创癌症免疫疗法的科学家们》[美] 尼尔·卡纳万 著　贾颉 译

127 《智能简史》[韩] 李大烈 著　张之昊 译

128 《家的起源：西方居所五百年》[英] 朱迪丝·弗兰德斯 著　珍栎 译

129 《深解地球》[英] 马丁·拉德威克 著　史先涛 译

130 《丘吉尔的原子弹：一部科学、战争与政治的秘史》[英] 格雷厄姆·法米罗 著　刘晓 译

131 《亲历纳粹：见证战争的孩子们》[英] 尼古拉斯·斯塔加特 著　卢欣渝 译

132 《尼罗河：穿越埃及古今的旅程》[英] 托比·威尔金森 著　罗静 译

133 《大侦探：福尔摩斯的惊人崛起和不朽生命》[美] 扎克·邓达斯 著　肖洁茹 译

134 《世界新奇迹：在20座建筑中穿越历史》[德] 贝恩德·英玛尔·古特贝勒特 著　孟薇、张芸 译

135 《毛奇家族：一部战争史》[德] 奥拉夫·耶森 著　蔡玳燕、孟薇、张芸 译

136 《万有感官:听觉塑造心智》[美]塞思·霍罗威茨 著 蒋雨蒙 译 葛鉴桥 审校

137 《教堂音乐的历史》[德]约翰·欣里希·克劳森 著 王泰智 译

138 《世界七大奇迹:西方现代意象的流变》[英]约翰·罗谟、伊丽莎白·罗谟 著 徐剑梅 译

139 《茶的真实历史》[美]梅维恒、[瑞典]郝也麟 著 高文海 译 徐文堪 校译

140 《谁是德古拉:吸血鬼小说的人物原型》[英]吉姆·斯塔迈尔 著 刘芳 译

141 《童话的心理分析》[瑞士]维蕾娜·卡斯特 著 林敏雅 译 陈瑛 修订

142 《海洋全球史》[德]米夏埃尔·诺尔特 著 夏嫱、魏子扬 译

143 《病毒:是敌人,更是朋友》[德]卡琳·莫林 著 孙薇娜、孙娜薇、游辛田 译

144 《疫苗:医学史上最伟大的救星及其争议》[美]阿瑟·艾伦 著 徐宵寒、邹梦廉 译 刘火雄 审校

145 《为什么人们轻信奇谈怪论》[美]迈克尔·舍默 著 卢明君 译

146 《肤色的迷局:生物机制、健康影响与社会后果》[美]尼娜·雅布隆斯基 著 李欣 译

147 《走私:七个世纪的非法携运》[挪]西蒙·哈维 著 李阳 译

148 《雨林里的消亡:一种语言和生活方式在巴布亚新几内亚的终结》[瑞典]唐·库里克 著 沈河西 译

149 《如果不得不离开:关于衰老、死亡与安宁》[美]萨缪尔·哈灵顿 著 丁立松 译

150 《跑步大历史》[挪威]托尔·戈塔斯 著 张翎 译

151 《失落的书》[英]斯图尔特·凯利 著 卢葳、汪梅子 译

152 《诺贝尔晚宴:一个世纪的美食历史(1901—2001)》[瑞典]乌利卡·索德琳德 著 张婍 译

153 《探索亚马孙:华莱士、贝茨和斯普鲁斯在博物学乐园》[巴西]约翰·亨明 著 法磊 译

154 《树懒是节能,不是懒!:出人意料的动物真相》[英]露西·库克 著 黄悦 译

155 《本草:李时珍与近代早期中国博物学的转向》[加]卡拉·纳皮 著 刘黎琼 译

156 《制造非遗:〈山鹰之歌〉与来自联合国的其他故事》[冰]瓦尔迪马·哈夫斯泰因 著 闾人 译 马莲 校

157 《密码女孩:未被讲述的二战往事》[美]莉莎·芒迪 著 杨可 译